KB237362

| 장경태 대하소설 |

겸령구

私屬人

2

청어

겁령구 ②

장경태 지음

발행처 · 도서출판 **청어**
발행인 · 이영철
영　업 · 이동호
기　획 · 최윤영 | 김홍순
편　집 · 김영신 | 방세화
디자인 · 오주연
제작부장 · 공병한
인　쇄 · 두리터

등　록 · 1999년 5월 3일(제22-1541호)

1판 1쇄 인쇄 · 2011년 1월 5일
1판 1쇄 발행 · 2011년 1월 15일

주소 · 서울시 서초구 서초동 1588-1 신성빌딩 A동 412호
대표전화 · 586-0477
팩시밀리 · 586-0478

블로그 · http://blog.naver.com/ppi20
E-mail · ppi20@hanmail.net
ISBN · 978-89-94638-25-6 (03810)
　　　 · 978-89-94638-23-2 (03810)세트

겁령구

私屬人

인간이 살아온 흔적은 모두 소중한 역사라 할 것이다.

장구한 세월 역사의 무대 위로 스쳐 지났을 무수히 많은 인간 군상이 눈에 어른거린다. 영웅, 호걸, 재사, 가인, 혹은 민초라는 이름으로……

그들의 삶과 애환이 담긴 이야기들은 신화와 설화가 되어 전해지기도 하였고, 혹은 문자로 기록되어 후세에 남겨지기도 했다.

한(漢)나라 사관 사마천(司馬遷)은 죽음보다 더 가혹한 궁형에 처해졌음에도 필화(筆禍)를 두려워하지 않는 불굴의 신념으로 저 유명한 『사기(史記)』와 『열전(列傳)』을 후세에 남겼다. 그러나 정사(正使)나 야사(野史)를 막론하고, 역사로 남은 기록물들이 과연 사실과 얼마만큼 부합하는 것일까 하는 의문이 남는다.

춘추필법(春秋筆法)을 신뢰하는 긍정적 역사관을 견지한다 해도, 승자의 논리에 의해서거나 또는 복합적 이해관계에 따른 판단이나 사관의 주관 개입을 경계하지 않을 수 없다. 어찌 보면 이미 오래전 한 시대를 횡행했을 수많은 인물들이 역사 저편 망각의 어둠에 묻혀버렸거나 그 흔적마저 지워져버린 채 침묵 속에 잠들어 있을 것이다.

본 작품에 등장하는 주인공이 역사서에 몇 줄 기록으로 족적을 남긴 흔적을 매개로, 필자와 조우를 통해 수백 년 세월의 간극을 넘어 이처럼 세상에 모습을 드러낼 수 있음은 매우 크고 깊은 인연이라 여긴다.

역사의 페이지에서 낱장으로 실전(失傳)되어 장막 뒤에 가려진 짧은 단락과 편린들을 하나하나 꿰맞춰 뼈대를 세우고, 몸체를 다지고, 심장으로 뜨거운 피가 돌게 하는 것이야말로 작가의 몫일 것이다.

원 공주의 신분이면서도, 도도하게 흐르는 격랑의 물줄기를 거스를 수 없는 비운을 타고난 여인. 국가통치의 거대담론에 전도된 한 여인의 애절한 사랑. 공주와 약속한 영원한 행복을 지켜주기 위해 고려국으로의 귀화를 선택한 주인공을 통해, 암울했던 시대가 던진 절망과 희망의 단면을 보았다.

이 땅의 백성이라는 이름으로 황토먼지 이는 벌판에서, 바다에서, 그리고 산야에서 처절한 몸짓으로 들불처럼 일어나 풀잎처럼 스러져간 민초들의 제단에 이 글을 헌정한다.

2010년 12월

강경래

이광복
(한국문인협회 소설분과 회장, 한국소설가협회 부이사장)

| 추천의 글 |

이 근래 소설문학은 많은 변화를 보여주고 있다. 이 같은 변화의 물결 속에 가벼운 소설들이 우후죽순처럼 쏟아져 나오는 실정이다. 틀에 박히지 않은, 자기 나름의 색깔이 묻어나는 다양한 소설들이 대량으로 생산되는 것은 매우 바람직한 일이지만, 그럼에도 불구하고 문제의식의 퇴보는 소설의 가치를 떨어뜨릴 위험이 짙다. 예컨대 간질간질 말초신경이나 자극하는 일련의 소설들은 적지 않은 우려를 자아내고 있다.

이 같은 현실에 비추어 장경태 소설가의 장편소설 『겁령구』(私屬人)는 여러 측면에서 묵직한 화두를 제시하고 있다. 몽골 평원에서 발흥한 원나라가 중국을 통일하고 고려와 충돌하던 13세기 말, 고려인의 강인한 정신력을 그려낸 이 소설의 행간에는 뜨거운 작가정신이 녹아 있다.

주인공 삼가를 둘러싼 여러 인물의 드라마틱한 삶은 감동의 진폭을 더해준다. 몽골에서 출생한 삼가는 제국대장공주를 수행하여 고려로 귀화, 훗날 대장군에 오르고 장순룡이라는 이름으로 덕수 장씨의 시조가 된다. 그의 극적인 삶이 파란만장하게 펼쳐진 이 소설은 재외 국민이 7백만 명을 헤아리는 오늘날의 시대상황과 맞물려 우리에게 강력한 문제의식을 던져주는 것이다.

그런 점에서 이 소설은 보기 드문 역작이라고 말할 수 있다. 이런 문제작을 써낸 작가에게 진심 어린 축하의 말을 전한다. 아울러 이 작품의 출간을 계기로 이 작가의 작품세계가 더욱 원숙하게 심화될 것을 믿어 의심치 않는다.

격랑의 물결

구명패(求命牌)

침울한 그림자가 무겁게 내려앉은 남송 어전에 긴장이 감돌았다.

먼저 입을 연 것은 해군제독 슐친이었다.

"폐하, 월등한 전력을 보유한 선단을 잘못 지휘하여 해군력에 커다란 손실을 초래한 소장을 죽여주십시오. 또한 부하들을 버리고 이처럼 치욕스런 목숨을 부지한 패장의 목을 장대에 높이 걸어 군율을 세우고 엄히 징계하옵소서!"

황제 이종은 창백한 얼굴로 엎드려 눈물을 흘리는 해군제독 슐친을 내려다보기만 할 뿐이었다.

우승상 가사도가 황제 앞으로 나가 부복했다.

"해군제독 슐친이 큰 실책을 범한 것은 사실이오나 적진으로 들어가 봉쇄선을 뚫고 보급물자를 전달한 것은 참으로 대단한 일입니다. 이로서 양양 전선이 기사회생하였으니 금번 작전은 공과 과가 함께 있사옵니다. 절반의 성공을 이루었음을 감안하여 한 번의 실책을 용서하시고 만회할 기회를 주실 것을 감히 주청 드리옵니다."

상반된 의견으로 갑론을박하였지만 결국 그에게 면죄부를 주는 쪽으로 결론이 났다.

해군 지휘관으로 수많은 전투를 치르며 쌓은 전공을 단 한 차례의 실책으로 무너트린 슐친은 통한의 눈물을 뿌리며 설욕을 다짐했다.

총사령관 아쥬가 정보군관 삼가를 지휘부로 불러 들였다.

"일전에 보고받은 적의 동향을 정밀 분석한 결과 머지않아 큰 전투가 임박했다는 결론을 도출하였다. 증원군을 요청하는 이 서찰을 황제 폐하께 전해드리고 내리시는 답신을 수령해 오도록 해라. 중요한 문서인 만큼 군관이 호위를 대동하고 직접 임무를 수행하여 작전에 차질이 없도록 하라!"

부관 궁진에게 대리 업무를 지시한 삼가가 휘하의 날랜 병사 5인을 대동하고 은률을 떠났다.

지나는 곳마다 그동안 구축한 성벽이 견고한 위용을 드러내고 있었다.

종일 말을 달려 광활한 초원지대를 지난 삼가들이 울창한 숲길로 접어들었다.

새들의 지저귐이 호젓한 숲의 정적을 깨고 귀를 간질였다. 그런데 우짖던 새소리가 일시에 잠잠해지며 주위가 침묵에 싸였다. 앞서 걸음을 옮기던 삼가가 말고삐를 당겨 멈추고 팔을 들어 조용히 할 것을 지시하며 주위를 살폈다.

그때 바람을 가르는 소리와 함께 날아든 화살에 병사가 비명을 지르며 말에서 굴러 떨어졌다.

나무 뒤로 몸을 숨긴 삼가가 큰 소리로 외쳤다.

"적이다! 매복한 적으로부터 자신을 방어하라!"

숲 속에 모습을 드러낸 것은 20명이 넘는 남송군이었다.

삼가가 말 옆구리에 둥글게 말려있던 채찍을 재빨리 움켜쥐었다.

고함을 지르며 달려드는 적을 향해 기다란 채찍이 윙윙거리는 울음소리를 내며 허공을 날았다. 10척은 족히 되어 보이는 가죽끈 끝에 달린 날카로운 철편이 빛을 뿜었다.

채찍의 위력을 과소평가한 듯 거침없이 달려드는 적을 향해 사정없이 날아든 철편이 번쩍하는 순간 비명을 지를 겨를도 없이 적의 머리가 떨어져 나가고 말았다. 마치 살아 꿈틀거리는 뱀처럼 요동치며 전 방위로 휘돌아 치는 맹공에 수적 우위를 살리지 못하고 기선을 제압당한 적들이 주춤거렸다. 그사이에도 귀곡성을 문 철편 소리가 스치는 곳에는 어김없이 적의 시신이 나뒹굴었다.

삼가가 둘러보니 치열한 접전을 펼치는 와중에 이미 두 명의 부하가 희생되었다. 안타까운 일이었지만 처한 상황이 너무 급박하게 돌아가고 있었다.

"위축되지 마라! 잠시만 버티면 우리 순찰군이 당도할 것이다."

채찍을 내던진 삼가가 용천검을 뽑아들었다. 근접한 적과 대적하기는 검이 용이했기 때문이었다. 몸을 솟구친 삼가가 두 명의 적을 맞아 힘겨운 싸움을 벌이고 있던 병사를 도와 단숨에 베어버렸다. 그때 옆에서 들려오는 비명 소리에 고개를 돌리니 아군 병사 하나가 쓰러지는 것이 보였다.

이제 남은 3인으로 아직도 십여 명이나 되는 적과 대적한다는 것은 분명 위기일 수밖에 없었으나 목숨을 버릴 각오로 싸우는 것 이외에 다른 방법이 없었다.

그때 삼가의 귓가에 마치 구세주의 음성과 같은 반가운 목소리가 들려왔다.

"한 놈도 남기지 말고 남송의 적들을 모두 해치워라!"

그 목소리의 주인공은 초련이었다. 방금 순찰군이 당도할 것처럼 말한 것은 병사들의 사기를 돋우기 위한 방편이었는데 정말 현실이 된 것이었다.

초련이 인솔한 병사들의 가세로 전세는 바로 역전되었다.

도주한 한둘을 제외한 전원을 제압하여 싸움을 끝낼 수 있었다.

죽음의 문턱에서 기사회생한 삼가가 긴장을 풀지 못한 표정으로 초련에게 고마움을 표했다.

"사형이 아니었으면 정말 큰일을 당할 뻔했습니다. 그런데 이곳에는 웬일이시오."

"기병군단장 각하의 작전 보고서를 지참하고 본진 지휘부로 향하던 길이었습니다. 놈들이 매복하여 노린 것은 아마도 우리인 듯싶습니다."

자신이 부여받은 임무를 대강 설명한 삼가가 초련에게 뒤처리와 함께 이곳에서 벌어진 상황을 지휘부에 보고해줄 것을 당부하고 서둘러 길을 떠났다.

황궁에 당도한 삼가가 황제를 배알했다. 대신들이 배석한 가운데 5만의 증원군을 전선에 투입할 것을 결정한 후 삼가를 부른 황제가 그동안의 전투상황을 소상하게 물었다.

전황을 보고받은 황제가 삼가에게 옥패 하나를 건네주었다.

은은한 빛을 머금은 패에 양각으로 아로새겨진 용 형상이 영롱한 광채를 뿜었다.

"정보군관 삼가는 짐이 내리는 영을 귀담아 명심하라. 이 패는 긴급한 사항을 황제에게 직접 보고하는 비선직보를 증명하는 신표이다. 업무수행 중 중대한 과오를 범해 위기에 처했을 시 목숨과 맞바꿀 수 있는 증표이니 소중히 간직하여라."

내전을 물러나와 걸음을 옮기는 삼가를 기다리는 사람이 있었다. 뮬란이었다.

"궁에 드셨다는 말씀을 듣고 공주마마께서 잠시 들러주실 것을 청하셨습니다."

한시도 지체할 수 없는 처지였으나 이처럼 뮬란을 보낸 것으로 미루어 긴요한 용건이 있을 것으로 짐작한 그의 발길이 서궁으로 향했다.

삼가를 맞이한 것은 뜻밖에 설린이었다. 화사한 웃음으로 반기며 공주에게 안내했다.

"공주마마, 그동안 강녕하셨는지요."

핏기 없이 창백한 공주의 얼굴에 희미한 미소가 번졌다.

"이처럼 무탈하시니 다행한 일입니다. 공무로 바쁜 발길을 지체시킨 것은 다름이 아니라 소란스런 정국을 틈타 황후마마의 안위를 위협하는 후비 무리들의 움직임이 심상치 않기 때문입니다. 하여 출정한 초련을 가까이 두셨으면 하는 것이 마마의 의중이시니 살리타 할아버지에게 이 말씀을 전해드리세요."

"기병군단장님께 공주마마의 말씀을 전해 올리겠습니다."

서둘러 전선으로 돌아가야 할 정황을 간략하게 설명한 삼가가 자리를 일어섰다. 처소를 물러나온 삼가가 설린에게 말했다.

"기병군단장 각하께서는 맡으신 중책을 강건하게 수행하고 계십니다."

"딸 설린이 부디 무탈하게 돌아오시기만을 고대하고 있다고 말씀드리세요."

그윽한 눈초리를 건넨 설린이 전선으로 향하는 삼가의 장도를 축원해주었다.

"전공을 세우시고 금의환향하시기를 일심으로 기원드리겠어요."

병색이 완연한 공주와 대비를 이루는 자신의 건강미를 한껏 드러내려는 듯 의도적으로 활기 넘치는 표정을 짓는 설린을 보며 삼가는 착잡한 마음이 들었다.

신미년(1271), 몽골이 국호를 원으로 정했다.

드디어 남송군이 영양을 구원하기 위한 대반격 준비를 모두 마쳤다. 반격에 나설 부대는 회동·회서·사천군관구 병력을 포함한 10만 수륙 연합군으로 지휘관은 전전지휘사 겸 근위 군단장 범문호였다. 범문호의 군대가 양회를 출발하여 장강을 거쳐 한수로 진격해오는 것을 파악한 몽골 측도 증원부대와 합세하여 적과 비등한 10만 병력을 출병시켰다.

총사령관 아쥬가 군단장들을 둘러보며 펼쳐놓은 지도를 가르쳤다.

"양측의 대군이 본격적인 전투를 벌일 곳은 양양 하류의 녹문 산기슭이 될 확률이 높다. 따라서 유리한 고지를 점하기 위해서는 이곳에 먼저 당도하는 것이 무엇보다 중요하다."

아쥬의 판단은 적중했다. 넓게 펼쳐진 평원에 우뚝 솟은 녹문 산기슭에 몸을 감추고 포진한 몽골군에 비해 그대로 노출된 남송군들은 크게 불리한 여건을 안고 전투를 치를 수밖에 없었다.

격렬한 포성이 지축을 흔들고 자욱한 연기가 하늘을 가리며 피어올랐다.

우박처럼 쏟아지는 포탄 속에 갇힌 병사들이 개미처럼 뒤얽힌 가운데 치열한 격전이 벌어졌다.

한편, 남송 측 수군은 물이 크게 불어난 강을 거슬러 올라오느라 지체되어 신속한 작전을 펼치지 못하고 있었다. 그런 사실을 간파한 몽골 해군은 함대를 셋으로 나누었다. 그리고 그중 5척으로 편성된 전함을 출정시켜 적을 막도록 했다.

장강을 거슬러 올라 포진한 20여 척의 전함들로 구성된 남송 선단의 위용은 대단했다. 그에 비해 앞을 가로막아 선 몽골측 군함은 모두 5척으로 초라하기 이를 데 없었다.

지난번 전투의 설욕을 벼르고 벼른 남송의 수군제독 술친이 명령을 내렸다.

"일전에는 방심한 탓으로 당했지만 그런 실책은 한 번으로 족하다. 놈들의 초라한 꼴을 보라. 보잘 것 없는 몽골 해군을 초전에 박살내 버리자!"

거리가 좁혀지며 양측 함선에서 불을 뿜기 시작했다.

마주친 몽골 전함은 지난번 전투에서 보았던 것보다 훨씬 크고 견고했다. 선박 규모는 물론 함포의 위력 또한 월등한 것이었다. 하지만 수적으로 상대가 되지 않는 몽골의 전함들이 공격을 견디지 못하고 뱃머리를 돌려 꽁무니 빼기 시작했다.

승기를 잡았다고 판단한 남송 수군제독 슐친이 호기롭게 명을 내렸다.

"이제 장강을 떠도는 전우들의 영전에 제물을 바칠 기회가 왔도다. 도망치는 적의 함선을 놓치지 말고 따라 붙어라. 그리고 한 놈도 남김없이 모두 물귀신을 만들어 남송 해군의 위용을 유감없이 보여주도록 하라!"

다급히 도망치는 함선을 따라잡는 것은 용이한 일이 아니었다. 잡을 만하면 멀어지고 그런가 하면 다시 가시권 안으로 들어오기를 반복했다.

추격전을 벌이던 남송 함대가 까마득한 절벽을 이룬 협곡을 돌아 나왔을 때였다. 이제껏 필사적으로 도주하기만 하던 몽골 전함들이 멈추어 섰다. 그러고는 일제히 함포를 쏘아대기 시작했다. 돌연 벌어진 사태에 어안이 벙벙했지만 문제는 그것이 전부가 아니었다. 협곡 양편에 매복한 채 기다리고 있던 십여 척의 전함들이 모습을 드러낸 것이었다.

슐친이 적의 유인전술에 걸려든 것을 깨달았지만 때는 이미 늦고 말았다.

남송 함대를 둥글게 에워싸 포진한 몽골 함대가 일시에 양 날개를 덮치고 들어왔다.

지휘함선 뱃머리 우뚝 솟은 장대에 오른 몽골 해군제독 제갈선우가 영을 내렸다.

"오늘 남송 수군을 궤멸시킬 절호의 기회를 맞이했다. 하늘이 몽골 전사들에게 가호를 내리신 증표가 눈앞에 있다. 적들이 우리가 쳐놓은 그물 안에 갇혀 있음이 바로 그것이다. 이제 승리의 영광이 우릴 기다린다. 진격하여 적을 모두 섬멸하라!"

몽골 해군의 함포가 일제히 불을 토하기 시작했다. 종전에 비해 포의 유효 사거리가 훨씬 길어진 함포는 무서운 위력을 발휘했다.

함선의 수나 전력은 비등했지만 적의 유인전술에 빠져 포위된 채 집중 포화를 당하는 상황이 전개되자 남송 수군은 일대 혼란에 빠지고 말았다.

제독 슐친이 병사들을 독려했다.

"남송의 용사들이여! 절대 물러서지 말라! 조국은 그대들이 흘린 거룩한 피를 결코 잊지 않을 것이다!"

그러나 이미 전의를 상실한 남송의 전력은 급격히 떨어지고 있었다. 위기를 타개하기에 전황은 너무 절망적이었다. 뱃머리를 돌려 뒤로 후퇴하는 방안도 고려했지만 앞뒤 양면에서 공격당한 예전 기억이 떠올라 그리할 수도 없었다.

남송 함선들은 제대로 된 저항도 하지 못하고 허둥거리다 적의 집중 포화를 맞고 불길에 휩싸여 하나둘 침몰하고 말았다.

"자랑스러운 남송의 군사들이여! 역사는 용감하게 싸우고 장렬한 죽음을 택한 우리의 값진 피를 기억할 것이다! 싸우자! 마지막 한 사람이 남을 때까지 싸우자!"

눈에 붉은 핏발을 세우며 목이 터져라 군사를 독려했지만 전세는 이미 돌이킬 수 없는 절망적인 상황으로 치닫고 있었다.

장수 하나가 달려와 다급히 보고했다.

"전함이 모두 격침당해 이제 지휘선을 포함 세 척이 남았을 뿐입니다."

참으로 하늘이 원망스러웠다. 막강을 자랑하던 무적의 남송 해군이 처절한 패배를 당한 것이었다. 피신을 권유하는 부하들을 물린 제독 슐친이 불타는 전함의 장대에 올라 하늘을 우러러 피를 토하며 절규했다.

"어리석고 용렬한 소장이 적진의 물길에서 천시를 잃고 또다시 이처럼 패장이 되었습니다. 하늘이시여! 부디 가호를 내리시어 남송을 보살펴 주옵소서!"

거센 불길이 슐친의 몸을 휘감았다. 화염에 불타는 전함에 최후를 묻고 장렬하게 죽음을 맞이한 슐친과 함께 남송의 수군은 궤멸당하는 비운을 맞이하고 말았다.

남송군을 떠받치고 있던 전력의 한 축이 그처럼 허망하게 무너져 내리고 말았다.

밤낮을 가리지 않고 계속되는 녹문산 전투가 밀고 밀리는 혼전을 벌이는 와중에 양양의 범문호에게 날아든 수군의 참패는 믿고 싶지 않은 충격적인 사실이었다.

보급선이 끊어진 지상군의 사기는 일시에 바닥으로 곤두박질하며 전의를 상실했다.

결국 철군을 결정한 범문호의 남송군은 막대한 피해를 감수하며 녹문산을 겨우 빠져나올 수밖에 없었다.

이로써 양양 구원 작전은 완전히 실패로 돌아가고 말았다.

각 군 군단장들을 소집한 몽골군 총사령관 아쥬가 상기된 얼굴로 호쾌하게 웃었다.

"이번 전투로 적의 해군을 궤멸시켰고 지상군 역시 막대한 타격을 입힘으로 이제 남송 멸망은 시간문제가 되었다. 잠시 숨을 고르고 전열을 재정비하여 총공격에 나설 것이니 준비에 만전을 기하라!"

기다리고 있던 삼가가 지휘부를 나서는 기병군단장 살리타에게 다가가 군례를 올린 다음 지난번 수도에 다녀온 경위를 설명하고 이어 공주로부터 전해들은 황후의 요청을 보고했다. 물론 설린이 부탁한 안부를 전하는 것도 잊지 않았다.

"초련을 황후마마의 호위관으로 복귀시키는 것은 어려운 일이 아니지만 고위 관료들이 황후와 후비의 지지세력으로 나뉘어 있는 현실을 감안할 때 그 연유를 사실 그대로 보고할 수 없음이 난처한 일이다."

"그렇다면 소장 휘하의 자원이니 우선 전보 조치를 하고 기회를 보아 사령관님께 정식 보고를 올리기로 하겠습니다."

그러나 살리타는 난색을 표했다.

"전선에 투입된 군사를 운용하는 전권은 최고 사령관에 있음이 분명하다. 아무리 명분이 있다 해도 그 일을 편법으로 처리하기에는 사안이 중대하다."

"하지만 황후마마의 비공식 요청에 의한 것이니 약간의 무리가 따르더라도 그렇게 처리할 수밖에 없을 것입니다."

살리타는 삼가의 의견에 동조하지 않았다.

연락망을 통해 초련을 소환한 삼가가 정황을 설명하고 즉각 황궁으로의 복귀를 지시했다.

"정보군관님을 능가하는 큰 공을 세우려 한 결심을 시샘하여 원대복귀 명을 내리시는 사제님께 감사를 드려야 하는지 아니면 원망을 해야 할지 모르겠네요. 하오나 일당백의 용력만 믿지 마시고 항시 한적한 숲길을 조심하세요.”

초련이 한 말이 농담인 줄 알면서도 무안해진 삼가가 얼른 말을 받았다.

“일전에 수도로 향하는 길에 사형의 도움으로 위기를 넘긴 것을 감사드리며 사의를 표합니다.”

미소를 거두어들이고 표정을 바꾼 초련이 의외의 말을 해주었다.

“그간 전령 업무를 수행하며 느낀 사실인데 부사령관님이 기병군단장님을 의도적으로 견제하는 느낌을 받았습니다. 그렇다면 그것은 기병군단장님과 각별한 처지인 삼가님 역시 같은 범주에 든다는 의미가 될 것입니다. 그 같은 사실을 염두에 두셔야 할 듯하여 말씀드리니 부디 자중하시어 몸을 돌보시고 공을 이루시기 바랍니다.”

말을 마친 그녀의 눈가에 물기가 어려 있었다.

며칠 후 척후 정탐을 나갔던 병사들이 정보군관실로 적군 하나를 끌고 들어와 보고했다.

“아군에게 발각되어 도주하던 3인의 적병들 중 2인은 현장에서 사살하고 한 명을 생포하였습니다.”

삼가가 잡혀온 적병을 살펴보니 그는 아직도 뺨에 솜털이 보숭보숭한 어린 소년으로 몸을 매우 심하게 떨고 있었다.

병사에게 소년의 몸을 묶은 결박을 풀어주라고 명했다.

“나이가 몇 살이냐!”

겁을 잔뜩 집어먹은 소년은 고개를 숙인 채 몸을 사시나무처럼 떨기만 할 뿐 입을 열지 못했다. 토설을 받아내려면 가혹하게 다루어야 할 것이었으나 적의 포로라고 하기에는 너무도 어리고 나약한 상대를 앞에 두고 잠시 난감한 생각이 들었다. 따스한 물을 한 모금 마시게 한 다을 다시 물었다.

"네가 이곳으로 침투해 들어온 임무가 무엇인지 사실을 토설하고 협력한다면 목숨을 살려주마. 어린 네 처지가 딱해서 온정을 베푸는 것이니 기회를 놓치지 말라!"

눈물로 얼룩진 얼굴을 겨우 치켜든 소년이 입을 열었다.

"살려주시겠다는 말을 어찌 믿겠습니까. 다만 제가 당할 일이 너무 두려울 뿐입니다."

"숨김없이 말한다면 살려줄 것을 분명히 약조할 것이니 의심치 말고 사실을 털어놓도록 해라."

잠시 망설이던 소년이 드디어 결심이 선 듯 입을 열었다.

"저는 양양에 고립된 남송군에 소금을 전달하는 보급로를 개척하기 위한 목적으로 이곳에 침투하였습니다."

무언가 목적이 있을 것으로 짐작은 하였지만 그것이 양양에 소금 조달을 위한 사전정찰이라는 사실을 접한 삼가는 놀랄 수밖에 없었다.

"소금? 방금 분명 소금이라고 하였느냐!"

"예! 양양의 아군 측은 식량 사정도 여의치 않지만 그보다도 더욱 큰 문제는 소금이 거의 바닥난 상태라 들었습니다."

방금 들은 정보야말로 커다란 수확이 아닐 수 없었다.

취합한 사실을 지휘부로 보고하는 한편, 포로의 신병 처리 문제를 함께 품신했다.

잠시 뒤 부사령관으로부터 포로를 즉각 처형하라는 명령이 하달되었다.

그러나 삼가는 그 명을 따를 수가 없었다. 먼저 목숨을 살려주는 대가로 유용한 정보를 취득하였고, 소년을 살려 보낸다면 오히려 자신들의 계획이 노출되었음을 안 적들이 소금 수송 작전을 섣불리 실행에

옮기지 못할 것이니 약속이행과 실리를 동시에 챙기는 일이었기 때문
이었다.

결심이 선 삼가가 병사에게 포로를 풀어줄 것을 지시하며 소년에게
일러주었다.

"너와 한 약속을 지켜 살려주겠다. 그러나 부대로 복귀한다 해도 이
미 적에게 비밀을 토설한 이상 너의 목숨은 장담할 수 없을 것이니 먼
곳으로 도망치거라. 그러나 목숨을 살려준 내게 네가 한 가지 해주어
야 할 일이 있다. 그리하겠다 약조하겠느냐?"

대답을 들은 삼가가 소년의 손에 작은 종이뭉치를 건네며 일러 주
었다.

"글이 적힌 이 종이를 사람들의 눈을 피해 은밀히 남송의 관청 근처
담벼락에 붙여놓아라."

종이에는 다음과 같은 글이 적혀 있었다.

　　　은률에는 남아도는 소금 지천인데
　　　양양의 적들은 땀에 절은 옷 솔기를 핥는다
　　　소금 길 뚫으려 염탐꾼을 보내느니
　　　차라리 병사들에게 소금 동냥을 시킴이 어떠한가.

소금 조달을 위한 계획이 노출되었다는 사실을 적에게 알리는 한편
양양성에 고립된 남송군의 곤궁한 처지를 조롱한 내용이었다.

그러나 삼가가 늙은 아비를 대신하여 전장으로 끌려나왔다는 어린
소년에게 베푼 온정이 자신의 목숨을 담보로 한 위험한 결정이었음을
알게 된 것은 며칠 뒤였다.

부사령관으로부터 긴급 소환 명을 받은 삼가가 지휘부 군막에 당도

하니 각 군 군단장들이 소집되어 있었다.

무겁게 가라앉은 분위기를 깨트리며 분기탱천한 사천택의 목소리가 군막을 흔들었다.

"네놈은 전선에 투입 중인 군관 초련을 지휘계통을 거치지 않고 임의대로 후방으로 전출시켰다. 또한 군령을 어기고 포로로 잡힌 적병을 방면하는 대죄를 지었다."

삼가의 얼굴이 하얗게 질려 마치 입이 얼어붙은 것처럼 대답할 말을 잃고 말았다. 잠시 지체하는 사이 다시 격분에 찬 질책이 이어졌다.

"죄인은 일부 비호세력의 뒷배를 믿고 작은 공을 내세워 교만 방자한 행동을 자행하였으며 또한 상관의 명을 이행치 않고 적병을 살려 보낸 것은 변명의 여지가 없는 명백한 이적 행위다. 변명할 말이 있는가?"

마음을 추스른 듯 고개를 든 삼가가 부사령관을 향해 답변했다.

"네! 그런 사실이 있습니다. 사심 없는 결정이었으나 군령을 어긴 잘못을 모두 인정합니다. 내려주시는 어떠한 처벌도 감수하겠습니다."

"상명하복을 어긴 자에게 전장에서의 군율이 엄중한 것이라는 사실을 이번 기회에 보여줄 것이다. 여봐라! 죄인을 당장 밖으로 끌어내도록 하라."

지금 돌아가는 상황이 무엇을 말하는지 잘 아는 군단장들이었지만 너무나도 명백히 드러난 정황 앞에 감히 만류할 엄두를 내지 못하였다.

기병군단장 살리타가 앞으로 나서 군율의 가혹함을 피력하였으나 사천택의 분노를 잠재우기에는 역부족이었다.

달려든 병사들이 삼가의 양팔을 잡고 군막 밖으로 끌고나갔다.

눈을 들어 올려다본 하늘에는 하얀 뭉게구름이 소리 없이 흐르고 있었다. 짧은 순간 머릿속으로 지난날 만나고 헤어진 많은 얼굴들이 바람처럼 스치고 지났다. 모든 것을 체념한 삼가는 조용히 눈을 감았다.

이윽고 부사령관의 얼음장처럼 차가운 명령이 떨어졌다.

"죄인을 참수형에 처하라!"

양팔을 잡고 있던 병사들이 죄인의 무릎을 강하게 눌러 꿇어앉혔다. 그 바람에 삼가의 상반신이 앞으로 기울어져 목에 걸고 있던 줄이 끊어지며 물건 하나가 땅바닥으로 떨어졌다. 용 문양이 선명하게 새겨진 옥으로 만든 표찰이 투명하게 빛나고 있었다.

그 물건을 향해 모두의 시선이 집중된 가운데 병사가 옥패를 집어 부사령관에게 바쳤다.

놀랍게도 그것은 황제가 내린 비표였다.

옥패를 받아들고 자세히 살핀 사천택이 놀라움이 역력한 기색으로 삼가에게 물었다.

"이것이 네가 소지한 물품이 틀림없느냐?"

"그렇습니다."

신중한 표정으로 잠시 생각에 잠겼던 부사령관이 조용히 입을 열었다.

"두 번 다시 이처럼 군령을 어기는 일이 발생한다면 그때는 황제폐하의 은혜로도 너의 목숨을 구명할 수 없음을 깊이 명심하고 근신토록 하라!"

죽음의 문턱에서 기사회생한 삼가의 눈에 고였던 눈물이 볼을 타고 주르르 흘러내렸다.

며칠 뒤 정보책임군관 직위가 해제된 삼가에게 귀환하라는 명령이 하달되었다. 실추된 위상으로 병력을 지휘하여 작전을 수행하기는 무리라고 판단한 사령관이 전보 조처한 것이었다.

직무를 대리하게 된 궁진에게 당부의 말을 남기는 삼가의 심정은 착잡하기만 했다.

"이처럼 불명예의 오점을 안고 퇴진하는 부족한 모습을 보여 면목이 없네. 전 일을 경계 삼아 모쪼록 큰 전공을 이루기 바란다.”

붉게 충혈된 눈으로 서로를 바라보는 시선과 시선 속으로 만감이 교차하고 있었다.

말을 탄 채 천천히 걸음을 옮기는 삼가의 귓가에 조금 전 인사차 들렀을 때 기병군단장이 한 말들이 맴돌았다.

‘얼마 전 초련 편에 전해준 충고가 이미 이러한 사태를 예견했기 때문이었다. 표면으로는 군율을 어긴 것이 원인이었지만 이 일의 이면에는 자네의 부친과 사천택 사이에 얽힌 악연이 자리 잡고 있음을 알아야 한다.’

뜻밖의 말에 의아한 표정을 지은 삼가를 보며 살리타가 말을 이어나갔다.

“오래전 금나라와 전투에서 적장이었던 사천택의 무릎을 꿇린 것이 바로 너의 부친이었다. 항복한 무장으로서의 치욕스러움이 가슴속에 앙금으로 남아 있었을 것이다. 그가 어떤 경로를 통해 네 신분을 알게 되었는지는 모르겠으나 이번 일의 저변에는 분명 그런 감정이 작용한 것으로 보인다.”

참으로 놀라운 일이었다. 물론 모든 책임은 자신에게 있었지만 사적인 감정을 개입시켜 냉혹한 군법을 시행하려 한 그의 행위는 지휘관으로서 치졸하기 짝이 없는 실망스런 처신이라 생각할 수밖에 없었다.

쓸쓸히 집으로 돌아온 삼가를 변함없이 맞아주는 것은 역시 가족들이었다.

안채로 들어서는 아들을 끌어안고 울음을 터트리는 어머니를 대하는 삼가 역시 눈시울이 뜨거워짐을 어찌할 수 없었다.

"아버님, 주어진 책무를 완수하지 못하고 이처럼 초라한 몰골로 돌아온 불민한 소자를 용서해주십시오."

연민 가득한 표정으로 아들을 바라보던 아비가 입을 열었다.

"너에 관한 소식은 입소문을 통해 대략 알고 있었다. 이 일의 전말을 되짚어볼 때 아무리 사심 없이 행한 일이었다 해도 군율을 어긴 것은 분명한 실책이었다. 그러나 그 모든 것이 네 잘못만은 아니다. 정황으로 미루어 불가피한 일이었지만 지난날 내가 맺은 인과가 네게 응보로 돌아갔음이 미안할 뿐이다."

내실을 물러나오는 것을 기다리고 있던 파륜이 반색하며 달려와 눈물을 글썽였다.

"도련님이 이처럼 무탈하게 돌아오신 것만 해도 참으로 다행스런 일입니다."

삼가는 그사이 더욱 듬직한 모습으로 변한 파륜을 향해 미소 지으며 손을 잡아주었다.

"아재. 연수 처자와 백년을 기약하고 부부 연을 맺은 것을 축하합니다."

"그 모든 것이 도련님이 배려해주신 덕택입니다. 소인 이 은혜를 반드시 갚겠습니다."

다음 날 집을 나선 삼가와 파륜이 나란히 말을 몰았다.

상도를 벗어나 한참을 달린 그들이 고삐를 당겨 보폭을 늦추었다.

오늘 나들이는 그동안 전장에서의 일로 가슴에 얹혔던 무거운 짐을 털어버리고 기분을 전환하기 위해 바람을 쏘이러 나선 길이었다.

"오랜만에 이처럼 도련님을 모시니 벅차오르는 기쁨으로 가슴이 메입니다."

그런 파륜을 보며 삼가도 밝게 웃었다.

"아재. 그건 나도 마찬가지랍니다. 적운 사부님을 만나기 위해 풍찬
노숙 모진 고생을 겪으며 죽음의 문턱을 넘던 일들이 마치 어제처럼
새롭습니다."

삼가의 말에 눈물을 글썽인 파륜이 말했다.

"도련님. 저는 도련님으로 인해 참으로 많은 것을 배웠습니다. 뿐만
아니라 고향 우루무치에 잠들어계신 부모님 묘소를 찾아뵙게 해주신 것
하나만으로도 평생을 두고 다 갚지 못할 커다란 은혜를 입었습니다."

"그 말은 가당치 않습니다. 흑수성에서 목숨을 걸고 격투사로 나선
아재가 기막힌 필살기를 펼쳐 나를 구하지 않았다면 어찌 오늘 이 자
리가 있겠습니까."

노예 신세가 되어 한 치 앞을 내다볼 수 없는 위기에 처했던 그때 일
을 떠올린 삼가와 파륜은 누가 먼저랄 것 없이 웃음을 터트렸다.

양주 조금 못 미친 곳에서 간단하게 요기를 마친 그들은 인근의 사찰
회룡사로 향했다.

호젓한 산길로 접어들어 이런저런 이야기를 나누며 걸음을 옮기는
데 저만큼에 싸움을 하고 있는 사람들이 눈에 들어왔다.

말을 몰아 가까이 다다르니 두 소녀가 한 남자를 상대로 일전을 벌이
고 있었다. 붉은 옷의 소녀가 쌍검을 휘두르며 달려들었다. 합세한 또
다른 소녀도 검을 수직으로 세워 치고 들어갔다.

몸을 날려 상대의 검을 가볍게 피한 사내가 큰 소리로 조롱했다.

"어린것들이 어미의 복수를 하겠다고 이리도 사납게 달려드니 기특
하기는 하다만 네 어미는 내게 죽을죄를 지었다. 그러나 너희들이 제
발로 나를 찾아온 이상 자비는 기대하지 마라. 네년들을 사로잡아 기
루에 팔아넘겨 네 어미의 몫을 대신하게 만들어주겠다."

말을 마친 사내가 소매를 펄럭이며 손바닥을 평평하게 세워 공격해

들어오는 소녀의 가슴팍을 향해 날렸다.

둔탁한 소리와 함께 붉은 옷을 입은 소녀의 몸이 저만큼 나뒹굴고 말았다. 정신을 잃은 소녀의 입에서 흘러내리는 피로 옷깃이 붉게 물들었다.

"언니. 정신 차려, 언니!"

울부짖던 소녀가 사내를 향해 쌍검을 비켜 들었다. 그러고는 검을 교차시키는 현란한 동작을 구사하며 사력을 다한 공격을 가했다.

그러나 그녀 역시 사내의 적수가 아니었다. 검을 피해 땅을 박차고 허공으로 치솟은 사내 발길이 소녀의 어깨를 가볍게 내리찍었다.

사내가 땅으로 내려서는 것과 동시에 중심을 잃은 소녀의 몸이 마치 녹아내리는 엿가락처럼 흐물거리며 무너졌다.

사내는 검을 빼들지도 않은 맨손이었다.

그 광경을 묵묵히 바라보던 삼가가 한 발 앞으로 나서며 말했다.

"무슨 사연인지는 모르겠소만 연약한 아녀자를 상대로 매서운 손길을 펼치는 걸 보니 같은 사내로 부끄러운 생각이 드는구려."

그 사내는 몸을 돌리지도 않은 채 차가운 목소리로 응대했다.

"내 저들에게 받을 빚이 있어 그러니 오지랖 넓게 남의 일에 참견 말고 갈 길이나 가시지."

말을 마친 사내가 얼굴을 돌리는 순간, 그를 먼저 알아본 것은 파륜이었다. 화등잔만 해진 파륜의 눈에 불길이 확 하고 일었다.

그자는 분명 도철이었다.

"네놈은 도철? 몇 해 전 양주 일진각에서 만났을 때는 어쩔 수 없이 보낸 네놈이지만 오늘은 반드시 복수하고 말겠다."

그제서 지난날의 기억이 떠오른 듯 둘을 번갈아본 도철이 자신도 몹시 궁금한 듯 물었다.

"그런데 도대체 네놈이 내게 무슨 원한이 있다는 것이냐!"

붉게 핏발 선 파륜의 눈에서 불길이 솟아올랐다.

"20여 년 전 우루무치에서 네놈이 저지른 짓을 벌써 잊었단 말이냐. 부모님을 무참히 살해한 것도 모자라 어린 누이를 능욕한 짐승만도 못한 네놈을 한시도 잊은 날이 없었다. 이놈, 도철."

"그리고 보니 그때 살아남았다던 아들이 바로 너로구나. 그래? 그렇다면 너의 도전을 받아주겠다. 자! 덤벼라."

삼가는 생각했다. 그동안 무예를 연마한 파륜의 실력은 분명 지난날과는 달랐다. 그러나 도철과 맞서기에는 역부족임이 분명했다. 무엇보다 격한 감정이 앞선 탓으로 평상심을 유지할 수 없는 것이 문제였다. 파륜의 앞을 가로막고 나선 삼가가 말했다.

"아재. 내가 아재를 대신해 원수를 갚아주겠다고 한 말은 지금도 유효합니다. 그러니 저놈을 내게 맡기세요."

삼가의 몸에서 풍겨 나오는 강한 공력을 느낀 탓인지 긴장한 표정으로 변한 도철이 검을 뽑아들었다.

선제공격을 시도한 것은 도철이었다. 상대를 향해 무서운 기세로 날아든 검이 현란한 빛을 뿌렸다. 번개처럼 날아든 공격을 몸을 활처럼 둥글게 휘는 수비로 무력화시킨 삼가가 즉각 반격에 나섰다.

허공으로 몸을 솟구친 용천검 끝에서 풍겨 나온 푸른 안개로 몸을 가린 삼가의 모습은 어디에도 보이지 않았다.

다만 번쩍이는 검광만 사방을 유린할 뿐이었다.

잠시 후 쿵! 소리와 함께 검붉은 물체 하나가 땅바닥으로 처박혔다.

그런데 그가 몸에 걸치고 있는 것은 옷이 아니었다. 마치 온몸을 너절한 걸레처럼 난도질당한 처참한 꼴로 변한 그는 바로 도철이었다. 검에 의지하고 가까스로 일어선 도철의 찢어진 옷 갈피갈피로 피가 배어 나왔다.

"생각 같아서는 네놈의 목숨을 거두는 것이 하늘을 대신한 응징이겠으나 적운 사부님의 가르침이 추악한 너의 목숨을 연명케 하였다. 나머지 생은 네가 저지른 악행을 속죄하며 살아라!"

"……."

돌연 공허한 웃음소리가 산자락을 흔들었다.

그것은 초점 없는 눈으로 허공을 응시한 채 실성한 것처럼 흘리는 도철의 웃음이었다. 그 소리는 낄낄낄 하며 웃다가 이내 으흐흐흐 하는 울음으로 바뀌었다. 도철은 지팡이로 의지하고 있던 검마저 내던져버린 채 비틀거리는 걸음으로 휘청휘청 걸었다. 그가 걸음을 옮길 때마다 흙길 위에 피로 물든 선명한 발자국이 남았다.

도철의 그림자가 숲속으로 자취를 감춘 뒤 계곡을 부딪는 광인의 울부짖음이 메아리가 되어 처량하게 흩어졌다.

어금니를 깨물며 소리 죽여 우는 파륜의 어깨를 삼가의 따스한 손으로 감싸주었다.

삼가의 발길이 공주가 거처하는 서궁으로 향하고 있었다.

솜처럼 물기를 머금은 후텁지근한 바람이 느린 걸음으로 지났다.

낮게 내려앉은 구름으로 잔뜩 찌푸린 하늘은 금방이라도 비를 뿌릴 것만 같았다.

시녀의 안내를 받아 처소로 들어서니 의자에 비스듬히 기대앉아 창밖을 바라보는 공주의 야윈 옆모습이 눈에 들어왔다.

"공주마마, 문안드립니다. 그동안 강녕하셨습니까?"

무표정한 얼굴로 힘없이 창밖으로 두었던 시선을 거두어들인 그녀가 눈앞에 선 삼가를 보는 순간 반가움으로 그만 눈물을 떨어뜨리고 말았다.

“와주었군요. 그동안, 그동안 그대가 얼마나…….”

목이 멘 그녀는 다음 말을 잇지 못하였다. 병색이 완연한 공주를 보며 마치 가슴 한구석이 미어지는 것 같은 아픔이 밀려들었다.

“공명심에 집착한 나머지 무장의 본분을 다하지 못하고 이처럼 불명예를 안고 공주마마 앞에 서게 되어 부끄럽습니다.”

말없이 삼가를 바라보던 공주가 입을 열었다.

“그대가 비록 군율을 어겼다고는 하나 그것이 사심 없는 행동이었다는 것을 나는 알고 있습니다. 교위 초련을 황후마마의 호위로 돌린 것도 문책을 받은 원인 중 하나였다는 사실을 접하고 어마마마의 청을 전한 나 역시 그대를 곤경에 처하게 했다는 자책으로 괴로워했습니다.”

“심려를 끼쳐드려 송구하옵니다. 모든 것이 사려 깊지 못한 저의 불찰로 비롯되었습니다.”

시녀가 찻잔을 들고 와 상 위에 가지런히 놓고 주전자를 기울여 차를 따랐다. 가늘게 피어오르는 김을 타고 은은한 향이 거실 가득 퍼져나갔다.

시녀의 조신한 움직임에 시선을 주고 있던 삼가가 문득 생각난 듯 물었다.

“뮬란이 보이지 않네요.”

조금 전 대면했을 때보다 표정이 한결 밝아진 공주가 빙긋 웃음 지으며 말했다.

“내가 너무 격의 없이 대해준 탓인지 사사건건 하는 말에 토를 달고 밉살스럽게 굴어 당분간 떨어져 있기로 하였답니다. 아마 원비 자오즈민의 처소에 있을 거예요.”

“원비라 하시면 제2비를 말씀하시나요?”

시녀를 의식한 그 말의 진의가 무엇인지 단박에 알아차린 삼가는 짐짓 시치미를 뗀 채 놀라는 표정을 지었다.

"회자정리라 하였으니 만남이 있으면 헤어질 때가 있는 법 아니겠습니까? 옛 정이 소중하다 하나 그처럼 공주님을 노엽게 했으니 지난날 목숨을 돌보지 않고 충성을 다한 공을 뮬란 스스로 모두 잃고 말았군요."

삼가의 말을 공주가 다시 받았다.

"어릴 적부터 벗이 되어주었고 또 백화궁에서 위기에 처한 나를 구한 적이 있다고는 하지만 상전을 능멸한 죄를 묻는다면 뮬란은 목숨을 부지한 것만 해도 내게 감사해야 할 거예요."

"산색유환무(山色有還無)라 하는 고금의 시구가 마침 오늘 날씨와 맞물려 절묘한 조화를 이루었네요."

공주가 희고 고운 치열을 드러내며 소리 내 웃었다. '봄 하늘이 개었다 흐렸다 하여 산이 보이다 안 보이다' 라는 의미이니, 드러내지는 않았지만 서로 간 심중은 삼가의 말 그대로였다.

차를 한 모금 마신 공주가 조금 경직된 어조로 물었다.

"그런데 낭장님은 향후 거취를 어찌할 생각인가요?"

"그 문제를 지금 제가 거론할 시점은 아닌 것 같습니다. 처벌은 면했다고 하나 군율을 어긴 사실이 엄연한 이상 병부의 처분을 기다릴 뿐입니다."

두 사람 사이에 잠시 무거운 침묵이 흘렀다.

서궁을 물러나와 집으로 향하며 삼가는 문득 엊그제 어머니가 한 말을 떠올렸다.

"출정한 네가 군율을 어긴 죄로 목숨을 잃을 뻔한 이유 중 하나가 초련을 후방으로 무단 전출시킨 것이었다고 들었는데 그것이 사실이냐."

"예. 그럴만한 저간의 사정이 있었지만 틀린 말씀은 아닙니다."

다정하고 인자한 어머니의 표정이 늦가을 서리를 머금은 국화처럼 서늘하게 변했다.

"무과시험장에서 너의 호적수가 되어 칼을 마주 겨루었을 때부터 나는 그 아이를 탐탁지 않게 여겼다. 그러더니 결국 이처럼 네 앞길을 막고 말았구나."

어미의 눈에 가득 고인 눈물이 흘러 볼을 적셨다. 사리분별이 명확하신 어머니가 자식의 전도만을 염려하는 이기적인 모정으로 저처럼 마음 아파하는 것을 보면서도 사실대로 풀어 말씀드릴 수 없는 삼가 역시 가슴이 답답하기는 마찬가지였다.

"적운 사부님을 모시고 함께 수련한 처지로 지난번 황궁을 향하는 길목에 매복한 적에게 기습 당해 위험에 처한 내 목숨을 구해준 은인이기도 합니다. 어머니, 초련 낭자를 미워하지 마세요."

그러나 아들의 당부에도 불구하고 어미의 얼굴에 내린 그늘은 거두어지지 않았다.

며칠 후 황후궁으로 들라는 전갈을 가지고 찾아온 초련과 삼가가 얼굴을 마주했다.

"그동안 얼마나 고생이 자심하셨습니까. 저로 인해 사지에 내몰리는 위험을 겪으신 것을 무엇으로 사과드려야 할지 모르겠습니다. 이처럼 무탈하게 돌아오신 것만도 참으로 다행한 일입니다."

그녀의 말에 씁쓸한 표정으로 웃음 지은 삼가가 의외의 농으로 초련을 당혹스럽게 만들었다.

"이 몸이 지옥과 극락의 경계를 서성이는 와중에도 나를 지탱하게 해준 힘의 원천은 사형이었답니다. 모진 고난을 극복할 수 있는 계기와 가르침을 준 것은 온전히 그대 덕분이니 말입니다."

오래전 행낭사건을 빗댄 짓궂은 말에 초련의 얼굴이 해당화처럼 빨갛게 물들고 말았다.

울창한 숲으로 둘러싸인 궁 동편에 자리한 원비 자오즈민의 처소는 경관이 아름답기로 유명한 곳이었다.

기암괴석 사이사이 핀 꽃들이 서로 자태를 다투어 뽐냈다. 사람들은 그곳을 가리켜 보석궁이라 했다.

궁의 주인인 제2비 원비는 백설같이 투명한 피부를 자랑하는 미인으로 그 미모가 춘추전국시대 월나라 절세미인 서시를 그대로 빼어닮았다 하여 사람들은 그녀를 심어비라는 별칭으로 불렀다.

뛰어난 미인을 지칭하는 심어라는 말의 유래는, 어느 날 빨래하는 그녀의 모습이 맑은 강물에 비쳤을 때 눈부시게 아름다운 서시 모습에 도취된 물고기가 헤엄치는 것도 잊어버리고 구경하다 그대로 강바닥으로 가라앉았다는 고사에서 비롯되었다.

미천한 가문에서 태어난 원비 자오즈민이 황제의 눈에 띄게 된 계기가 무척 이채롭다.

젊은 시절 사냥 나왔던 쿠빌라이 왕자가 지나는 길에 산중 외딴 집 우물가 소녀에게 한 모금의 물을 청했다. 그런데 참으로 맹랑한 일이 벌어지고 말았다. 소녀가 들고 있던 바가지를 우물가 바위에 그대로 내리친 것이었다.

산산조각으로 흩어진 파편을 딛고 등을 돌린 그녀가 집으로 걸음을 옮겼다. 무례한 행동에 분개한 부하들이 칼을 빼려 하는 것을 제지한 왕자가 소녀를 지켜보고 있었다.

잠시 후 되돌아 나온 그녀 손에 깨끗하고 정갈한 물그릇이 들려 있었다.

건네받은 물로 목을 축인 후 소녀를 자세히 살펴본 왕자는 깜짝 놀라고 말았다. 비록 차림새는 남루했지만 그 용모는 마치 방금 하늘에서 구름을 타고 내려온 선녀와 같았기 때문이었다.

"그대의 이름이 무엇이오?"

그러나 소녀는 미소 지을 뿐 입을 열지 않았다. 신비한 아름다움을 간직한 여인이었지만 그 기억은 왕자의 뇌리에서 잊히고 말았다.

시시각각 변하는 권력의 암투로 첨예하게 대립하는 긴장 속에 하루하루가 지났다.

그러던 어느 날 문득 소녀의 모습이 떠오른 왕자가 다시 그녀를 찾았을 때 박꽃처럼 흰 소복을 입은 소녀가 다소곳이 고개 숙여 왕자를 맞이했다.

"소저에게 궁금한 점이 있어 이처럼 다시 왔으니 너무 무례하다 탓하지 마시오."

고개를 든 소녀가 상대의 눈을 바로 보았다. 그녀는 사내의 눈동자 속에 이글거리며 타오르는 불길을 피하지 않았다. 그러고는 꽃처럼 고운 입술을 움직여 말했다.

"소녀가 먼저 여쭙겠습니다. 그대는 누구십니까!"

참으로 당돌한 언사가 아닐 수 없었다.

"나는 쿠빌라이 왕자라 하오."

그러나 신분을 밝힌 왕자 앞에서도 전혀 동요하거나 흔들림 없이 당당한 자세를 견지한 그녀가 다시 물었다.

"소녀를 이처럼 다시 찾으신 연유가 무엇인지요."

"그보다 먼저 알고 싶은 것은 처음 대면했을 때 물 그릇을 깨트린 이유를 말해줄 수 있겠소?"

그녀의 얼굴에 미소가 감돌았다. 그 모습은 잠에서 금방 깨어난 앵도화처럼 청초하고 아름다웠다.

"사실대로 말씀드리자면 그 전날 밤 귀인을 맞이할 것을 생생한 현몽으로 보았습니다. 하여 그릇을 깨는 큰 소리를 냄으로 부정한 기운을 물리는 방편으로 삼은 것이니 소녀의 무례를 용서하십시오."

"그렇다면 오늘 이처럼 소복을 입은 까닭은 무엇이요."

"소녀에게는 두 분의 오라비가 계십니다. 뛰어난 용력이 있으나 가문이 한미한 탓에 세상으로 나가길 포기하고 사냥을 호구지책으로 삼고 살았습니다."

조급한 나머지 왕자가 상대의 말허리를 자르고 들어왔다.

"그럼, 두 분 오라버니가 불행한 일을 당하기라도 했단 말입니까?"

소녀가 고운 치열을 드러내 살포시 미소 지었다.

"그런 것이 아니라 처음 왕자님을 뵙던 날 소녀는 스스로 깨달은 바가 있었습니다. '봉황은 오동나무가 아니면 아무 곳이나 깃들지 않고, 낭간의 열매가 아니면 굶주릴지언정 먹지 않는다' 는 옛말처럼 기다려도 오지 않는 엇갈린 인연이라면 차라리 무정한 임을 원망하며 세상을 하직하려는 생각으로 오늘 아침 이처럼 소복을 입었습니다."

말을 마친 그녀의 호수처럼 맑은 눈에 가득 고인 이슬이 방울지어 흘러내렸다. 왕자가 여인의 손을 와락 움켜쥐었다. 그리고 커다란 소리로 외치듯 말했다.

"내가 아둔하여 여기 오매불망 기다리는 또 다른 인연을 미처 알지 못하였소. 천지신명의 이름으로 분명히 약조하리니 하늘이 무너진다 해도 내 기필코 예를 갖추어 그대를 일생의 반려자로 맞이하리다."

그렇게 하여 두 사람은 맺어졌고 칸에 추대되어 황제 자리에 오르게 되자 자오즈민은 격식을 갖추어 당당히 궁으로 들어오게 되었다.

그러나 후일 항간에는 다른 이야기들이 떠돌았다.

그 오라버니라는 자들은 짐승 사냥은 뒷전으로 인물 반반한 동생을 미끼로 삼아 사람을 유인한 다음 금품을 빼앗고 목숨 해치는 일을 다반사로 여기는 흉포한 자들이었다고 한다.

그날도 숨어서 기회를 엿보던 오라비들에게 자기들의 힘으로는 목적을 이루기가 불가함을 알리는 약속된 신호로 그녀가 물바가지를 깨트렸다는 것이다.

우여곡절을 겪으며 황궁으로 들어와 곧바로 제2후비로 책봉되어 황제의 총애를 독차지한 자오즈민과 그 후광을 입어 관직에 등용된 주룬파 형제의 권세는 실로 막강한 것이었다. 심지어 고위 관직자 중에도 후비 일파에게 은밀히 접근하여 충성을 다짐하고 추종하는 정치적 파벌이 형성되어 있음은 궁 안의 공공연한 비밀이었다.

정비 차브이 황후와 세자, 그리고 홀도노미리계실 공주들에게는 호시탐탐 자리를 넘보는 후비 세력이 안으로부터의 근심인 내우라 한다면, 카라코룸에서 반역의 깃발을 든 아릭부케 또한 반드시 극복해야 될 외환이 분명했다.

상도는 태양을 가린 회색 모래먼지로 온통 암흑천지를 이루었다.

위구르인들이 카라브란이라 부르는 검은 폭풍이 기승을 부리며 수일째 도시를 거칠게 공략했다.

뮬란이 앞에 놓인 잔에 차를 모두 따르자 원후가 물러가라 지시를 내렸다.

검은 얼굴 치켜 올라간 눈썹 아래 살기 번득이는 눈매를 한 주룬파와 몸집이 황소만한 사내가 맞은편에 앉아 있었다. 그의 동생 자오즈양이었다.

평소 그들은 이따금씩 후비의 처소에 들어 식사를 하거나 밀담을 나누곤 했다. 그러나 오늘같이 일기가 몹시 사나운 날, 이처럼 회동한다는 것은 아무래도 중요한 문제를 논의하는 자리일 것이라 짐작한 뮬란은 신경을 집중하고 그들의 동정을 살폈다.

하지만 이곳 후비의 처소에 함께 일하는 십여 명의 시녀 중 누군가는 주인을 위해 충성을 다하는 심복일 것이라는 사실을 염두에 두었으므로 행동 하나하나에 신중을 기해야만 했다.

거칠게 울부짖는 바람에 섞여 간간이 작은 말소리가 흘러나올 뿐 그들이 나누는 대화 내용들은 알 도리가 없었다.

잠시 후 식사를 마친 그들이 자리를 일어섰다. 시녀들과 함께 식탁을 정리하던 뮬란에게 후비가 지시했다.

"구관조의 먹이를 주고 후원으로 나가 잠시 산책을 시키거라."

초련을 통해 부름을 받은 삼가가 황후궁으로 들어서니 황후가 반갑게 맞이했다.

지난번 뵈었을 때보다는 조금 수척해진 듯했지만 아름다움은 여전했다.

"소장 삼가 황후마마께 인사 올립니다. 그동안 옥체 강녕하셨습니까!"

문안 인사를 받은 황후가 가느다란 한숨을 내쉬었다.

화사한 얼굴 위로 한 자락 짙은 그림자가 내려앉았다.

"나라가 온통 전쟁의 격랑에 휩싸여 있는 와중이니 어찌 마음이 편할 수 있겠는가. 다행히 전황이 유리하게 전개되는 것에 일말의 위안을 삼을 뿐이네."

시녀가 내온 차를 권한 황후가 다시 말을 이었다.

"지난번 초련의 일로 인해 변을 당할 뻔한 낭장에게 다시 한 번 위로 의 말을 전하니 마음의 짐을 모두 털어버리게."

"황후마마, 어찌 그런 황감한 말씀을 내리시오니까. 모든 것이 소신 의 불민함에서 비롯된 일이옵니다."

"낭장을 오늘 이 자리에 부른 까닭은 다름 아니라 수일 전 전선에서 총사령관이 자네의 복직 요청서를 황제께 보내온 것을 마침 폐하를 모 신 자리여서 내가 알게 되었네. 무장은 전장에서 공을 세우는 것이 국 가를 위한 본분이며 개인적으로는 영달의 기회겠지만 지난 불상사가 떠올라 내당은 국정에 관여치 않는 전례를 알면서도 폐하께 청원을 드 렸다네. 낭장에게 폐하의 안위와 황후궁 호위를 총괄하는 중책을 맡길 것을 말일세."

"이처럼 분에 넘치는 황후마마의 은혜, 목숨 바쳐 충성하겠습니다."

입가에 미소를 머금은 황후는 말없이 삼가를 바라보았다. 마치 어머 니가 자식을 대하는 듯한 자애로움 가득한 표정으로……

삼가는 황후궁과 황제를 근접 경호하는 호위총관의 책임을 맡게 되 었으므로 실질적인 복권이 이루어진 셈이었다.

며칠 뒤 이부 판사로부터 임명장을 수여받은 호위총관 삼가가 신임 인사차 각 부서를 차례로 돌았다. 먼저 들른 곳은 문하시중의 집무실 이었다. 머리 숙여 공손히 예를 올리자 만면에 웃음을 띤 문하시중 홍 건이 반색을 하며 맞아주었다.

"지난번 불상사를 전해 듣고 심려했건만 그런 기우를 말끔히 불식시 키고 이처럼 복권되어 황제폐하를 호위하는 중책에 임명되다니 참으 로 대단한 일이 아닌가. 하여간 진심으로 축하하네."

그의 웃음 뒤에 감추어진 서늘한 냉기를 느낀 삼가였지만 다시 머리 숙여 감사를 표했다.

　"오래전 우리 집으로 초대한 일을 잊지 않았다면 일간 시간을 내어 꼭 한번 들러주시게나. 언제라도 환대할 준비를 갖추라 일러둘 터이니……."

　"틈을 내 찾아뵙도록 하겠습니다."

　상대는 분명 호감이 가지 않는 위인임이 분명했지만 지난번 전장에서 겪은 뼈아픈 경험은 그에게 사려 깊은 자아성찰의 계기를 만들어주었다.

　대인관계에서 극단적인 호불호가 명백함은 나름의 장점이 있지만 자칫 상대로 하여금 등을 돌리게 만들고 그것이 원한을 맺는 고리가 된다는 사실을 깨달았기 때문이었다.

　호부와 병부를 두루 거치며 인사를 마치고 이부로 돌아왔을 때는 이미 주위가 어둑어둑해져 퇴청이 가까운 시각이 되었다.

　퇴청하는 상급 관리들에게 인사를 하고 나니 비슷한 또래로 보이는 젊은 관리 하나가 삼가에게 다가왔다.

　"저는 정9품 승사랑직의 두승경이라 합니다. 호위총관직을 제수받고 이부에 배속되심을 축하드립니다."

　"이처럼 환영해주니 고맙소. 나는 삼가라 합니다."

　"총관님도 잘 아시겠지만 전해 내려오는 오랜 관습으로 부임한 신임 관리는 신고 턱을 내는 전통이 있습니다. 어찌하시겠는지요."

　"유구한 전례가 나에 이르러 깨진다면 유감스런 일이겠지요. 좋습니다. 기꺼이 한 턱을 대접하겠습니다."

　"그럼 그리 알고 오늘 저녁 버드나무거리의 기루 진흥각에 자리를 마련하라 연통을 놓겠습니다."

어둠이 내린 거리 곳곳에 화사한 등이 내걸렸다.

거리를 밝힌 홍등이 불어오는 바람을 타고 요염한 교태를 지으며 오가는 길손을 유혹했다. 명칭에 걸맞게 도로 양편으로 줄지어 늘어선 버드나무가 여인의 풀어헤친 머리채같이 가지를 길게 늘어트리고 초저녁 바람에 유연한 허리를 나실나실 비틀었다.

거리 한복판에 우뚝 솟은 진흥각 건물이 눈에 들어왔다.

붉은색으로 단장한 문 앞에 소년 하나가 서 있었다. 손님을 안내하는 소임을 맡은 아이일 터였다. 순간 삼가는 피식 웃음을 터트리고 말았다. 그 소년을 통해 몇 해 전 자신의 모습을 보았기 때문이었다.

그러나 어찌된 까닭인지 양주 일진각에 몸을 의탁하고 있을 때의 일이 마치 엄청 오래전에 겪은 것처럼 느껴졌다.

소년의 안내를 받아 기루로 들어서니 안쪽에 마련된 장소에 자리 잡고 앉은 관원들의 얼굴이 보였다.

모임을 주선한 승사랑 두승경이 가벼운 목례로 인사하고 동석자들을 둘러보며 오늘의 주인공을 소개했다.

"지난해 무과 장원급제를 하신 분이며 이번에 호위총관으로 임명되어 이부로 배속되신 삼가님이십니다."

자리에서 일어선 삼가가 가벼운 목례로 인사했다.

"이처럼 환대해주셔서 고맙습니다. 부족한 점 지도와 편달로 이끌어주실 것을 당부 드립니다."

"다음은 관원들을 소개하겠습니다. 이쪽은 저와 같은 직급인 통직랑 하얼즈입니다. 다음 역시 동일 직급의 저우룬파입니다."

열 명 남짓한 인원을 차례로 소개한 두승경이 마지막 남은 한 사람을 호칭했다.

"이 분은 정6품 승봉랑이신 진여랑님입니다."

사실 삼가는 이 자리에 들어선 직후 진여랑의 존재를 알고 있었다. 그와는 어린 시절 함께 자랐으나 헤어져 몇 해가 흐른 탓으로 양주 일 진각에서 조우했을 때는 서로가 알지 못하였다. 그러나 패거리들과 함께한 자리에서 여랑이 저지른 패악으로 묘현을 죽음으로 내몬 그 일을 잊을 수가 없었다.

그는 자신이 무과에 급제하여 황궁으로 등청하던 날, 연가정 거리에서 아이를 말발굽으로 치어 죽게 하고 그대로 도망친 자였다. 또한 증거인멸을 목적으로 피맛골 도축장에 불을 질러 주인을 해친 의혹을 받은 악랄하기 짝이 없는 인간이 바로 눈앞에 있는 진여랑이었다.

지금 이 자리에서 그러한 지난날의 감정을 표출할 수는 없었지만 자신의 존재는 분명하게 알려야겠다고 마음먹었다.

"여랑, 오랜만이군. 때가 되니 이렇게 만나게 되는 걸 보면 우리의 인연이 무척 질긴 모양일세."

진여랑 역시 삼가를 알고 있었으므로 별반 놀라는 기색 없이 담담하게 말했다.

"하기는 어릴 적 헤어진 후로 우연히 한두 번 마주친 것 같기도 한데……, 하여간 자네가 이처럼 이부로 배속되었으니 앞으로 잘 지내보세."

둘이 나누는 심상치 않은 대화에 정작 놀란 것은 자리에 동석한 관리들이었다.

식사를 마치고 술자리가 이어졌다. 번쩍이는 장신구로 치장한 화려한 복장에 진한 화장을 한 여인들이 사내들 사이사이에 앉아 술시중을 들었다.

두승경은 입담이 좋고 재주가 많은 사내였다. 입에 손가락을 넣어 호적(날라리) 소리를 내는가 하면 여인과 짝을 이뤄 추는 역동적이고 활달한 춤으로 좌중의 신명을 돋우었다.

여인이 애절한 비파음에 맞춰 청아한 목소리로 노래를 부르기 시작했다.

> 기러기 나래에 묻은 찬 서리
> 성근 오동잎 적셔 떨구는 눈물
> 구불진 동구 밖 자욱한 안개
> 기다리는 임 그림자 지우네
> 북풍 불면 기러기 어김없이 오건만
> 한 번 간 임은 올 줄 모르네
> 아아, 야속한 임아!
> 햇살에 스러질 무서리처럼
> 이 밤 꿈결 밟고 다녀가소서.

여흥을 즐기며 술잔이 연거푸 돌았지만 삼가는 사양하고 술을 거의 마시지 않았다.

혀 꼬부라진 소리를 하면서도 분위기를 주도하는 것은 여랑이었다. 듣기 거북한 음담패설을 아무렇지 않게 지껄이며 여인들을 희롱했다.

삼가는 오늘 자리가 자리인 만큼 먼저 일어설 처지가 아니어서 잠시만 더 있으려고 마음먹었다.

그런데 여랑이 술잔을 내밀며 하는 말이 무료하게 앉아 있던 삼가의 정신을 번쩍 들게 만들었다.

"여보게 친구. 자네는 국가에 대한 진정한 '충'이 무엇이라고 생각하는가?"

"국가의 명을 따르고 나라가 정한 법을 지키는 것이겠지."

　역겨운 표정을 지은 여랑이 비웃음을 흘리며 다시 말했다.

　"역시 자네는 국가의 동량이 될 인재가 틀림없어. 그렇다면 하나만 더 묻겠는데, '역'에 대해서는 어떻게 생각하나!"

　삼가는 지금 여랑이 하는 수작의 진의가 무엇인지 알아차렸다. 격한 분노가 솟구쳐 올랐지만 감정을 앞세워 대응한다면 그것은 간교한 여랑의 술수에 말려드는 꼴이 되고 말 것이었다.

　"그것 역시 국가가 정한 법을 지키고 행하며 거스르지 않는 것이라 답하겠네."

　호기를 잡았다고 판단한 여랑이 회심의 미소를 지으며 공격의 활시위를 당겼다.

　"그럼 전장에서 지휘관의 명령에 불복하고 군율을 어긴 행위는 충인가 아니면 역인가. 매우 궁금한 문제이니 어디 자네의 뛰어난 언변으로 답변을 해보시게."

　일순 팽팽한 긴장감이 돌며 모두의 시선이 삼가에게 집중되었다.

　그는 상대의 약점을 공격하여 치명타를 가하는 야수의 본능을 타고난 교활하고 잔인한 자였다.

　그러나 비록 지난 일이 이처럼 여랑에게 수모를 당하는 빌미를 제공했지만 약관의 나이로 적진을 누비며 사선을 넘나 든 경험을 한 삼가였다.

　와하하하! 호쾌한 웃음을 터트린 삼가가 좌중을 돌아보며 말했다.

　"일찍이 말로만 들었던 신고식이 이처럼 모진 것인 줄 알았더라면 내 진작 철저한 대비를 해두었을 것을 하는 후회가 막심합니다. 하지만 모든 것이 나 자신의 미숙함에서 시작되었음을 인정하고 오늘의 고언을 마음 깊이 새겨두겠습니다."

　여랑은 삼가와 언젠가는 반드시 만나게 될 것임을 짐작하고 나름대로 치밀한 논리로 이날을 준비했다. 더구나 자기가 저지른 짓을 속속

들이 알고 있는 삼가를 제압하기 위해 고심하던 차에 군율을 어겨 처형 직전까지 내몰렸다는 소식을 접하고 쾌재를 부른 그였다. 그러나 유리한 고지를 점령했다는 확신이 이처럼 허망하게 무너지고 만 사실이 도저히 믿어지지가 않았다.

조금 전 자리를 일어서며 던진 삼가의 말 한마디가 예리한 비수가 되어 여랑의 심장을 파고들었다.

'불기자심 사필귀정(不欺自心 事必歸正)'

돌아선 삼가의 등을 바라보며 여랑은 마치 실성한 사람처럼 중얼거렸다.

'자신을 속이지 말라. 모든 진실은 반드시 밝혀지게 되어 있다?'

호위군사들을 지휘 감독하며 황제와 황후궁을 호위하는 일로 분주한 총관 집무실로 초련이 찾아왔다.

"이처럼 중임을 맡으신 총관님께 늦었지만 감축 드립니다."

수결을 마친 문서를 탁자 위에 내려놓은 삼가가 활짝 웃는 얼굴로 그녀를 맞이했다.

"모든 것이 전화위복의 계기를 만들어준 사형 덕분이지요."

여느 때 같았으면 얼굴을 붉혔을 초련도 이번만큼은 사뭇 달랐다.

"하기는 총관님의 말씀을 듣고 보니 군율을 어기게 만든 장본인인 제 공이 전혀 없는 건 아니었네요. 그렇다면 내게도 한턱 내셔야겠습니다."

초련에게 예상치 못한 일격을 당한 삼가의 얼굴에 당황한 기색이 역력했다.

일전에 있었던 여랑과의 설전을 소문으로 전해 들은 초련이 그 일을 빗대어 이제껏 수세에 몰렸던 처지를 단번에 만회한 것이었다.

그제야 초련의 속내를 짐작한 삼가가 어색한 미소를 지으며 사과했다.

"사형과 나 사이에 얽히고설킨 사연 탓으로 심기를 불편하게 했으나 이

후로는 결단코 그런 결례는 범하지 않을 것이니 용서해주시오."

삼가의 변명 아닌 변명에 깔깔대며 웃음을 터트린 초련이 말했다.

"그만하면 충분하니 그냥 이전대로 하세요."

그들은 천산 무릉제 시절로 되돌아간 듯 유쾌하게 웃었다.

잠시 후 초련이 품에서 한 장의 종이를 꺼내 탁자에 놓았다.

종이에는 이런 글귀가 쓰여 있었다.

'만월귀면 시독연비'

"그것이 무엇입니까?"

"이것은 후비 자오즈민의 처소에 가 있는 뮬란으로부터 온 것입니다. 아무리 살펴보아도 의미를 알 수 없다고 하시며 공주님이 총관님께 전해드리라 하셨습니다."

그러나 삼가 역시 그 글 속에 내포된 의미를 전혀 짐작할 수 없었다.

"세밀히 분석한 연후 찾아뵙겠다고 공주님께 전해 올리세요."

후비는 새를 몹시 좋아했다. 그중에도 특히 구관조를 무척 아껴 시녀들로 하여금 정성껏 보살피게 하고 있었다.

인간의 말을 흉내낼 수 있는 조류는 앵무새와 구관조인데 후비의 사랑을 차지한 명명이라 부르는 구관조는 매우 영리하여 사람들의 말을 알아듣고 그 말을 곧잘 따라하는 재주를 가지고 있었다.

명명과 함께 후원으로 나온 뮬란이 깃털을 다듬어주고 있을 때 기분이 좋아진 명명이 무어라 중얼거렸다. 자주 목격한 일이라 대수롭지 않게 생각한 뮬란의 귓가에 이번에는 명명이 지껄이는 소리가 더욱 분명하게 들려왔다. 그것이 바로 '만월귀면 시독연비' 였다.

그동안 업무 파악과 실질적 지휘권을 장악하는 일로 분주했던 탓으로 오랜만에 집으로 향하는 호위총관 삼가가 연가정 거리를 벗어났다. 말 등에 앉아 인적이 한산한 길을 천천히 걸으며 무심히 올려다본 밤

하늘에 희미한 조각달이 걸려 있었다. 그 쓸쓸한 정경을 보면서 문득 화무십일홍이라는 격언이 떠올랐다. '꽃이 붉다 하나 열흘을 넘기지 못한다는 말이 있는 것처럼, 그 반대로 이지러진 저 달도 때가 되면 둥근 만월이 되겠지' 하고 중얼거렸다. 순간 번쩍이는 섬광처럼 뇌리를 스쳐 지나는 것이 있었다.

"만월? 만월이라!"

단원절로 불리는 팔월대보름은 연중 가장 밝고 둥근 달을 볼 수 있는 날이다. 대지를 관장하는 지신을 비롯한 삼천 대천세계 광활한 하늘을 지배하는 우주의 모든 정령들에게 햇곡식으로 제사를 올려 풍년을 감축하고 무사안위를 기원하는 축제의 명절이기도 했다.

동녘에 달이 떠오르면 때를 맞추어 멋을 부려 치장한 가면을 쓰고 남녀노소가 어우러져 동틀 무렵까지 노래하고 춤추며 즐겼다. 연장자는 다과를 내려 덕을 베풀었고 손아래 사람은 정성껏 마련한 선물을 드리는 것이 전래되어 내려온 오랜 풍습이었다.

대보름중추절은 궁이나 민간 신분의 높고 낮음을 가릴 것 없이 모두가 즐기는 신명나는 한판의 풍성한 축제였다.

일각에서는 남송과 전쟁을 치르는 와중이라는 사실을 거론하며 성대한 명절을 즐기는 것이 부당하다는 주장을 했다.

그러나 다른 견해도 있었다. 전쟁으로 피폐해진 민심을 위로하는 한편, 대내외적으로 몽골의 위력을 과시하고 아울러 황실의 위엄을 보여주는 계기로 삼아야 한다는 의견이 서로 비등하게 대립했다.

결국 후자의 논리를 인정한 황제의 재가로 전례대로 중추절 축제가 시행될 것임을 조야에 공표했다.

한가위를 맞아 설레는 마음으로 시가지는 물론 황궁 곳곳에 오색 화등이 가득 내걸렸다.

휘영청 밝은 달이 모든 사람의 소망과 기원을 담고 산등성이 위로 두둥실 떠올랐다. 때맞춰 호적을 앞세운 패거리들이 징과 북을 요란하게 울리며 거리 곳곳을 누벼 흥을 돋우었다.

사람들이 착용한 가면의 종류는 곤충이나 동물을 형상화한 것이 있는가 하면 각양각색의 꽃에 이르기까지 실로 다양했다.

그러나 대부분의 남성들은 귀신 형상의 가면을 선호했다. 음양오행에 의하면 달은 음이다. 귀신이라는 존재 역시 음이므로 밝은 세상으로 실체를 노출시켜 액을 막고자 하는 의미가 있었다.

황후궁으로 진상된 화려한 꽃으로 장식한 손수레들이 속속 당도했다.

직첩을 받은 부인들에게 내린 선물의 답례품들이었다. 그런데 한 가지 특이한 전통은 그 답례품을 바친 사람의 신원은 물론 전달자 역시 가면을 착용하여 신분을 노출시키지 않는 것이 불문율처럼 되어 있었다. 그러한 배려는 경쟁적으로 고가의 예물을 진상하는 폐해를 고려한 조처였을 것으로 짐작된다.

황후궁으로 들이는 예물을 승냥이 가면의 초련이 하나하나 직접 접수하여 한옆으로 정리시켰다. 가면으로 얼굴을 가린 탓에 신분을 자세히 식별하기는 어려웠지만 의복을 살펴보면 궁에 속한 시녀인지 사가의 하녀인지 구분할 수 있었다.

자리에 앉아 하례 받으며 일일이 치하 말씀을 내리는 공작 가면 속의 황후 얼굴에 미소가 피어올랐다.

초련이 마지막으로 접수한 물품을 모두 거두고 나니 30여 개가 넘는 꽃 수레로 황후전 넓은 회랑이 그득했다. 화려하게 장식한 수레들에는 서역에서 건너온 진귀한 향료를 비롯하여 오랜 기간 공들여 제작한 자수 등 온갖 예물들이 담겨 있을 터였다.

그런데 조금 전 예물 수레를 밀고 온 시녀가 착용한 것은 무서운 형상을 한 귀신 가면이었다. 귀면은 대부분 남성들의 전유물이었으므로 유독 초련의 관심을 끌었다. 초련은 그녀가 옆을 스쳐 지날 때 아무도 눈치채지 못할 은밀한 손놀림으로 옷깃에 흔적을 남겼다. 그것은 직인을 찍을 때 사용하는 붉은색 인주였다.

통상의 관례는 접수한 예물들을 즉석에서 개봉한 후 황후가 덕담과 함께 그 자리에 참석한 모든 이에게 나누어주는 것이었다. 그러나 오늘은 매우 이례적으로 진상된 예물들을 한옆으로 가지런하게 정리하였을 뿐 일절 개봉하지 않아 모두의 궁금증을 불러일으켰다. 대신 궁에서 마련한 다과와 음식이 푸짐하게 차려져 있었다.

은은한 빛이 감도는 옥잔을 치켜든 황후가 말했다.

"오늘 이처럼 좋은 날, 이 자리의 모든 사람에게 황제폐하의 성총과 신의 가호가 함께 내리기 바랍니다."

"만수무강을 비옵니다. 황후마마!"

환호 섞인 흥겨운 웃음소리가 회랑 가득 울려 퍼졌다.

초련이 수하를 불러 귓속말로 모종의 지시를 내렸다. 그러고는 아무 일 없었다는 듯 황후의 지근거리에 선 채 붙박은 시선을 움직이지 않았다.

다음 날 정오가 가까운 시각 황후궁에 든 호위총관과 초련이 황후가 납시기를 기다리고 있었다. 어젯밤 축제 참관으로 평소보다 늦게 침소에 드셨기 때문에 자연 기침이 늦었기 때문이었다.

조금 전 대기실로 들어오면서부터 일기 시작한 조바심을 애써 참아 온 초련이 결국 입을 열었다.

"총관님은 공물수레 중 하나에 그토록 무시무시한 독사와 전갈이 가득 담겼다는 사실을 어떻게 예측하셨습니까.”

하지만 미소 지으며 삼가가 한 답변은 초련을 실망시켰다.

“이번 일 역시 사형의 공이 크니 나는 사형 덕을 보는 행운을 타고난 것 같습니다.”

매번 지난 일을 소재 삼은 농담으로 자신을 희롱하거나 아니면 사형이라는 공대를 앞세워 입장을 난처하게 만들어 문제의 핵심을 비켜나가는 이 사내 앞에서 어찌 처신해야 할지 갈피를 잡을 수 없는 초련이었다.

뒤틀린 심사로 인해 입을 굳게 다문 초련이 창밖으로 시선을 두었다.

잠시 뒤 접견실로 들어선 공주가 두 사람을 보며 놀렸다.

“평소 사형사제 간의 돈독한 우애를 무척 부러워했는데 오늘은 두 분 사이에 어찌 이처럼 얼음장 같은 냉기가 도는지 모르겠네.”

눈치 빠른 공주의 농에 무안해진 두 사람은 어쩔 줄 몰라 했으나 그녀가 이내 어색해진 분위기를 수습했다.

“총관과 호위부관의 적절한 대처로 지난밤을 아무 탈 없이 넘긴 것은 정말 다행한 일입니다.”

“그렇기는 하지만 황후마마를 해치려 간악한 흉계를 꾸민 무리의 실체를 아직 밝혀내지 못하였습니다.”

하지만 총관의 다음 말은 황후의 등장으로 중단되었다.

인사를 받고 자리에 앉은 황후가 탁자 위에 놓인 차를 권하며 입을 열었다.

“다름 아니라 호위총관이 어제 답례품으로 올라온 예물에 절대 손을 대서는 아니 된다고 주청한 연유가 무엇이었는지 참으로 궁금하구나.”

“말씀 올리기 황송하오나 그 예물 중 하나에 독사와 전갈이 가득 들어 있는 손수레가 있었습니다.”

황후의 안색이 하얗게 질리며 핏기 잃은 얼굴에 가느다란 경련을 일으켰다.

"무엇이라! 독사와 전갈이?"

그렇다면 만일 전례대로 별 생각 없이 수레 속으로 손을 넣었더라면 자신은 지금 이 세상 사람이 아닐 터였다. 정말 몸서리쳐지는 일이었다.

"그처럼 악독한 짓거리를 서슴없이 저지른 것이 누구의 소행인지 알 아내었느냐!"

호위총관이 답변을 올렸다.

"후비의 사주를 받은 누군가가 꾸민 일로 짐작되옵니다. 머지않아 이번 일의 전모가 밝혀질 것이오니 진노를 거두소서."

후비 무리의 소행으로 추정되는 지난 밤 일로 충격을 받은 황후의 안색이 창백하게 변했다.

황후를 처소로 모셔 안정을 취하게 해드릴 것을 지시한 공주가 자리에 앉았다. 그때 급한 걸음으로 다가온 시녀가 공주의 귀에만 들릴 작은 소리로 무엇인가를 전했다. 시녀를 물린 공주가 입을 열었다.

"방금 뮬란으로부터 당도한 전언에 의하면 후비 측근 시녀 하나가 지난 밤 사이 자취를 감춰 찾던 중 방금 전 보석궁 후원 우물에서 주검으로 발견되었다고 합니다."

공주의 말을 들은 호위총관과 초련의 입에서 놀라움 섞인 탄식이 동시에 터져 나오고 말았다. 총관이 견해를 내놓았다.

"그 시녀는 이번 사건의 주모자에 의해 희생된 것이겠지요. 음모의 성공 여부와 관계없이 자살로 위장하여 증거를 없애려 한 저들의 소행이 분명합니다."

초련이 물었다.

"그런데 총관님은 무엇을 근거로 이번 사건을 후비 일당이 저지른 짓이라 판단하셨는지요."

"아직 확신할 단계는 아닙니다. 하오나 이제 그 실상이 명백하게 드러날 것이니 잠시만 기다리시옵소서."

의견을 나누는 사이 조금 전 뮬란의 전언을 가지고 왔던 시녀가 잰걸음으로 들어왔다.

시녀의 손에 조그만 천 조각 하나가 들려 있었다.

"그것이 무엇이냐!"

"공주마마. 소인은 알지 못하옵고 단지 이것을 호위관 초련 낭자에게 전하라 들었을 뿐이옵니다."

호위총관과 공주의 시선이 초련에게 모아졌다.

초련이 받아든 천 조각은 물에 불어 희미하기는 하나 붉은 인주 흔적이 선명하게 남아 있었다.

"이것은 어젯밤 제가 표식으로 인주를 묻혀둔 시녀의 옷자락이 분명합니다."

이로써 사건의 실체가 어렴풋이 윤곽을 드러냈다. 하지만 문제의 손수레를 진상한 시녀가 보석궁에 속한 신분이라는 사실만 가지고는 장막 뒤에 숨은 몸통의 실체를 밝혀내기는 미흡한 것이었다.

무엇보다도 의혹의 중심인물인 시녀의 죽음으로 인해 연결고리가 차단된 것이 가장 큰 문제였다.

지금 이 순간 의혹의 핵심에 근접한 것은 호위총관뿐으로 공주와 초련은 여전히 미로 속을 헤매는 심정이었다. 공주가 도무지 알 수 없다는 듯 삼가와 초련, 두 사람을 보며 궁금한 표정으로 물었다.

"후비 일파가 꾸민 것으로 의심되는 이 일의 단초는 어찌 알았으며 또 진상한 예물 속에 어마마마를 시해하려는 목적의 독사와 전갈이 들어있음은 어떻게 알아냈는지, 그리고 시신으로 발견된 시녀의 옷자락에 묻어 있는 인주 흔적은 무엇인지 정말 알 수 없는 노릇입니다."

호위총관 삼가가 경위를 설명했다.

"얼마 전 후비 처소의 뮬란이 전달한 연통에 '만월귀면 시독연비' 라는 글이 있었습니다. 공주마마께서 호위 초련 낭자 편에 보내주신 내용을 접하고 글 속에 함축된 의미를 해독하기 위해 다양한 낱말을 조합한 결과 두 가지로 압축해보았습니다."

눈을 반짝이며 호위총관의 말에 집중하는 초련을 흘끔 바라본 공주가 물었다.

"총관님에게 전한 의미를 짐작할 수 없는 그 내용이 사건의 열쇠를 쥔 핵심이었다는 말입니까?"

"그런데 그것은 구관조가 읊조린 것을 초련이 그대로 적은 것이었기 때문에 의미를 알 수 없었습니다. 유추할 수 있는 모든 가능성을 염두에 두고 문자조합을 통해 도출한 수십 가지 문구 중 하나가 만월귀면 시독연비(滿月鬼面 弑毒蓮妃)로 한가위에 귀신 형상의 가면을 쓴 누군가가 독을 이용하여 황후를 시해한다는 것이었습니다. 다른 하나는 역시 음은 동일하지만 의미는 전혀 다른 만월귀면 시독연비(滿月貴面 矢獨蓮飛)였습니다."

"그런데 어찌하여 연비를 어마마마라 추정하였습니까. 그런 별칭으로 불린 일이 없었는데?"

"황후궁 후원에 있는 연화정을 연상한 제 나름대로의 추론일 뿐이었습니다. 두 번째 내용은 보름달을 귀한 얼굴로 형상화하여 화살에 실려 하늘로 오르는 연꽃을 표현한 덕담입니다. 그런데 아무리 생각해보아도 후비와 두 오라비가 나눈 밀담의 성격으로 미루어 첫 번째 문구가 저들이 계획한 음모일 것으로 심증을 굳혔습니다."

초련은 조금 전 호위총관이 자기에게 공을 돌린 까닭을 조금은 알 것 같았다.

"황후께 올린 진상품을 세밀히 점검하던 초련 낭자의 예리한 육감이 귀신 가면을 착용한 시녀와 예물이 담긴 문제의 손수레를 가려낸 것이지요."

이번에는 초련이 말을 이어 나갔다.

"호위총관님이 사전에 귀띔해준 대로 의심 가는 시녀의 옷자락에 인주를 묻힌 다음 문제의 손수레를 준비한 장소로 옮겼습니다. 그곳은 쑥을 태운 연기가 가득한 밀폐된 방이었습니다. 그런데 잠시 후 놀라운 광경이 벌어지고 말았습니다. 그 수레 안에서 무시무시한 독사와 전갈들이 꿈틀거리며 기어 나왔습니다. 속을 들추어보니 종이로 밀봉된 상자에 독사와 전갈이 가득 들어 있었습니다. 다른 공물에서는 별다른 점이 발견되지 않았습니다."

그제야 사건의 전모를 알게 된 공주가 치밀어 오르는 분노로 언성을 높였다.

"그렇다면 이 음모는 후비와 오라비 주륜파 일당의 소행이 틀림없습니다. 그들의 죄에 상응하는 엄벌을 내릴 것을 폐하께 주청할 것입니다."

호위총관이 공주와 초련을 돌아보며 침울한 목소리로 말했다.

"모든 정황은 공주님 말씀대로 저들의 짓이 분명합니다. 하오나 그 사실을 입증할 수 있는 확실한 물증이 없으므로 결국 이 사건은 영원히 미궁에 빠지고 말았습니다."

그러나 어찌 보면 사건이 벽에 가로막혀 미봉된 것이 모두에게 다행스런 일일지도 모를 일이었다.

황궁이라는 은밀한 공간 안에서 자행된 사건의 실체가 백일하에 드러났을 때 그것이 가져올 엄청난 파괴력은 상상을 초월하는 비극을 수반한 피의 광풍을 몰고 올 것이 자명했기 때문이었다.

만자니크

남송 최고사령관 전전지휘사 범문호가 이끄는 10만 병력이 봉쇄당한 양양을 지원하기 위해 몽골군 총사령관 아쥬를 상대로 치열한 격전을 벌였으나 치욕적인 패배를 기록하며 수만의 군사를 잃었다. 그와 더불어 최강을 자랑하던 남송 함대가 궤멸당하는 비운을 맞이하고 말았다.

이로써 150여 년을 이어내려 온 남송왕조는 서서히 몰락의 길로 접어들고 있었다.

호광군관구 사령관 여문환의 군대가 양양 백장산 전투에서 또다시 대패하였다는 비보를 접한 전전지휘사 범문호는 최후의 도박으로 10만이 넘는 정예 수비대를 출격시켰다.

지휘대에 오른 호광군관구 사령관 여문환이 병사들을 향해 비장한 목소리로 말했다.

"자랑스러운 남송의 병사들이여! 우리는 지금 국가의 명운이 걸린 중요한 일전을 앞두고 있다. 누대에 걸쳐 조상의 뼈가 묻혀 있는 고향. 그리고 그 땅에 자자손손 대를 이어 뿌리내릴 후손들을 위해 역사는 우리의 뜨거운 피를 요구한다. 머지않아 지원군이 당도하면 몽골군과 생사를 건 전투를 치르게 될 것이다. 병사들아, 영광된 죽음으로 나라를 지키자!"

피를 토하는 여문환의 격려에 고무되어 사기충천한 장병들의 고함 소리가 하늘을 찌를 듯 울려 퍼졌다.

여문환이야말로 지혜와 덕과 용기를 두루 갖춘 명장이었다. 그러나 이미 역사의 무대에서 막을 내리는 국가의 명운을 지탱하기에는 역부족일 수밖에 없는 것이 그에게 주어진 운명이었다.

남송군을 지켜주는 최후의 보루라 할 수 있는 양양성은 견고했다.

다행인 것은 전황이 불리한 가운데에도 여문환을 신뢰하는 장병들의 확고한 신념은 조금도 흔들리지 않았다. 하지만 그런 고무적인 현상에도 불구하고 양양성에 주둔한 남송군이 처한 현실은 매우 비관적이었다. 이미 오래전 범문호의 결사대가 거룻배를 이용하여 보급해준 쌀과 소금이 바닥을 드러내고 있었다.

한편 적의 동정을 파악하고 일전을 대비한 몽골군 진영도 분주하게 움직였다.

총사령관 아쥬가 공병군단장 손다관을 향해 물었다.

"본국으로부터 지원받은 만자니크라 하는 무기 제작은 어찌 되어가고 있는가?"

"폐하께서 보내주신 두 명의 무슬림(이슬람 교도) 기술자들과 우리 지원 인력들이 밤낮없이 매달려 제작한 신무기 만자니크가 드디어 완성을 보았습니다. 십여 대에 달하는 만자니크의 위용이 대단합니다. 잠시 후 성능을 시험할 예정이니 참관해주십시오, 각하!"

"제작을 독려하느라 수고가 많았소. 이번에는 기필코 양양성을 격파하여 소강상태에 머문 전황을 타개하고 전승의 계기를 마련해야만 할 것이오."

아쥬의 얼굴에 기대와 우려의 명암이 교차했다.

얼마 뒤 한수 맞은편 도시인 번성에서 몽골군과 한 차례 전투를 치른 범문호의 10만 남송군이 양양의 병력과 합류했다.

　양양성을 경계로 대치하던 몽골군 역시 증원된 8만의 병력을 투입하여 공격을 개시했다.

　이미 여러 차례 거듭되는 거센 공격을 견디어낸 성벽은 마치 난공불락의 요새처럼 견고하기만 했다. 그러나 이번만큼은 종전과 상황이 달랐다. 새로 투입된 신무기 만자니크의 위력은 가공할 만한 것이었다. 훗날 회회포라고도 불린 이 기계는 사람의 힘으로 발사하는 종래의 중국식 투석기에 비해 발사체의 무게는 물론 사정거리 역시 훨씬 우수한 비밀병기였다. 사람 머리만한 돌덩이가 바람을 가르며 200~300보를 날아 성벽과 사람, 건물을 가릴 것 없이 마구 두드려대니 남송 진영은 공포에 휩싸인 채 어찌할 바를 몰랐다.

　하지만 여문환은 역시 뛰어난 장수였다. 총력을 기울여 전면을 방어하는 한편, 후미로 돌린 군사들을 좌우 2진으로 나누어 몽골군의 배후를 기습공격하게 하였다.

　승리를 목전에 둔 것 같은 자만심에 빠져 방심한 사이 허를 찔린 몽골군은 한동안 갈피를 잡지 못하고 허둥거렸다.

　피아간 막대한 병력 손실을 입으며 일진일퇴를 거듭하던 전투가 소강 국면으로 접어들었다.

　몽골진영 군막에서 지휘관 회의가 열렸다.

　총사령관 아쥬가 몹시 격앙된 표정으로 목소리를 높였다.

　"위력적인 신무기 만자니크를 투입하고도 한 달이 다 되도록 양양성을 격파하지 못하는 이유가 무엇인지 제장들은 말해보라!"

　잠시 흐른 침묵을 깨고 기병 군단장 살리타가 입을 열었다.

　"분산된 만자니크를 한 곳에 배치하여 집중 공격하는 전술 변화가 절실합니다. 신무기의 위력은 충분히 입증되었으므로 일단 성을 깨부순 뒤 보병과 기병을 진격시켜 일거에 적진을 초토화시키는 것이 전투의 승기를 확보하는 첩경이라 사료되옵니다."

잠자코 살리타의 의견을 듣고 있던 공병군단장 손다관이 걸쭉한 탁성으로 말했다.

"기병군단장의 전략에 동의합니다. 다만 작전 중 만자니크의 견인줄이 끊어지는 문제를 보완하여 탄력은 유지하면서도 튼튼한 소재로 교체하는 작업을 진행 중에 있습니다."

수염을 쓸어내린 사령관이 장수들을 둘러보며 말했다.

"남송의 군사가 우리보다 많은 것은 사실이나 적은 수세에 몰려 있고 우리는 공세를 취하고 있는 형국이다. 더욱이 우리는 가공할 위력을 지닌 신무기를 보유하고 있는 만큼 이번 공격으로 기필코 양양성을 격파하고 적을 궤멸시켜야 한다."

다음 날 또다시 전투가 시작되었다.

십여 대의 만자니크를 전진배치하고 화력을 집중한 몽골군이 맹렬한 공격을 퍼부었다. 하늘을 새까맣게 덮은 돌덩이들이 윙윙거리는 굉음을 물고 적진을 마구 유린했다. 돌들은 마치 동짓달 우박 내리듯 성벽과 건물은 물론 병사들의 머리 위로 사정없이 쏟아졌다.

공포에 질린 남송 병사들의 허둥대는 발길은 오뉴월 장마철 논두렁을 이리저리 뛰는 개구리와 같았다.

치솟는 불길 속에 번지는 검은 연기가 해를 가렸다.

곳곳에서 울리는 비명과 처참하게 일그러진 시신이 즐비하게 널브러진 참상은 차마 눈 뜨고 보기 어려웠다. 마치 지옥도의 한 자락을 펼쳐놓은 것 같은 착각이 들 정도였다.

드디어 성벽 곳곳에 구멍이 뚫리기 시작했다. 눈에 보이는 모든 것을 초토화시키는 집중 포화에 철벽같이 견고하기만 하던 방어선이 무너지기 시작한 것이었다.

다급히 달려온 장수가 여문환에게 올린 보고는 참담한 것이었다.

"사령관님, 더 이상의 전투는 불가합니다. 전의를 상실한 병사들이 창검을 던져버린 채 도망치고 있습니다."

지휘대에 오른 호광구관군 사령관 여문환이 결연한 목소리로 병사들을 독려했다.

"남송의 장병들이여! 나라 위해 뼈를 묻을 자리를 오늘에야 찾았도다. 장부로 세상에 태어나 거침없이 살았으니 여한도 후회도 없다. 용사들아! 나가 싸우자! 거룩한 제단 위에 뜨거운 피를 바치는 영광의 순간이 우리를 기다린다!"

여문환의 독려에 다시 용기를 낸 남송 병사들은 죽기를 각오하고 싸웠다. 군이란 사기를 먹고 사는 집단이라 간파한 말이 실감 나는 순간이었다.

치열한 전투가 잠시 주춤한 틈을 타 전열을 재정비하는 남송 진영으로 뿌연 먼지를 일으키며 말을 달려오는 몽골군사가 있었다.

"나는 몽골군 총사령관의 친서를 남송 사령관에게 전달하기 위해 온 군관 궁진이다."

병사들에게 둘러싸여 여문환 앞으로 인도된 궁진이 서찰을 건네며 말했다.

"이 서찰에 대한 답신은 필요하지 않습니다. 다만 남송군 사령관의 결정을 존중하겠다고 하는 몽골군 총사령관의 말씀을 전해드립니다."

적의 간계일 것이라 주장하며 사자를 처형하자는 장수들을 제지한 여문환이 궁진에게 말했다.

"이 서찰 내용이 무엇인지 알 수 없지만 진정한 사내는 대의를 지킬 뿐 다른 선택은 있을 수 없다는 사실을 전하라!"

등을 돌려 말을 달리는 궁진의 모습이 시야에서 사라지자 여문환이 서찰을 펼쳐 들었다.

'존경하는 남송국 총사령관 여문환 각하! 무장의 숙명은 이처럼 서로 적장으로 만나 생사를 겨루고 있지만 이미 하늘은 남송을 외면한 것 같습니다. 모름지기 전장의 장수란 국가를 위해 장렬한 옥쇄를 선택함이 당연지사라 할 것입니다. 그러나 명분을 위해 수만의 생명을 희생시키는 것이 과연 지휘관의 합당한 판단일까 하는 의문은 비단 나 혼자만의 고뇌가 아닐 것입니다. 같은 하늘 아래 흉금을 터 가슴을 열고 조우할 날을 진심으로 고대하겠습니다. 몽골군 총사령관 아쥬.'

하늘을 올려다본 여문환의 얼굴 위로 뜨거운 눈물이 흘러내렸다.

여문환은 무기력하고 혼탁한 황제와 권력다툼 속에 날을 지새는 조정과 부패한 관리들의 전횡에 지쳐 등 돌린 민심의 이탈로 망조에 든 왕조에 절망하며 통한의 눈물을 흘렸다.

이미 하늘의 가호를 잃고 기울어진 전황을 되돌릴 수 없음을 깨달은 여문환은 이듬해 3월 몽골군에 항복하고 말았다. 전전지휘사 범문호의 군대가 황실에서 발생한 소요를 진압한다는 구실로 양양을 빠져나간 직후의 일이었다.

양양이 무너짐으로 해서 남송의 방어망은 사실상 붕괴되었다.

양양에 보급기지를 구축한 몽골은 그 후 수도 임안을 함락시켰다.

남은 세력들의 부흥을 도모한 저항이 몇 년간 지속되었지만 이로써 사실상 남송 왕조는 역사 뒤편으로 사라지는 비운을 맞이하고 말았다.

슬픈 연정

　연가정 거리 뒤편에 소재한 기병군단장 살리타 댁을 찾은 호위총관이 집 안으로 들어서다 마침 안채에서 나오는 설린과 마주쳤다. 그녀 손에는 약 그릇이 들려 있었다.

　얼마 전 양양전선에서 전투를 지휘하던 기병군단장이 갑옷을 뚫고 들어온 화살에 가슴을 다치는 중상을 입었으나 의식을 잃은 채 후송되어 사경을 헤맨 끝에 다행히 위기를 넘겼다.

　삼가는 병문안을 온 길이었다.

　지난번 전선에서 돌아와 부친의 안부를 전해드리려 들른 후 오랜만에 만난 설린은 그사이 한층 성숙한 여인으로 변해 있었다.

　"간병을 하시느라 노고가 많으십니다. 설린 낭자."

　낯익은 목소리에 고개를 돌린 설린이 얼굴에 반가운 기색을 떠올린 것도 잠시, 금방 늦가을 무서리 같이 차가운 표정으로 변한 그녀가 딱딱한 어조로 인사했다.

　"어서 오세요. 총관님. 바쁘실 터인데 이처럼 문병을 와주셨네요."

　설린과 함께 내실로 들어서니 눈을 감은 채 침상에 누워 있는 노인이 눈에 들어왔다. 지난해 자신이 전선을 떠나올 때 뵈었을 적보다 한층 노쇠한 모습을 보며 몹시 안쓰러운 마음이 들었다.

　인기척에 눈을 뜬 살리타를 향해 삼가가 머리 숙여 인사 올렸다.

　"하늘의 가호로 이처럼 회생하심이 천만다행입니다. 군단장 각하."

애써 미소 지은 살리타가 하얗게 탄 입술을 겨우 움직여 말했다.

"이처럼 와주어 고맙네. 자네가 호위총관에 임명되었다는 소식은 알고 있었다네. 모름지기 장수 된 자는 전장에 뼈를 묻는 것이 더없는 영광이거늘 이처럼 구차하게 연명하는 것이 부끄러울 뿐이지."

"그처럼 철옹성 같던 양양을 격파하였으니 이제 수도 임안 함락은 시간문제라 여겨집니다."

"자네 말대로 머지않아 남송의 멸망을 보게 될 것이야. 그러나 그것은 우리 몽골군이 강해서라기보다 남송 스스로가 내우의 자중지란에 빠졌기 때문일세. 물을 가둔 제방 둑이 붕괴하는 것은 내부로부터의 균열이라는 사실을 마음에 새겨두게나."

"예! 명심하겠습니다. 부디 몸을 돌보시어 건강을 회복하시고 지난 날처럼 넘치는 용력을 보여주시기 바랍니다."

가져온 약재를 전해드린 총관이 하직 인사를 올리고 방을 물러나왔다.

그런데 다른 때와는 달리 집을 나서는 총관을 배웅한 것은 하녀였다. 삼가는 지난번 방문했을 때 있었던 일을 떠올렸다.

시간을 내줄 것을 청한 설린이 집 뒤꼍에 있는 정자로 그를 이끌었다. 집주인의 성품을 닮은 듯 글자 군데군데가 탈색된 낙안정이라 새긴 현판이 어울리는 수수하게 꾸민 정자였다.

찻잔을 두고 마주앉은 두 사람 사이로 잠시 어색한 침묵이 흘렀다. 시선을 들어 삼가를 한참 동안 바라본 설린이 무겁게 입을 열었다.

"저는 의지대로 할 수만 있다면 어린 시절로 다시 돌아가고 싶어요. 마음에 품은 것을 항시 소유할 수 있었던 그때가 사무치게 그립습니다. 언제부턴가 임 계신 곳이 너무 멀고 높아 지척에 있건만 손길이 닿을 수 없는 현실에 절망의 눈물을 흘려야 했습니다. 인연이 아니라면 차라리 만나지나 말 것을 하는 혼자만의 연민으로 애태워야만 하는 얄궂은 운명을 수없이 원망하였답니다."

설린의 눈에 고였던 눈물이 볼을 타고 흘러내렸다.

"진정 은애하는 정인의 마음을 얻는다면 그 가슴은 얼마나 큰 기쁨으로 가득할까요. 하지만 그것이 이루어질 수 없는 허망한 꿈이라면 버리겠어요. 그러니 단 한 번만이라도 좋으니 제 마음을 받아주세요. 오늘 밤 나를 혼자 있게 하지 마셔요."

말을 마친 설린이 뜨거운 숨결로 삼가의 어깨에 몸을 기댔다.

"낭자……."

당황한 삼가는 그녀를 설득하려 했지만 그것은 용이한 일이 아니었다.

결국 손길을 뿌리치고 나오는 등 뒤로 설린의 흐느끼는 울음소리를 들어야만 했다.

문하시중 홍건은 벌써 20여 일째 등청하지 않은 채 사직을 청하고 있었다. 신설되는 기구인 위민청 수장으로 추천한 인사가 황제에 의해 부결되자 병을 핑계 삼아 자리에 누운 것이었다.

그 속내를 능히 짐작한 황제였으나 원로대신을 예우하는 아량으로 의원을 보내는 편에 호위총관을 함께 대동케 했다.

문하시중의 저택은 소문에 듣던 대로 엄청난 규모와 호화스러운 치장이 시선을 압도했다.

하인의 안내를 받아 내실로 들어서니 주인이 내방객을 맞이했다.

그는 한눈에 보기에도 중병을 앓는 환자로는 보이지 않는 혈색 좋은 얼굴을 하고 있었다.

"문하시중님의 빠른 쾌유를 기원하며 폐하께서 친히 내리신 약재와 의원을 대동하여 찾아뵈었습니다."

"폐하의 하해와 같으신 은혜에 감읍하여 죽음의 그림자를 떨치고 일어나 결초보은하겠다는 늙은 신하의 다짐을 전해 올리시게."

삼가의 손을 잡고 처연한 표정으로 눈물을 글썽거리는 홍건을 보며 그의 뛰어난 연기력에 감탄을 금할 수 없었다.

진맥을 마치고 약재를 전한 의원과 함께 나서는 삼가에게 홍건이 말했다.

"그렇지 않아도 만나기를 고대하고 있던 터에 마침 오늘 이처럼 기회가 되었으니 잠시 시간을 내주시기 바라네."

전에 몇 차례 방문 요청을 받은 사실을 떠올린 삼가가 의원 일행을 먼저 보내고 집주인과 마주 앉았다.

정교한 조각으로 장식한 탁자에 놓인 찻잔에서 은은한 향이 풍겨 나왔다.

앞에 놓인 차를 권하며 홍건이 입을 열었다.

"내 오래전부터 자네를 주시하고 있었다네. 타고난 장부 기질과 영특한 두뇌, 거기에 뛰어난 무예를 갖춘 자네 같은 인재가 앞으로 제국을 이끌어 나가야 할 것이기 때문이지. 그러나 아무리 좋은 재목이라 할지라도 그 목재가 용도에 걸맞게 적재적소에서 역할을 다하려면 능력 있는 도편수가 필요한 법일세! 자네 부친께서도 관직에 계시지만 청빈하고 정치적 야심이 없는 분이시기 때문에 자네를 이끌어줄 배경으로는 미약하다는 것이 나의 생각이야. 그런 자네를 위해 내 기꺼이 도편수 역할을 자임하겠네. 자네 생각은 어떠신가."

상대의 마음을 사로잡아 자기 사람으로 삼기 위해 몸을 낮추고 설득하는 그의 노회한 경륜은 탄복할 만한 것이었다.

"청맹과니를 겨우 면한 불민한 소생을 이처럼 과하게 평가해주시니 몸 둘 바를 모를 지경입니다.”

“허허허! 자네의 그런 겸손함까지도 내 마음에 꼭 드네 그려. 기다리고 있을 터이니 부디 내가 내민 손을 부리치지 마시게.”

고려는 몽골과 강화를 맺어 오랜 전쟁의 시달림에서 벗어났으나 그것은 새로운 속박의 시발점이었다.

국호를 원으로 바꾼 몽골은 고려를 속국으로 통치하기 위한 전략의 일환으로 부마국으로 격하시키기 위한 계획에 착수했다.

이제는 원 세조가 된 쿠빌라이 칸이 황후 챠브이와 함께 홀도노계리미실 공주를 황제의 처소 집령전으로 불러들였다. 그런데 어찌된 까닭인지 황후의 안색이 몹시 흐려 있었다.

건강이 호전된 공주는 함초롬히 이슬을 머금은 해당화처럼 청초하고 고왔다.

딸의 모습을 넌지시 바라보던 아비가 자애로운 목소리로 말했다.

“우리 공주의 자태가 나비를 기다리는 한 송이 꽃과 같이 그윽한 향기를 가득 품었구나. 너를 부른 것은 다름 아니라 네 혼사 문제를 일러 주기 위함이다.”

공주의 얼굴에 감돌던 미소가 사라지고 긴장이 감돌았다.

“너도 알다시피 사십 년 가까이 지속된 고려와의 전쟁을 화친이라는 명목으로 종결했지만 그들로부터 항복을 받아낸 것은 아니었다. 강한 근성으로 끈질기게 저항한 고려가 언제 다시 반기를 들지 알 수 없는 일이다. 하여 몽골의 영향력을 강화하여 완전한 속국으로 예속시키기 위해 고려를 부마국으로 삼기로 심중을 굳혔다.”

황후가 침울한 목소리로 말을 이었다.

“상도에 머물고 있는 고려국 세자 심이 바로 너의 배필이 될 사람이란다."

공주는 아무런 생각이 없었다. 머릿속이 텅 비어버린 것처럼 방금 들은 말소리들이 쉼 없이 우렁우렁 귓전을 울릴 뿐이었다.

탁자를 마주한 채 앉은 두 사람은 말이 없었다. 찻잔 속을 가물거리며 맴돌던 온기가 모두 사그라진 한참 뒤까지도…….

그들은 창밖으로 무심히 흐르는 하얀 구름을 보았다.

"혼사가 결정되심을 진심으로 감축 드립니다. 공주마마!"

삼가를 물끄러미 바라본 공주가 눅눅히 젖은 목소리로 말했다.

"오래전 함께 나누었던 설연화의 추억이 지금 이 순간 마음을 아프게 하네요. 그 꽃말의 하나인 '슬픈 추억'과 다른 또 하나였던 '영원한 행복'이라던 그 의미들이 가슴을 아리게 합니다."

삼가는 무슨 말인가를 하려 했지만 생각과 달리 심중에 들끓는 수많은 말들을 한 마디도 꺼낼 수 없었다.

"그날 내게 해준 말이 있었지요. 언제까지나 곁에서 영원히 행복을 지켜주겠다고 한 말이 지금도 유효한 것인지 묻고 싶습니다."

그녀는 울고 있었다. 입술을 깨물며 소리 죽여 흐느껴 울고 있었다. 삼가는 마음속으로 다짐했다.

'유효합니다. 영원히 유효합니다. 그날의 약속처럼 공주님을 지켜드리겠습니다. 그곳이 이 세상 끝일지라도…….'

드디어 원의 제국대장공주와 고려국 세자의 국혼을 거행하는 날을 맞이했다.

영화전을 감돌아 지나는 바람이 처마 아래 바구니에 가득 담긴 꽃잎을 살포시 흔들어 숨을 불어넣었다. 생명을 얻어 나풀거리며 날아 내린 꽃나비들이 초례청에 깔린 붉은 보료를 오색으로 수놓았다.

만조백관이 배석한 가운데 황제와 황후가 옥좌에 좌정하니 때맞추어 울리는 취악대의 청아한 선율이 초가을 투명한 햇살을 비집고 하늘로 울려 퍼졌다.

잠시 뒤 사자탈을 앞세운 일단의 놀이패가 초례청 마당으로 들어섰다.

호적 소리와 호쾌한 장단에 맞춰 앞발을 치켜든 사자가 입을 크게 벌려 포효하며 덩실덩실 흥겨운 춤사위를 펼쳐 초례청을 돌았다. 그것은 경사스런 혼례 분위기를 고조시키는 한편, 지신을 달래고 사악한 기운을 쫓는 의식의 하나였다.

신명 나는 놀이를 한바탕 걸지게 풀어낸 무리들이 옆문으로 퇴장했다. 이어 신랑측 혼주를 대리한 수모가 초례상 위에 놓인 청색 양초에 불을 밝혔다. 역시 신부측 혼주를 대신한 시반이 홍색 양초에 불을 당겼다. 국혼을 집전할 예문관 직제학이 큰 소리로 알렸다.

"다음 차례는 전안례 시행이요!"

등장한 기럭아비로부터 기러기를 받은 신랑이 초례상에 놓고 한 걸음 물러난 뒤 북쪽을 향해 네 번 절을 올렸다. 집전 관리가 이어지는 차례를 알렸다.

"해동 고려국 세자 심 입장이요!"

은은한 곤색 예복 위로 구름과 학의 문양이 선명히 아로새겨진 사모관대 차림의 신랑이 시녀의 인도를 받으며 초례청으로 입장했다.

상서로운 기운을 가득 머금은 영취곡이 흐르는 가운데 집전관이 다시 청을 돋우어 호명했다.

"대원제국 홀도노계리미실 공주 입장이요!"

대례복 성장으로 화려하게 치장한 신부가 좌우로 시중을 받으며 초례청으로 들어섰다. 금색 자수가 번쩍이는 황원삼 예복에 산호와 비취로 장식한 족두리를 쓰고 볼에 붉은 연지를 찍은 공주의 자태는 활짝 만개한 꽃처럼 눈부신 아름다움을 아낌없이 발산했다.

신부 곁으로 다가선 신랑이 눈처럼 하얀 종이로 덮은 지단 길로 인도하니 신랑측 시반이 신부측 자리에 둥글게 말린 백포를 활짝 펼쳤다. 이번에는 역시 신부의 수모가 신랑측 자리에 백포를 깔았다.

신랑이 초례청 동쪽 자리에 임석하고 신부가 수모 두 사람의 부축을 받으며 초례청 서쪽으로 배석했다. 집전관이 다시 청을 돋우어 알렸다.

"신랑 신부 상견례요!"

전안례를 마친 신랑과 신부가 처음으로 얼굴을 마주하는 상견례를 했다. 한 떨기 꽃처럼 아름다운 공주의 모습이 신랑의 눈으로 확연히 들어왔다. 이슬을 머금은 꽃송이처럼 뜻 모를 수심이 살포시 내린 신부의 표정을 보며 아마도 긴장한 탓일 것으로 짐작했다.

고개를 든 공주 눈에 준수한 귀공자 모습이 선명하게 다가왔다. 이 모든 현실이 자신의 선택은 아닐지라도 그것이 주어진 운명이라면 순응할 수밖에 없을 것이라 여겼다. 애써 다짐하건만 백년을 가약할 상

대가 마음에 두었던 정인이 아니라는 사실이 차디찬 얼음장처럼 신부
의 가슴을 시리게 했다.

이어 서로 두 번씩 절하는 맞배 의식과 신랑 신부가 술을 나누어 마
시는 근배례를 마쳤다.

잠시 여유를 둔 집전관이 다시 차례를 고했다.

"이어서 고려국 사신의 의례와 고천문 낭독이 있겠습니다."

사신이 단 위의 황제를 향해 예를 올린 후 두루마리를 펼쳐 들었다.

"고려국 예부상서 곽거병은 먼저 제국대장공주마마와 고려국 세자
의 통혼을 윤허해주신 황제폐하의 성총에 감읍하옵니다. 금번 경사를
계기로 상국과 우호를 돈독히 하고 아울러 지대한 시혜를 내려주실 것
을 신민 모두가 엎드려 간청 드리니 가납하여 주시옵소서!"

사신이 읽어 내리는 의례를 귀에 담은 황제가 흐뭇한 미소를 머금었
다. 그토록 줄기차게 버티어온 고려가 몽골의 완전한 속국으로 전락하
는 순간이기 때문이었다.

"다음은 황제폐하께오서 고천문을 올리시겠습니다."

잠시 후 자리에서 일어선 황제가 단 아래 운집한 대신들을 한번 둘러
보고는 제단으로 몸을 돌려 하늘을 향해 크게 고했다.

"하늘이시여! 계유년 오늘 길일을 택해 대원제국 제국대장공주와 고
려국 세자 심이 혼례 올림을 하늘에 고하오니 이를 허락하여 주오소서!"

대신들을 향해 돌아서 잠시 호흡을 가다듬은 황제가 다시 말을 이었다.

"오늘 고려국 세자가 대원제국의 사위가 됨으로 고려는 명실상부한
부마국이 되는 광영을 맞이했다. 무릇 혼례의 참뜻은 천지화합을 본받
아 두 개의 성이 하나로 호합하고 백년해로하여 위로는 종묘와 조상을
섬기고 아래로는 후손을 번성케 함에 있음이라! 이후로 짐은 상국으로
서 호의를 저버리지 않을 것임을 천명하는 바이니 고려국 또한 변함없

는 충절로 황제의 시혜에 보답하길 바란다.”

황제가 천고를 겸한 축사를 마치자 천지가 진동하는 우렁찬 함성이 초례청을 흔들었다.

“대원제국 만세! 만세. 만세. 황제폐하 만만세!”

이제 의식은 종반을 향해 치닫고 있었다.

신랑, 신부가 각기 초례상 양편에 놓인 한 쌍의 기러기를 풀어 날리니 힘찬 날갯짓으로 초례청을 한 바퀴 배회하고는 허공으로 높이 날아올랐다.

드높은 풍악 소리와 함께 환호성이 어우러지는 가운데 모든 의식이 끝나고 흥겨운 연회가 시작되었다.

심지를 돋운 황초가 일렁이며 타오르는 신방에 주안상을 마주하고 앉은 두 사람의 숨소리만 침묵 속으로 가라앉았다.

신부의 잔에 술을 따른 신랑이 가득 채운 술잔을 들며 말했다.

“공주. 긴장을 푸는 데 도움이 될 것이니 합환주를 한 잔 드시지요.”

공주는 앞에 놓인 술잔을 보았다. 가득 찬 술잔 속에 비친 촛불이 물결치듯 가는 파장을 일으키며 찰랑거렸다. 그것은 마치 슬픔을 머금은 채 눈에 가득 고인 눈물을 애써 감추고 있는 여인의 눈동자처럼 보였다. 고개를 든 공주가 세자에게 물었다.

“여쭈어 볼 말이 있는데 사실대로 말씀해주실 수 있는지…….”

들고 있던 잔을 비우고 다시 주전자를 기울여 잔을 채우며 세자가 말했다.

“이제 부부의 연을 맺은 처지에 무엇을 숨기고 가리겠습니까. 궁금하신 점이 있으시다면 사실대로 말씀드리지요.”

“제가 알기로 이 혼사가 이루어진 이면에는 세자께오서 아바마마님에게 직접 주청한 것이 크게 작용을 하였다 들었는데 그 연유를 제게 말씀해주셨으면 합니다.”

잠시 생각에 잠겼던 세자가 미소 지으며 답변했다.

“몇 가지 사유가 있겠으나 오늘은 그중 가장 중요한 하나만을 알려 드리지요. 이미 오래전 공주의 미모에 관한 소문이 고려국에까지 널리 퍼져 나로 하여금 오매불망 공주를 흠모하게 만들었기 때문입니다. 그러니 우리가 이처럼 부부 연을 맺게 된 것은 공주의 공이 실로 큽니다.”

공주는 기대했던 것과 다른 답변에 실망을 느꼈지만 어찌 보면 어리석은 질문에 현명하게 대처한 처사라는 생각도 들었다.

첫날밤이 하얗게 밝아오고 있었다.

방울방울 흘러내린 촛농이 깊은 골을 이루고 쌓여만 가는데 신랑은 신부의 원삼 족두리를 벗겨줄 생각은 않고 연이어 술잔을 기울였다. 그러한 세자를 말없이 바라보는 공주의 가슴에 시린 바람이 스치며 연민의 마음이 일었다. 오늘에 이르기까지 모진 삭풍에 흔들리는 잎새처럼 위태위태한 입지의 중압감 속에 스스로를 지탱해내느라 힘들었을 그가 안쓰러워 보였다.

그러나 원이 그를 택했고 그가 공주를 선택하였으므로 이제부터는 지존을 향한 행보에 날개를 달게 될 것이었다.

문득 슬픈 추억과 영원한 행복을 간직했다는 설연화에 대한 추억을 떠올렸다. 어찌 보면 그 꽃말을 마음에 둔 순간부터 이미 자신의 운명은 설연화를 닮고 말았는지도 모를 일이었다. 지고지순한 감정들을 영원히 마음으로만 품도록 정해진 가혹한 숙명의 굴레에 갇힌 현실이 원망스러웠다. 그녀의 심중 깊이 내재되었던 감정의 격랑이 파도처럼 출렁이며 밀려들었다. 자신도 모르는 사이 흘러내린 눈물이 붉은 연지로 단장한 볼을 적셨다.

공주를 물끄러미 바라보는 세자의 눈에도 이슬이 맺혀 있었다.

다음 날 내전으로 들어 아침 문안인사를 올리고 집령전을 나서는 세자를 향해 예부상서가 황급한 걸음으로 다가왔다.

"세자저하. 간밤 평안히 지내셨습니까!"

그러고는 세자의 대답을 기다릴 여유를 두지 않고 매우 곤혹스런 표정으로 말을 이었다.

"오늘 새벽 본국에서 온 전령이 차마 입에 담을 수 없는 망극한 비보를 전해왔습니다. 다름이 아니오라 아흐레 전인 팔월 열사흗날 축시에 성상께서 승하하셨다는 전갈이 당도하였습니다."

예부상서의 전언을 듣는 순간 안색이 창백하게 변한 세자는 할 말을 잃었다.

"어찌 이런 망극한 일이 있을 수 있단 말인가. 어찌……. 즉시 이 사실을 조정에 알리고 당장 귀국할 채비를 서둘러라!"

부왕의 갑작스런 승하로 보위가 공백을 맞는 긴박한 사태에 처한 세자는 한시도 지체할 수 없었다.

소식을 접한 황제가 전교를 내렸다.

"그대가 고려국 세자로 폐백을 가지고 정성을 다해 조회한 후 짐의 부마가 되었다. 하나 졸지에 부왕의 서거로 이처럼 황망한 처지를 맞았으니 참으로 가긍하다. 세자는 행장을 재촉해 빨리 귀국하여 상국을 받드는 일에 충성하고 백성을 편안케 하는 은혜를 베풀라. 아! 세자여 갈지어다. 가서 공경히 할지어다. 짐의 훈시를 공손히 받아 길이 동방의 울타리가 되어 나의 아름다운 명을 선양하라."

이듬해 다시 입조하여 황제를 배알하고 공주를 모시겠다는 약조를 남긴 채 세자는 황급히 귀국길에 올랐다.

구화(歸化)

　제국대장공주를 수행한 행렬이 황궁을 뒤로한 채 서서히 움직이기 시작했다.

　본국에서 파견한 추밀원부사 기온을 비롯한 사신과 원의 관리들이 그 뒤를 따랐다.

　갈색 윤기 흐르는 말에 올라 호위를 지휘하는 삼가가 보폭을 조정하며 대열을 이끌었다.

　등에 멘 용천검 손잡이에 박힌 호안석이 부릅뜬 호랑이 눈처럼 누런 광채를 뿜었다.

　공주는 장막 밖으로 보이는 건물과 풍경 그리고 스쳐 지나는 바람소리까지도 마음에 담으려는 듯 시선을 붙박았다. 그리고 한숨과 함께 깊은 상념에 잠겼다. 이제껏 자신이 누려온 모든 것은 노력으로 성취한 것이 아니었다. 공주라는 신분과 지위는 물론이었고 배우자를 결정하는 문제에 이르기까지 선택의 여지가 없었다. 그 조건들은 태생적으로 주어진 것이었기 때문에 자신의 의지로는 도저히 넘거나 거스를 수 없는 크고 높은 현실의 벽이었다. 무엇 하나 부족함 없는 그녀였지만 모든 것을 다 포기하고서라도 소유하고 싶은 대상이 있었다. 그러나 신분의 제약이 덫이 되어 스스로 마음을 드러내지 못한 채 가슴앓이를 한 공주였다.

　황후를 비롯한 측근들은 그 간절한 소망이 무엇인지 잘 알고 있었다. 궁내부대신 살리타가 황제를 배알한 자리에서 공주의 혼사를 거론하며 부마감으로 삼가를 추천했다는 사실을 알고는 설렘으로 잠을 이루지 못한 그녀이기도 했다. 황제 역시 그가 공주의 배필로 손색이 없다는 생각을 가지고 있었지만 그녀의 운명은 이미 정해져 있었다. 정략결혼을 통해 고려를 원에 복속시키고자 하는 책략의 중심에 공주가 있었다. 두뇌가 명석하고 주관이 강한 공주야말로 고려국을 섭정하려는 원의 이해에 부합하는 적임의 인물이기 때문이었다. 공주의 심중을 누구보다 잘 알고 있는 황후의 반대가 있었지만 국익을 우선하는 황제의 의견은 확고했다.

결국 공주는 설연화의 꽃말처럼 슬픈 추억을 간직한 채 세자와 혼례를 올려야 했다.

그러나 또 다른 의미의 하나인 영원한 행복을 지키기 위해 고심한 끝에 삼가를 찾을 수밖에 없었다.

"고려국 국왕으로 즉위하신 세자께서 나를 맞이하기 위해 사신을 출발시켰다는 전갈이 당도하였습니다."

"감축 드립니다. 공주마마!"

앞에 선 삼가를 물끄러미 바라보는 그녀의 호수처럼 맑은 눈에 가득 고인 슬픔이 금방이라도 넘칠 듯 일렁이고 있었다.

"참으로 염치없는 질문이기는 하지만 묻겠습니다. 오래전 삼가님이 언제까지라도 나를 곁에서 지켜주겠다고 한 말 지금도 유효한 것인가요?"

잠시 생각에 잠겼던 삼가가 답변을 올렸다.

"물론입니다. 공주마마를 위해서라면 이 세상 끝까지라도 함께하겠다 한 생각, 이 순간에도 추호의 변함이 없습니다."

공주의 눈에 고인 눈물이 뺨을 타고 흘러내렸다.

"그대의 뛰어난 용력과 인품으로 미루어 앞으로 전도는 탄탄대로가 펼쳐진 것처럼 승승장구할 것입니다. 하지만 나를 수행하여 고려국으로 가게 된다면 삼가님은 장차 험한 가시밭길을 걷게 될 거예요. 먼저 원의 관리로 임명된 모든 기득권과 직위를 버리고 나의 개인 수행 사속인 신분으로 고려국으로 가야 하기 때문입니다."

공주가 한 그 말은 고려국으로 귀화를 의미하고 있었다. 원의 관리로 임명된 신분을 유지한 채 왕궁을 출입하며 공주를 지근거리에서 보필한다면 자칫 섭정이라는 인식으로 고려인들로 하여금 반감을 가지게 할 소지가 있기 때문이었다.

삼가는 문득 어릴 적 서궁에서의 일을 떠올렸다. 그날 괴한으로부터 공주를 지켜주지 못한 자책감으로 마음 아프던 그때를…….

"공주마마를 모시고 고려국으로 가겠습니다. 설사 그 길이 고난으로 점철된 역경이라 해도 기꺼이 택하겠으니 심려치 마십시오."

공주는 소리쳐 울고 싶었다. 아니 가슴으로 뜨거운 눈물을 철철 흘리며 울고 있었다.

그녀는 치밀어 오르는 울음을 삼키며 속으로 가만히 되뇌었다.

'언제나 당신의 사람이고 싶었던 나의 소중한 그대…… 미안해요. 정말 미안해요. 그리고 고마워요.'

연경(북경)을 벗어난 행렬이 요서와 창번을 거쳐 요동으로 접어들었다. 압록강을 경계로 국경을 마주한 변방인 이곳을 지나면 고려 땅으로 들어서게 된다.

요동 성주의 영접을 받은 공주 일행은 하룻밤 유숙하기 위해 영빈관에 여장을 풀었다.

호위병사들에게 경계지침을 내린 삼가가 숙소를 나서 말에 올랐다.

한참을 달려 당도한 곳은 국경 경비초소가 있는 압록강변이었다. 강

어귀에 지천으로 피어난 갈대가 바람에 몸을 뒤챌 때마다 소스라쳐 일어나 출렁이는 은빛 파도를 일으켰다.

봉굿 솟아오른 모래톱에 오른 그의 시야에 희뿌연 물안개에 잠긴 강 건너가 아슴푸레 들어왔다.

방망이질하는 삼가의 가슴에 뜨거운 불길이 솟아올랐다.

'저곳이 고려 땅이다. 이제 내일이면 오늘과 다른 세상이 나를 기다릴 것이다.'

그는 붉은 노을을 등에 지고 강 건너를 응시한 채 오랫동안 그림자처럼 서 있었다.

엊그제 인사 드리러 부모님을 뵈었을 때 어머니는 삼가를 부둥켜안고 눈물을 흘리셨다.

"유년시절 천산으로 떠나 모진고생을 겪고 돌아와서는 벼슬길에 나가 분주하다는 핑계로 어미가 지은 따스한 밥 한번 제대로 못 먹였는데 이제 천리 타국으로 생이별하게 되다니 이 일을 어찌해야만 좋단 말이냐!"

어머니의 가없는 자식사랑을 헤아리는 아들 역시 눈시울이 뜨거워졌다. 연민 가득한 눈빛으로 아들을 응시하던 아비가 무겁게 입을 열었다.

"장부 나이 19세면 하늘의 이치를 알고 스스로 몸을 바로 세워 세상에 나갈 때가 되었음이다. 몇 가지 이를 터이니 마음에 담아두어라. 먼저 자신에게는 엄격하며 타인에게는 관용을 베풀어라. 또한 올곧은 패배를 부끄러워 말 것이며 승자의 겸손함을 잃지 말라. 그리고 항시 정의를 위해 살고 대의를 위해 죽음을 두려워하지 않는 진정한 사내로 살아라."

"아버님께서 내려주신 말씀 가슴에 깊이 새겨 명심하겠습니다."

자애로운 시선으로 아들을 바라보던 아비가 말을 이어나갔다.

"이제껏 너를 키워준 것이 대륙의 바람이었다면 이제부터 네가 가슴에 품어야 할 것은 고려의 하늘이다. 구름이고 바람이고 비가 되고 땅이 되거라. 잠시 머무르는 한 생이란 풀잎에 맺힌 아침이슬과 같이 덧없는 것이니 한 줄기 청정한 바람으로 거침없이 살아라!"

"소자, 언제 어디서나 아버님의 자랑스러운 아들임을 한시도 잊지 않겠습니다."

하직인사를 마치고 집을 나서는 삼가의 발걸음이 납추를 단 듯 무겁기만 했다.

며칠 전 자신을 찾은 초련이 거두절미하고 물었다.

"저도 뮬란처럼 호위총관님과 함께 공주님을 모시고 고려국으로 동행하면 안 될까요?"

자존심 강한 초련의 성격을 익히 알고 있는 삼가로서는 놀랄 수밖에 없었다.

"사실 그 문제는 일전에 황후궁에서 거론된 바 있습니다. 공주님의 안위를 고려하여 초련 낭자를 호위로 선발해야 한다는 의견이 개진되었으나 황후마마의 신변을 지켜드리는 중책을 계속 수행해야 한다는 쪽으로 결정되었습니다."

삼가가 말을 마치기도 전에 초련이 울음을 터트리고 말았다. 어떠한 어려움 앞에서도 의연함을 잃지 않았던 초련이었다. 그런 그녀가 속마음을 그대로 드러낸 채 눈물 젖은 얼굴을 들어 상대를 원망 어린 시선으로 바라보았다.

"삼가님의 이번 수행길이 고려국으로 귀화하는 것이라는 말이 정말인가요? 그것이 참이라 해도 제게는 아니라고 말해주세요. 제발 사실이 아니라고 해주세요."

흐느껴 우는 그녀에게 삼가가 해줄 수 있는 것은 아무것도 없었다. 단지 감싸 안은 어깨를 다독여주었을 뿐이었다.

물안개 내려 어슴푸레 펼쳐진 강 언덕을 보며 떠오르던 상념들을 접었다.

어둠이 내리기 시작한 갈대숲으로 잠자리를 찾아 날아드는 기러기 무리의 퍼덕이는 날갯짓이 잔잔한 파장을 이루며 수면 위로 번져나갔다.

압록강을 건넌 공주 행렬이 귀주를 향하고 있을 때, 말을 달려온 전령이 왕이 보낸 서찰을 올렸다.

"공주, 원행에 얼마나 노고가 많으시오. 마음 같아서는 직접 대도로 모시러 가는 것이 온당한 처사라 하겠으나 여의치 않아 부득이 서경에서 그대를 마중할 것이니 섭섭하다 여기지 마시고 길을 재촉하여 재회할 날을 고대하겠소."

공주가 점점이 박힌 조개구름이 무심히 흐르는 하늘을 올려다보았다. 진한 쪽빛이 뚝뚝 묻어날 것만 같은 청명한 하늘이었다.

사흘이 지나 서경 관문에 당도하니 기다리고 있던 유수가 공주를 영접했다.

"어서 오시옵소서. 전하께오서 공주마마가 당도하시기만을 고대하고 계십니다."

유수의 인도로 행보를 재촉한 공주 행렬이 관아에 도착한 것은 그날 저녁 무렵이었다.

지방 관아의 청사 규모가 마치 궁궐을 방불케 할 만큼 크고 웅장하여 처음 보는 이들을 놀라게 했다.

왕이 가교에서 내리는 공주를 반겨 맞이했다.

"어서 오시오. 먼 길 오시느라 노고가 크셨습니다. 고려국에 오신 것을 환영합니다.”

공주 역시 미소 지으며 인사 올렸다.

“전하, 그동안 강녕하셨습니까. 늦었지만 보위에 오르심을 경하드리옵니다.”

“고맙소. 모든 것이 황제폐하의 은덕이 아니고 무엇이겠소. 어서 안으로 드십시다.”

왕과 공주가 처소로 든 것을 확인한 호위총관 삼가가 수하의 병사를 불렀다.

“지금 즉시 지체하지 말고 대도로 말을 달려 공주마마께서 서경에 무사히 안착하셨음을 황궁에 전해 올리도록 하라.”

그리고 품에서 서찰 두 개를 꺼내 건네며 말했다.

“이것을 부관 궁진에게 전하고 다른 하나는 황후전 호위관 초련에게 전하라.”

말발굽에서 일으킨 흙먼지 속으로 멀어지는 병사를 한동안 바라본 삼가가 발길을 돌렸다.

서경에 열흘간 머물며 휴식을 취한 후 수도 개경으로 향할 것이라는 지침이 하달되었다.

이제부터 모든 호위는 왕궁 수비대에서 전담하였으므로 삼가는 홀가분한 마음으로 여유를 가질 수 있었다.

다음 날 왕이 공주의 노고를 위로하기 위해 성대한 연회를 열었다. 갑주(갑옷)를 갖추어 입은 왕은 당당했다. 옻칠한 투구 외면에 금으로 용을 새겨 넣었고 또 갑옷에는 금실로 용 문양의 수를 놓아 장식한 화려한 모습이었다.

제국대장공주는 대례복을 연상시키는 치장으로 한 송이 활짝 핀 모란꽃 같은 아름다움을 드러내 시선을 압도했다.

유수를 위시한 관리들이 임석한 가운데 추밀원사 기온이 하례를 올렸다.

"전하! 공주마마와 해후하심을 경하드립니다. 더욱이 신으로 하여금 공주님을 수행하는 영광스런 임무를 부여하신 전하의 은덕에 감읍할 따름이옵니다."

"고맙소. 공주를 모시는 막중한 책무를 한 치 빈틈 없이 완수한 경의 노고를 높이 치하하는 바이오."

이윽고 잔잔한 음률이 흐르는 가운데 연회가 시작되었다.

모처럼 여정의 긴장을 풀고 풍성하게 차려진 음식을 들며 담소를 나누었다.

삼가가 마주 앉은 관리에게 궁금한 것을 물었다.

"서경이 제법 큰 도시라는 것은 들어 알고 있었지만 일개 지방의 관청이 이처럼 웅장할 줄은 몰랐습니다. 모든 도시의 건물들도 이와 같이 규모가 대단합니까?"

별다른 생각 없이 던진 질문이었으나 관리의 안색이 창백하게 변했다. 그러고는 곤혹스런 표정으로 말했다.

"글쎄요. 그렇다고 말할 수도 있지만 모두가 그런 것이라 할 수는 없고……"

그 답변의 의미를 알 수 없는 삼가가 고개를 갸웃했다.

오랜 세월이 지난 후일 그 건물과 관련된 사연을 알게 되면서 그제야 난처했을 관리의 심정이 이해되었다.

고려 17대 인종 재위 시 승려 묘청이 난을 일으켰다.

왕의 두터운 신임을 받던 묘청은 정지상과 더불어 지방 출신의 개혁적 관리들을 모아 김부식을 중심으로 한 보수세력과 대립하게 된다.

묘청은 개경이 풍수지리상 운이 다했으므로 도읍을 서경으로 천도

할 것을 주장했다. 서경 길지설을 배경으로 천도 후 황제를 칭할 것과 금나라를 정벌하자는 북벌론을 주창하며 자주국가의 확립을 강조하였고 고구려 계승 의지를 천명하였으니 이들을 서경파라 불렀다.

반면에 김부식을 중심으로 한 개경파는 유교질서 확립과 금나라와 사대관계를 맺을 것을 청하고 뚜렷한 신라 계승 의지를 보이며 서경파와 대립 각을 세웠다.

서경파와 개경파 사이에서 불분명한 입장을 보이는 왕의 태도에 초조감을 느낀 나머지 계략을 세운 서경파들이 산에 들어가 연에 불을 지펴 날렸다. 묘청은 그것이 개경의 명이 다해 날아가는 형상이라 왕을 설득하여 지지를 얻었다. 하지만 서경파의 손을 들어주었던 왕의 심중은 이내 바뀌고 말았다.

묘청의 세력이 성장하자 이에 두려움을 느낀 왕이 개경파로 돌아서고 만 것이었다.

강수를 둔 묘청이 서경에 궁궐을 세우고 왕을 기다렸다. 그러나 왕은 끝내 오지 않았다. 이에 묘청은 연호를 천개로 정하고 스스로를 황제라 칭하며 반란을 일으켰다. 또 자신을 추종하는 군사를 일컬어 천견충의군이라 부르며 민심을 얻으려 했지만 내부분열과 갈등을 극복하지 못하고 서경정토대장으로 임명된 김부식에 의해 1년 만에 진압되고 말았다.

역사의 기록은 승자의 몫이었다. 패자가 설 곳은 그 어디 곳에도 없다. 그것이 싸움에서 반드시 이겨야 하는 논리이며 이유인 것이다.

사실 여부와는 별개로 승자의 논리에 의해 왜곡되고 미화되어 역사로 남았고 전해졌다는 사실이 그것을 말해준다.

사대주의 이념에 전도된 김부식이란 인물과 자주적이며 진취적 사고를 가진 묘청의 만남은 어찌 보면 서로가 피할 수 없는 숙명적인 관계라 할 수 있을 것이다.

그 사건 이후로도 거듭된 그와 유사한 사대와 자주의 갈등은 끊임없이 충돌하며 이어 내려왔다. 마치 이 땅의 민족이 짊어진 업보이기라도 한 것처럼.

서경 관아 건물은 당시 묘청이 지은 궁궐의 일부로 상당부분이 소실되었으나 여전히 위용을 자랑하고 있었던 것이었다.

그러나 세월이 흘렀음에도 역모의 사연을 간직한 묘청에 관한 일을 입에 올리는 것은 여전한 금기로 남아 있었다.

다음 날 관아를 나선 삼가는 천천히 걸음을 옮기고 있었다. 투명한 햇살을 담뿍 받은 거리는 소박한 정겨움을 풍겼다. 대륙의 거친 바람과는 확연히 다른 부드러운 미풍이 이방인의 기분을 상쾌하게 해주었다.

그러나 지나는 사람들의 표정은 침울하고 활기가 없었다.

시가지 서편으로 그리 높지는 않으나 산세가 수려하고 봉우리 형상이 마치 모란꽃처럼 솟아오른 아담한 산이 발길을 이끌었다. 호젓한 숲길을 따라 한참을 오르니 이내 시야가 확 트이며 사방이 한눈에 들어왔다. 발아래 펼쳐진 봉우리를 어루만지고 계곡을 돌아 낮게 엎드린 구릉이 안개 속에 몸을 감추고 있었다. 그 아래 동편 산자락 끄트머리에 병풍처럼 둘러선 바위를 끼고 굽이도는 강줄기가 허연 배를 드러낸 뱀처럼 긴 꼬리를 끌고 굽이굽이 흘렀다.

맞은편 바위에 금수산 모란봉이라 새긴 글을 보며 그 명칭이 산세와 절묘하게 어울린다는 생각이 들었다.

드넓은 초원과 험난한 지형의 대륙에 비해 완만하고 부드러운 곡선을 이룬 산천이 정겹게 다가왔다. 이제 이 땅에 뿌리를 내리고 살아야 한다고 생각하니 감회가 새로웠다.

고려의 천기와 고려의 지기. 고려의 바람을 폐부 속 깊이 호흡한 삼가가 등에 멘 검을 뽑아들었다. 옥이 바스라지는 청량한 소리를 튕겨낸 용천검이 휘황한 빛을 뿌리며 해를 갈랐다. 자욱한 검기에 둘러싸인 그의 형체는 간곳없이 바람을 일으킨 그림자만 허공에 번득였다.

한바탕 몰아치던 회오리가 가라앉으며 몸을 드러낸 그가 검을 거두었다.

삼가의 온몸이 땀으로 흥건히 젖어 있었다.

늦가을 무서리에 흠뻑 젖은 신갈나무 잎사귀들이 메마른 바람에 사그락거리며 몸을 비볐다.

자정을 넘긴 세상은 침묵 속에 잠들고 이따금 들려오는 순라꾼들의 저벅거리는 발소리만 서늘한 밤공기를 흔들었다.

왕이 머물고 있는 처소를 지키는 병사들의 모습이 무쇠화로에 담긴 장작 타는 불빛 그림자를 등에 지고 유령처럼 어른거렸다.

삼경으로 접어들 무렵 어디선가 외치는 고함이 적막을 깨웠다.

"불이야! 관제묘에 불이 났다. 불이야!"

이내 웅성거리는 소리가 들려왔다.

소란 통에 잠을 깬 삼가도 옷을 입고 밖으로 나왔다. 사태를 파악하고 대처하느라 발길이 분주한 관리에게 그가 물었다.

"관제묘가 무엇입니까!"

"관왕묘라고도 부르는 그곳은 관운장의 신위를 모신 사당으로 관아와 멀지 않은 곳에 있습니다."

공주와 전하께서 머문 관아와 지근거리에 있는 사당에 불이 났다는 사실은 우연으로 치부하기에는 미심쩍은 사건임을 직감한 삼가가 서둘러 관아를 나섰다.

관아 밖으로 나오니 서쪽 하늘이 저녁노을처럼 벌겋게 물든 것으로 미루어 필시 그곳이 화재가 일어난 지점이라 짐작하고 걸음을 재촉했다.

저잣거리를 지나 몇 걸음을 옮겼을 때 저만큼에 화염에 휩싸인 건물과 불길을 잡기 위해 이리저리 뛰는 사람들이 눈에 들어왔다.

불어오는 바람을 타고 화기가 강하게 밀려들었다.

"무엇들 하느냐. 빨리 물을 퍼 날라라. 꾸물거리지들 말고!"

조급한 마음에 다그치는 성화가 불같았지만 인간을 조롱이라도 하듯 악마의 혀처럼 날름거리는 불꽃은 이미 건물 전체를 집어삼키고 있었다.

잠시 후 용마루를 지탱하고 있던 대들보가 천둥소리를 내며 주저앉았다. 시뻘겋게 달구어진 기와와 함께 쏟아져내린 잔해들이 사방으로 불씨를 튕겨내며 반딧불처럼 날아올랐다. 그 바람에 물동이를 나르던 사람들 몇이 미처 피할 겨를도 없이 잔해에 깔리고 말았다.

"큰일 났다. 불구덩이 속에 사람이 갇혔다. 사람을 구하라!"

모두가 발을 구르며 안타까워했지만 어찌할 도리가 없었다.

그때 누군가가 겁에 질린 목소리로 외쳤다.

"도깨비 불이다. 도깨비 불!"

난데없는 소리에 모두의 시선이 주위를 두리번거렸다. 그런데 정말 모여 선 사람들의 눈을 의심케 하는 이상한 일이 벌어지고 있었다. 하늘 높이 치솟은 불덩이가 마치 춤을 추듯 우쭐우쭐거리며 날아다니는 것이었다. 시뻘건 불덩이가 반대편으로 날아 사라지는가 하면 돌연 다시 나타나 주위를 선회하기도 했다. 불덩이들은 동서남북 사방을 어지럽게 날아다녔다.

참으로 괴이한 일이 아닐 수 없었다.

그 광경을 바라보던 사람이 혼잣말처럼 중얼거렸다.

"관운장의 혼령이 노하신 게야. 인간들의 불찰로 인해 사당이 저처럼 참혹한 잿더미가 되다니. 관왕님께서 어찌 분노하지 않겠는가!"

중국인들에게 삼국지연의에 등장하는 관우는 의리와 신의의 상징이며 천재지변이나 곤궁한 백성을 돕고 보호하는 영험함을 지닌 수호신으로 숭배의 대상이었다.

고려에 그러한 풍습이 전해진 것은 그리 오래된 일이 아니었지만 그 믿음은 토착신앙을 버금하는 것이었다. 하지만 원의 공주를 맞이한 왕이 서경에 머무는 시점과 때를 같이하여 발생한 관제묘 화재와 도깨비 소동은 분명 예삿일이 아니었다.

날이 밝자 관아가 발칵 뒤집어졌다. 지난 밤 관제묘 화재의 소란을 틈타 누군가가 관아에 격문을 붙인 것이었다.

문제는 격문 내용에 있었다.

불사동군의(不謝東君意)

단청독립명(丹靑獨立名)

막혐고엽담(莫嫌孤葉淡)

종구부조령(終久不凋零)

그리고 하단에 '천견충의군이여. 발기하라!' 라고 적혀 있었다.

모든 정황으로 미루어 중대한 사안임을 판단한 추밀원사가 서경 유수에게 사건의 철저한 조사와 범인 색출을 지시하는 한편 왕에게 사태의 전말을 보고 올렸다.

지난밤 벌어진 소동으로 인해 잠을 설친 탓에 피곤한 안색의 왕이 물었다.

"관제묘 화재는 그렇다 치더라도 천견충의군이라면 묘청의 난 때 그를 추종하던 군사를 이르는 명칭이 아니더냐?"

추밀원사가 허리를 굽힌 채 답변했다.

"황공하오나 폐하께오서 말씀하신 바와 같습니다."

"격문의 적힌 내용은 무엇인가!"

"소신이 알기로 격문에 적힌 글은 관우가 조조에게 사로잡혔을 때 심중을 표현한 것으로, 조조의 호의에 감사하지 않고 스스로를 붉은 단풍 속에 홀로 청청한 외로운 나뭇잎에 비유하며 끝끝내 시들어 떨어지지 않으리라 다짐하며 주군 유비 현덕에 대한 충절과 결의를 나타낸 시 구절입니다."

"그렇다면 격문의 내용과 천견충의군과는 무슨 연관이 있단 말인가!"

"그것은……."

왕의 질문에 마땅한 답변을 내놓지 못한 채 곤혹스런 표정이 된 추밀원사의 이마에 땀이 흘렀다.

왕이 서경의 책임자인 유수를 돌아보며 노기 가득한 음성으로 말했다.

"그렇다면 아직도 묘청의 잔당들이 남아 준동하는 것이란 말이냐!"

"소신이 짐작컨대 그런 개연성은 절대 불가할 것으로 사료되옵니다. 범인을 색출하기 위해 총력을 기울이고 있으니 조만간 사건의 윤곽이 드러날 것입니다. 송구하옵니다."

발생한 사건의 개요와 전후 사정을 분석한 삼가가 하나의 결론을 유추해냈다.

지난 사십여 년 간 몽골의 침략을 견디어낸 고려가 이제 실질적으로 원나라의 지배하에 들어가게 되었다. 원나라 공주를 왕비로 맞아 부마국이 된 일로 백성들의 불만이 팽배해 있던 차에 공주와 왕이 이곳 서경에 머무는 것을 계기로 원에 대한 백성들의 저항이 관제묘 화재와 도깨비불 사건을 일으킨 것이었다. 그리고 왕조에 대한 도전 세력이었던 묘청의 무리를 등장시킨 것 역시 나라를 온전히 지켜내지 못한 위정자에 대한 백성들의 반감이 표출된 것이라 결론지었다.

예기치 못한 일련의 사태를 보며 삼가는 깊은 생각에 잠겼다.

중국 대륙의 지배자로 등장한 몽골인은 힘을 앞세운 용맹으로 금과 송나라를 무너트리고 중원의 패자로 군림하였으나 스스로를 세계의 중심이며 최고의 문화민족이라 여기는 자부심 가득한 중국인들에게 있어 몽골인은 거칠고 미개한 야만족일 뿐인 경멸의 대상이었다.

중국 민족이 몽골족을 얕보았기에 몽골족은 중국인들을 더욱 무섭게 억눌렀다. 통치 수단의 하나로 철저한 계급사회가 형성되었다. 몽골 사람은 무조건 상전이며 몽골인은 최고 신분인 국족이었다. 그 다음이 서역이나 위구르계를 일컫는 색목인으로 고위직에 오를 수 있는 삼가 자신이 속한 계급이었다. 그 아래가 한인들로 중국인, 거란, 여진이 있었고 가장 낮은 하층계급으로 몽골에 끝까지 맞선 남송지방민과 남방민족들이 비참한 대우를 받는 실정이었다.

그러나 이번 사건이 암시해주는 것처럼 압록강을 건너온 이민족을 보는 고려인의 시각은 계층을 불문하고 모두 적대적 대상으로 여길 것이었다.

자신이 원의 관리로 임명된 모든 직책을 버리고 공주의 개인 수행원 신분으로 고려에 온 것은 귀화를 염두에 둔 조처였다.

그는 집을 떠나기 전 아버지께서 하신 말씀을 떠올렸다.

"이 세상에 존재하는 모든 사물에 영원한 것이란 없다. 시작이 있으면 끝이 있듯이 국가는 물론 민족 역시도 그 범주를 벗어날 수 없는 것이 정한 이치이다. 오래전 대륙의 강자였던 조상의 위업을 뒤로하고 지금 우리가 몽골 하늘 아래 있으나 몸에 흐르는 회골의 피는 조금도 흐려지지 않았다. 자신의 뿌리와 정체성을 잃지 않는다면 몸담고 있는 땅이 어느 곳이든 그것은 중요치 않다. 그것만이 영원은 얻을 수 없을지라도 영속을 가능케 하는 중요한 요소인 것이다.”

삼가는 생각했다. 그렇다면 자신은 장차 어떤 고려인으로 살아야 할 것인가. 원의 위세를 업고 압제자로 군림하는 여타의 몽골인들처럼 처신할 것인가. 아니면 신분만 고려인으로 바꾼 채 여전히 몽골인의 본분을 유지하며 원의 이익을 위해 충성하는 그런 관리의 길을 택할 것인가.

삼가는 압록강 너머 펼쳐진 고려 땅을 보며 지금 이 순간부터 자신이 생장한 토대 위에 새로운 세상과 융화되어 고려인으로 살 것을 다짐했다. 진정한 고려인으로…….

만조백관이 국청사 문전에 도열한 가운데 드디어 왕과 공주가 탄 수레가 모습을 드러냈다.

연꽃 모양으로 화려하게 치장한 지붕 아래 황금색 휘장을 늘어트리고 여덟 필의 백마가 끄는 수레가 서서히 다가서고 있었다.

문하시중을 위시한 만조백관이 일제히 축하례를 올렸다.

“만세! 만세! 제국대장공주마마 만세! 국왕전하 만만세!”

융복을 입은 왕과 공주가 수레에서 내려 대신들의 하례를 받았다.

그러나 어찌된 일인지 왕의 안색이 몹시 편치 않아 보였다.

멀리서 이 광경을 지켜보는 삼가의 어깨 위로 우수수 떨어진 낙엽이 바람에 날려 흩어졌다.

다음 날 왕이 문하시중 김방경을 편전으로 불렀다.

김방경은 몽골과 벌어진 크고 작은 전투를 지휘하고 삼별초를 토벌하는 공을 세워 조야의 신임이 두터웠다. 성품이 곧고 강직하여 서반

(무관)으로는 드물게 문하시중 자리에 오른 인물이었다.

언짢은 기색으로 왕이 물었다.

"얼마 전 서경 체류 시 문하평장사 유천우가 올린 상소에 의하면 왕이 만일 융복(군복)으로 성내로 들어온다면 나라 사람들이 놀라고 괴이하게 여길 것이므로 예복을 입을 것을 주청하였는데 문하시중은 그 문제를 어찌 생각하시오."

"전하. 아뢰옵기 황송하오나 태조대왕께서 고려를 창업하신 지 350여 년이 흘렀습니다. 그동안 나라를 지켜내고자 하는 일념으로 강토에 피를 뿌린 백성들의 희생도 헛되이 열성조의 웅대한 광영이 빛을 잃고 원의 속국으로 전락한 작금의 현실이 참담할 뿐입니다."

왕은 문하시중의 말을 묵묵히 듣고 있었다.

"지금 백성들은 원나라 부마를 원하는 것이 아니오라 당당한 고려국 국왕을 갈망하는 것이니 부디 기대를 저버리지 마시옵소서!"

왕이 처연한 표정으로 생각에 잠겼다.

태조께서는 옛 고구려의 영토수복을 염원하며 서경을 전진기지로 삼았었다. 그러나 이제 찬란했던 왕조의 영광을 뒤로한 채 피지배국으로 전락하고 말았다. 어찌할 것인가. 피폐한 이 나라와 곤궁한 백성을 어찌 이끌어야 한단 말인가.

왕의 눈가에 맺힌 옥루가 볼을 타고 흘러내렸다.

정월에 제국대장공주의 책봉식이 거행되었다.

만조백관이 좌우로 늘어선 가운데 왕과 공주가 보좌에 나란히 앉았다.

붉은 비단으로 지은 대례복을 입은 공주는 한 송이 활짝 핀 모란처럼 화사하고 아름다웠다.

단 앞으로 나와 예를 올린 문하시중이 두루마리를 펼쳐 들었다.

"제국대장공주마마를 고려국 원성공주로 삼고 궁을 경성으로 하며 전의 존호를 원성부로 정하였습니다."

임석한 대신들이 일제히 허리 굽혀 하례 올렸다.

"감축 드리옵니다. 원성공주마마!"

자리에서 일어난 공주가 좌우를 돌아보며 말했다.

"여러분의 환대를 기쁘게 생각합니다. 오랜 세월 대립관계에 있던 두 나라가 금번 국혼을 계기로 선린과 우호를 돈독히 하고 형제국으로 함께 나아갈 수 있게 되길 진심으로 바랍니다."

우렁찬 만세 소리가 전각을 흔들고 하늘로 퍼져 나갔다.

며칠 후 하릴없이 무료한 삼가의 처소로 뮬란이 미소 지으며 들어섰다.

"안녕하셨어요. 부장님."

"뮬란이로구나. 모든 것이 낯설어 어려움이 클 게야. 그런데 어인 일이냐."

"원성공주님께서 모시고 오라 하셨습니다."

뮬란의 말에 삼가가 속으로 가만히 되뇌었다.

'원성공주.'

이제부터 제국대장공주의 신분은 고려국의 원성공주였다.

원성부에 당도한 삼가가 내전으로 들어서려 하니 궁의 출입을 관장하는 군관이 앞을 가로막았다. 원성공주님의 부름을 받고 온 사실을 말했지만 삼가의 아래위를 훑어본 군관은 재삼 불가하다 말했다. 아직 말이 서투른 탓에 상호 의사소통이 원활치 못한 데 기인하기도 했지만 정작 문제는 삼가가 소지한 검에 있었다.

"신분의 고하를 막론하고 그 누구도 검을 소지하고는 원성부로 들

수 없소.”

물론 군관의 근무태도는 타당한 것이었다. 검을 소지한 채 내전을 출입할 수는 없었다. 하지만 과거 공주를 모시며 몸에 밴 오랜 습관이 삼가로 하여금 당연히 지켜야 할 수칙을 혼동하게 만든 것이었다.

검을 풀어 내려놓으며 삼가는 자신이 이방인이라는 사실을 새삼 실감했다.

삼가를 맞이하는 공주의 표정은 여느 때보다 밝았다.

“어서 오세요. 호위부장님. 아니, 지금은 아무런 직책이 없으니 백면서생이시네요.”

“그동안 강녕하셨습니까. 공주마마.”

물란이 은은한 빛이 감도는 잔에 찻잎 몇 줄기를 띄우고 역시 같은 빛깔의 주전자를 기울여 물을 따랐다. 찻잎에 스며든 물이 우려지며 번지는 향긋한 내음이 후각을 자극했다.

차를 권한 공주가 설명을 곁들였다.

“이 다기들이 멀리 서역까지 명성이 널리 알려진 바로 그 고려청자랍니다.”

삼가는 처음 개경 땅을 밟던 날을 떠올렸다. 은은함이 감도는 청자의 비색이야말로 이 땅의 하늘과 닮아 있었다.

미소 지은 공주가 삼가를 보며 말했다.

“벌써 오래전 일이 되었지만 천산에서 돌아와 백화궁 피접 길을 호위한 것이 바로 엊그제만 같네요. 그 후 남송 전투에 참전하여 오늘에 이르기까지 그야말로 한시도 쉴 틈 없이 분주한 나날을 보내다 이처럼 한가로운 여가를 즐기니 그 소감이 어떠신지요.”

미소 머금은 얼굴로 삼가가 답변했다.

“세상사 하루 세끼 먹고 살기는 매일반인데 무엇하러 그리 분주히 살았나 싶어 지난날이 후회막급일 뿐입니다."

공주가 짐짓 심각한 표정을 지으며 말했다.

"그렇지 않아도 내심 우려되는 바가 있어 그 나태함이 몸에 배기 전에 임무를 맡기려 합니다. 일간 전하께서 부르실 것이니 무료함을 떨쳐버리고 새로운 세상과의 조우를 대비하세요."

정색을 한 삼가가 그동안 마음에 담아두었던 자신의 견해를 내보였다.

"마마께오서 그처럼 하교하시니 이번만큼은 명에 따르겠습니다. 하오나 어차피 고려 백성으로 이 땅에 뿌리를 내리려 결심한 바에는 모든 것을 스스로의 힘으로 이루어야 한다는 각오와 다짐을 하였습니다. 그것만이 제 정체성과 존재의 의미를 부여하는 것이며 공주마마를 오롯이 지켜드리는 길일 것입니다."

삼가를 물끄러미 바라보는 공주의 눈시울이 붉게 물들었다. 그리고 차마 입이 떨어지지 않아 마음으로만 되뇌었다.

'그대를 만난 것은 내 생애 가장 축복받은 일입니다. 하지만 내게 그것은 가혹한 운명의 굴레였는지도 모릅니다. 이제 꿈속에서나 가질 수 있는 사람. 그리움 가득한 나만의 하늘……'

내시부에 속한 관리가 왕의 전언을 받들고 삼가의 처소를 찾은 것은 그로부터 며칠 뒤였다.

경녕전으로 드니 나란히 앉은 왕과 공주가 삼가를 반겨 맞았다.

부복한 삼가를 향해 왕이 말씀을 내렸다.

"과인은 그대에 관하여 이미 많은 것을 알고 있노라. 특출한 무예를 갖춘 것과 아울러 공주를 보필하는 충정이 지극하다는 점. 또한 원으로부터 보장된 출세를 사양하고 이처럼 사속인 신분으로 공주를 수행하여 고려국으로 건너온 내력까지 말이다. 과인이 그대에게 지금 당장 귀화할 것을 종용하지는 않겠다. 다만 한 가지 명을 내릴 것이니 향후 한 해 동안 전국을 순회하며 백성들의 피폐한 삶을 구휼하는 방편을 모색하고 어찌하면 이반된 민심을 수습할 수 있을까 하는 문제를 사실대로 판단하여 가감 없이 보고토록 하라.”

“전하. 말씀 올리기 황송하오나 소인은 아직 고려국 실정에 어두울 뿐만 아니라 모든 것이 생소한 터에 맡기신 중임을 어찌 수행하겠사옵니까. 과중한 하명을 거두어주십시오.”

“과인이 그대를 주목한 까닭이 바로 그 점에 있다. 굴절되지 않은 이방인의 시각이 오히려 현실을 직시할 수 있다고 보기 때문이니 더 이상 사양하지 말고 명을 받으라.”

일본 정벌에 나섰던 군사가 합포(마산)로 돌아왔다. 여몽 연합군이 1만 3천의 군사와 500척의 전함을 규슈 앞바다에 수장한 채 도망치듯 일본 해역을 겨우 빠져나온 것이었다.

원종 15년 10월(1274년) 합포를 떠난 여몽 연합군이 900척의 전함과 4만여 명의 군사를 이끌고 일본 원정에 나섰다.

지휘 함선의 뱃머리에 오른 고려군 사령관 김방경이 하얀 포말을 물고 출렁이는 수평선을 바라보며 도원수 혼도에게 말했다.

“본시 몽골은 내륙인 까닭에 해전에는 취약한 것으로 알고 있는데 금번 일본 정벌을 계획하며 어찌 고려국의 실무자를 참여시키지 않은 것인지 참으로 알 수 없는 일이오.”

“그 점은 나 역시 공감합니다. 하지만 조선기술이 뛰어난 고려국 장인들이 건조한 900척의 전함과 4만의 대군이 출병하여 조그만 섬나라 일본을 정벌하는데 구태여 무슨 전략이 필요하겠습니까.”

혼도의 어이없는 말에 대꾸를 하려다 만 김방경의 낯빛이 흐려졌다. 몽골과 고려의 깃발을 펄럭이며 바다를 가득 메운 전함이 너울거리는 파도를 헤치며 쓰시마해협을 건넜다. 멀리 해무에 잠긴 육지가 아슴푸레 보였다. 드디어 일본 땅에 당도한 것이었다.

각 함선으로 일제히 작전명령이 하달되었다.

"즉시 전투태세를 갖추고 다음 명을 기다려라!"

연합군이 상륙한 곳은 규슈 마쓰우라 반도 이키섬이었다.

해안에 정박한 전함에서 내려진 작은 전마선을 타고 뭍으로 오른 군사들은 거침없이 섬을 유린하기 시작했다. 군사력에서 밀리는 일본 병사들은 우왕좌왕하며 어찌할 바를 몰랐다. 하지만 근접전에서 마주친 그들의 검술은 대단한 것이었다. 장검을 휘두르며 돌진하는 일본 병사 앞에 기마민족인 몽골군은 속수무책으로 당할 수밖에 없었다.

그러나 결국 전력의 열세로 인해 일본군이 크게 밀리는 가운데 날이 어두워지기 시작했다.

일방적으로 우세한 전황에 고무된 도원수 혼도가 김방경을 돌아보며 말했다.

"오늘은 대승을 거두었으니 군사들을 배로 철수시켜 쉬도록 합시다."

김방경은 전투경험이 많은 노련한 장수였다.

"이곳은 적의 땅입니다. 현재 적의 전력이 약세라고는 하나 머지않아 본토에서 지원군이 당도할 것이오. 점령한 땅을 내주는 것은 현명한 일이 아니니 육지에서 야영토록 합시다."

혼도는 성품이 경박하고 거만한 자였다.

"이미 승기는 우리가 잡았으니 내일 다시 공격하여 빼앗으면 그만이오. 또한 육지에 야영하다가 기습 당할 우려가 있으니 군사들이 편히 쉴 수 있도록 배로 철수하겠소."

일방적인 결정으로 군권을 행사하는 도원수 흔도가 못마땅했지만 김방경으로서는 어찌할 도리가 없었다. 그러나 그것이 얼마나 커다란 실책이었나 하는 사실은 불과 몇 시간 뒤 처참한 결과로 나타나고 말았다.

초저녁부터 거세게 불기 시작한 바람과 함께 하늘을 가득 덮고 몰려드는 먹구름이 심상치 않았다. 자정이 조금 지나자 천둥 번개를 동반한 엄청난 폭풍우가 휘몰아치기 시작했다.

"사령관님 큰일 났습니다. 파도에 휩쓸린 전함이 좌초되고 있습니다."

종사관이 말을 마치기도 전에 우지근 쾅! 하는 굉음과 함께 전함이 옆으로 쓰러지며 다른 배와 충돌했다.

아비규환이 따로 없었다. 망망대해에 떠 있는 가랑잎과 같이 파도에 마구 휘둘리는 선박들은 하늘을 찢어놓을 듯 우는 천둥과 번쩍이는 섬광 속으로 하나둘 사라져갔다. 결국 그날 밤 500여 척의 군함과 1만 3천여 명의 군사가 수장되고 말았다.

여몽 연합군은 지리멸렬한 패잔병의 초라한 몰골로 쓰시마해협을 겨우 빠져나와 합포로 돌아온 것이었다.

왕이 철군한 군사를 위로하기 위해 동지추밀원사 장일을 합포로 내려보냈다.

'일본을 정벌하고자 깃발을 세우고 진군나팔 소리 높여 당당하게 함선을 띄워 바다를 건넜건만 불행히도 하늘이 적국을 도왔도다. 천둥과 번개, 폭풍우를 일으키는 천지조화는 하늘의 소관이니 어찌 탓할까. 애석하다. 무주고혼이 되어 고국과 식솔의 품으로 돌아오지 못한 불쌍한 영혼들이여! 그대들의 빛나는 충절을 애도하며 명복을 기도하니 부디 천상에서 영생의 복을 누리길 비노라."

설피 (雪皮)

간밤에 내린 무서리가 마른 나뭇가지에 새하얀 꽃을 가득 피웠다.

안개에 잠긴 능선 위로 해가 솟아오르며 부챗살 모양의 빛을 뿌려 몽환적인 분위기를 자아냈다.

말을 타고 나란히 걸음을 옮기며 삼가가 동행인에게 물었다.

"자네 이름이 인표라 했던가?"

"예! 인표라 불러주십시오. 앞으로 공자님을 성심껏 수행하겠습니다."

다부진 몸매에 날렵한 인상의 청년을 보며 문득 파륜이 생각났다. 그리고 천산으로 길을 떠나던 그때를 떠올리며 입가에 미소를 머금었다.

"그런데 앞으로 공자님의 존칭을 무어라 불러야 할는지요."

"자네의 직급이 무엇인가?"

"저는 정9품 대정직으로 왕궁 호위부관을 맡고 있었습니다."

"자네의 무예가 훌륭하다는 것을 들었네. 그런데 나와 함께 길을 떠나게 된 연유나 임무에 대해 숙지하고 있는 것이 있는가?"

"그 점에 대하여는 전혀 아는 바가 없습니다. 다만 공자님의 지시에 따를 것과 목숨을 걸고 호위하라는 상부의 명을 받았을 뿐입니다."

"우리가 부여받은 일들에 관한 것은 차차 말하기로 하고 우선 나에 대한 호칭 말인데, 아재라 하는 것이 어떻겠나."

인표의 얼굴에 난처한 기색이 완연했다. 그러고는 더듬거리는 말투로 대답했다.

“공자님 말씀대로 따라야 한다면 어찌할 수는 없는 일이지만 그건 좀…….”

인표의 어색한 표정을 본 삼가가 돌연 웃음을 터트리고 말았다. 오래전 천산을 향한 길에 파륜과 나누었던 대화와 상황만 다를 뿐 너무 흡사했기 때문이었다.

웃음의 의미를 몰라 어리둥절해하는 인표에게 지난날 있었던 사연을 설명하니 그제야 수긍이 간 그가 미소 지으며 고개를 끄덕였다.

“현재 나는 관직이 없을 뿐만 아니라 신분을 노출하지 않고 임무를 수행하기 위한 호칭으로 적당할 것 같으니 아재라 부르게. 그럼 이제부터 자네는 내 조카가 되는 것일세.”

내처 말을 달린 그들이 이틀 뒤 당도한 곳은 원주였다.

시야 가득 들어온 불쑥불쑥 솟아오른 능선이 마치 공룡의 등을 연상케 하는 험준한 지형을 이루고 있었다.

“고려에도 저런 빼어난 산세를 가진 명산이 있었구나. 저 산 이름을 무엇이라 부르는가.”

“묘향산, 지리산과 더불어 고려 명산 중 하나인 치악산이라 합니다.”

“이 땅을 가리켜 금수강산이라 지칭한 연유를 이제 알 것 같구나.”

그들이 이런저런 이야기를 나누는 사이 발길이 어느덧 저잣거리로 접어들고 있었다.

스산한 초겨울 날씨 탓인지 오가는 사람들의 어깨가 잔뜩 움츠러들어 있었다. 길가에 늘어선 점포는 손님이 없이 한산한 채 의자에 앉은 주인만 고개를 떨구며 졸고 있었다. 대도를 떠올리며 사람이 살고 있는 거리가 어찌 이리 활기가 없을까 생각이 들었다.

주변을 둘러보느라 느린 걸음으로 걷던 발길을 가로막는 아이가 있었다. 예닐곱 살쯤으로 보이는 아이는 꾀죄죄한 얼굴에 누더기 옷을 걸치고 있었다. 얇은 무명천에 본래의 바탕이 보이지 않을 만큼 덧대고 꿰매어 옷이라 하기에 민망할 정도였다.

두 손을 모아 앞으로 내민 아이가 피죽 한 그릇 못 먹은 듯 힘없는 목소리로 말했다.

"한 푼 적선해 줍쇼. 늙고 병든 할머님이 며칠째 굶고 있습니다."

"물러서라!"

채찍을 들어 녀석을 쫓으려는 인표를 만류한 삼가가 아이를 잠시 지켜보더니 말에서 내리며 물었다.

"너의 집이 어디냐. 네 말이 사실이라면 내 너를 도울 것이니 앞장서거라."

호의적인 상대의 말을 믿지 못하겠다는 듯 의혹에 찬 눈초리로 바라보던 아이가 밑져야 본전이라 생각했는지 쭈뼛거리며 앞장서 걷기 시작했다. 주거 밀집지역을 벗어나 제법 넓은 냇물을 가로지른 돌다리를 건넜다.

한참을 걸려 당도한 곳은 산비탈 아래 쓰러져가는 조그만 움집이었다.

금방이라도 무너져 내릴 듯 위태로워 보이는 움막 안에서 노인의 밭은기침 소리가 들려나왔다.

거적문을 들친 아이를 따라 안으로 들어서니 어두침침한 방 안에 머리가 파뿌리처럼 하얀 노파가 누워 있었다. 낯선 방문객의 등장에 놀란 노인이 몸을 일으키려 했지만 마음일 뿐이었다.

둘러본 방 안의 살림살이는 너무나 초라하고 보잘것없었다. 온기 없는 빈 그릇들만 몇 개 뒹구는 것으로 미루어 끼니를 끓여본 지 오래된 듯해 딱한 사정을 짐작할 수 있었다.

밖에 대기하고 있던 인표를 부른 삼가가 귀엣말로 무어라 지시했다.

“아이 부모는 어데 가고 이렇게 외진 곳에서 단둘이 살고 계십니까?”

“누구신지는 모르겠소만, 우리같이 보잘 것 없는 사람을 이처럼 자상하게 대해주시니 감사할 뿐입니다. 저 애가 태어날 무렵인 몇 해 전만해도 우리는 농사를 지으며 남부럽지 않게 살았답니다.”

끓어오르는 가래 때문에 잠시 끊겼던 말을 노파가 힘겹게 이어 나갔다.

“몽골전쟁에 나갔던 자식이 다행히 살아 돌아오긴 했지만 그동안 제대로 돌보지 못한 탓에 피폐해진 농토에서 수확한 곡식은 반으로 줄었지요. 그런데도 관리들은 그런 사정은 아랑곳없이 갖가지 명목으로 곡물을 빼앗아갔습지요.”

이런 일은 몽골에서도 종종 보아온 것이었지만 참담한 실상을 목격하고 보니 딱한 마음과 함께 분노가 일었다.

“농사를 지어도 굶기를 밥 먹듯 하는 가난이 무서운 아들 내외가 돈을 벌어오겠다며 집을 나간 지 벌써 세 해가 흘렀습니다. 어느 하늘 아래 살아는 있는 것인지…….”

노인의 주름진 볼 위로 눈물이 흘렀다. 그것은 세상에 대한 원망과 함께 소식 없는 자식을 향한 절절한 그리움, 그리고 가난이 가져다준 고통이 혼재된 뜨거운 눈물일 것이었다. 자기가 겪은 실정과 함께 주변에서 당한 관리들의 가혹한 수탈과 학정을 말하며 노파는 검불처럼 야윈 몸을 떨었다.

한참 후 인기척과 함께 짐꾼을 대동한 인표가 돌아왔다.

“아재가 지시하신 대로 당장 필요한 물건들을 장만해 가지고 왔습니다.”

“수고가 많았다. 안으로 들이거라.”

인부가 힘겹게 등에 지고 들어온 쌀가마니를 방에 내려놓았다.

목이 메인 노파는 고마움으로 할 말을 잃었다.

“염치없이 받기는 하오만 뉘신지도 모르는 귀인의 은혜를 어찌 다 갚는단 말입니까. 이렇게 고마울 데가……”

한옆에 우두커니 서 있던 아이의 볼 위로 눈물이 번지고 있었다.

움막을 나와 침울한 표정으로 걸음을 옮기던 삼가가 인표를 보며 물었다.

“방금 우리가 목격한 참상이 일부 백성들에게 국한된 일인가 아니면 이 나라 대다수 백성들이 겪고 있는 실정인가.”

“말씀드리기 거북하지만 지난 무신 난의 혼란 속에 자행된 지방 관리들의 전횡과 수탈로 인해 도탄에 빠진 백성들의 형편이 원의 지배를 받은 이후 더욱 악화되었습니다.”

삼가도 그 사실을 알고 있었다. 내우외환이라고 하지만 실상 적을 불러들이는 것은 내부로부터의 균열이었다. 물을 가둔 제방 둑이 붕괴하는 원인과 같은 이치였다. 결국 위정자들의 실책으로 국가를 온전히 지켜내지 못한 피해를 백성들이 고스란히 떠안고 있는 셈이었다.

그들이 다시 장터로 나왔을 때는 거리에 어둠이 내린 다음이었다.

저만큼에 밥과 술을 파는 집이 보였다. 문을 밀치고 안으로 들어서니 하얀 김이 풀풀 날리는 큰 가마솥에서 풍기는 구수한 내음이 시장기를 자극했다. 손님의 행색을 살핀 늙수그레한 주인이 물었다.

“술과 고기도 있고, 요깃거리로는 국밥이 있는데 무엇을 드릴까요.”

아직 실정에 어두운 삼가가 인표를 돌아보았다.

“국밥으로 두 그릇 주시오.”

의자에 걸터앉은 두 사람을 향해 뚝배기에 국을 퍼 담으며 주인이 되물었다.

“술은 안 하실라우?”

"오늘은 삼촌과 조카의 연을 맺은 의미 있는 날이니 한잔씩 하세."

노인 집에 머무느라 끼니를 거른 그들은 국밥을 맛있게 먹었다. 그러고는 목이 좁은 술병을 기울여 앞에 놓인 잔을 가득 채웠다. 두 사람 모두 술에는 별반 조예가 없어 보였지만 잔을 모두 비웠다. 그러나 둘의 형편없는 주량은 이내 드러나고 말았다. 한잔 술에 금방 취기가 오른 그들은 붉어진 얼굴을 서로 마주보며 웃고 말았다.

서너 명의 사내들이 주막 문을 밀치고 들어섰다. 바짓가랑이 사이로 묻혀든 칼바람이 안으로 우르르 밀려들었다. 그들의 머리와 어깨에 눈이 하얗게 얹혀 있는 것으로 미루어 밖에 눈이 내리는 모양이었다.

고려 땅에선 처음 마주한 눈을 보며 불현듯 떠오른 고향 생각을 얼른 접은 삼가가 물었다.

"원주 관아는 어디에 위치해 있는가?"

"이곳에서 남쪽으로 그리 멀지 않은 곳에 있습니다."

"오늘은 객사에서 유숙하도록 하세."

방금 들어온 사람들은 술을 시켰다. 우락부락한 인상과 입고 있는 옷으로 미루어 농사를 짓거나 장사꾼은 아닌 것으로 보였다. 게걸스레 술을 들이켠 사내가 탁자 위에 잔을 거칠게 내려놓으며 말했다.

"응방 놈들은 매를 잡아 바치라고 성화를 해대는데 이제는 씨가 말랐는지 하루 종일 산과 들을 헤매도 매를 볼 수가 없으니 무슨 수로 할당량을 채운단 말이야. 이것 참."

맞은편에 앉은 사내가 말을 거들었다.

"홍주 곡양촌에서는 아예 민가를 모두 응방에 예속시키고 그중 매 잘 잡는 자는 모두 군역이나 부역을 면제시켰다고 하니 나라가 망조에 든 게 아니고 무엇이겠나."

일행 중 하나가 삼가들을 힐끔 보더니 방금 말한 자의 옆구리를 쿡

찔렀다. 삼가는 정수리에서 이마까지 모나게 하고 가운데만 머리카락을 둔 몽골말로 겁구라고 하는 머리모양을 하고 있었다. 왕이 원나라에 들어가 조회할 때 몽골의 풍습에 따라 이미 변발을 하였으므로 고려관리 중에도 이처럼 머리를 한 사람들이 꽤 있었다.

그들은 무심코 함부로 지껄인 말이 화가 될까봐 두려웠던 것이었다.

사냥이 일상화된 원나라에서는 계속해서 매 바치기를 강요하며 지방 곳곳에 응방이란 기구를 설치했다. 그리고 매를 잡는 일과 키우는 것을 감독한다는 명분으로 원에서 파견한 관리들을 응방사라는 직책으로 상주시켰다.

원의 뒷배를 믿는 응방사들은 업무를 빙자해 온갖 패악을 저지르고 있었다.

밖으로 나오니 싸락눈이 내려 땅을 하얗게 덮고 있었다.

심호흡을 한 삼가는 자기도 모르게 북쪽 하늘을 올려다보았다.

지금 대도에도 눈이 내리고 있을까? 그동안 부모님은 안녕하신지, 그리고 지난번 서경에서 보낸 서찰을 받았을 궁진과 초련의 소식이 궁금했다.

객사에서 하룻밤을 묵고 조반을 마친 삼가와 인표가 숙소를 나섰다. 삼가의 말에 안장을 얹으며 인표가 물었다.

"오늘은 어느 곳으로 향할 예정이십니까?"

"행선지가 정해진 곳이 없으니 동가식이요 서가숙이라. 바람이 불면 부는 대로 발길이 이끄는 대로 갈 뿐이니 우리야말로 정처 없는 유랑자가 아니고 무엇이겠나."

삼가의 농 섞인 말에 둘은 소리 내 웃었다.

간밤에 내린 눈으로 세상은 온통 하얗게 변해 있었다.

언덕을 굴러 내려온 한 줌 산바람이 눈밭을 뒹굴어 파슬파슬한 잔설을 말아 올렸다. 실안개처럼 뽀얗게 날아오른 눈가루가 반짝이며 허공으로 흩어졌다.

"어제 얼핏 들은 말에 의하면 횡천(횡성) 관내에 무슨 변고가 생긴 모양인데 그곳을 한번 들러보세."

그들은 횡천으로 길을 잡고 남동쪽으로 말 머리를 돌렸다. 그러나 두 사람은 얼마 지나지 않아 말에서 내려 걸어야 했다. 산자락 아래 인접한 탓으로 발목이 빠질 만큼 쌓인 눈 때문이었다.

한나절 산길을 걸은 그들을 가파른 고갯길이 기다리고 있었다.

이따금 솔가지에 얹혔던 눈이 무게를 이기지 못하고 떨어져 내리는 소리가 고요한 숲의 정적을 깨트렸다.

"횡천을 가려면 매화산을 넘는 것이 지름길입니다. 다만 산세가 험한 탓으로 어지간한 사람들은 북서 방향으로 우회하여 돌아가기도 합니다."

삼가는 문득 오래전 천산을 향하는 길에 마주쳤던 육반산의 기억이 떠올랐다.

"이 산에도 승냥이가 있는가?"

"이 산맥은 북의 백두산에서 시작하여 동쪽 해안선을 끼고 남으로 뻗어내려 태백산을 거쳐 지리산에 이르는 국토의 등줄기를 이루는 산맥으로 백두대간이라 합니다. 고려에서는 승냥이를 늑대라 부르는데 물론 이 산에도 늑대가 있지만 무리가 적어 사람들에게 큰 위협은 되지 못합니다."

등줄기에 땀을 흘리며 한참을 걸은 그들이 고개를 넘으니 마루턱에 조그만 주막이 나타났다. 굴뚝에서 피어오르는 연기가 동실거리며 지붕을 맴돌고 있었다.

"마침 시장하던 참이니 이곳에서 잠시 쉬었다 가도록 하자."

"해가 지기 전에 산을 넘으려면 오래 지체하지 말고 서둘러야 할 것입니다."

그 말은 삼가 역시 공감하고 있었다. 인적이 끊긴 산중에 고립되는 것이 얼마나 두려운 일인가 하는 사실을 경험했기 때문이었다.

간단한 요기를 마치고 주막을 나선 그들은 마침 고개를 넘어오는 사람들과 마주쳤다. 등짐을 진 것으로 미루어 장사치들로 보였다.

"고개 위쪽 길의 형편이 어떻습니까."

"화급한 사정이 아니라면 오늘 길재를 넘는 일은 말리고 싶소. 쌓인 눈도 눈이지만 발밑이 여간 미끄러운 것이 아니어서 몹시 애를 먹었다오."

방금 그 길을 지나온 길손들의 만류에 두 사람은 잠시 망설였다. 그러나 삼가는 이보다 훨씬 험준한 산들을 많이 보아온 터였다.

"고개를 넘다 여의치 않으면 인근 산간 마을에서 하루 유숙하면 되지 않겠나."

결국 그들은 길재를 넘기로 하고 걸음을 재촉했다.

산 정상이 가까워질수록 나선형으로 난 구불구불한 길이 가파르게 이어지고 있었다.

앞장선 말들이 눈밭에 자꾸 미끄러지는 바람에 발길이 더 지체되었다. 힘겹게 고갯마루에 오르니 발아래 겹겹이 펼쳐진 봉우리가 안개에 잠긴 채 희미하게 눈에 들어왔다. 동북 방향을 손으로 가리키며 인표가 말했다.

"저곳이 횡천입니다. 고개만 내려서면 불과 얼마 걸리지 않는 거리이니 걸음을 서두르시지요."

북향으로 돌아앉은 지형에 해를 등진 탓인지 얼굴을 스치는 바람이 제법 차가웠다.

경사진 내리막길을 걷는 것은 올라올 때와는 또 달랐다. 말과 사람 모두 준비한 설피를 착용하였으나 눈으로 덮인 땅이 살짝 녹았다 다시 얼음이 낀 까닭으로 발끝에 힘을 주고 조심조심 걸어도 미끄러지기 일쑤였다. 당혹스러웠지만 지금으로선 별다른 대안이 없었다.

"죄송합니다. 제가 길을 잘못 인도하는 바람에 공자님을 곤란에 처하시게 하였습니다. 조금 더 내려가면 마을이 나올 것이니 그곳에서 하룻밤 묵으셔야 할 것 같습니다."

"내 생각으로도 이대로 길을 재촉하는 것은 무리인 것 같네. 그런데 아재라 부르기로 한 약조는 어디에 팔아버리고 공자님이라 호칭하나."

경황없는 중에도 둘은 소리 내 웃었다.

산간 날씨는 예측하기 어려웠다. 해가 설핏 서쪽으로 기울며 구름이 몰려들더니 이내 싸락눈을 뿌리기 시작했다. 마음이 바쁜 그들이 서둘러 한참을 내려오니 잡목 우거진 제법 넓은 분지가 나타났다. 땀을 식힐 겸 잠시 쉬어가기로 하고 나무 등걸에 막 걸터앉았을 때였다. 맞은편 숲속에서 고함소리가 들려왔다.

"좋은 말을 대동한 것으로 미루어 팔자 좋은 유람객으로 보이는데 이 길목의 터줏대감에게 통행세를 내지 않고는 무사히 통과하기가 어려울 것이다."

의외의 사태에 놀란 삼가와 인표가 자리에서 일어나 주위를 두리번거렸다.

그때 숲에 몸을 숨기고 있던 사내들이 모습을 드러냈다. 얼룩덜룩한 짐승가죽으로 지은 옷을 걸친 자들로 그들은 손에 칼과 창 등의 무기를 들고 있었다. 무리는 모두 7인이었다.

어리둥절한 표정으로 옆을 돌아본 삼가가 물었다.

"저들이 방금 한 말이 무엇을 의미하는가!"

그러나 인표가 그 말에 대답하기도 전에 비아냥거리는 소리가 먼저 귓전을 울렸다.

"핫하하하! 이런 덜떨어진 청맹과니들을 보았나. 목숨이 아까우면 가진 것을 다 내놓으라는 말씀이야. 이제 무슨 말인지 알아듣겠나?"

그제야 상황을 파악한 삼가가 빙긋 미소 지으며 말했다.

"그러니까 형씨들은 지나는 행인들의 재물을 약탈하는 양상군자들이란 말씀이시군."

마주 보고 대치한 그들을 향해 인표가 낮은 목소리로 말했다.

"너희들 말은 듣지 않은 것으로 할 터이니 길을 비켜라!"

맨 앞에 선 두목으로 보이는 자가 검불처럼 마구 자란 턱수염을 쓰다듬으며 호기를 부렸다.

"다시 한 번 말하지만 저 말과 수중에 가진 것들을 모두 내놓으면 목숨은 살려주겠다. 후회하지 말고 따르는 것이 신상에 좋을 것이다."

인표와 시선을 주고받은 삼가가 상대의 몸 움직임을 주시하며 한마디 내뱉었다.

"그리는 못하겠으니 한번 빼앗아 보시지."

두목이 부하들에게 명을 내렸다.

"터줏대감의 호의를 무시하는 저놈들을 모두 해치워버려라!"

두 사람을 빙 둘러싼 도적들이 창칼을 휘두르며 공격하기 시작했다. 두목이 제법 날카로운 칼바람을 일으키며 치고 들어왔다.

대적한 인표가 몸을 옆으로 빙그르 돌려 두목의 칼을 방어하며 동시에 반대편에 선 자의 가슴을 노리고 검을 평평하게 세워 몸을 날렸다.

인표의 일격에 고통스런 비명을 입에 문 상대가 칼을 떨어뜨린 채 바닥으로 나뒹굴었다.

바람처럼 빠르고 명쾌한 인표의 솜씨를 지켜본 삼가가 내심 흐뭇한 미소를 지으며 용천검을 뽑아들었다. 칼집을 빠져나온 검이 번쩍하고 검광을 내뿜는 것과 동시에 창을 휘두르던 사내의 무릎이 힘없이 꺾이며 앞으로 고꾸라지고 말았다. 이어 인표와 한 번의 공격을 주고받은 사내의 뒤편에서 칼을 겨누고 달려드는 두목을 향해 땅을 박차고 오른 삼가의 검이 현란한 빛을 뿌렸다. 푸른 검광에 가려 허공을 가르는 매서운 바람 소리만 귓전을 울릴 뿐 삼가의 모습은 보이지 않았다.

잠시 후 가볍게 땅으로 내려선 삼가와 약간의 거리를 두고 마주선 두목이 어찌된 영문인지 넋을 잃은 사람처럼 멍하니 서 있었다. 그러나 자세히 본 그의 모습은 처참한 것이었다. 낭자한 칼자국으로 인해 몸에 걸친 옷은 한 군데도 성한 곳이 없었다. 그것도 살은 전혀 베이지 않은 채로……. 잠시 침묵이 흐른 뒤 정신이 돌아온 두목이 마치 고목나무 쓰러지듯 그 자리에 털썩 무릎을 꿇었다.

"무지한 인간이 대인을 몰라보고 죽을죄를 지었습니다. 목숨만 살려 주십시오."

삼가가 두목을 내려다보며 말했다.

"어찌하여 오가는 길손의 재물을 탐내는 도적의 무리가 되었는지는 모르겠으나 이후로는 두 번 다시 죄를 짓지 말고 착한 백성으로 살아라. 그리고 네 부하들도 치명상을 입히지 않았으니 거두어주어라."

두목은 눈물을 철철 흘리고 있었다.

그의 그런 모습을 물끄러미 본 삼가가 물었다.

"지금 흘리는 눈물의 의미는 무엇인가!"

"이런 비참한 처지가 된 스스로를 향한 분노의 눈물입니다. 그리고 양민을 도적으로 만든 나라에 대한 원망의 눈물입니다."

두목이 하는 말에 삼가는 가슴 한구석이 서늘해짐을 느꼈다.

주위를 둘러보니 소동이 벌어진 사이에 어느덧 어둠이 내리고 있었다.

"너무 지체되었다. 서둘러 내려가자."

말고삐를 잡으려는 그들 앞으로 나선 두목이 공손히 말했다.

"산 아랫마을까지는 아직 멀었고 또한 어둠을 헤치고 산길을 내려가는 것은 매우 위험합니다. 이곳에서 그리 멀지 않은 막골에 소인들의 거처가 있으니 하룻밤 묵으시고 밝은 날 길을 떠나시는 것이 어떠실는지요."

참으로 묘한 일이 아닐 수 없었다.

목숨을 살려준 덕에 고맙다는 인사를 받았다고는 하지만 조금 전까지만 해도 재물을 빼앗으려는 목적으로 자신들을 해치려 한 자의 호의를 어디까지 믿어야 하는 것인지 선뜻 결정 내리기 난감한 일이었다. 그때 무슨 생각이 들었는지 묵묵히 듣고 있던 인표가 나섰다.

"아재. 저들의 의견대로 그리하시는 것이 좋을 듯싶습니다. 설마 딴 마음이야 품었겠습니까."

인표의 말에 두목이 펄쩍 뛰며 단호한 어조로 말했다.

"지금 저희놈들의 처지가 이처럼 참담하다고는 하지만 소인들의 진심을 의심치 말아주십시오."

결국 두 사람은 그들의 거처인 산채에서 하룻밤 묵기로 마음을 정하고 따라나서기로 했다.

잠시 내려가다 큰길을 버리고 좁은 샛길로 접어들어 계곡을 끼고 가파른 길을 한참 올랐다. 언덕을 넘어 모퉁이를 돌아 나오니 산자락에 가려 숨은 몇 채의 너와집이 모습을 드러냈다.

두목의 안내로 집 안으로 들어선 그들은 서둘러 차려 내온 저녁을 먹었다.

"이런 것을 여쭈어도 될는지 모르겠으나 혹시 원의 관리들이십니까?"

인표가 무슨 말인가 하려는 것을 삼가가 먼저 받았다.

“그리 생각한 연유가 무엇인가.”

“변발한 모습도 그러하거니와 공자님의 고려 말이 어눌한 것 같아 그렇게 짐작하였습니다.”

두목이 묻는 말에 미소 지은 삼가가 절묘한 답변을 선택했다.

“나는 원나라 사람도 아니며 그렇다 하여 고려인도 아닌 자연인일 뿐이다.”

기막힌 재치에 내심 탄복을 금할 수 없는 인표였지만 그 말에 담긴 의미를 알 수 없는 상대는 어안이 벙벙할 따름이었다. 다만 신분을 드러내지 않으려는 의도로 한 말이 아닐까 짐작할 뿐이었다.

방을 밝힌 촛불이 일렁이며 흔들릴 때마다 벽에 비친 그림자들이 음울한 명암을 드러냈다.

“소인은 세창이란 자로 몇 해 전만 해도 청주 관아의 아전이었습니다.”

조금 전 방으로 들어서면서부터 세창이라 칭한 자를 유심히 살피던 인표가 면박하는 투로 말했다.

“아전 신분이었던 자가 어찌하여 남의 재물을 노리는 도적이 되었단 말인가. 필시 맡은 소임을 빙자하여 뇌물을 수수하였거나 공금을 횡령한 사실이 드러나 야반도주한 게지.”

“업무를 수행하면서 관행적으로 이루어지는 사소한 비리를 말씀하신다면 그 점에 있어서는 소인 역시 결백을 주장할 처지는 못 됩니다.”

세창이란 자의 말이 전혀 허튼소리만은 아니라 생각한 삼가가 물었다.

“그렇다면 누구에게 모함을 당했거나 아니면 억울한 누명이라도 썼다는 말인가?”

“하소연을 한들 이처럼 뒤틀려버린 처지가 뒤바뀐다거나 죽은 처자식이 살아 돌아올 것도 아닌데 지금 와서 이런 넋두리가 무슨 소용이 있겠습니까.”

“모름지기 관록을 먹는 자의 처신은 지위고하를 막론하고 깨끗해야 하는 법이니 그로부터 자유로울 수 없다면 남의 탓으로만 돌리기는 어려운 일일 듯싶네.”

삼가의 지적에 수긍하는 눈빛을 보인 세창이 말을 이었다.

“공자님이 말씀한 논리를 부인할 생각은 없습니다. 다만 중앙정부의 고위 관직인 좌상서를 인척으로 둔 뒷배를 믿고 백성들의 고혈을 빨아 치부한 현령 수하에서 금전을 출납한 죄밖에 없다는 생각은 지금도 변함이 없습니다.”

“자고로 상탁하부정이란 말처럼 위와 아래가 한통속이 되어 부정을 저질렀다면 어찌 아랫사람에게만 죄를 뒤집어씌울 수 있단 말인가.”

인표의 말에 고개를 치켜든 그가 분이 치밀어 오르는 목소리로 말했다.

“현령의 비리를 더 이상 묵과할 수 없다고 생각한 소인은 그동안 자행된 추악한 실체를 중앙정부에 폭로하기로 마음먹었습지요. 그 사실을 눈치챈 현령이 심복으로 부리는 관리를 시켜 오히려 소인을 공금횡령 혐의로 고발하였습니다.”

“아무리 그렇다 해도 없는 죄를 만들어 무고한 사람의 입을 막을 수는 없는 노릇인데.”

세창의 눈시울이 점차 붉어지고 있었다.

“사건을 상부로 보고하지도 않은 현령은 소인을 아예 장살시킬 요량으로 무지막지한 고문을 가했습니다. 그러나 뼈가 으스러지고 살점이 묻어나 혼절을 거듭하는 악형을 당하면서도 정신이 돌아오면 저는 결백함을 주장했습니다.”

삼가는 오래전 천산으로 향하던 길에 양주에서 목격한 소금 밀매사건을 떠올리며 세창의 처지가 이해되었다.

"현령은 소인이 끝까지 죄를 인정하지 않자 기막힌 방법으로 회유와 협박을 하였습지요. 중죄를 지은 자의 처와 자식은 노비로 삼는다는 사실을 들먹이며 죄를 자복하면 식솔들에게 재물을 주어 멀리 보내 연명케 해주겠다는 것이었습니다. 권력의 두려움을 뼈저리게 느낀 소인은 결국 그 길을 택하고 말았습니다."

권력 앞에 대항할 힘없는 약자의 무력함이 얼마나 초라한 것인가 하는 사실은 삼가나 인표 역시 잘 알고 있었다.

"어차피 헤어날 수 없는 수렁에 빠져 만신창이가 되어버린 나 자신을 포기하고 처와 자식의 안위만을 빌고 또 빌었습니다. 그러나 금부로 압송되는 과정에 평소 안면이 있던 관리의 동정 어린 말로 인해 가족의 소식을 듣게 된 저는 그만 까무러치고 말았습니다."

흔들리는 불빛에 드러난 그는 어깨를 들썩이며 울고 있었다.

"현령은 내게 한 약속을 헌 짚신짝 버리듯 했고, 남편의 생사조차 알 수 없는 참담한 처지로 노비신세가 된 아내가 아이와 함께 목을 매고 말았다는 것이었습니다."

분개한 어조의 삼가가 세창의 말을 거들었다.

"목적을 위해서라면 수단과 방법을 가리지 않는 것이 본시 교활한 악인들의 잔혹함이지."

이야기를 나누는 사이에 밤이 깊어가고 있었다.

어느 골짜기에선가 부엉이가 구슬프게 울었다.

"저는 이를 악물었습니다. 그리고 살기로 작정했습니다. 하늘에 맹세코 원수를 갚아 억울하게 죽어간 처자식의 영혼을 위로할 것을 다짐하고 또 다짐했습니다. 그러던 차에 하늘이 도왔는지 호송 도중 탈주에 성공한 소인이 길을 되짚어 충주로 잠입하였습지요."

“그렇다면 신미년에 일어난 충주 현령 살해사건의 장본인이……. 내 본향이 청주로 당시 이 사건의 파장은 대단한 것이었기 때문에 어릴 적 일이지만 아직도 기억이 생생하오.”

사연을 듣는 사이 어느덧 상대에 대한 인표의 언사가 하대에서 하오로 바뀌었다.

“그런데 지금도 알 수 없는 것은 관사에 침입해보니 현령은 이미 누군가에 의해 살해되어 있었습니다. 내 손으로 원수를 갚지 못한 것은 철천지한으로 남았지만 악인의 비참한 말로를 목격한 저는 그 후 세상을 등지고 비슷한 처지의 사람들과 이처럼 살게 되었습니다.”

“그건 아마도 상납받은 비리의 연결고리를 끊어버리려는 심산으로 윗선에서 현령을 제거한 것이겠지.”

삼가의 말을 받은 인표가 세창의 처지를 동정했다.

“증거를 없애려 획책한 저들의 악랄한 소행에 두 번 희생 당한 꼴이었군요.”

“세상 이치대로만 본다면 정의는 항상 선한 자나 약자의 편이어야 하지만 현실은 꼭 그렇지만은 않은 까닭에 하늘을 원망하는 안타까운 일들이 생겨나는 것일세. 그렇다 하여 내가 받은 고통을 악업으로 갚는 것은 또 다른 업장을 짓는 일이니 이제라도 그동안 지은 죗값을 치르고 신원을 회복하여 선량한 백성으로 사시게. 정상을 참작받을 수 있도록 힘이 되어주겠네.”

고개를 숙인 채 묵묵히 있던 세창이 침울한 목소리로 말했다.

“뉘신지는 모르오나 지난날 소인의 한 맺힌 억울한 사정을 들어주시고 이처럼 말씀해주시니 이제 죽어도 여한이 없습니다.”

다음 날 조반을 먹고 막골을 나선 그들은 큰길 어귀까지 배웅한 세창의 무리들과 헤어졌다. 산길을 내려오며 인표가 의외의 말을 꺼냈다.

"어제는 망설이다 말하지 않았으나 사건 당시 저의 부친이 청주 관아에 주사로 봉직하고 있었기에 전혀 생소한 사건이 아니었습니다. 당시 대부분의 관리들이 아전의 억울함을 알고 있었지만 자신들에게 불이익이 돌아올 것을 염려하여 함구했다고 들었습니다."

"그래서 세상은 넓고도 좁다고 한 모양일세. 그나저나 저들이 지난날을 청산하고 양민이 되어 새 삶을 살아야 할 터인데……."

"사실 어제부터 궁금한 것이 있었는데, 아재가 세창을 상대로 펼치신 검법이 무엇이었는지."

인표의 질문에 삼가가 껄껄 소리 내 웃었다.

"그것은 신풍비검법이라 하는데 사실은 나도 엉덩방아를 찧으며 어깨 너머로 배운 것이라네. 그 검법의 고수는 내가 사형으로 모시는 초련 낭자일세."

인표가 질린 듯한 표정으로 되물었다.

"그 검법을 아재가 구사한 것보다 더 절묘하게 펼치는 고수가 있단 말입니까?"

"초련 낭자는 대도에 있네만, 어쩌면 훗날 자네와 대면할 날이 올는지도 모를 일이지."

인표가 혼잣말처럼 중얼거렸다.

'초련 낭자…….'

산자락을 벗어난 삼가들은 횡천(횡성)을 향해 말을 달렸다. 뺨을 스치는 초겨울 이른 아침 매콤한 공기가 기분을 상쾌하게 해주었다.

한참을 달린 그들이 언뜻 뒤를 돌아보니 조금 전 내려온 매화산 중턱에 검은 연기가 뭉게뭉게 피어오르고 있었다.

"저곳은 우리가 지난 밤 묵었던 막골 부근이 아니냐!"

"그런 것 같습니다. 그런데 무슨 연유로 화재가 발생한 것인지 모를 일이군요."

삼가는 문득 백화산으로 공주를 모시고 사냥 나갔을 때의 일을 떠올렸다. 인간에게 새끼와 암컷을 잃은 수곰의 처절하게 울부짖던 표효와 활활 타오르던 안광을…….

어제 세창이란 사내와 이야기를 나누며 그의 눈빛이 그때 마주친 맹수를 닮아 있다는 것을 느꼈었다.

말없이 말고삐를 채는 삼가의 뇌리에 희미한 환영이 그림자처럼 다가섰다.

거세게 타오르는 빨간 불길 속에 처와 자식의 손을 마주잡고 눈물을 흘리며 덩실덩실 춤추는 사내의 모습이 망막 속을 아른거리며 맴돌았다.

머리 위를 나는 한 무리 갈까마귀 떼가 음산한 울음을 남기고 골짜기를 향해 흩어졌다.

무르익은 봄날은 화창하고 맑았다. 북산은 만발한 진달래꽃으로 덮여 분홍치마를 두른 것처럼 고왔다.

왕과 공주가 낙산사로 거동하는 행렬이 길게 이어져 야트막한 산길을 가득 메웠다.

"공주. 회임한 몸으로 이처럼 나들이 나오는 것이 불편하지는 않으신지 걱정되는구려."

얼굴 가득 화사한 미소를 지으며 공주가 말했다.

"본시 몽골 여인들은 말 위에서도 아이를 낳는다는 속설이 있습니다. 그러하오니 심려를 놓으시기 바랍니다."

"하기는 기마민족의 그러한 강인함이 다른 민족을 지배하는 원동력인 게지요."

말을 마친 왕의 안색에 어두운 그늘이 내렸다.

"상국(원)에서 만자군 1천 4백 명을 황해도 해주와 염주 그리고 백주로 보낸다 하는데 걱정이 클 뿐이오."

"만자군이라면, 일본 정벌을 준비하기 위해 파견하여 주둔시키는 군대가 아닙니까!"

"그렇지요. 지난 1차 정벌로 인한 백성들의 고통이 아직도 극심한 터에 또다시 전쟁준비를 해야만 한다면 피폐한 나라살림은 물론이고 백성들은 헤어날 길 없는 도탄에 빠지고 말 것입니다."

공주가 침울한 표정으로 말했다.

"원에 사신을 보내 절박한 고려의 사정을 알리고 정상을 헤아려 적절한 조처를 취해 달라 요청을 해야 할 것입니다."

"그리해야만 하겠으나 그러한 조치가 과연 상국을 얼마나 설득할 수 있을는지 모르겠소."

왕이 가느다란 한숨을 내쉬고는 말을 이었다.

"지난번 명을 받고 순회를 시작한 삼가로부터 보고서가 올라왔는데 예상한 대로 백성들이 처한 참상은 심각한 것이었답니다. 그것이 처음 당도한 원주목만의 실정이었으면 좋으련만……."

공주는 삼가라는 이름을 듣는 것만으로 반가움이 앞섰다. 그러나 그 이상의 감정은 내비칠 수가 없었다. 아니, 해서는 안 될 일이었다.

사찰 입구에 대기하고 있던 주지를 비롯한 승려들이 왕과 공주 일행을 영접했다.

"어서 납시옵소서, 전하. 원성공주마마!"

가교에서 내린 왕과 공주가 청진국사의 안내를 받으며 요사채를 향해 천천히 걸음을 옮겼다.

책이 나란히 꽂힌 서가 외에 아무런 장식도 없는 방은 정갈했다.

창호지를 바른 문을 통해 한 무더기의 햇살이 쏟아져 들어오고 있었다.

한가운데 놓인 찻상에서 피어오르는 은은한 향이 방 안을 맴돌았다.

국사가 차를 권했다.

"드시지요. 이 차는 어린 녹차 잎을 말려 만든 것으로 참새의 혀를 닮았다 하여 작설차라 부르는데 담백한 맛이 매우 좋습니다."

차를 한 모금 마시니 입안을 감도는 쌉싸래한 향이 부드럽게 혀로 스며들었다. 왕이 웃으며 말했다.

"시중에 회자되는 말에 차향에 빠져 불도 정진을 게을리하는 승려가 있다는 말이 괜한 헛소문이 아닌 듯싶소."

"황송하옵니다. 승려들의 선풍진작하는 구도 풍습이 흐트러진 것은 모두 국사가 무능하고 부족한 탓이옵니다."

사실 승려들의 혼탁한 실상은 도를 넘고 있었다.

어수선한 정세를 이용하여 기복신앙으로 혹세무민을 자행하는가 하면 권력과 결탁해 부정과 부패를 일삼았고 그중에는 첩을 몇 명씩 거느린 자가 있다는 소문도 나돌았다.

왕이 작심하고 꺼낸 말이었으나 오늘의 관건은 그것이 아니었다.

"그냥 농으로 한 말이니 크게 염두에 둘 일은 아닙니다. 그보다 오늘 이처럼 국사를 찾은 것은 다름이 아니라 회임한 공주와 태아의 안녕을 부처님께 기원하고자 하는 뜻으로 온 것이니 전국의 명산대찰에 불공을 올려줄 것을 청하겠소."

요사채를 나와 대웅보전으로 향하며 뒤따르는 물란에게 공주가 말했다.

"삼가의 보고서를 지참하고 궁으로 들어오는 관리를 원성부로 다녀가도록 당후관에게 일러놓도록 해라."

"예! 알겠습니다. 그런데 지금 삼가님은 무슨 일로 어느 곳에 계시나요? 고려의 지리와 물정에 어두워 고생이 자심하실 터인데……."

공주는 안쓰러운 표정으로 그처럼 말하는 뮬란을 돌아보며 쓴웃음을 지었다.

"어차피 고려 백성으로 이 땅에 뿌리를 내리려 결심한 바에는 모든 것을 스스로의 힘으로 이루려는 각오와 다짐을 하였다 하니 괜한 염려할 것 없다."

그 말은 일전에 삼가가 공주에게 한 말을 그대로 옮긴 것이었다.

공주의 진심을 잘 알고 있는 뮬란이었지만 그 말에는 왠지 서운한 생각이 들었다.

대웅보전에는 삼세불이 모셔져 있었다. 현세의 석가모니불을 중심으로 과거불인 연등불과 미래불인 미륵보살이 좌우에 협시하여 하계를 굽어보고 있었다.

"시방삼세 부처님과 팔만사천 큰 법보와 보살성문 스님에게 지성 귀의하옵나니 자비하신 원력으로 굽어살펴주옵소서. 여러 생에 지은 업장 크고 작은 많은 허물 삼보전에 원력 빌어 일심참회하옵니다."

본시 불심이 미진한 공주였다. 하지만 새 생명을 잉태한 모성은 마음으로부터 우러나는 간절한 기도를 올리도록 이끌었다.

승려들의 배웅을 받으며 가교에 오른 공주 일행이 산문을 벗어난 것은 축시가 조금 지난 시각으로 아직 한낮이었다.

나지막한 언덕에 만발한 진달래가 다홍 물결을 일으키며 눈부시게 출렁였다.

돌연 주위가 어둑어둑해지는가 싶더니 중천에 솟은 태양이 뿌연 햇무리에 둘러싸인 채 빛을 잃어갔다.

술렁이는 가운데 누군가 외치는 소리가 들려왔다.

"일식이 일어났다!"

하늘에 변고가 생긴 것이었다.

유령처럼 소리 없이 다가선 검은 그림자가 서서히 해를 물어뜯기 시작했다. 붉은 원의 중심을 향해 길게 빼어문 악마의 차가운 혀에 잠식되어 혼을 빼앗긴 하늘과 땅이 서서히 암흑으로 빠져들었다. 태양을 삼켜버린 것이었다.

일순간 태양이 사라진 누리는 어둠에 갇힌 채 침묵했다. 바람도 숨을 멈추었고 허공을 날던 새들마저 나래를 접어 내려놓았다.

서늘한 주검의 계곡을 흘러내린 검은 핏방울이 응고되어 흑점을 이루고 외눈박이 야수의 불길한 눈으로 세상을 내려다보았다.

사람들은 무릎을 꿇고 두 손을 모아 부정한 기운을 물리쳐줄 것을 하늘에 빌었다. 일식은 자연현상 이전에 하늘이 내리는 불길한 징조였기 때문이었다.

관동별곡

태백산맥을 버리고 차령으로 갈라져 돌아앉은 횡천은 북으로 발교산을 의지하고 동쪽으로는 청태산, 남으론 사자산에 둘러싸인 전형적인 산간지방이었다.

삼가 일행이 들어선 저잣거리는 한산했다. 오가는 행인들도 별로 보이지 않았고 폭풍전야 같은 적막감마저 감돌았다.

"원주에서 과히 멀지 않은 이곳을 오느라 사선을 넘나들었네그려."

웃으며 하는 삼가의 농에 인표가 매우 송구스런 표정을 지었다.

"그런데 자네 말 편자에 이상이 있는 것 같으니 점검을 해보게."

그리하겠노라 대답하면서도 뜬금없는 말에 인표가 의아한 표정을 지었다. 마침 저만치에 대장간이 보였다. 말발굽을 확인한 대장장이가 말했다.

"우측 앞발 편자를 고정한 못이 밀려나와 있으니 잠시만 기다리시면 바로잡아 드리겠습니다요."

대장장이의 말을 듣고 깜짝 놀란 인표가 삼가에게 물었다.

"제가 탄 말의 편자에 이상이 있음을 어찌 아시고……."

"자네는 미처 듣지 못한 모양인데 말의 고통스런 신음 소리가 내 귀에는 또렷이 들렸다네."

놀란 인표는 벌어진 입을 다물지 못했다.

"어찌?"

인표의 표정을 보며 껄껄 웃은 삼가가 말을 바꾸었다.

"그건 농이고, 달리는 말의 네 발굽에서 울리는 소리 중 하나가 불완전하여 문제가 있음을 짐작한 것뿐일세. 전장에서 말과 사람이 혼연일체가 되지 않는다면 아무리 무예가 뛰어난 장수라 해도 적을 이기기 어려우리라는 사실은 의문의 여지가 없을게야. 몇 해 전 사냥터에서 창을 치켜든 나를 태우고 곰을 향해 질주하던 말이 별안간 주춤하는 바람에 하마터면 생명을 잃을 뻔한 일이 있었다네."

"상당히 아끼시던 말이었을 터인데 주인의 신뢰를 배신한 셈이군요."

"치밀어 오른 분노로 말을 베어버리려는 순간, 나는 놀라운 사실을 깨달았네. 말은 주인을 배신한 것이 아니라 내 의중을 정확히 간파한 것이었어.”

어리둥절해하는 인표에게 삼가가 한 말은 의외였다.

“두 발을 치켜들고 포효하는 거대한 곰과 마주선 나는 자신도 모르는 사이 두려움을 느꼈던 거야. 순간적인 감정의 흔들림을 알아차린 말이 주춤하며 망설인 것을 내가 미처 알지 못했던 게지.”

말을 마친 삼가가 갈색 윤기 흐르는 말 등을 쓰다듬으며 말했다.

“바로 이 녀석의 아비를 말하는 것일세!”

주인의 말을 알아듣기라도 한 것처럼 갈기를 세운 말이 코를 벌름거리며 크게 울었다. 이야기를 주고받는 사이에 편자 수리를 마친 주인에게 수고비를 건네며 물었다.

“거리 분위기가 썰렁한 것이 마치 난리 통에 모두 피난이라도 간 것처럼 보이니 무슨 까닭이 있는 것입니까?”

그들의 행색을 흘끔 살핀 주인이 빠른 손놀림으로 도구를 챙기며 대꾸했다.

“이 지방분들은 아니신 듯한데, 난리가 난 것은 틀림없는 사실인 것 같습니다. 오랑캐 군사가 쳐들어온다는 소문도 있고, 일부에서는 큰 도적의 무리가 이 고을을 휩쓸 것이란 말이 돌아 사람들이 두려움에 떨고 있습지요.”

삼가의 표정이 경직되었다. 급히 말에 오르며 주인에게 물었다.

“관아가 있는 곳이 어느 방향입니까!”

말을 달린 그들은 잠시 후 횡천 관아에 당도했다. 이곳은 원주 관아에 속한 현으로 수령을 감무라 불렀다.

십여 명의 병사들이 앞마당에 삼삼오오 모여 잡담을 나누다 말고 들어서는 그들에게 시선을 집중했다. 아전으로 보이는 사내가 다가와 물었다.

"무슨 용무로 오신 분들이신지요."

"감무를 뵙고 말씀드릴 것이니 그리 전하십시오."

고개를 갸웃하며 안으로 들어갔던 관리가 나와 그들을 안내했다.

집무실에 감무와 마주 앉은 삼가가 품 안에서 무엇인가를 꺼내 보여주었다. 그러자 자리에서 일어선 감무가 고개 숙여 인사를 올렸다. 그들은 주위에 들리지 않을 만큼 목소리를 낮추어 무슨 말인가를 주고받았다.

삼가가 감무에게 건넸던 물건을 회수하여 손을 거두어들일 때 노출된 모서리가 반짝하고 빛을 뿜었다.

관아를 나서며 궁금해 하는 표정을 지은 인표에게 삼가가 물었다.

"자네 합단적이라는 존재에 대해 알고 있나?"

"잘 알지 못합니다. 그런데 그것이 지금 벌어지고 있는 상황과 연관이 있는 것입니까?"

"물론이지. 내안이라는 자를 수괴로 세력을 키워 원나라에 대항하던 반군들이 중앙정부의 토벌로 와해되고 말았다네. 그 후 합단이란 자가 흩어진 무리들을 규합하여 이전보다 더 강성한 세력으로 준동하여 원의 골칫거리가 되었지. 그들이 고려의 동북 방면으로 침입하여 불원간 횡천을 넘볼 것이란 소문이 나돌아 이처럼 떨고 있는 것이라네."

"그렇다면 이런 사실을 중앙정부에 보고 올렸을 것 아닙니까!"

"충청도 안렴사가 오랑캐 군사에 관한 첩보를 장계로 올렸다 하네만……."

"그럼 이제부터 우리가 해야 할 일은 무엇인지요."

"실상을 파악하려면 잠시 관망하며 사태의 추이를 지켜보는 것밖에 별다른 도리가 없을 듯하네."

걸음을 옮기던 삼가가 고개를 들어 올려다본 하늘이 핏빛 노을로 붉게 물들어가고 있었다.

횡천 어탑산자락 골짜기를 따라 한참을 들어간 곳에 아늑한 남향으로 낮게 엎드린 두 채의 너와집이 있었다.

굴뚝에 잔불 사위어드는 연기가 모락거리며 피어올랐다.

안으로부터 도란도란 말소리가 들려 나왔다.

"아범, 오늘 사냥은 어느 곳으로 나가누?"

"예, 어머님. 아우들과 함께 오대산 안쪽으로 들어가 일전에 보아둔 곰이 지나는 길목을 지켜 큰 수확을 노려볼 요량입니다."

"골짜기 너머까지 알려진 너희들의 사냥 솜씨이기는 하다만 모피를 가지고 강릉으로 나가신 아버지가 아직 돌아오시지 않은 터에 무리하지는 말아라."

이어 재잘거리는 아이들과 젊은 여인의 말소리가 나는 것으로 미루어 식솔들이 여럿임을 짐작할 수 있었다.

잠시 후 뒤채에서 올라온 사내가 큰 목소리로 말했다.

"형님, 어서 출발하십시다. 아우들이 기다리겠습니다."

문을 밀치고 나오는 큰아범 뒤를 따라 자리를 일어선 노파가 물었다.

"아우들과는 어디에서 만나기로 한 게야?"

"발교산 초입에 있는 노루목에서 합류하기로 하였습니다."

두 아들들에게 시선을 준 어미가 주름 가득한 입을 오물거리며 타이르듯 말했다.

"너무 과한 욕심은 부리지 마시게. 우리 두 늙은이와 자손들 9남매가 세상과 담을 쌓고 이처럼 산 속에 들어와 살망정 남에게 피해를 준 일 없고 넉넉지는 않으나 손주들 재롱을 보며 배는 곯지 않으니 이만한 복이 어디 또 있겠나."

늘상 되풀이되는 어머니 말에 작은아들이 웃는 얼굴로 대답했다.

"방금 하신 말씀은 귀에 못이 박히게 들어 잘 알겠으니 염려 놓으세요. 어머님.”

산모퉁이를 돌아 두 아들의 그림자가 완전히 자취를 감추고 나서도 늙은 어미는 한참을 그대로 선 채 시선을 거두어들이지 못하고 있었다.

발교산은 홍천에 속한 산이었으나 어탑산과는 그리 멀지 않았다.

노루목에 당도한 형들을 먼저 온 동생들이 기다리고 있었다.

“이처럼 먼저 도착한 것을 보니 이른 아침 출발한 게로군.”

“예, 형님. 오늘을 기다리느라 며칠 전부터 잠을 설쳤다는 것 아닙니까.”

그들은 모두 기골이 장대한 체격으로 등에 활을 메었고 허리에는 칼을 차고 있었다. 아홉 명의 장정들이 어깨를 나란히 하니 그 위세가 제법 당당했다.

“강릉으로 나가신 아버지는 아직 돌아오시지 않으셨습니까.”

발교산에서 온 아우 하나가 큰형을 보며 물었다.

“지난해 수확한 모피와 약재가 제법 되어 그것들을 처분하시느라 지체되시는 듯한데 떠나실 때 말씀으로 미루어 아마 오늘이나 늦어도 내일쯤이면 돌아오실게야.”

그들이 이런저런 이야기를 나누는 사이 발길이 어느덧 험한 산길로 접어들고 있었다. 그때 푸드득거리는 소리와 함께 수풀을 헤집고 꿩한 마리가 날아올랐다. 동시에 바람을 가르는 활시위 소리를 물고 장끼가 알록달록한 날개를 힘없이 꺾으며 떨어져 내렸다.

“역시 자형의 활 솜씨는 일품이라니까.”

한껏 치켜세운 칭찬에 멋쩍은 듯 미소 지은 사내가 그 편을 돌아보며 말을 받았다.

“과한 칭송일세. 백발백중하는 막내처남의 솜씨야말로 주몽도 탄복할 만한 실력이 아닌가.”

유쾌한 웃음소리가 메아리로 어우러져 계곡을 돌아 흩어졌다.

발교산 아우들을 둘러보며 맏형이 물었다.

"지난 가을 한계령 너머 남대천에서 수확한 연어가 상당했다 들었는데 갈무리는 잘 하고 있는가?"

"아마 전년에 비해 그 양이 배도 넘을 것입니다. 실한 놈을 골라 두름을 엮은 다음 훈제로 말려 토굴에 차곡차곡 저장해두었습니다."

"애들 많이 썼다. 그것을 내년 봄 개경(서울)으로 올리면 적지 않은 돈을 손에 쥘 수 있을 게야."

한참 손아래로 보이는 앳된 얼굴을 한 청년이 끼어들었다.

"다음 달이면 막내 제수씨가 몸을 푸는데 식구가 하나 더 생기는 만큼 당연히 수입도 늘어야지요."

나란히 걸음을 옮기던 막내가 쑥스런 표정을 지으며 얼굴을 붉혔다.

"벌써 그리되었나? 해산이 다음 달로 임박하였다면 형수들의 도움을 받아 소용되는 물품을 준비하고 제수가 마음 편히 지낼 수 있도록 세심하게 신경을 써주도록 해라."

맏형의 말을 받은 손위 형이 막내를 놀렸다.

"큰형님이 당부하시지 않아도 막내의 처 사랑이 어찌나 극진한지 형수들의 성화가 우리를 괴롭게 한답니다."

어탑산에서 맏형과 함께 온 둘째가 침묵을 깨고 입을 열었다.

"친정에서 극력 반대하는 혼사를 이룬 까닭에 적지 않은 마음고생을 겪을 제수에게 진심에서 우러나는 배려를 해야 할 것이다. 사냥과 고기잡이로 연명하는 우리 신분이 미천하다 하여 아직까지도 모진 감정을 품고 있는 저들의 움직임을 예의주시할 필요가 있다."

가파른 지형을 만나 걸음을 늦춘 맏형이 낮은 목소리로 지시를 내렸다.

"이 지점부터는 곰이 출몰하는 지역이니 소음을 최대한 자제하고 긴장을 늦추지 마라."

점차 험해지던 산길을 집채만한 바위가 가로막았다. 그때 돌연 귀청을 찢을 것 같은 괴성이 숲의 정적을 깨트렸다. 긴장한 일행은 바위에 몸을 숨긴 채 사태의 추이를 파악하느라 숨을 죽였다. 소리는 바위 뒤편에서 들려오고 있었다. 으헝! 하는 소리에 이어 카르릉 캬! 하고 울부짖는 소리로 산이 우렁우렁 흔들렸다. 발정기에 든 수곰들이 암놈을 사이에 두고 싸움을 벌이는 모양이었다.

정황으로 미루어 바위 뒤편에 세 마리의 곰이 있다고 짐작한 맏형이 손짓으로 아우들을 한자리로 불러 모았다. 그러고는 아주 작은 목소리로 속삭이듯 말했다.

"저놈들을 모두 공격하기는 불가능하다. 멀찌감치 우회하여 곰들을 지켜보다가 싸움에 패한 하나가 사라지고 난 뒤 남은 두 놈을 일시에 습격하자."

그들은 후각이 예민한 곰들이 눈치채지 않게 하기 위해 바람이 불어오는 반대 방향을 택해 조심조심 산길을 올랐다.

그러는 사이에도 곰들이 내지르는 천둥처럼 우렁찬 고함소리가 산을 흔들었다.

바위 뒤에 몸을 숨긴 그들의 발아래로 곰이 눈에 들어왔다. 추측한 대로 암놈을 차지하기 위해 두 마리의 수곰이 싸움을 벌이고 있었다. 그런데 놀라운 것은 이제껏 본 어떠한 곰보다도 엄청난 몸집을 한 거대한 놈들이었다. 저 무지막지한 놈들을 어찌 해치울까 생각하는 그들의 가슴은 공포와 흥분으로 방망이질쳤다.

하지만 마치 사생결단을 낼 것처럼 맹렬하게 싸우는 곰들이었지만 서로에게 치명상을 입히는 극단적 공격은 피하고 있었다.

목적을 위해서라면 서슴없이 상대를 해치는 인간들의 잔인함이야말로 말 못하는 짐승의 상생을 위한 지혜에도 못 미치는 야만적 행태라는 사실을 돌아보게 하는 장면이었다.

드디어 더 이상의 도전을 포기하고 꼬리를 내린 하나가 등을 돌리자 승리를 쟁취한 수곰은 입가에 문 흰 거품을 뚝뚝 흘리며 목청을 돋우어 환호성을 질렀다.

그러나 승리감에 도취된 채 방심한 사이 가슴팍을 노리고 있는 인간의 독기 어린 시선을 곰들은 알아차리지 못했다.

"쏴라!"

시위를 떠난 화살이 두 마리 곰을 향해 소나기처럼 날아들었다.

곰들은 적이 어느 곳에 있는지조차도 분간할 수 없었다. 숨으려 했지만 마땅히 숨을 곳도 없었다. 두 발로 일어서서 허연 배를 드러낸 채 선혈이 낭자하게 흐르는 가슴을 부여잡고 그저 고통스러운 비명을 지르며 몸부림칠 뿐이었다.

처절한 울음이 계곡을 울리고 메아리가 되어 사라졌다.

온몸에 박힌 화살로 고슴도치처럼 되어버린 몸을 웅크린 채 몰아쉬던 숨이 잦아들며 사지를 축 늘어트렸다. 숨이 완전히 끊어진 것이었다. 부릅뜬 곰의 두 눈에 피눈물이 흘러내렸다.

형제들이 일제히 기쁨의 환호성을 질렀다. 오래간만에 대단한 사냥감을 포획한 것이었다.

하지만 같은 시각 또 다른 곳에서 처참한 살육이 벌어지고 있었다. 애석하게도 피눈물이 곰의 눈에서만 흐른 것이 아니었다는 사실을 그들은 미처 알지 못했다.

벌써 한참 전부터 산모퉁이로 돌아드는 어귀를 눈이 빠져라 지켜보던 아이가 깡충거리는 걸음을 뛰며 반가움 가득한 목소리로 외쳤다.

"할아버지! 대처에 나가셨던 할아버지가 돌아오셨네요. 할아버지!"

달려오는 손자를 본 할아버지의 걸음도 빨라졌다. 할아버지가 품으로 달려든 어린 참새 같이 야들야들한 손자의 몸을 꼭 끌어안고 토실한 뺨에 얼굴을 비볐다.

"어이쿠 내 강아지. 그동안 얼마나 보고 싶었는지 이 할애비의 눈이 짓물렀단다."

아이가 할아버지의 따스한 품에 안겨 몸을 꼬물거리며 응석을 부렸다.

"털북숭이 수염 때문에 얼굴이 따가워요. 할아버지!"

눈에 넣어도 아프지 않을 손주 놈의 재롱을 보는 할아버지의 가슴이 찡해지며 말로 표현할 수 없을 만큼 벅찬 행복이 차올랐다. 자신도 모르는 사이 노인의 눈에 눈물이 핑 돌았다.

집 밖에 나와 선 아내가 먼저 눈에 들어왔다. 사냥을 업으로 삼은 자신을 만나 아홉 남매를 낳아 기르느라 모진 고생을 하면서도 말없이 살아준 고마운 아내였다. 그 옆에 큰며느리를 비롯하여 둘째며느리와 손자, 손녀들이 며칠 만에 돌아온 어른을 반겨 맞이하고 있었다.

가족들로부터 인사를 받고 안으로 들어선 노인이 아내에게 그동안의 안부를 물었다.

"내가 집을 비운 사이 별일은 없었소?"

"별다른 일이야 뭐가 있겠소만, 오늘 아침 큰아범과 저편 골짜기에 사는 아이들이 오대산으로 곰 사냥을 나간다고 함께 길을 떠났어요."

아내의 말에 노인이 대견한 듯 너털웃음을 터트렸다.

"당신도 알다시피 젊은 시절 혼자서도 황소만한 곰을 사냥한 시가대의 아들들이라면 곰이 아니라 백두산 범도 능히 잡아야 하고말고. 허허허!"

"그나저나 대처에 나간 일의 소득은 얼마나 보신 게요. 나는 그것이

제일 궁금하답니다.”

주름 가득한 아내의 얼굴을 물끄러미 바라보던 노인이 측은한 표정으로 입을 열었다.

“그것이, 글쎄 그것이…….”

순간 아내의 표정이 매몰차게 변했다.

“혹시 언젠가처럼 주색잡기에 빠져 모피와 약재 판 돈을 전부 날리고 빈손으로 돌아온 것은 아니겠지요?”

“내 늙어서도 그 못된 버릇을 놓지 못한 것을 보니 아마도 구제불능인가 보오. 이번 한 번만 용서해주시오. 마누라.”

그리 말하고는 품에서 꺼낸 작은 보퉁이를 아내 품에 슬며시 안겨 주었다.

놀라움으로 눈이 화등잔만 해진 노파가 보자기를 풀어헤치며 목이 메여 할 말을 잊었다.

그런 아내를 흡족한 표정으로 바라보며 시가대가 말했다.

“이 돈이면 앞으로 한 해는 걱정 없이 살 수 있소. 막내며느리의 해산이 임박하였는데 이처럼 형편이 나아지니 참으로 다행한 일입니다. 모든 것이 당신이 살림을 잘 이끌어온 덕분이오.”

가슴이 먹먹하도록 벅찬 행복으로 말문이 막힌 아내의 주름진 눈가에 이슬이 맺혔다. 지금 이 순간 그들은 더 이상 바랄 것이 없었다. 믿음직스러운 자식들과 토끼 같은 손주놈들의 재롱을 보며 이처럼 다복하게 살 수 있으니 세상 부러울 것이 없다고 생각했다. 하루 세끼 입에 풀칠할 걱정을 하면서도 서로를 믿고 의지하며 살아갈 수 있는 것 그것이 진정한 행복이기 때문이었다.

그러나 비정한 운명은 그들에게 더 이상의 자비를 베풀지 않았다.

집 주위 숲 속에 수상한 움직임이 있었다. 잠시 뒤 모습을 드러낸 수십 명의 무장한 병사들이 집을 빙 둘러싼 채 안쪽 동정을 살폈다.

앞으로 나선 군관이 병사들을 향해 명을 내렸다.

"지금부터 합단적과 내통한 역적의 무리를 소탕한다. 인정사정 두지 말고 눈에 보이는 대로 모두 죽여라!"

이상한 기척을 느낀 시가대가 밖으로 나왔다. 그는 손에 장검을 들고 있었다.

집을 포위하고 창칼을 겨눈 병사들을 향해 시가대가 물었다.

"대체 무슨 일로 사냥과 고기잡이로 연명하며 세상을 등지고 사는 사람의 산막에 이처럼 들이닥친 게요?"

영문도 모르는 채 시가대의 주위에 몰려선 십여 명의 식솔들은 두려움으로 몸을 떨고 있었다. 병사들을 지휘하는 군관이 굳은 표정으로 말했다.

"자식 놈들은 모두 어디로 숨었느냐!"

"무엇을 잘못 아신 모양인데, 아무런 잘못이 없는 내 아들들이 숨을 까닭이 없소."

"어차피 죽을 목숨이니 죄상을 알려주마. 네놈들은 오랑캐 합단적의 무리들과 내통하여 나라의 안위를 위협하는 대죄를 지었다. 지금쯤 발교산에 살고 있는 네 자식 놈들의 거처에도 토벌군들이 당도하였을 것이다."

군관의 말에 어이없다는 표정으로 시가대가 물었다.

"오랑캐는 무엇이며 합단적은 또 무엇이란 말이오. 우리는 알지 못하오."

군관이 비아냥거리는 어조로 시가대의 말을 묵살했다.

"네놈들의 죄상은 이미 조정에도 보고가 되었다. 아무리 발뺌을 해도 소용없으니 순순히 칼을 받으라."

"없는 죄를 만들어 제 백성을 도륙하는 것이 대체 어느 나라 법이란 말입니까? 우리에게 죄가 있다면 단 하나 먹고살기 위해 산짐승의 생명을 빼앗은 것밖에는 없소. 정말 억울하오."

붉게 핏발 선 눈으로 억울함을 호소하는 시가대의 말도 아무런 소용이 없었다.

초겨울 투명한 햇살이 포근히 내리는 평화로운 숲의 정적을 깨트리며 군관의 잔혹한 명령이 떨어졌다.

"역적의 무리들을 하나도 남김없이 모두 씨를 말려버려라!"

와! 하는 고함과 함께 병사들의 번득이는 창칼이 빛을 뿜었다.

시가대의 장검이 달려드는 병사를 향해 바람을 갈랐다.

그는 무지한 사냥꾼이 아니었다. 오래전 몽골과의 전쟁을 경험한 강골로 상당한 완력을 갖춘 자였다.

솔개로부터 새끼를 지키려는 어미닭처럼 식솔들을 모두 품에 안고 창칼의 위협으로부터 지켜주고 싶었다.

그러나 눈앞에 닥친 냉혹한 현실은 그 무모한 바람을 허락하지 않았다.

"할아버지!"

바로 조금 전 자신의 품에 안겨 재롱을 부리던 손자가 눈앞에서 할애비를 찾으며 외마디 비명을 입에 물고 쓰러졌다. 손자를 해친 자를 마주보며 미친 듯 돌진한 시가대의 칼이 피바람을 일으키며 분노에 떨었다.

이곳저곳에서 식솔들의 처참한 비명이 울려 퍼졌다.

주위를 둘러보니 이미 식솔들은 모두 도륙당했고 남은 것은 혼자뿐이었다. 참으로 기가 막혔다.

온몸 곳곳이 흘러내린 피로 범벅이 된 그의 모습은 인간이 아닌 상처

입은 야수와 같았다.

시가대가 갈까마귀처럼 그렁거리는 목소리로 말했다.

"무고한 사람에게 억울한 누명을 씌워 이토록 잔혹한 짓을 획책한 놈들에게 전하라! 죽어 귀신이 되어서라도 피맺힌 원한을 꼭 갚고 말겠다고."

넘어질 듯 비틀거리는 그를 향해 두 명의 병사가 칼을 휘두르며 달려들었다. 하지만 분노 가득한 그의 칼날은 병사들을 여지없이 베어버렸다.

그 광경을 지켜보던 군관이 뒤로 한발 물러서더니 손을 들어 올렸다. 때맞추어 대기하고 있던 십여 명의 궁수가 활을 시위에 걸고 자세를 취했다.

"쏴라!"

시위를 떠난 화살이 바람을 가르며 어지럽게 날았다.

그러나 칼을 지팡이 삼아 몸을 의지한 시가대는 날아오는 화살을 피하지 않고 정면으로 바라보았다. 이를 악문 신음 소리와 함께 십여 개의 화살이 그의 가슴에 깊이 박혔다.

고개를 치켜들어 하늘을 우러른 시가대가 돌연 웃음을 터트렸다. 그러나 그것은 웃음이 아니었다. 폐를 역류한 피가 목구멍으로 끓어오르는 소리였다.

"와하하하. 이놈들아. 두려움에 떨지 말라! 범 같은 내 아들들이 애비와 식솔들의 원수를 갚기 위해 바람처럼 달려오고 있을 것이다."

말을 마친 시가대의 몸이 스르르 무너지며 무릎을 꿇었다. 눈을 부릅뜬 채 숨이 끊어진 그의 뺨 위로 두 줄기 피눈물이 흘러내렸다.

한편 사냥한 곰 가죽과 웅담을 수습한 시가대의 아들들은 모처럼의 횡재에 들뜬 마음으로 하산하는 걸음에 힘을 실었다.

"형님. 이런 말을 들으면 저를 숙맥이라 놀리시겠지만 제 처가 복이 많은 사람 같아요. 그 사람이 들어오고 난 다음 연어 수확이 풍년을 맞은 일도 그렇고 또 이번 사냥에 곰을 두 마리나 포획하는 횡재를 한 것을 보면 그런 생각이 듭니다."

막내가 제 말에 동의를 구하려는 듯 형들을 둘러보았다. 그러나 모두가 마치 약속이라도 한 것처럼 먼 산만 바라보자 머쓱한 막내는 그만 입을 다물고 말았다. 그런 동생을 보며 형들이 일제히 웃음을 터트렸다. 그제야 놀림 당한 사실을 눈치챈 막내가 얼굴을 붉혔다.

맏형이 모두에게 그동안 마음에 담아두었던 말을 꺼냈다.

"새사람을 들이는 일은 그래서 어렵고 중요하다는 것이다. 막내가 방금 한 말처럼 다행스럽게도 근자에 좋은 일들이 계속되는 것은 반가운 일이 아닐 수 없다. 우리는 앞으로도 살고 죽는 것을 함께한다는 각오로 형제의 우애를 돈독하게 나눌 것을 다짐하자."

그들의 표정에 훈훈한 봄바람이 돌았다.

한참을 내려오다 형제들 중 하나가 손을 들어 검은 연기가 피어오르는 지점을 가리켰다.

"저곳은 우리의 거처가 있는 발교산 인근인 것 같은데 불이 난 모양이네요."

잠시 후 둘째가 매우 불안해하는 표정으로 목소리를 높였다.

"그러고 보니 어머님이 계시는 어탑산 방향에서도 연기가 치솟아 오르니 대체 어찌된 노릇일까요."

순간 그들 모두는 알 수 없는 불길한 생각에 휩싸였다. 하지만 그런 것들을 애써 감춘 채 집으로 향하는 발길을 재촉했다.

형제들이 갈림길인 노루목으로 접어들었다.

형이 동생들을 돌아보며 당부했다.

"이제 헤어져 집으로 돌아간다. 만에 하나 무슨 변고가 발생했다면 즉시 연락을 취하고 이곳에서 만나기로 하자."

어탑산 계곡 어귀에 접어드니 누릿한 연기 냄새가 코를 찔렀다. 시선을 마주친 형제는 누가 먼저랄 것 없이 집을 향해 뛰기 시작했다. 가까이 다가갈수록 점점 더 역하게 풍겨오는 냄새로 인해 그들의 불안감은 증폭되어만 갔다.

결국 우려했던 일이 현실로 나타나고야 말았다.

산모퉁이를 돌아선 그들은 눈을 의심할 수밖에 없었다. 곳곳에 널려 있는 가족들의 처참한 시신과 함께 검은 잿더미로 변해버린 집의 잔해가 바람에 날리고 있었다. 아침나절 웃으며 헤어진 식구들이었다. 너무 기가 막혀 눈물조차 나오지 않았다. 그들은 짐승처럼 울부짖었다.

"어머니, 아버지. 도대체 이것이 꿈입니까. 아니면 생시란 말입니까. 도대체 누가, 어떤 놈들이 이처럼 잔악무도한 짓을 저질렀습니까. 말씀해주세요. 아버지!"

가족들의 참혹한 시신을 끌어안고 오열하는 형에게 둘째가 달려왔다.

"형님. 이것이 누구의 소행인지는 모르나 지금 이러고 있을 때가 아닙니다. 발교산에 있는 식구들의 안전도 장담할 수가 없으니 한시바삐 그리로 가야 합니다."

두 형제는 동생들의 거처가 있는 발교산을 향해 나는 듯이 뛰었다. 하지만 그곳에 당도한 그들은 다시 한 번 넋을 잃고 말았다. 잿더미 속에 여기저기 나뒹구는 참혹한 시신과 형제들의 통곡이 그들을 기다리고 있었다. 차마 눈 뜨고 볼 수 없는 기막힌 참상 앞에 가슴이 무너져 내렸다.

막내가 형들을 붙들고 거위처럼 쉬어버린 목소리로 물었다.

"어머님, 아버지는 어찌되셨습니까!"

그러나 형은 방금 마주친 엄청난 실상을 차마 입에 담을 수 없었다.

다만 가여운 동생을 끌어안았을 뿐이었다.

"형님! 부모님도 모두 이처럼 당하셨군요."

충혈된 눈으로 동생을 보며 형은 새어나오는 울음을 참으려 입술을 깨물었다.

한참 전부터 꾸물거리던 회색 하늘에서 눈이 내리기 시작했다.

땅 위에 벌어진 참상은 아랑곳없이 목화솜처럼 탐스런 눈송이가 검은 잿더미 위로 소복이 쌓였다. 눈을 오롯이 덮은 주검들은 마치 흰 수의를 입고 포근히 잠들어 있는 것처럼 평온해 보였다.

깊고 외진 산골에 몸을 숨긴 형제들이 앞으로의 대책을 논의하기 위해 머리를 마주하고 모였다.

빙 둘러선 형제들 사이로 납덩이같은 무거운 침묵이 흘렀다. 입을 여는 것이 마치 금단의 영역을 침범하기라도 하는 것인 양 그 누구도 먼저 말을 꺼내지 못했다.

그렇게 한참의 시간이 흐른 뒤 맏형이 아우들을 하나하나 둘러보았다. 그의 눈은 실핏줄이 터져 독 오른 살모사처럼 붉게 충혈되어 있었다.

"부모님과 가족들의 시신을 수습하여 안장하였으니 이제 남은 것은 원수를 갚는 일이다. 그간 수소문한 것들을 취합해보면 우리 가족을 학살한 놈들은 관아의 병사들이 틀림없다."

"형님. 도대체 병사들이 무슨 연유로 무고한 백성을 상대로 비적의 소행보다도 더 악랄한 짓거리를 자행했을까요."

"아버님 몸에 박힌 화살은 꿩의 깃털로 만든 궁깃이 길고 유엽전 형태의 촉으로 그것은 병사들이 사용하는 화살과 일치한다. 다만 놈들이 어떤 이유로 그런 만행을 저질렀는지 지금으로서는 알 길이 없다."

며칠 사이 초췌한 얼굴로 변해버린 막내가 말을 받았다.

"놈들이 우리 형제의 행방을 찾으려고 혈안이 되었다고 들었습니다.

제가 알아낸 바에 의하면 오랑캐 합단적의 무리와 내통하였다는 혐의를 두고 벌인 일이라 하는데 대체 그것이 무엇입니까.”

째진 눈꼬리를 치켜뜬 둘째가 거친 목소리로 분통을 터트렸다.

“산속에 사는 우리가 오랑캐나 합단적을 알 게 무에야. 어느 놈들이 저지른 소행인지 우리가 당한 고통을 백배 천배로 되갚아주고 말겠다. 육포를 떠도 시원치 않을 놈들…….”

그는 눈물도 말라버린 핏발 선 눈을 번득이며 뿌드득하고 이를 갈았다.

“다른 가족들은 급한 대로 양지바른 언덕에 안치라도 하였지만 막내 처남댁은 시신마저도 거두지 못한 것이 마음에 걸립니다. 언제 병사가 들이닥칠지 모르는 화급한 지경인지라 인근을 세밀히 살펴보지 못한 것이 못내 아쉽습니다.”

“지금 우리 처지로는 제수가 요행히 살아 있기만을 바랄 뿐 도리가 없다.”

큰형의 말에 막내는 끓어오르는 슬픔을 애써 누르며 흐느껴 울었다. 그런 동생을 측은하게 바라보던 맏형이 비장한 목소리로 말했다.

“아우들아. 이제 하늘을 대신하여 놈들에게 복수의 철퇴를 가하는 일이 우리를 기다리고 있다. 다행스럽게도 그동안 모아둔 재물이 아직 남아 있으니 우선 멀찌감치 울진이나 삼척으로 나가자. 그곳에서 잠시 사태를 살피고 말과 무기를 장만해 돌아와 피의 잔치를 한번 걸판지게 벌여보자!”

말을 마친 그가 하늘을 올려다보며 울음인지 웃음인지 모를 소리를 짐승처럼 부르짖었다.

“어흐! 헛허허. 으흐흐흐…….”

서너 뼘은 족히 쌓인 눈으로 도로 한복판만 겨우 숨통을 틘 좁은 길을 걸으며 인표가 말했다.

"엊그제 산속에 은거하며 합단적의 무리와 내통한 자들을 토벌하였다 합니다."

"그 소식은 나도 들었다. 한데 상대가 노인과 부녀자와 아이들뿐이었다더군."

"장성한 아들과 사위를 포함한 아홉 형제의 행방이 묘연하여 병력을 풀어 찾고 있는 중이라 하네요."

"아무리 숨고 피한다 한들 적과 내통하여 반역을 저지른 소행이 분명하다면 무사하지는 못할게야. 그런데 이상한 점은 근자에 합단적들의 행적이 그 어느 곳에서도 포착되지 않았다는 점일세."

"말씀을 듣고 보니 정말 그렇습니다. 그럼 충청 안렴사는 무엇을 근거로 오랑캐 합단적 무리의 준동으로 판단하고 장계를 올렸을까요?"

"글쎄. 나 역시 그 점이 매우 궁금한 대목이기는 하지만 내가 전하로부터 부여받은 임무가 검 대신 붓을 사용하는 것이니 유감이지만 어찌하겠나. 지켜보고 판단할 뿐 개입하거나 해결할 수 있는 위치가 아닌 것이 답답한 노릇일밖에."

"지난번 원주목에서 올린 보고서는 지금쯤 개경에 당도하였겠지요?"

"그 내용들이 새삼스러운 사실이 아닌 만큼 백성들의 구휼에 얼마나 큰 도움이 될는지……."

말을 나누며 걷는 사이에 그들의 발길이 어느덧 관아에 당도해 있었다.

용상에 앉은 왕을 우러른 문하시중 김방경이 아뢰었다.

"전하. 오랑캐 군사가 단천을 건넜다는 충청 안렴사의 장계를 어찌 처결하실 것이올지 하교를 내려 주시오소서."

"북쪽 국경을 넘나들며 약탈을 일삼던 보잘것없는 도적의 무리들이 이제는 대담하게 관동 내륙까지 들어와 설친다 하니 과인의 근심이 실로 크오.”

“황송하옵니다. 전하! 모든 것이 국정을 맡고 있는 소신의 불찰이옵
니다.”

“그렇지 않소. 모두 과인이 부덕한 소치지요. 탁월한 무장인 문하시
중이 마땅히 대처할 방안을 내어주시오.”

“아뢰옵기 황공하오나 충청 안렴사의 장계만으로는 사태의 전말을
정확히 파악할 수가 없습니다. 사안으로 볼 때 화급을 다투는 일로 사
료되지만 구체적 정황이 결여된 장계만 믿고 중앙병력을 움직이는 것
은 결코 현명한 처사가 아니옵니다.”

“그렇다면 이 일을 어찌 처결해야 하겠소.”

“우선 비상사태를 발령하여 군사를 점검하는 한편, 현지 수령들에게
파발마를 띄워 지방관아의 병력으로 상황에 대처케 해야 합니다. 병행
하여 실태를 명확히 파악한 연후에 사태의 경중을 가려 병력의 투입을
결정하는 것이 옳을 듯싶습니다.”

“문하시중이 병부판서와 숙의하여 적절한 조처를 취해 과인의 근심
을 덜어주기 바라오.”

잠시 머뭇거린 김방경이 왕을 향해 조심스럽게 입을 열었다.

“다름이 아니오라 최근 횡천 관아에 금패를 소지한 자가 순회차 들
렀다 하는데 혹시 전하께오서 밀지를 내리신 사실이 있으시온지……”

불쾌한 표정을 지은 왕이 김방경을 바라보았다.

“문하시중은 대단한 인맥을 운용하는 모양이구려. 그런데 그처럼 방
대한 정보력으로도 합단적들의 동정은 소상하게 파악이 안 되는 모양
이지요?”

왕의 뼈 있는 한마디에도 그는 크게 당황하는 기색 없이 담담한 어조
로 답변했다.

"소신은 다만 국정을 운영하는 임무를 원활히 수행하기 위해 혼신의 노력을 기울일 뿐 조그만 사심도 없음을 통촉하여 주시옵소서. 전하!"

왕 역시 김방경의 인물됨을 잘 알고 있었다. 결기가 굳고 강직한 인품의 소유자라는 사실과 아울러 한결같은 충성심을 인정했다. 하지만 왕은 그에게 집중된 무시 못할 권력에 두려움을 느끼고 있었다.

문하시중을 물리고 난 왕이 병부시랑을 들이라 명했다.

잠시 후 대령한 병부시랑에게 작은 목소리로 은밀한 지시를 내린 왕은 깊은 생각에 잠겼다.

태백산맥 줄기를 타고 평창을 우회하여 정선을 지난 형제들이 드디어 삼척 경계에 위치한 두타산으로 접어들었다.

"이 산을 넘으면 목적지로 정한 삼척이니 잠시 쉬었다 가자. 우리가 험준한 산길을 타고 이동한 덕분에 관군들과 한 번도 마주치지 않았으나 이제부터는 더욱 조심해야 할 것이다."

맏형의 말에 막내가 토를 달았다.

"정선을 지나며 동정을 살피러 잠시 내려가본 거리 곳곳에 우리 형제들의 용모를 그린 벽보가 나붙어 있었습니다. 하지만 그나마 위안이 되는 것은 둘째 형님을 제외한 나머지는 모습이 전혀 닮지 않아 그 벽보를 보고 우리를 알아볼 사람은 없을 듯합니다."

막내 말에 둘째가 희미하게 웃으며 한마디 했다.

"놈들도 잘생긴 내 얼굴은 알아본 모양이로군."

하늘이 무너지는 기막힌 아픔을 겪으며 비통한 처지에 빠진 그들이었지만 모처럼 소리 내 웃었다. 그러나 그 웃음 뒤에 감추어진 공허함은 감출 길 없었다.

산길을 묵묵히 오르던 매제가 그동안 궁금했던 것을 물었다.

“큰처남은 완력이 좋을 뿐 아니라 무예도 익혔으니 대처에 나가 자리 잡을 수도 있었을 터인데 어찌 산에 눌러살게 되었수?”

계곡을 돌아든 바람이 나뭇가지를 흔들고 지나며 잔설을 털어 내렸다. 뿌옇게 날려 안개처럼 시야를 흐린 눈가루가 골짜기 아래로 흩어졌다.

“젊은 시절 무술을 연마하신 아버지는 몽골 전투에 참여하여 상당한 전과를 올렸지만 신분의 미천함으로 매번 공로를 가로채이는 수모를 당하셨다 하네. 타고난 태생적 신분의 벽을 뼈저리게 느낀 아버지는 고심 끝에 산속에 묻혀 살기로 마음을 정하신 것일세.”

“언젠가 장인어른께 얼핏 들은 말에 의하면 그리 결정한 원인 중 하나로 처남 형제들의 기골이 장대한 것이 항시 염려되었다 말씀하셨습니다.”

“그것은 아마도 ‘왕후장상의 씨가 따로 없다’ 외치며 떨쳐 일어났던 망이, 망소의 난에서 얻은 교훈 때문일 것이야. 아무리 뛰어난 용력을 갖춘 인물이라 해도 시운을 잘못 타고나면 그 힘으로 인해 멸문지화를 입는 것을 경계하신 것인데…….”

말끝을 흐린 형의 침울한 표정을 보며 모두의 얼굴 위로 어두운 그늘이 내렸다. 그들은 세상을 향해 적의를 품지도 않았고 그 누구에게도 위해를 끼친 일이 없었다. 그러나 알 수 없는 운명의 소용돌이에 휘말려 오래전 아버지가 우려한 처지가 되어버린 것이었다.

형제들이 숨이 턱에 닿을 만큼 가파른 고개를 넘어 마루턱에 올라서니 골짜기 아래 여러 채의 건물을 거느린 절이 눈에 들어왔다.

“우리를 찾는 수색의 발길이 아직 이곳까지는 미치지 못하였을 게야. 사태의 추이를 살필 겸 절에서 하룻밤 쉬어가기로 하자.”

일주문을 지나 경내로 들어서며 주변을 살핀 둘째가 아우들을 둘러보며 일렀다.

　"혹시 모를 일이니 촉각을 곤두세워 주위를 경계해야만 한다. 절의 외곽과 숙소 주변을 교대로 지키도록 하자."

　대웅보전 댓돌에 앉아 석양볕에 해바라기를 하며 졸던 동자승이 졸음을 떨치지 못한 얼굴로 일어섰다. 아이를 보는 순간 자식의 모습이 눈앞에 어른거린 둘째가 울컥 치밀어 오른 가슴을 애써 누른 채 두 손을 모으고 물었다.

　"주지 스님은 어느 곳에 계십니까."

　두 손 모아 합장한 아이가 해맑은 눈으로 말했다.

　"주지스님은 출타 중이시고 노스님이 계시니 저를 따라오십시오."

　동자승의 아내를 받아 나한전을 돌아 조금 떨어진 곳에 이르니 단청을 하지 않은 정갈한 건물이 나타났다.

　"노스님, 손님들이 오셨는데요."

　잠시 흐르던 침묵을 깨고 낮은 목소리가 들려 나왔다.

　"안으로 드시라 해라."

　방문을 열고 들어서니 몸집이 자그마한 노승이 넘어가는 햇살을 등지고 단정히 앉아 있었다. 그 모습이 마치 조각한 불상처럼 보였다.

　"저희는 산길을 지나는 손으로 하룻밤 잠자리를 청하러 이렇게 뵀습니다."

　노인은 아무 말 없이 그들을 물끄러미 바라보고 있었다. 어두침침한 방 안에 햇살을 등지고 앉은 탓으로 표정을 가늠하기 어려웠다.

　잠시 후 노인이 조용한 목소리로 말했다. 그 목소리는 마치 동굴 속 깊은 곳에서 울려나오는 것처럼 맑고 청아한 것이었다.

　"이 방 안 가득한 피 냄새가 무엇에 기인한 것인지 모르겠소만 소승이 알기로 세상에 나고 죽는 것을 관장하는 것은 절대 인간의 영역이 아니외다."

　노승의 말에 놀란 둘째가 칼자루에 손을 대려는 것을 제지한 맏형이 아우들을 모두 밖으로 내보냈다. 그리고 자리에서 일어나 스님을 향해 삼배를 올린 후 무릎을 꿇어앉았다.

　"스님, 그렇다면 신은 어찌하여 무고한 중생이 처참히 죽어가는 것을 보면서도 이를 외면하는 것입니까?"

　"어느 어버이가 자식의 죽음을 애통하지 않으리까. 다만 불가항력으로 어찌할 수 없음이겠지요. 처사님들이 겪으신 아픔과 같은 이치입니다."

　"그것이 무슨 신입니까. 전지전능한 능력을 펼쳐 중생들을 제도하고 구원해내지 못하면서 어찌 다음 세상인 내세를 약속한단 말입니까."

　방문을 통해 들어오던 희미한 빛마저 어둠으로 떨어지고 숨소리에 섞여 간간이 들리는 흐느낌만 방 안을 맴돌았다.

　무겁게 가라앉은 침묵을 깨고 노스님이 입을 열었다.

　"인과에는 반드시 응보가 따르는 법이니 선한 업을 베푸는 것도 자신이요 악업을 짓는 것도 자신이며, 그 열매를 거두는 것 또한 자신이니 그것을 가리켜 업장이라 합니다."

　"모를 일입니다. 그 매듭들을 언제 어느 생에 엮은 것인지는……. 하지만 그 매듭을 풀려 하기에는 이미 너무 늦었습니다. 더 이상 남은 것도 없으며 남길 것 또한 없습니다. 끊어버리렵니다. 그리고 활활 타오르는 지옥의 불길 속으로 던져버리겠습니다. 그리하여 이 땅에 남긴 모든 흔적들을 태워버리겠습니다. 불속에 비친 운명의 그림자까지도……."

　사내의 피 맺힌 절규에 노승이 신음 소리처럼 중얼거렸다.

　"석가모니불. 나무관세음보살!"

　산사의 밤이 깊어가고 있었다.

　처량하게 울어대는 접동새 소리가 잠 못 이루는 나그네들의 시린 가슴을 헤집었다.

다음 날 산 중턱에 선 사내들이 바다와 인접한 어촌 마을을 말없이 내려다보고 있었다.

결연한 표정을 지은 형이 아우들에게 지시를 내렸다.

"저곳이 삼척이다. 우선 저잣거리에 도착하는 즉시 관아의 동정을 살펴라. 그리고 각자의 마필을 마련한 다음 은밀히 무기를 구입한다. 많은 양을 한꺼번에 사면 의심을 받을 것이니 조금씩 모으도록 해라. 우리가 만날 장소는 시내 남서쪽에 위치한 죽서루로 시각은 매일 해질 무렵으로 정한다. 그곳은 강가에 인접해 있고 또한 날씨가 추운 관계로 사람들의 내왕이 뜸해 무기의 은닉과 회합하기에 최적의 장소일 것으로 생각한다. 그리고 우리 모두가 함께 행동하는 것은 매우 위험한 일이니 내가 막내와 매제를 대동하겠다. 둘째가 나머지 아우들을 이끌어라."

큰형의 말을 이어받은 둘째가 걸쭉한 목소리로 의견을 내놓았다.

"흩어지더라도 항시 일정한 간격을 유지하여 위급한 일이 발생하면 즉각 대처할 수 있도록 해야 한다. 그리고 매우 중요한 사항이 하나 남았다. 만에 하나 형제 중 누군가 관군에게 잡혀 목숨을 잃는다 해도 죽서루에서 만나기로 한 약속만큼은 절대 토설해서는 안 된다는 사실을 명심하자."

부모와 처자식들의 원수를 갚기 위한 시가대 권속들의 계획은 이처럼 무르익어가고 있었다.

인표를 대동한 삼가가 횡천 관아로 들어서니 기다리는 사람이 있었다.

그는 왕이 내린 전교를 받들고 파견된 병부의 관리였다. 봉함된 겉봉에 붉은 인주로 비표가 선명히 찍혀 있었다.

예를 갖추어 받아 든 전교에는 다음과 같은 내용이 적혀 있었다.

"일전에 충청 안렴사가 올린 장계를 접한 과인은 매우 혼란스럽도다. 대책을 논의 중이나 사안의 중대성에 비해 정보가 미흡한 실정이다. 그대가 마침 그 지역에 체류하고 있음을 다행으로 여기니 현지 상황을 명확히 파악하여 지체 없이 보고하라."

관리를 물리고 둘만 남은 자리가 되자 인표에게 의견을 물었다.

"그동안 관의 병력이 시가대 무리를 토벌한 현장인 어탑산과 발교산을 돌아보았고 또 시중에 나도는 풍문과 관가의 움직임을 분석한 결과를 토대로 자네는 이 사건을 어찌 보고 있나."

"하문하시니 제 소견을 말씀드리겠습니다. 제가 알아본 바에 의하면 합단적의 준동과 시가대들과는 하등 관련이 없다고 봅니다."

"그리 판단한 근거는 무엇인가."

"사실 저도 처음에는 시가대란 인물을 의심했습니다. 그는 만만치 않은 무예를 갖춘 자로 젊은 시절 몽골 전투에 참전한 사람이었습니다. 그러나 전공이 있음에도 인정받지 못하자 자식들을 이끌고 산속으로 들어가 사냥으로 호구지책을 삼으며 외부와 단절된 삶을 살았답니다. 그러니 자연 세상을 원망하며 반골 기질을 키웠을 것으로 추측하였지요."

"그렇다면 자네의 그러한 인식에 변화를 가져다주게 된 계기가 있었을 터인데?"

"그렇습니다. 수소문 끝에 장터에서 만난 자가 있었습니다. 그는 어탑산 시가대가 살고 있는 집을 방문한 유일한 사람이었지요. 그런데 그가 기거하는 집에 걸어놓은 글이 방문객의 눈길을 사로잡았다 합니다."

"허! 참으로 흥미로운 이야기구먼. 얼마나 기막힌 명필이었으면 그처럼 단번에 사람의 시선을 끌었을꼬?"

인표가 빙긋 미소 지었다. 지난번 매화산을 넘으며 목도한 삼가의 대단한 무공에 경악을 금치 못한 그였다. 하지만 지금 자기가 하는 말의 맥락을 헛짚는 것으로 미루어 문장에는 취약한 것이라 짐작했다.

"천도무친 상여선인(天道無親 常與善人)이라는 글귀 때문이었다고 합니다."

이번에는 삼가가 입에 미소를 머금었다.

"하늘의 도리는 특별히 친근한 사람이 없이 언제나 착한 사람의 편이 된다. 참으로 좋은 의미를 지닌 결구일세. 이 말은 노자의 도덕경에 나오는 말이지."

잠시 상대를 낮춰 보았던 본심을 여지없이 내보인 꼴이 되고 만 인표가 당황한 나머지 몸 둘 바를 몰랐다.

"하늘의 이치를 알고 선하게 살고자 다짐하는 글귀를 좌우명으로 걸어둔 자가 나라를 배반하는 역적질을 할 리 만무하지. 그러고 보니 문장을 대하는 자네 식견이 대단하네그려."

얼굴을 붉힌 인표가 고개 숙여 진심 어린 표정으로 사과했다.

"짧은 소견으로 건방을 떨어 죄송합니다."

"그런데 문제는 그들이 무슨 연유로 그런 참화를 당했는가 하는 것인데 바로 그 점이 우리가 풀어야 할 중요한 과제일세."

"그렇습니다. 그와 더불어 행방을 감춘 형제들이 과연 어떤 모습으로 나타날지 일말의 동정과 함께 우려가 앞섭니다."

"모든 식솔이 무참히 도륙당한 기막힌 현장을 목격한 그들이 선택할 수 있는 길은 아마 하나밖에 없을게야. 지금 어느 곳에선가 한바탕 피바람을 일으킬 각오를 다짐하며 복수의 칼을 갈고 있겠지."

"그들이 정말 억울한 처지에 빠진 것이라면 한 시각이라도 빨리 실상을 알아내는 것이 형제들의 생명을 구하는 일이 되겠네요."

"당연한 일일세. 하지만 그만한 일이 벌어진 이면에는 필시 숨은 곡절이 있을게야."

관아를 나선 그들은 충주와 제천 방향에서 넘어오는 장사꾼들을 상대로 합단적의 행적을 살피는 한편, 시가대가 사냥을 업으로 삼았던 점에 착안하여 모피를 거래했을 만한 중간 수집상들을 대상으로 은밀한 탐문을 계속했다.

처마 아래 늘어진 고드름이 게슴츠레 졸고 있는 조각달을 물고 파르스름한 수정빛을 머금었다.

뒤편 숲에서 불어온 바람이 지붕을 덮은 눈을 쓸어 떡고물처럼 흰 가루를 어두운 허공으로 흩뿌렸다.

창을 들고 관아를 지키던 병사가 품으로 파고드는 한기를 참지 못하고 몸을 부르르 떨었다.

"어이쿠, 날씨 한번 독하게 춥다. 여보게, 자네는 저녁을 든든히 먹었는가?"

"이 사람이 하는 소리하고는, 밤이슬을 맞으며 남의 집 담장을 넘지 않고서야 무엇으로 배를 든든히 채우겠나."

"하기야 빤한 것을 물은 내가 팔푼이지. 에이, 빌어먹을 놈의 세상."

그때 뒤편 담장 아래로 소리 없이 스며든 검은 그림자가 있었다. 그들은 모두 아홉이었다. 잠시 주위를 살핀 다음 서로의 등을 발판으로 삼은 괴한들이 차례로 담장을 넘었다. 이미 삼경이 지난 세상은 곤한 잠에 빠져 있었다. 고양이 걸음으로 댓돌을 오른 괴한들은 창호지를 뚫고 손을 안으로 넣어 잠근 고리를 풀었다. 살며시 문을 열고 내실로 들어서니 방 아랫목에 비단 이불을 덮고 곤히 잠들어 있는 사람이 눈에 들어왔다. 수염이 허연 늙은이와 젊은 여인이었다.

일행 중 하나가 호롱에 불을 붙이자 어둠에 잠겼던 방 안이 점차 밝아졌다. 불빛 아래 모습을 드러낸 괴한은 시가대의 아들들이었다. 형이 아우들에게 밖으로 나가라 눈짓했다.

인기척에 그제야 변고가 생긴 사실을 알아차린 늙은이와 여인이 어찌할 바를 모르고 몸을 떨었다.

아무 말 없이 그 광경을 내려다보던 사내가 늙은이를 향해 입을 열었다.

"옷을 입어라. 지금부터 묻는 말에 사실대로 대답하면 네 자식들의 목숨은 살려줄 것이다. 그러나 거짓으로 말한 것이 드러난다면 후일 네 일족을 모두 도륙하여 씨를 말릴 것이다."

속옷을 겨우 걸친 늙은이가 체통을 지키려 애쓰는 모습이 딱해보였다. 두려움으로 이를 마주치며 몇 올 되지도 않는 수염을 마구 떨었다.

"횡천 백성 시가대 일가를 참살한 것이 어느 관아에 속한 군사들이냐?"

"나는 영월 관아의 수령이요. 결단코 말하지만 병력을 출동시킨 일이 없소이다."

괴한의 질문이 자신과 무관함을 알아차린 현령의 얼굴에 약간 안도하는 기색이 돌았다.

그러나 그것이 착각이라는 사실을 현령이 알 리 만무했다.

"그럼 하나 더 묻겠다. 그 일가를 무고하여 사지에 빠트린 자를 알고 있는가?"

"시가대 무리들이 오랑캐 합단적과 내통하였다는 소문 이외에 아무 것도 아는 바가 없소."

현령의 목에 칼을 들이민 사내가 나지막하면서도 힘 있는 목소리로 말했다.

"너는 어차피 죽을 목숨이니 묻는 말에 사실대로 말하라. 네 가족을 살리고 죽이는 것은 너의 입에 달렸다."

"억울하오. 그 일과 아무런 연관 없는 내가 왜 죽어야 한단 말이오.

재물이라면 저기……."

현령이 손을 들어 윗목에 놓인 문갑을 미처 가리키기도 전에 칼바람이 허공을 갈랐다. 외마디 비명과 함께 뿜어져나온 선혈이 흰 문창호지위를 붉은 매화문양으로 물들였다.

때맞추어 밖이 대낮처럼 환해지며 관아가 불타기 시작했다.

"화적 떼가 나타났다! 불이야. 불이야!"

우왕좌왕 허둥대며 외치는 고함과 함께 수십 명의 병사들이 뛰쳐나왔다.

내뿜는 열기와 화광 속에 병사들의 모습이 보이기 무섭게 방향을 알수 없는 화살이 날아들기 시작했다.

졸지에 위급한 처지에 빠진 병사들은 속수무책으로 당할 수밖에 없었다.

처참한 비명 속에 모두 쓰러지고 남은 몇 명은 모습을 드러낸 괴한들의 무자비한 칼에 죽임을 당하고 말았다.

종적을 감춘 그들이 남긴 것은 글귀가 적힌 한 장의 종이뿐이었다.

'시가대님의 아들들이 하늘을 대신하여 영월 관아를 응징하였노라!'

영월 현의 비보를 소지한 파발마가 방울소리를 요란하게 울리며 인근 고을을 향해 달렸다.

소식을 접한 횡천 관아는 이른 새벽부터 술렁거렸다.

인표가 지난밤 발생한 영월 현 소식을 전하며 안타까움을 나타냈다.

"드디어 그들이 몸을 드러내 움직이기 시작했군요."

삼가 역시 인표 말에 의견을 같이했다.

"사건이 어떤 방향으로 전개될지는 알 수 없는 일이지만 관군을 상대로 전쟁을 선포했으니 돌아올 수 없는 운명의 강을 건넌 셈이지."

"합단적과 관련 여부를 떠나 그들의 심장을 야수로 돌변케 한 당사자들의 책임이 크다는 것이 저의 생각입니다."

"아직 실체에 근접하지 못하였으니 단정할 수 없지만 시가대들이 사건의 단초를 제공했는지도 모를 일일세."

자신과는 전혀 다른 견해를 내놓은 그를 인표가 놀란 눈으로 바라보았다.

"그나저나 어제 만난 모피 수집상이 무엇인가를 알고 있는 눈치가 분명한데 핵심을 교묘하게 비켜가니 어찌 다루어야 할지 난처한 일이다."

"워낙 중대한 사건이고 잘못 개입하였다가는 낭패 보기 십상인데 노련한 장사꾼이 소득 없는 일에 쉽사리 입을 열겠습니까."

인표의 의중을 알아차린 삼가가 빙긋 웃으며 정리했다.

"그렇다면 당근을 제시하거나 아니면 채찍을 준비하거나 둘 중 하나를 선택하면 되겠군."

인표는 그의 명석한 사고력에 새삼 놀라움을 감추지 못했다.

"정말 대단하십니다. 어찌 그처럼 정확한 상황 판단이 가능한 것인지."

"자네가 해답을 제시해준 일에 내가 토를 달았을 뿐인데 이렇게 되면 그야말로 자화자찬이 아닌가?"

두 사람이 유쾌하게 웃으며 관아를 나섰다. 그리고 잠시 후 인표에게 귀엣말로 무언가를 한참 지시했다.

걸음을 옮기며 삼가가 자신의 의중을 말했다.

"지금껏 여러 정황으로 볼 때 합단적의 출현은 전혀 근거 없는 것이다. 누군가가 의도한 목적을 이루기 위한 방편으로 합단적을 등장시켰고 여기에 시가대 일족을 전진 배치하여 그들을 제거하려 계획한 것이 이 사건의 본질일 것으로 나는 보고 있다."

인표는 생각했다. 자신과 비슷한 연배이면서도 출중한 무예와 상당한 수준의 학식을 갖춘 비범한 두뇌의 소유자로 봄바람처럼 훈훈하고 다정한 면과 서릿발 같은 냉정함을 모두 겸비한 귀공자. 반듯한 행신은 물론 무심코 던지는 듯한 한마디 말들이 모두 이치에 어긋남 없어 범접할 수 없는 기품을 지닌 사내. 이 사내는 대체 누구일까!

조금 전 화제에 올린 모피 수집상의 점포로 들어서는 삼가들을 본 주인이 떨떠름한 표정을 지었다. 하지만 그는 산전수전을 모두 겪은 노련한 장사꾼이었다. 상대의 신분을 자세히는 알 수 없지만 일전에 나눈 대화 내용으로 미루어 중앙정부 관리들이 틀림없다고 짐작했다.

얼른 안색을 바꾼 주인이 자리를 권하며 제법 향이 괜찮은 차를 대접했다.

차를 한 모금 마신 인표가 고맙다는 의례적 인사를 한 후 주인을 향해 느닷없이 손을 내밀었다.

그런데 손바닥이 천장을 바라본 형태로 볼 때 악수를 청한 것은 분명 아니었다.

아무리 능구렁이 같은 장사꾼이었지만 예기치 못한 돌발상황에 몹시 당황할 수밖에 없었다. 이자들이 무엇을 달라 요구하는 것은 틀림없는데 그것이 대체 무엇인지 도무지 감이 잡히지 않았다.

짧은 순간 갈등이 있었지만 그는 관리 다루는 법을 알고 있었다.

만면에 웃음 짓는 얼굴로 내실로 들어갔던 주인이 다시 나와 인표의 손에 쥐어준 것은 상당량의 금붙이였다.

"일전에 저지른 소인의 무례를 사죄하는 의미로 인사드리니 아무쪼록 장사치의 딱한 입장을 헤아려주시기 바랍니다."

그때 별안간 인표가 주인의 뺨을 사정없이 후려쳤다.

철썩! 하는 소리와 함께 눈에서 불이 번쩍 일었다.

영문을 모르는 채 벌겋게 부풀어 오른 얼굴을 어루만지는 사내를 향해 인표가 까칠한 목소리로 한마디 던졌다.

"그것 말고……."

주인의 벌건 낯빛이 금방 하얗게 질렸다. 그러고는 털썩 무릎을 꿇었다.

"소인의 잘못을 용서해주십시오. 모두 말씀드리겠으니 제발 거래 장부를 내놓으라는 말만은 하지 마시기 바랍니다. 나리."

냉랭한 표정을 지은 인표가 조건을 걸었다.

"시가대와 관련하여 알고 있는 모든 사실을 밝혀 사태 해결에 도움을 준다면 잘못을 눈감아줄 수도 있다."

인표 말에 득실을 저울질하던 주인은 결국 협조하기로 마음먹었다. 주인으로부터 알게 된 내막은 여러 가지 면에서 의미 있는 정보였다.

재작년 이맘때쯤 사냥꾼 시가대가 전년에 수확한 꽤 많은 양의 모피를 평소 거래하던 수집상에게 위탁했다고 한다. 그런데 어찌된 일인지 대금 지불을 차일피일 미루던 상인이 물품을 보관하던 창고가 도둑에게 전부 털렸다 하며 오히려 범인으로 시가대를 지목했다는 것이었다. 화가 머리끝까지 오른 시가대와 수집상 사이에 자연 험악한 말이 오갔고 그때 시가대가 상대에게 한 말이 '오랑캐 합단적의 무리와 붙어먹을 놈'이라는 것이라 했다. 결국 자신의 중재로 서로 한발 물러서는 선에서 일이 수습되었으나 해소하지 못한 앙금이 가슴에 남았을 것이라는 것이 그가 알려준 사건의 전모였다.

그런데 자리를 일어서기 전 모피점 주인이 해준 한마디가 아주 흥미로운 것이었다.

공교롭게도 묘한 사건이 터지고 말았는데 시가대의 막내아들과 모피 수집상 딸 연이가 눈이 맞았다는 것이었다. 그런 사실을 눈치챈 양측 부모가 극력 반대했지만 결국 집을 도망쳐 나온 연이가 시가대의 막내며느리가 된 것이라 했다.

점포를 나와 나란히 걸음을 옮기며 인표가 물었다.

"어째서 주인을 상대로 한마디 말도 입에 올리시지 않은 것인지요?"

"때로는 말로 윽박지르는 자보다도 침묵을 지키는 자가 더 두려운 법이라네."

"듣고 보니 일리가 있는 말씀이기는 한데 악역을 모두 저에게만 떠넘기시니 여간 거북한 것이 아니었답니다."

"누가 뭐라 해도 오늘 소득을 일군 일등공신은 자네일세."

자신을 치켜세운 말에 인표가 어색한 미소를 지었다.

"그런데 모피를 취급하는 상인들에게 그러한 약점이 있다는 사실은 어찌 아셨습니까."

"수집한 모피의 일정량은 정부에 수매하게 되어 있는데 관리들의 농간으로 손에 들어오는 돈은 쥐꼬리만 하니 수집하는 양을 속여 시중으로 빼돌리는 것이지. 아마 그런 편법은 몽골과 마찬가지로 고려에도 만연된 것이리라 예측하고 무리수를 한번 두어보았네."

고개를 끄덕인 인표가 다시 물었다.

"시가대의 아들과 견원지간인 모피상의 딸이 야반도주하여 부부가 되었다는 것은 일견 아름다운 사랑 이야기일 수도 있는데 이것이 비극의 단초가 될 수 있다고 하시니 언뜻 이해가 되지 않습니다."

"비극의 씨앗을 잉태한 사랑은 하늘 아래 비일비재한 법일세. 지금까지 드러난 사실만으로도 개연성은 충분한데 동기 부분의 연결고리가 미흡하여 자욱한 안개 속을 헤매는 느낌이야."

인표가 혼잣말처럼 중얼거렸다.

"합단적, 시가대, 견원지간인 모피 수집상의 딸과 사냥꾼 아들의 금지된 사랑?"

얼핏 보면 전혀 이질적인 구성이면서로 묘한 흡인력을 지닌 낱말의 조합이었다.

"내일은 조금 전 모피점 주인이 일러준 연이라는 처자의 아비 주변을 한번 훑어보도록 하세."

다음 날 다시 한바탕 소란이 일어났다. 평창 현이 쑥대밭이 된 것이었다. 이십여 명의 병사와 현령이 모두 살해되고 관아는 잿더미가 되고 말았다는 소식이 온 고을을 들썩이게 했다.

지난번 영월과 마찬가지로 그들이 떠난 자리에 아래와 같은 글이 남아 있었다 한다.

'사가대님의 아들들이 하늘을 대신하여 평창 관아를 응징하였노라!'

다음 날 이른 아침, 삼가 일행이 행선지를 충주로 잡고 말을 달렸다. 말발굽에서 튕겨낸 잔설이 뽀얗게 날아올랐다. 입에 거품을 문 말이 차가운 바람을 가르며 남녘을 향해 질주했다.

한참을 달려온 그들이 걸음을 늦추었다.

"연이 처자의 아비 돈영이라는 자가 거처하는 본가가 충주에 있다 했는데 어떤 방법으로 접근해야 할까요?"

"그 지역에서 상당한 재력을 가진 토호로 행세를 한다 하니 그자를 찾는 일은 그리 어렵지 않을게야. 그렇다 하여 대문을 박차고 들이댈 수는 없는 노릇이니 묘안을 강구해보세."

저녁나절 당도한 충주 거리 곳곳은 창검을 번득이는 병사들로 가득했다.

그들은 우선 출출한 배를 채우기 위해 밥집으로 들어섰다. 김이 무럭무럭 나는 장국을 한술 입에 넣으며 인표가 주인에게 물었다.

"무슨 일로 이처럼 경계가 삼엄합니까?"

후덕한 인상의 안주인이 그들의 행색을 살피며 말했다.

"소식을 모르시는 것을 보니 이 고장 분들은 아니신 것 같은데 난리가 났습지요. 오랑캐가 쳐들어와 영월과 평창이 쑥대밭이 되었다 합니다. 머지않아 놈들이 충주로 달려올 것이라는 소문이 나돌아 이처럼 대비를 하고 있는 것 아닙니까."

"혹시 모피 수집상 돈영이란 분의 집을 아시는지요."

"정대인을 말씀하시는 모양이네요. 그 댁은 이곳에서 조금 떨어진 배나무 골에 있는데 어마어마한 크기의 고래등 같은 집이랍니다."

밥집을 나온 그들이 말에 올랐다.

잠시 후 배나무 골에 당도한 그들은 힘들이지 않고 집을 찾을 수 있었다. 방금 들은 대로 대단한 규모의 저택이었다.

"정말 엄청나네요. 정대인이라는 자가 시가대와 엮인 사돈의 인연을 왜 거부했는지 이제 알 만합니다."

인표의 말에 아무런 답이 없이 삼가는 생각에 잠겨 있었다.

잠시 후 발길을 돌리며 그가 입을 열었다.

"되었으니 이제 그만 가자."

문제의 핵심에 접근하여 중요한 실마리를 풀어내려는 기대로 달려온 길이었는데 마치 집 구경을 온 사람처럼 이렇게 돌아서다니 도무지 알 수 없는 일이었다.

어느덧 어둠이 내리고 있었다. 그런데 엉뚱하게도 이번에 찾은 곳은 의원이었다. 그것도 이 지방에서 제일 규모가 크다는 곳을 수소문한 끝에…….

"어디 불편한 곳이라도 있으신지요."

"그렇다네. 이 의원에서 정확한 병명과 올바른 처방을 받지 못한다면 회생이 어려울 듯하니 걱정일세. 그리고 한 가지 당부할 것은 지금부터 의원 문을 나서는 순간까지 자네는 단 한 마디의 말도 해서는 안

된다는 사실을 명심하게.”

얼마나 위중한 병이면 이런 당부까지 하는 것일까. 의원으로 들어서는 삼가 뒤를 따르는 인표의 표정이 자못 심각했다.

늦은 시각 탓인지 내원한 환자는 보이지 않고 잔무를 정리하는 사람들의 발길만 분주했다.

삼가 일행이 종업원의 안내를 받아 진료하는 방으로 들어섰다.

곱게 늙어 신수가 훤해 보이는 의원과 마주 앉은 삼가가 아무 말 없이 손을 내밀었다. 보통의 경우 문진이라 하여 환자에게 나타난 증상을 묻고, 그 다음이 촉진으로, 의심되는 부위를 손으로 만져 병을 파악하는데 참고한다. 그 방법 중 하나가 진맥을 보는 것이었다.

환자의 손목을 잡으려 의원이 손을 내밀었다.

그 순간 손바닥을 슬쩍 뒤집은 삼가가 의원의 손목을 움켜쥐는 동시에 혈도를 압박했다. 의원의 몸이 앉은 자세 그대로 경직되었다. 마치 밀랍으로 만든 등신대 인형처럼 꼼짝 못한 채 눈동자만 이리저리 움직일 뿐이었다. 그런데 그 동작이 신속하고 은밀한 탓에 당사자들 이외에는 무슨 일이 벌어지고 있는지 전혀 눈치채지 못하고 있었다.

환자가 의원에게 낮은 목소리로 말했다.

“본시 의원은 직무상 알게 된 환자와 관계된 일체의 비밀을 외부에 누설해서는 아니 된다고 알고 있는데 맞습니까?”

의원이 눈을 한 번 깜박였다. 동의하는 표시일 터였다.

“그럼 지금부터 내가 하는 질문에 답하는 것은 자의에 반하여 강압에 의한 것이므로 의원의 윤리적 책임이 없다 보는데 동의하시겠지요?”

의원이 다시 눈을 깜빡여 의사 표시를 대신했다.

삼가가 혈도를 압박하고 있던 손을 슬며시 풀었다.

크게 한숨을 내쉰 의원은 얼굴에 땀을 비 오듯 흘리고 있었다.

자리에서 일어선 삼가가 의원에게 정중히 머리 숙였다.

"무례한 행동으로 어른을 놀라시게 한 점 사과드립니다. 사정을 모두 말씀드릴 계제가 아님을 양지해주시고 도움을 요청합니다."

그제야 혈색이 돌아온 의원이 얼굴의 땀을 닦으며 물었다.

"금품을 강탈하러 온 불량배로는 어울리지 않는 인상이라 생각하였더니 다른 목적이 있었던 게로군."

"죄송합니다. 다만 지금부터 여쭙는 것은 공적인 것이니 사실대로 알려주실 것을 당부드립니다. 근자에 배나무 골 정대인 집에 왕진차 다녀온 일이 있지요?"

의원의 얼굴에 당혹감이 짙게 배어나왔다. 그러나 의원이 이내 마음을 추스르고 입을 열었다.

"그렇소."

"그럼 누구를 상대로 어떤 진료를 하였습니까."

잠시 망설인 의원이 체념한 듯 사실을 털어놓았다.

"정대인의 부탁을 받고 만삭이 된 딸의 배 속 아이를 사산케 하였소. 그것이 죄가 된다는 사실을 잘 알고 있었지만 평소 정대인과 자별한 처지인 까닭에 뿌리치지 못한 것이 부끄러울 뿐이외다."

의원이 말에 놀란 삼가가 되물었다.

"정대인의 딸이라면 그럼 연이라는 처자? 그것이 정확히 언제였습니까?"

"그렇소. 그 처자의 이름이 연이요. 지난 초하룻날이었소이다."

삼가의 머리가 빠르게 움직였다. 초하룻날이라면 시가대와 그 가족들이 도륙당한 지 이틀이 지난날이었다.

이제껏 안개 속을 맴돌던 실체가 모습을 드러내 눈앞으로 성큼 다가서고 있었다.

"한 가지만 더 묻겠습니다. 혹시 정대인과 친밀한 관계를 유지하는 관리가 누구인지 알고 계십니까?"

"지역의 관리들 중 정대인의 신세를 지지 않은 사람은 찾기 어려울 것이오. 그중에서도 그의 강력한 비호세력이라 할 수 있는 자는 충청 안렴사 상천이란 사람일 것입니다."

삼가의 눈이 번쩍하며 빛을 뿜었다.

"충청 안렴사 상천?"

의원을 나온 삼가는 충주 관아를 향해 급히 말을 몰았다.

관아에 당도한 삼가가 보고서를 쓴 다음 봉함한 후 관리에게 주며 명을 내렸다.

"한시도 지체하지 말고 밤새 말을 달려 이 문서를 전하께 올리도록 하라!"

비상 경계령이 내려진 충주 관아는 삼엄한 경비를 하고 있었다. 충청 안렴사가 직접 나서 현령 이하 관리들을 독려하며 설쳤다.

"포악하기 짝이 없는 도둑의 무리를 소탕하는 데 공을 세우는 자는 포상은 물론 특진의 영광을 누리게 될 것이니 두려워 말고 싸우라!"

철통같은 경계 덕분인지 아무 일 없이 며칠이 흘렀다.

관아를 수비하느라 지치고 무료해진 병사들의 입에서 하품이 나올 즈음 이중, 삼중으로 둘러친 경계망을 뚫고 어둠 속에 몸을 숨긴 채 고양이 걸음으로 숨어든 괴한이 있었다. 그들의 발길이 안렴사가 묵고 있는 건물로 향하고 있었다.

처소를 지키는 병사 그림자가 불빛에 어른거리며 흔들거렸다.

기둥 뒤편으로 소리 없이 접근한 침입자가 병사의 입을 한 손으로 틀어막은 다음 단숨에 해치워버렸다.

소리 없이 내실로 스며든 것은 시가대의 큰아들과 그의 매제였다.

방 아랫목에 잠자고 있는 안렴사에게 다가선 사내가 칼끝으로 이불을 걷어낸 다음 누워 있는 자의 목에 칼날을 들이밀었다.

목 부근에 서늘한 기운을 느낀 안렴사가 부스스 눈을 뜨고 보니 괴한이 목에 칼을 겨누고 있었다.

놀라 기절초풍할 지경이었으나 소리를 칠 수도 없었다.

눈앞의 사내가 낮은 목소리로 속삭이듯 말했다.

"지금부터 묻는 말에 대답하라. 횡천 백성 시가대를 무고한 연유가 무엇인가!"

안렴사가 머뭇거리자 목을 겨누고 있던 칼에 약간의 힘을 주었다. 칼날이 스치며 배어나온 피가 목덜미 아래로 흘러내렸다.

공포에 질려 신음 소리조차 삼켜버린 그는 이미 사색이 되어 있었다.

"다시 묻겠다. 이유를 대라. 어서!"

"사실을 말할 것이니 목숨만 살려주시오. 모피 수집상 정대인의 부탁을 받았기 때문이었습니다."

"그럼 하나 더 묻겠다. 그날 출동한 병력은 어느 관아 소속이냐!"

"이곳 충주 관아에 소속된 병사들이었소."

"어찌하여 관할인 원주목이나 횡천을 배제하고 월권하여 단독 작전을 감행한 것이냐."

"합단적과 내통한 혐의가 있는 사안의 특성상 그 지역의 병사를 동원한다면 자칫 기밀이 새어나갈 우려가 있어 부득불 그리하였소이다."

"부패한 냄새가 진동하는 추악한 몸뚱이로 출세에 눈이 어두워 진실을 외면한 네놈의 공명심이 죄 없는 일가족을 무참히 살육했다. 그러고도 살기를 바라느냐. 천벌을 받을 놈!"

사내가 이를 악물었다. 피바람을 머금은 칼날이 안렴사의 목을 단숨에 베어버렸다.

떨리는 손으로 다시 치켜세운 칼이 헐떡이는 가슴을 향해 사정없이 파고들었다. 외마디 비명조차도 허락지 않은 잔혹한 복수극을 벌인 것이었다.

그때 관아 뒤편에서 천둥처럼 울리는 소리와 함께 불길이 치솟아 올랐다. 연이어 터져 나오는 굉음과 진동하는 냄새로 미루어 화약이 폭발하는 것 같았다.

관아 안팎에서 벌어진 예기치 못한 소동에 놀란 병사들은 큰 혼란에 빠지고 말았다.

그 틈을 타 병사들을 향해 화살이 날아들기 시작했다. 허둥대며 피하려 했지만 방향을 알 수 없는 화살이 마치 장마철 소나기처럼 어지럽게 날았다. 잘 훈련된 정예 군사들이었건만 이 순간만큼은 오합지졸이나 다름없었다.

관아를 삼켜버린 거센 화염이 주위를 대낮처럼 밝히며 살아 있는 괴물인 양 꿈틀거렸다.

불꽃을 등지고 벌어지는 살육의 장면들이 마치 꼭두각시 인형극의 그림자놀이처럼 시야에 어른거렸다.

야심한 밤공기를 가르고 말 엉덩이에 채찍을 먹이며 질주하는 일단의 무리가 있었다. 그들은 방금 충주 현을 습격하여 안렴사를 죽이고 관아를 초토화시킨 시가대의 아들들이었다.

배나무 골로 접어든 형제들이 발길을 늦추었다. 아우들을 둘러본 맏형이 서늘한 목소리로 입을 열었다.

"형제들아! 부모님과 식솔들의 원수는 갚았다. 그러나 모든 것이 끝나기는 아직 이르다. 이번 일을 배후에서 꾸민 자를 알아냈다. 그자가 바로 막내 제수의 아버지 모피 수집상 정돈영이란 놈이다.”

형의 말에 분개한 막내가 목소릴 높였다.

“형님. 아무리 축복받지 못한 혼사라 하지만 그렇다 해도 우리에게 어찌 그런 몹쓸 짓을 할 수 있단 말입니까!”

“안렴사가 죽기 전 토설한 것이니 틀림없는 사실이다. 앙심을 품고 벼르던 그놈이 우리를 합단적과 내통한 세력으로 몰아 멸족시킬 심산으로 일을 꾸민 것으로 짐작한다. 거기에 비호세력인 안렴사를 움직여 충주 관아의 병력을 동원한 것이다.”

잠시 뒤 그들이 걸음을 멈춘 곳은 정돈영의 집 앞이었다. 여러 채 건물을 거느린 저택이 마치 검은 괴물처럼 웅크린 채 잠들어 있었다.

솔부엉이 울음이 희미한 달빛을 물고 음산하게 들려왔다.

드디어 형의 입에서 단호한 지시가 떨어졌다.

“우리가 목표로 삼은 자는 정돈영 한 놈뿐이니 무고한 사람은 다치게 하지 마라. 그러나 우리의 앞길을 막아서는 자는 어찌할 수 없다. 나는 안채로 곧바로 들어갈 것이니 너희는 나머지 사람들을 제압하도록 해라.”

그들이 대문을 깨부수고 안으로 들어서니 행랑채에 머물던 건장한 체격의 사내들이 뛰쳐나왔다. 이럴 때를 대비해 고용한 힘깨나 쓰는 왈짜들인 것 같았다. 그러나 이미 죽기를 각오한 그들을 막아서는 것은 살기를 포기하는 것과 다름없는 무모한 짓이었다. 덤벼들던 사내들은 시가대들이 무자비하게 휘두르는 칼을 맞고 비명 속에 쓰러졌다. 그리고 나머지는 결박되어 마당가 나무에 묶였다.

곧바로 내당으로 들이닥친 맏형과 둘째가 잠자고 있던 집주인을 마당으로 끌어냈다.

놀란 가슴을 겨우 진정시킨 정돈영의 눈에 비로소 그들이 사가대의 아들들이라는 사실이 선명하게 들어왔다.

뒤편에 서 있던 막내가 앞으로 나서며 울음 섞인 목소리로 말했다.

"여보시오. 장인, 한 번도 장인이라 불러보지 못한 변변치 못한 사위라고는 하지만 그래도 한때는 남이 아닌 사이가 분명하였소. 당신 한 사람의 잘못이 이처럼 엄청난 비극을 몰고 온 것이니 그 죄를 무엇으로 갚으려 이런 일을 꾸민 것이오."

모든 걸 체념한 장인이 담담한 목소리로 입을 열었다.

"이제와 후회한들 소용없는 일, 다른 말은 해 무엇하겠나. 다만 별채에 연이가 있으니 그 애와 함께 멀리 떠나 행복한 가정을 이루고 살 것을 마지막으로 부탁하네."

죽은 줄로만 알았던 연이가 이곳에 살아 있었다니. 막내가 별채를 향해 나는 듯 뛰었다.

잠시 후 캄캄한 어둠을 밝히며 불꽃이 치솟았다.

점차 번진 불길은 행랑채와 안채 그리고 인접한 건물을 집어삼키며 맹렬한 기세로 타올랐다.

이제 참혹한 복수극이 막을 내리고 있었다.

빙 둘러선 아우들을 둘러보는 형의 뺨 위로 뜨거운 눈물이 흘러내렸다. 그 모습이 불빛에 어른거려 마치 피눈물을 흘리는 것처럼 보였다. 아니 그것은 정말로 피눈물이었다.

동생들과 하나하나 시선을 마주쳐 눈인사를 끝낸 맏형이 피로 얼룩진 두 팔을 벌리고 하늘을 향해 울부짖었다.

"아버지! 어머니! 당신들의 원수를 모두 갚았습니다. 사랑하는 형제들아, 이제 우릴 기다리고 있을 처자식의 품을 찾아 먼 길을 떠나자!"

말을 모두 마친 그는 넋이 나간 사람처럼 휘청휘청 걸음을 옮겼다. 화염에 휩싸여 활활 타오르는 시뻘건 불길 속으로……

'인간사 흥망이 무상하여라. 부귀여! 영화여! 간 곳 어디냐. 모두가 덧없는 꿈속인 것을, 서럽고 서러워라. 하늘 향한 길.'

누구의 입에선가 흘러나온 애절한 가락이 허공을 맴돌다 이내 불꽃을 물고 가라앉았다.

도성은 한 해 전 떠날 때와 변함없었다.

나란히 걸음을 옮기며 삼가가 인표를 돌아보았다.

"일 년여 동안 침식을 함께하며 수행하느라 수고가 많았다. 각처를 돌며 마주친 사안마다 몸을 아끼지 않은 자네의 도움으로 부여받은 임무를 무사히 마치고 이처럼 돌아오게 되어 매우 기쁘다."

"과분한 말씀입니다. 공자님을 다시 모시게 될 날을 고대하며 베풀어주신 모든 것을 마음에 담아 소중히 간직하겠습니다."

지난 한 해 동안 고락을 함께한 감회가 교차하는 인표의 눈에 물기가 어렸다.

"고맙다. 이처럼 좋은 인연으로 만났으니 앞으로도 혈육처럼 믿고 의지하며 지내도록 하자."

사내들의 가슴에서 가슴으로 뜨거운 피가 교류하고 있었다.

경녕전에 공주와 함께 자리한 왕이 삼가의 문안 인사를 받았다.

"전하. 공주마마. 그동안 옥체 강녕하셨사옵니까. 하교하신 명을 받잡고 지방 각처를 돌아보고 귀경하였음을 보고 올립니다."

왕이 만면 가득 웃음 지으며 반갑게 맞이했다.

"그동안 참으로 노고가 많았다. 떠난 지 엊그제 같건만 벌써 한 해가 흘렀단 말이냐."

눈앞에 부복한 삼가를 바라보던 공주가 풍신한 몸을 움직이며 하교했다.

"어서 오세요. 산 설고 물 설은 고려 땅을 주유하느라 얼마나 고생이 자심하였습니까. 자리에 앉으세요."

차를 한 모금 마신 왕이 상기된 표정으로 기쁜 소식을 전해주었다.

"공주께서 회임을 하시었다네."

자리에서 다시 일어선 삼가가 허리 굽혀 하례 인사를 올렸다.

"전하. 공주마마. 경사를 감축 드리옵니다."

공주는 미소로 답을 대신했다. 훈훈한 봄바람을 거두고 근엄한 표정으로 돌아간 왕이 본론으로 들어갔다.

"그동안 전국을 두루 돌아보며 올린 보고는 국정에 많은 참고가 되었다. 그중에서도 충주목에서 발생한 합단적과 관련된 소요는 자칫 잘못하였으면 중앙의 군사를 출동시키는 우를 범할 뻔하였다. 적시에 올린 서찰로 인해 정확한 실상을 파악한 것은 참으로 다행스런 일이었다."

"마침 그 지역에 머문 시점과 사건의 발생이 일치하여 알아낸 것으로 우연이 가져다준 행운일 뿐입니다."

"또한 전라도 장흥부에 속한 응방에서 발생한 오숙부 등의 횡포로 인한 폐해를 바로잡은 일이나 여몽 연합군의 1차 일본 정벌에 선박을 건조하느라 과도한 조세와 부역에 지쳐 피폐해진 합포(마산) 백성들의 민심이 봉기 직전에 처해 있다는 사실은 과인으로 하여금 잠을 이루지 못하게 하였노라."

"토호의 횡포와 관리들의 수탈로 집과 땅을 빼앗기고 유리걸식하며 떠돌다 굶어 죽어가는 백성들의 참상이 곳곳에 널린 실정입니다."

붉어진 눈시울로 한동안 창밖을 응시하던 왕이 침울한 어조로 말을 이었다.

"태조 황제께서 나라를 창건하신 이래 이처럼 참담한 지경을 맞은 적은 일찍이 없었다. 어찌 나라를 이끌어야 과거의 찬란한 광영을 되찾을지 실로 암울한 심정일 뿐이다."

삼가가 아뢰었다.

"국력을 신장시켜 원의 간섭으로부터 벗어나는 일이 가장 중요하옵고 그 다음이 백성을 돌보는 일이옵니다. 성현의 말씀에 백성은 하늘이라 하였으니 극진히 섬기고 보살펴야 할 것입니다."

묵묵히 듣고 있던 공주가 의견을 피력했다.

"귀족들에게 집중된 권력을 약화시켜 그것을 강력한 왕권을 확립하는 계기로 삼아야 합니다. 친정인 원의 황실을 움직여서라도 전하께 그 힘을 드릴 것이옵니다."

공주를 넌지시 바라보는 왕의 심중에 여러 가지 소회가 교차하고 있었다.

"그동안 자네의 처우에 관해 많은 생각을 해보았다. 공주를 모시고 고려로 오기 전 이미 서반(무관)으로 상당한 관직에 올랐던 이력을 상기하면 장군직에 제수함이 마땅하다. 하지만 사속인이라는 신분의 특성과 함께 귀화한 자들과의 형평을 고려하여 우선 낭장으로 임명할 것이니 충성을 다해 과인을 돕도록 하라."

"성은이 망극하옵니다. 전하!"

삼가가 배속받은 곳은 중서문하성에 속한 부서로 우보궐 직무를 맡게 되었다. 본시 그 직책은 문관인 동반 자리였으나 문무를 겸비한 그의 자질을 인정한 특단의 인사였다.

다음날 일찍 관복을 입고 등청한 삼가를 기다리는 사람이 있었다.

그는 삼가보다는 서너 살쯤 연상으로 보이는 젊은 관리였다.

"어서 오시게. 나는 정6품 좌보궐직을 수행하는 석청이라 하네."

"처음 뵙겠습니다. 삼가라 합니다."

그는 같은 품계의 선임자로 각 부서를 돌며 소개와 인사를 시키기 위해 기다린 것이었다.

그들이 먼저 들른 곳은 중서문하성 문하시중 김방경의 집무처였다. 석청이 삼가를 소개했다.

"우보궐에 임명된 신임 관리입니다."

"인사 올립니다. 금번 중서문하성으로 발령받은 낭장 삼가라 합니다."

중년을 넘긴 것으로 보이는 그는 희끗한 머리에 일견 왜소해 보이는 체격의 소유자였지만 형형한 눈빛이 상대를 압도했다.

"자네가 삼가인가? 그렇지 않아도 어떤 인물인지 매우 궁금하던 차에 이처럼 만나게 된 것을 환영한다. 이제 갓 출사한 초임이지만 지난 한 해 간의 행적으로 인해 자네는 이미 조정 중신들의 관심을 한 몸에 받는 위치에 서 있음을 명심하고 매사 신중히 처신해야 할 것이다."

"모든 점이 미숙합니다. 조직에 누가 되지 않도록 각고의 노력을 기울이겠습니다. 매서운 지도와 가르침으로 이끌어주십시오."

김방경이 앞에 선 삼가를 똑바로 보았다. 듬직한 체구에 반듯한 이목구비, 짙은 눈썹 아래 눈빛이 총명해 보이는 젊은이였다.

삼가가 집무실을 나가고 난 뒤 김방경이 혼잣말로 중얼거렸다.

'삼가. 사속인, 겁령구……'

　문하시중의 집무처를 물러나온 삼가는 각 부처를 돌며 상하급 관리들에게 두루 인사를 마쳤다.

　사무처로 돌아왔을 때는 어느덧 퇴청할 시각이 가까워오고 있었다.

　삼가가 석청에게 머리 숙여 고마움을 표했다.

　"여러 부처를 동행하시느라 진종일 애쓰셨습니다. 감사합니다."

　석청은 키가 작고 몹시 비대한 몸집을 하고 있었지만 맑은 피부에 선한 인상의 소유자였다.

　"신임을 대동하고 순례하며 인사시키는 것이 전례라 한다면 자네를 기다리고 있는 또 다른 전통이 있는데 어찌하시려나."

　석청의 말에 삼가가 빙긋 웃음 지었다. 오래전 원에서 이미 경험해본 기억이 떠올라 그 말의 의미가 무엇인지 알 것 같았기 때문이었다.

　"그 전통이 계승할 가치가 있는 것인지 아니면 악습인지는 모르나 저에 이르러 단절되었다는 원망은 듣고 싶지 않습니다. 절차는 알 수 없지만 너무 모질게 대하지는 말아주십시오."

　그날 해 질 무렵 기루 흥청각에 함께 동석한 사람은 모두 십여 명으로 아래 직급인 종7품 문하록사와 중서주서를 비롯한 하위직들이 대부분이었다. 석청이 삼가를 소개했다.

　"신임 우보궐은 제국대장공주님을 수행하여 고려에 귀화한 분으로 문무를 겸비한 인재이다. 혹시 업무에 미진한 점이 있다 해도 적극 협조해줄 것을 당부한다."

　"선배님의 과한 평가에 부끄러움이 앞섭니다. 고려에 온 지 일 년여가 되었으나 아직 풍습과 제도에 익숙지 못합니다. 여러분의 가르침에 귀를 크게 열 것이니 도와주기 바랍니다."

　사내들이 여흥을 즐기는 모습은 매양 비슷했다. 곱게 단장한 여인들이 손님들 사이사이에 앉아 아양을 떨며 술을 권했다.

넉살 좋은 젊은 이속 하나가 자리에서 일어났다. 그는 눈꺼풀을 뒤집고 등에 방석을 넣어 낙타처럼 부풀린 우스꽝스러운 모습을 하고 있었다.

그가 꼽추처럼 허리를 구부리고 덩실덩실 춤추며 입담을 과시했다.

"만장하신 여러분이 학수고대하시는 재담을 시작해보겠습니다. 문제의 정답을 맞히시는 분은 한 잔의 술을 드리고 오답자에게는 석 잔의 벌주를 안길 것이니 마음껏 술 욕심을 내셔도 무방합니다."

좌중에 와! 하고 웃음이 터져 나왔다.

"자고로 색사에 통달한 도사님이 설파하시기를 일도, 이비, 삼기, 사첩, 오처라 하였으니 먼저 이 자리의 좌장이며 색계의 거목이신 석청님이 일도에 관해 답하시겠습니다."

"나는 태어나 이날 이때껏 남의 것이라고는 거들떠보지 않은 성미인지라 답을 안다 해도 입에 담고 싶지 않네."

젊은 이속이 석청의 답변에 토를 달았다.

"오늘에야 좌보궐님의 속내를 짐작할 것 같습니다. 일도, 즉 남의 계집을 잠깐 훔친다는 답을 아시면서도 석 잔 술 욕심에 현혹되어 정답을 피해 가셨습니다. 얘들아, 잔이 철철 넘치도록 따라 올려라!"

연이어 석 잔 술을 받은 석청의 얼굴이 홍당무처럼 붉어졌다.

"자, 앞에 놓인 술잔을 모두 들어주시고 두 번째 문제를 풀어주실 우보궐 삼가님의 무운을 위해 건배합시다."

잔을 비우며 터져 나온 흥거운 웃음이 분위기를 한껏 고조시켰다.

"삼가님의 취향이 어떠신지 알 수 없지만 '이비'를 알아맞히신다면 오늘 밤 설중매를 품에 안을 수 있는 특권을 드리겠습니다."

삼가의 옆에 앉은 여인이 눈웃음치며 어깨를 살포시 기대는 것으로 미루어 그녀가 방금 거명한 주인공일 터였다.

"서운하지만 그런 행운은 부득불 양보해야 할 것 같습니다. 혹시 요행히도 하루에 두 번 비가 내린다는 것이 정답이라면 모르지만……."

"애들아! 엉뚱한 답을 입에 올리신 삼가님께 벌주를 올려라."

오답의 덫에 걸린 사람들의 탄식과 정답을 알아맞힌 사람들의 환호 속에 분위기를 주도한 이속이 마무리 말로 펼쳐놓았던 재담판을 정리했다.

"이비는 계집종이고 삼기는 돈으로 정을 사고파는 노류장화이며 사첩은 남의 첩을 말함이요, 오처는 제 마누라를 지칭합니다. 그러나 그 도사님은 독수공방을 면치 못하였을 듯싶습니다. 왜냐하면 자고로 제 집 물건 귀한 줄 모르는 사람 치고 말년 신수 좋은 사람 보지 못하였다 하는 것이 저의 소신이기 때문입니다."

걸쭉한 육담에 매료된 좌중들이 그에게 술잔을 돌려 수고에 사례했다.

잠시 후 조신한 걸음으로 자리에 앉은 여인이 가야금을 타며 낭랑한 청을 돋우어 노래 불렀다.

도근 천 둑 무너져
수정사 안이 물바다 되었네
이 밤 상방에는 미인을 숨겨두고
절 주인은 도리어 뱃사공이 되었다네.

사실 삼가는 이 노래를 들으면서도 정확한 의미가 마음에 와닿지 않았다. 그러나 기생의 입을 통해 불리어진 수정사라는 이 속요는 백성들의 어려운 처지를 묘사하고 사대부와 승려들의 퇴폐적인 생활상을 풍자한 것으로 입에서 입으로 전해져 널리 퍼진 것이었다.

귀한 인연

극심한 진통 끝에 울음을 터트린 것이 아들이라는 사실을 확인한 원성공주는 뜨거운 눈물을 흘렸다.

고대하던 소식을 접하고 한걸음에 산청을 찾은 왕이 산모의 손을 잡으며 따스한 위로의 말을 건넸다.

"공주! 정말 수고가 많았소. 장차 보위를 이을 원자를 출산한 노고와 고마움을 잊지 않으리다."

"전하……."

목이 멘 공주는 다음 말을 잇지 못하였다.

하지만 왕이 보위를 입에 담은 것은 앞으로 닥쳐올 파장을 예고하고 있었다. 세자로 책봉된 원자가 엄연하게 있기 때문이었다.

왕자 탄생에 궁궐은 온통 기쁨으로 넘쳤다.

그 시각 홀로 별궁후원을 내다보며 눈물짓는 여인이 있었다. 그녀는 바로 정화궁주였다.

종실 시안군의 따님으로, 충렬왕이 태자로 책봉된 직후 태자비가 되어 강양공 자와 정녕, 명순 두 공주를 낳았다.

그러나 제국대장공주가 충렬왕과 혼인하여 정비가 됨으로 정화궁주로 강등되어 후궁 자리로 물러난 비운의 여인이었다.

정화궁주의 아들 자가 이미 몇 해 전 세자로 책봉되어 자리를 지키고 있었으나 장차 어떠한 변수가 발생할지 예측할 수 없는 일이었다.

보드라운 바람이 뺨을 스쳤다.

오랜만의 나들이에 기분 좋아진 말이 경쾌하게 보폭을 내딛으며 갈기를 푸르르 떨었다.

삼가는 수주 현(수원)의 속읍인 용인 처인성 성주에게 중요한 공문서 전달을 위해 출장 나온 길이었다.

그는 천천히 걸음을 옮기며 일전에 있었던 일을 떠올리고 혼자 미소지었다.

공무를 마치고 돌아서는 그에게 다가온 관리가 상관의 말을 전했다.

"문하평장사께서 잠시 들러 가라 하십니다."

집무실로 들어선 삼가에게 문하평장사가 단도직입적으로 용건을 말했다.

"우보궐에게 긴히 할 말이 있는데 일간 틈을 내어 우리 집에 들러주게나."

그는 종2품 고위직 당상관으로 삼가로서는 감히 의견을 묻거나 토를 달 수 없는 위치에 있는 존재였다.

"예, 그리하겠습니다."

며칠 뒤 삼가는 무슨 일로 그가 자신을 집으로 불렀는지 궁금한 마음을 품고 이런저런 생각을 하며 걸음을 옮겼다.

만월대를 지나 서쪽으로 조금 떨어진 곳에 문하평장사의 저택이 있었다.

높은 담장에 둘러싸인 여러 채의 건물이 집주인의 위세를 짐작케 했다.

귀한 비단으로 지은 옷을 차려입은 문하평장사가 반가운 얼굴로 삼가를 맞이했다.

"어서 오게. 내 집을 방문해준 자네를 진객으로 모시겠네."

"이처럼 환대해주시니 어찌 감사를 올려야 할지 모르겠습니다."

인사를 마치고 내실로 들어선 그가 주위를 둘러보았다. 무소뿔을 가공하여 조각한 화각장의 은은한 정취와 휘황한 색채를 뿜어내는 반달이 자개장이 서로 어우러져 호화의 극치를 보여주고 있었다.

방 안 풍경에 매료된 듯한 방문객의 취향을 살핀 주인이 보료에 앉을 것을 권했다.

"자, 이리로 앉으시게. 저 가구들은 고려에서 으뜸으로 치는 장인들의 솜씨로 만든 것이라네. 지금 저것과 같은 물건을 주문하여 제작 중에 있으니 완성된 물품을 자네의 집으로 들이는 인연을 맺었으면 하는 것이 나의 바람일세."

가구가 지닌 고상한 아름다움에 잠시 심취하기는 했으나 삼가는 그 말의 의미가 무엇인지 짐작이 가지 않았다.

산해진미가 가득 차려진 상을 물리고 나니 잠시 후 소반에 찻잔을 받쳐 든 여인이 조신한 걸음으로 들어왔다.

주인이 삼가를 돌아보며 소개했다.

"이 애는 나의 무남독녀 소연이라 하네."

여인이 다소곳이 머리 숙여 인사했다.

삼가 역시 엉거주춤한 자세로 머리 숙여 인사를 대신했다.

은은한 향이 풍겨나는 차를 권하며 문하평장사가 딸에게 말했다.

"이편은 일전에 네게 말한 삼가라 하는 청년이다. 원에서 고려로 귀화한 인재로 낭장직을 제수받고 중서문하성에 배속되어 우보궐 직무를 수행하고 있다. 아비가 특별히 아끼는 사람이니 그리 알거라."

소연이라 부른 여인은 선한 인상에 단아한 몸가짐을 지닌 전형적인 양가 규수였다.

고개 숙여 목례를 올린 여인이 나가고 난 뒤 집주인이 다시 말을 이었다.

"단도직입적으로 의견을 말하겠네. 고려에 귀화하여 모든 점이 낯설고 외로울 터인데 마땅한 배필을 맞아 일가를 이루는 것이 장래를 위해 중요한 일일 것이야. 자네를 위해 든든한 버팀목이 되어줄 것이니 내 딸과의 혼사 문제를 심사숙고해주기 바라겠네."

어차피 고려에 귀화한 이상 자신의 입지를 굳혀줄 정치적 배경이 필요하다는 현실을 삼가도 잘 알고 있었다. 아니, 어찌 보면 더욱 절실한 것일지도 몰랐다. 그러나 그것은 야합이었다. 원이라는 배경을 의식한 이해와 고려의 권력자를 등에 업고 입신출세하려는 타산에 의한 흥정의 산물일 수 있기 때문이었다.

처인성에 들러 공무를 처리한 삼가는 그곳에서 하룻밤 묵은 다음 해가 중천에 오른 시각 귀경길에 올랐다.

처인성은 축조된 지 오래된 토성으로 몽골 2차 침입 시 승장 김윤후가 몽골장군 살리타이를 사살하는 전과를 올리며 끝내 성을 사수하고 적을 격퇴시킨 항전의 장소였다.

낮은 성벽을 덮은 울창한 아름드리 소나무가 짙은 그늘을 던졌다.

호젓한 길을 천천히 걷는 그의 귓전을 울리는 소리가 있었다.

고함과 비명이 어우러진 것으로 미루어 싸움이 벌어진 것 같았다. 주위를 살펴보니 저만치 성벽 아래에 일단의 무리가 뒤엉켜 칼을 번득이며 필사적으로 싸우고 있었다.

삼가가 급히 말을 몰았다. 가마를 사이에 두고 지키려는 자와 빼앗으려는 자들의 싸움으로 보였다.

그러나 삼가가 현장으로 접근했을 때는 이미 상황이 종료된 다음이었다. 수비자들이 모두 살해되고 만 것이었다.

말에서 내린 삼가가 큰 소리로 물었다.

“네놈들은 누구며, 무슨 연유로 이 같은 살육전을 벌였느냐!”

그들이 소지한 무기나 차림새로 볼 때 도적의 무리도 아닌 것 같았다.

삼가의 위세에 눌린 그자들은 뒷걸음질 치더니 그대로 줄행랑을 치고 말았다.

가마로 다가간 삼가가 문을 밀어 올렸다. 그러자 가마 안에 쓰러져 있는 여인이 눈에 들어왔다.

“여보시오. 여보시오!”

팔을 잡고 흔들어보니 혼절한 것 같았다.

여인을 안고 말에 오른 삼가가 저잣거리에 있는 의원을 찾았다.

여인은 그때까지도 의식이 돌아오지 않았다.

의원에게 정황을 대충 설명을 하고 자리를 뜨며 당부했다.

“이 여인을 부탁하오. 잠시 후 다시 오리다.”

말을 달린 삼가가 관청으로 향했다.

자신의 신분을 밝힌 다음 방금 목격한 사건의 전말을 모두 전하고 의원으로 이송한 여인의 신원을 알아볼 것과 가족을 수소문해달라는 말을 남기고 자리에서 일어섰다.

빠른 걸음으로 들어서는 그를 본 의원이 걱정스런 얼굴로 말했다.

“환자의 의식이 돌아왔으니 별다른 문제는 없을 듯합니다. 다만 충격이 너무 큰 탓인지 실어증 증상을 보이는 것 같습니다.”

삼가가 진료실로 들어섰을 때 앉은 채 자신을 멍하니 바라보는 여인과 시선이 마주쳤다. 동공이 풀린 그녀의 눈에 초점이 없었다.

그러나 그 여인을 보는 순간 삼가는 자신의 눈을 의심하며 깜짝 놀라고 말았다.

마주 본 여인의 얼굴에서 초련과 또 한 여인의 모습이 절묘하게 배어나오고 있었기 때문이었다.

둥글고 갸름한 턱선과 호수처럼 맑은 눈동자 아래 적당한 콧날 그리고 선명한 입술과 꼬리가 살짝 아래로 숙인 눈썹에 이르기까지 마치 뛰어난 기량을 가진 화원이 두 사람을 관찰하며 교묘히 조합하여 그린 그림 속의 주인공을 대하는 듯하였다.

"낭자, 그대는 어느 곳에 사시는 누구십니까? 입을 열어야 가족을 찾아드릴 것 아니오."

그러나 여인은 눈앞의 상대를 그저 바라보기만 할 뿐 아무런 말이 없었다.

상당히 공들여 꾸민 가마와 잘 차려입은 의복 그리고 기품 있는 태도로 미루어 그녀는 지체 높은 가문의 여식이 틀림없었다.

'저 여인은 대체 누구일까? 어떤 인연으로 내게 다가온 것일까?'

예기치 못한 곳에서 우연히 찾아온 여인과의 만남. 그러나 그것이 예사롭지 않음을 직감한 삼가의 가슴이 몹시 떨리고 있었다.

다음 날 삼가는 개경으로 떠나며 의원에게 당부의 말을 남겼다.

"공무가 바쁜 관계로 개경으로 올라가야 하오만 일간 다시 내려올 것이오. 그동안 저 여인을 보살펴줄 것을 당부합니다. 혹시 가족을 찾게 된다면 어느 댁의 누구인지 소상히 기억하였다가 알려주시기 바랍니다."

떠나기 전 다시 마주한 여인은 그저 바라만 볼 뿐 여전히 한 마디 말도 없었다.

"낭자, 치료 잘 받으시고 건강 회복하시기를 바라겠소. 그리고 하루 빨리 가족들과 연락이 닿으시길 빕니다. 내 조만간 낭자를 다시 찾을 것이니 그리 아시고 편히 계시기 바랍니다."

무슨 까닭인지 여인의 눈에 눈물이 핑 돌았다.

새로 태어난 왕자의 이름을 원이라 지었다.

정화궁주가 원성공주의 생남축하연을 왕께 주청하여 윤허하였으므로 궁 안은 잔치 준비로 분주했다.

궁인들 사이에서는 궁주가 공주의 생남을 축하하는 경사를 주관하는 것은 고금에 드문 일이라 하며 입 모아 칭송이 자자했다.

그러나 정화궁주를 웃전으로 모시는 시녀들은 삼삼오오 모여 입을 삐죽이며 불만을 토로했다.

"궁주님은 참으로 속도 좋으시지. 후비 자리로 밀려난 것만 해도 원통한 노릇인데, 이제는 공주 소생의 왕자님 생남축하잔치를 손수 주관하시다니……."

"그러게 말이야. 그러나 막강한 원의 후광을 지닌 공주로부터 소생인 세자와 두 원비를 온전히 지켜내려면 눈물을 머금고 그리하실 수밖에 없었을 거야."

이처럼 수군거리며 말이 돌았지만 수면 아래에 잠긴 채 뭍 위로 올라오지는 못했다. 그만큼 원의 위세는 기세등등했고 원성공주의 위상 역시 막강한 때문이었다.

드디어 날이 밝았다.

조정대신들이 모인 가운데 축하연이 시작되었다.

궐내 모든 행사에는 직급과 서열에 따라 자리를 정하는 관례가 있다. 궁인이 자리를 동상에 펴려 하니 왕이 그리하지 말고 정침으로 하라 명했다. 동상에는 윗자리와 아랫자리가 명확하게 구분되어 있었지만 정침은 그 반대였다.

결국 궁인이 평상을 설치하여 정화공주의 좌석을 마련하였다.

이때 원에서 축하사절로 파견한 식독아가 그 광경을 보고 언성을 높여 무례한 소리로 말했다.

"왕 전하. 평상으로 자리를 정한 것은 원성공주마마와 정화궁주를 동등하게 대하려는 것으로 사료되옵는데 과연 그러하신 것입니까?"

안색이 변한 왕이 서둘러 명을 내렸다.

"과인이 그 점을 미처 상량치 못하였도다. 자리를 서청으로 옮기도록 하라!"

서청에는 전부터 높은 걸상이 있었기 때문이었다.

생남을 하늘에 알리는 천고제에 이어 예부상서가 왕자의 이름을 원으로 지었음을 선포하였다.

조금 전의 일로 심사가 틀어진 원성공주의 얼굴에 찬바람이 돌았다.

그 자리에 임석한 모든 사람의 마음이 불안한 가운데 빨리 의식이 끝나기만을 고대하고 있었다.

"공주마마, 왕자 생산을 하례드리옵니다."

높이 앉은 원성공주에게 정화궁주가 잔을 올렸다.

그 광경을 바라보는 왕의 심정이 안쓰러움으로 가득했다. 정화궁주와 시선이 마주친 왕의 눈빛이 흔들렸다.

그러나 잠시 뒤 조마조마해하던 사단이 드디어 일어나고 말았다.

"왕은 어찌하여 나를 흰 눈으로 보십니까! 혹시 정화궁주가 나에게 꿇어앉았다고 그런 것입니까?"

왕이 무어라 답변할 틈도 없이 자리를 박차고 일어선 공주가 밖으로 나가버렸다. 아무리 원나라의 강력한 지지를 받는 공주라고는 하나 공개적으로 국왕을 무시한 행동은 방자하기 이를 데 없는 것이었다.

하지만 공주의 표정, 몸짓 하나하나에 정치적 이해득실과 주도면밀하게 계산된 복선이 깔려 있었다. 이 사건을 통해 장차 전개될 국면에서 정화궁주와 아들 자를 완전히 배제시키는 계기로 삼는 한편, 무신정권 이후 무기력해진 왕권의 강화와 함께 제국대장공주 자신의 위상을 대내외에 분명히 각인시키고자 하는 강한 의지가 담겨져 있었다.

결국 이처럼 미봉된 상태로 일단락 지어진 그날의 일은 장차 닥쳐올 먹구름의 한 자락에 불과한 것이었다.

삼가가 여인을 다시 찾은 것은 그로부터 거의 한 달이 지나서였다. 들어서는 그를 의원이 반겨 맞아주었다.

"공무가 바쁜 탓으로 늦었습니다. 그동안 별일 없으셨는지요."

자리에 앉을 것을 권한 의원이 의외의 말로 삼가를 놀라게 했다.

"낭자가 말문을 연 것으로 미루어 실어증은 해소된 듯싶습니다. 하지만 사고 이전의 모든 기억을 잃어버린 것으로 볼 때 기억상실증이 아닌가 하는 우려가 듭니다."

"그러한 증상도 충격을 받은 것과 관련이 있는 것입니까?"

"물론입니다. 그러나 자세한 원인과 예후를 속단키 어렵습니다. 그 증상이 일시적인 경우를 직접 보았으나 내게 의술을 가르치신 스승의 경험에 의하면 한번 지워진 기억을 평생 되찾지 못한 환자에 대해 말씀하셨습니다."

"그 여인의 신상에 관한 일은 어찌되었습니까."

"아직 가족이나 연고자가 나타나지 않은 것으로 알고 있습니다."

여인이 정원에 있을 것이라는 의원의 말에 삼가가 안채로 걸음을 옮겼다. 건물 뒤로 돌아가니 숲이 우거진 아담한 정원이 나타났다.

저만큼에 선 여인이 그림자처럼 미동도 않은 채 먼 하늘을 응시하고 있었다.

기척을 한 삼가가 여인에게 다가섰다. 고개를 돌린 여인의 얼굴에 희미한 미소가 피어오르는 듯했다.

"나를 기억하시겠소? 일전에 의원으로 낭자를 모시고 온 사람이외다."

시선을 들어 상대의 눈을 정면으로 바라본 여인이 조용한 음성으로 말했다.

"의원에게 말씀을 들었습니다. 그날 저를 구해주시고 또 이곳 의원으로 이송해주신 은혜, 진심으로 감사드립니다."

여인의 말에 삼가의 얼굴이 한결 밝아졌다.

"그것은 사내라면 응당 해야만 할 일로 별로 칭송받을 일은 아닙니다."

잠시 화색이 돌던 여인의 얼굴에 짙은 구름이 내려앉았다.

"그런데 사고 이전의 일이 전혀 기억이 나질 않아요. 살던 곳이 어느 곳이며 제가 누구인지. 심지어 제 이름조차도……."

여인의 볼 위로 눈물이 방울지어 흘러내렸다.

"의원의 말에 의하면 그런 증상은 일시적인 것일 수도 있다 하니 너무 심려 마시고 마음을 편히 가지세요."

"정말 감사합니다. 공자님. 이 은혜를 무엇으로 갚아야 할지……."

"저는 원에서 고려국으로 귀화하여 중서문화성 관리로 근무하는 삼가라 하는 사람입니다."

여인이 혼잣말처럼 되뇌었다.

"삼가, 삼가님."

"그럼 잠시 관아에 들러 그동안 낭자의 신상을 알아내기 위해 진척된 상황을 알아보고 오겠습니다."

잠시 후 관리와 마주앉은 삼가가 그동안 사건에 관해 조사한 것들을 하나하나 물었다.

관리가 곤혹스런 표정을 지으며 답변했다.

"사건 발생 지점과 정황으로 미루어 여인의 신원이나 가족 찾는 일을 낙관한 것이 사실입니다. 그러나 사방으로 사람을 풀어 탐문해보았으나 조그만 단서 하나 건지지 못하였습니다. 정말 불가사의한 사건이라 말할 수밖에 없습니다. 가마에 새긴 문장으로 미루어 최씨 가문 여식으로만 짐작될 뿐 그 이상 알아낸 것은 없었습니다.”

의원으로 돌아오며 삼가는 깊은 생각에 잠겼다.

원인을 알 수 없는 사건으로 인해 홀로 남은 묘령의 여인. 자신의 모든 것을 기억에서 잃어버린 여인. 그리고 사고 현장에서 구해준 우연과 함께 대면하는 순간, 알 수 없는 전율을 느끼게 한 여인. 내가 그녀와 만난 것이 과연 어떤 인연이란 말인가!

의원으로 들어서는 삼가를 기다린 여인이 기대에 찬 목소리로 물었다.

“혹시 이제껏 찾지 못하였던 새로운 사실을 알아낸 것이 있으신가요?”

“실망이 크시겠지만 아무런 소득이 없었습니다. 하지만 이후라도 도움이 될 만한 소식이 있으면 알려달라 해놓았으니 희망의 끈을 아주 놓지는 마십시오.”

일말의 기대가 허물어진 여인은 허망한 표정을 지었다.

“낭자는 이제 앞으로 거취를 어찌할 생각이신지요?”

고개 숙인 여인은 가녀린 어깨를 떨며 울고 있었다.

한참을 흐느끼던 여인이 고개를 들었다. 그리고 물기 젖은 목소리로 말했다.

“염치없는 일이기는 하오나 제 목숨을 구해주시고 이처럼 보살펴주신 삼가님께 모든 것을 의탁하려 하오니 부디 박절하게 뿌리치지 마시기 바랍니다.”

여인의 말에 한참을 생각한 삼가가 입을 열었다.

“낭자와 내가 이처럼 만난 것은 분명 특별한 인연이 있기 때문일 것이오. 내일 개경으로 함께 올라가십시다. 그러나 낭자가 한 가지 분명히 이해하셔야 될 점이 있습니다. 우리의 동행은 어디까지나 보호자와 피보호자의 관계일 뿐입니다.”

삼가를 조용히 응시하던 여인의 얼굴에 살짝 홍조가 물들었다.

"말씀하신 뜻을 이해하기가 좀……."

여인에게 삼가가 부연 설명을 해주었다.

"곤궁한 처지에 드신 낭자에게 작은 도움을 주었다는 구실로 마음을 상하게 하는 일은 결단코 없을 것이니 그 점은 염려 놓으셔도 됩니다. 앞으로 가족을 수소문하는 일과 낭자의 건강이 호전되어 기억을 온전히 되찾으실 때까지 사심 없이 보살펴 드릴 것입니다. 이 모든 것이 소중한 인연임이 분명하지만 은혜에 대한 보답이 아닌 진정한 마음의 문을 열 수 있는 날이 도래하기를 기다리겠습니다."

여인의 눈에 다시 물기가 어렸다.

"고맙습니다. 저 자신에 관해서는 물론이옵고 근본조차 기억하지 못하는 미령한 저를 이처럼 거두어주시고 배려해주시어……."

두 사람이 주고받는 말을 귀담아들은 의원이 얼굴 가득 웃음 지으며 농을 했다.

"그러고 보니 헌헌장부와 가인의 만남에 오작교를 놓아준 내 공이 매우 크구려."

정화궁주

눈이 내리고 있었다. 희뿌연 하늘을 열고 쏟아지는 눈송이가 시름에 젖은 백성들의 초가지붕을 하얗게 덮었다.

날이 밝자 왕궁이 발칵 뒤집어지는 소동이 벌어졌다.

지난 밤 원에서 파견한 고위관리 달로화적 석말천구의 처소에 익명의 투서가 날아들었다. 그런데 투서에 적힌 내용은 세상을 놀라게 하기에 충분한 것이었다.

'총애를 잃고 후궁 처지가 된 정화궁주가 원성공주에게 앙심을 품어 오던 중 무녀를 시켜 저주하게 하였다. 또 제안공 숙과 문하시중 김방경을 위시한 사십여 명이 반역을 도모하여 다시 강화로 들어가려 한다.'

실로 엄청난 사건이었다.

왕은 즉시 제안공과 김방경 무리를 체포하라 명을 내리고 중신회의를 소집했다.

중서문하성 문하평장사를 비롯한 상서6부 판사와 재상반열의 중신들이 황급히 어전으로 들었다.

"근자에 이르러 궁중의 상하 질서와 규범이 어지럽더니 무녀를 사주하여 공주를 해하려는 지경에 이르렀음을 통탄한다. 이 모든 것이 과인의 덕이 부족한 탓이 아니고 무엇이겠는가. 또 김방경의 무리들이 역모를 획책하였다는 투서에 반신반의하면서도 모골이 송연하여 두려울 뿐이다."

형부판사가 부복하고 아뢰었다.

"망극하옵니다, 전하. 그들을 엄히 문초하여 죄상을 밝히고 극형으로 다스려 불손한 무리들이 두 번 다시 준동하지 못하도록 후일을 경계하셔야 할 것이옵니다."

한편 궁주가 자신을 해할 목적으로 무당을 시켜 저주하였다는 사실을 접한 원성공주는 분노하며 당장 정화궁주를 잡아 옥에 가두라 명했다. 그리고 궁주의 처소인 별궁을 완전 봉쇄하라는 지시를 함께 내렸다.

쏟아지는 함박눈이 국문을 위해 형 기구를 설치한 경녕전 뜰에 소복이 쌓였다.

오랏줄에 묶인 김방경과 제안공 숙이 꿇어앉아 있었다.

단상에 앉은 왕이 그들을 내려다보며 물었다.

"김방경은 들어라. 그대는 어찌하여 선왕에 이어 막중한 직위와 녹봉을 받은 은혜를 저버리고 반란을 획책하였는가?"

김방경이 고개를 들어 하늘을 올려다보았다. 쏟아지는 눈송이가 얼굴로 날아들었다. 이내 시선을 거두어들인 김방경이 비장한 목소리로 입을 열었다.

"전하. 소신 약관에 출사하여 전장을 누벼 공을 세웠고 높은 벼슬을 두루 역임하는 대은을 입었으니 더 이상 무슨 여한이 있겠사옵니까. 죽여주시옵소서!"

국문을 위해 배석한 홍다구가 소리 높여 꾸짖었다.

"네 이놈! 어서 죄상을 자복하지 않고 무얼 하느냐!"

김방경이 홍다구를 똑바로 쏘아보며 말했다.

"일찍이 그대 부친이 고려를 배반하고 몽골에 붙어 모국을 괴롭힌 것은 세상이 모두 아는 바요. 그런데 이제 대를 이어 고려를 핍박하니 도대체 당신 부자가 이 나라에 무슨 철천지 원한이 있기에 그리하는 것입니까!"

홍다구의 안색이 파랗게 질렸다.

왕이 제안공 숙에게 물었다.

"그대는 정화궁주의 딸 정녕원비의 남편으로 짐과는 장인과 사위 관계가 아니냐. 그러할진대 어찌 천륜을 어기고 불순한 반역을 도모하였는가. 그대를 보는 짐의 자괴감이 실로 크다."

낯빛이 하얗게 질린 제안공이 몸을 떨며 대답했다.

"전하! 소신은 전혀 모르는 사실이오니 통촉하여 주시옵소서."

얼굴을 찌푸린 왕이 독백처럼 한마디를 내뱉었다.

"그럴 터이지. 모르는 일이다?"

독 오른 뱀처럼 표독스런 인상의 홍다구가 몸을 부르르 떨며 명을 내렸다.

"저자들의 옷을 모두 벗겨 형틀에 매달고 쇠사슬을 머리에 두른 다음 매우 쳐라!"

명이 떨어지기 무섭게 온몸을 향해 방망이가 사정없이 날아들었다. 코를 에일 듯 매서운 날씨에 시퍼렇게 언 살갗이 터지며 피가 튀었다. 그러나 김방경은 의연했다.

"소신 하늘을 우러러 한 점 부끄럼 없으니 죽음은 조금도 두렵지 않사옵니다. 하오나 무장의 명예만큼은 지켜주십시오. 전하!"

홍다구의 눈에서 푸르스름한 독기가 풍겨 나왔다.

"전하. 역도의 입에서 순순히 자복을 기대하기는 어려울 듯싶습니다. 악형을 가해서라도 기필코 토설을 받아내고야 말겠습니다."

"저자들의 머리에 대못을 쳐라!"

잔혹하기 이를 데 없는 명이 떨어지자 형리들마저 흠칫 놀라고 말았다.

불편한 기색을 내비친 왕이 서둘러 하교했다.

"오늘은 그만하면 되었으니 저들을 하옥시키도록 하라!"

홍다구가 매우 불만스러운 표정을 지었다.

오래전 고려를 배신한 홍다구의 아비 홍원복은 몽골세력을 등에 업고 고국을 괴롭혀온 자였다. 그런 배경으로 장수가 되어 고려에 파견된 홍다구 역시 호가호위를 누리며 허세를 부렸다.

며칠 후 공주의 처소 원성부에 정화궁주를 치죄할 형장을 갖추었다. 단상에 앉은 공주를 향해 삼가가 보고를 올렸다.

"공주마마. 하명하신 대로 정화궁주를 대령하였습니다."

옥사에 구금되었다 끌려나온 궁주는 초췌한 모습이었다. 흐트러진 머리와 아무렇게나 구겨진 옷매무새는 평소 단아하고 기품 있는 그녀의 자태가 아니었다.

무릎을 꿇어앉은 정화궁주를 내려다보며 원성공주가 서리 같이 냉랭한 목소리로 말했다.

"궁주는 얼굴을 드시오. 그리고 지금부터 묻는 말에 어찌 답변하는가 여부에 그대의 생사가 걸려 있다는 사실을 명심하기 바라겠소."

정화궁주는 눈을 감고 있었다. 그녀의 창백한 뺨 위로 한 줄기 눈물이 흘러내렸다.

"내 궁주를 핍박한 일이 없거늘 어찌하여 무당을 시켜 나를 저주하는 악행을 저질렀는지 답변해보시오."

눈을 뜬 정화궁주가 공주를 똑바로 바라보며 담담한 어조로 입을 열었다.

"일찍이 전하를 만나 세자비가 되어 생남 득녀하며 큰 허물없이 지내오다가 어느 날 갑자기 후비 처지가 되었습니다. 후원 뒤편 별궁에 거처하며 수많은 밤을 한숨으로 지새웠답니다. 그러나 나는 그것을 운명으로 받아들이기로 작정하고 침선과 자수를 벗 삼아 하루하루를 조용히 지냈습니다. 그런 저에게 무녀를 시켜 공주마마를 저주케 하였다는 것은 정말 억울합니다."

정화궁주의 답변에 일말의 동정과 연민으로 심약해지려는 감정을 추스른 원성공주가 지시를 내렸다.

"무당을 들여 궁주와 대질케 하라."

이윽고 오랏줄에 묶인 여자 무당이 끌려나와 무릎을 꿇어앉았다. 우보궐이 사색이 되어 벌벌 떨고 있는 무녀에게 말했다.

"사실대로 토설하면 정상을 참작하여 참형은 면하게 해줄 것이다.

하지만 허튼수작을 부린다면 너와 네 일족 모두 극형을 면치 못할 것이니 묻는 말에 사실을 말하라!"

"궁주마마의 부름을 받고 처소에 몇 번 든 것은 사실이오나 운세를 뽑아드린 일 외에 공주마마를 저주한 사실은 없습니다. 소인을 살려주십시오."

우보궐이 형리를 향해 지시했다.

"말로는 아니 되겠으니 주리를 틀어서라도 자복을 받도록 하라!"

그러나 무녀로부터 얻어낸 소득은 아무것도 없었다. 혼절과 깨어나기를 반복하면서도 억울하다는 말만 되풀이할 뿐이었다.

말없이 그 광경을 지켜보던 공주가 명을 내렸다.

"내일 다시 치죄할 것이니 하옥하라!"

모두를 물리고 난 공주가 삼가에게 물었다.

"우보궐은 이번 사건을 어찌 보고 있는지 의견을 듣고 싶습니다."

"문하시중과 관련된 반역 음모에 관하여는 아직 아는 바가 없습니다. 하오나 이 사건은 몇 가지 주목할 필요가 있습니다. 우선 익명서가 달로화적의 관사에 붙은 점입니다. 경천동지할 중대 사건을 왕궁이 아닌 달로화적에게 알린 것은 고려의 조정 실세를 원으로부터 이간하고 분리시킴으로써 목적한 것을 얻고자 하는 누군가의 의도가 개입된 것으로 사료되옵니다."

"고려와 원을 이간하여 목적을 이루려 한다? 알 수 없는 노릇이네요."

"때가 되면 모든 진상이 드러날 것이오니 너무 심려치 마십시오. 그리고 소신이 외람되이 한 말씀 올리려 하니 부디 귀담아주실 것을 청하옵니다. 다름 아니오라 정화궁주를 석방해주시옵소서. 공주마마를 저주한 사실 여부를 떠나 정비의 관용과 덕을 만천하에 보여줌으로 하여 공주마마의 위상이 태양처럼 빛나게 될 것이옵니다."

삼가를 물끄러미 바라보던 공주가 입가에 미소를 머금었다.

"형부 관리가 아닌 우보궐에게 궁주와 관련된 사건을 전담시킨 것은 저들을 비호하는 세력들과 차단시키기 위한 고육책이었음을 이해하시기 바랍니다. 하지만 내 생각이 빗나가고 말았습니다. 결국 우보궐이 정화궁주의 구명을 위해 노력하는 것을 보고 말았으니 말입니다."

난처한 표정을 지은 삼가에게 말미를 주지 않은 공주가 마무리 말로 결론을 지었다.

"전하의 의중이 무엇이든 간에 정화궁주를 죽일 수는 없습니다. 설사 투서 내용이 사실이라 해도 말입니다. 하지만 이번 기회에 확실히 해둘 것이 있습니다. 정화궁주의 지위를 약화시켜 머지않아 거론될 폐세자 문제의 주도권을 잡아야 합니다. 우보궐의 판단은 참으로 지혜로운 것이었습니다."

정화궁주의 아들 세자 자를 염두에 두고 물밑에서 이루어지는 암투가 드디어 수면 위로 실체를 드러내는 순간이었다.

휘몰아치는 찬바람에 실린 눈발이 시야를 뿌옇게 가렸다.

한 치 앞을 내다볼 수 없는 혼미한 정국이 마치 오늘 날씨와 같았다.

김방경을 비롯하여 모반에 연루되어 거명된 인물들이 형틀에 매달렸다. 그중 하나인 제안공 왕숙은 정화궁주 소생인 정녕원비와 혼인한 충렬왕의 사위였다.

죄인 추국을 맡은 홍다구가 실눈을 깜박이며 질타했다.

"지난 한 달여 동안 자복할 기회를 주었음에도 입을 열어 토설하지 않은 네놈들에게 더 이상 인정을 베푸는 것은 가당치 않다. 여봐라! 죄인들에게 형을 가하도록 하라."

이곳저곳에서 들려오는 고통에 찬 비명소리가 추국장을 가득 메웠다.

김방경 앞으로 다가선 홍다구가 형틀에 매달린 채 피 칠갑을 한 그를 보며 부드러운 말로 회유하려 들었다.

"장군과 나는 지난 갑술년 여몽 연합군을 이끌고 섬나라 일본 정벌에 함께 나선 처지가 아니었소? 죄를 인정한다면 목숨만은 구명해줄 것이니 무모한 죽음을 자초하지 마시오."

김방경이 고개를 번쩍 들었다. 피로 얼룩진 얼굴은 성한 곳이 없었지만 부릅뜬 눈에서 파란 불길이 일고 있었다.

"장군! 나를 욕보이지 마시오. 장부 세상에 태어나 한세상 뜻한 바대로 살다 천운이 다하여 목숨을 잃는다 해도 그리 원통할 일은 아니외다. 내 먼저 가 장군 자리를 준비해놓고 기다릴 터이니 잠시 뒤 만납시다."

그러고는 껄껄 웃었다. 얼굴이 홍당무 같이 달아오른 홍다구가 마치 발광한 사람처럼 크게 외쳤다.

"여봐라! 저자가 아직도 입이 살아 있구나. 즉시 낙형을 실시하라."

불에 달군 벌건 인두가 그의 등판을 사정없이 파고들었다. 지지직하는 소리와 함께 살을 태우는 하얀 연기가 피어올랐다.

입술을 깨물어 고통을 삼킨 김방경은 혼절하고 말았다.

그렇게 숨이 끊어졌다 깨어나기를 여러 차례 반복했다.

겨우 정신이 든 김방경에게 홍다구가 인정을 베푸는 척 말했다.

"그대가 이처럼 하는 것은 결국 황제폐하께 불경을 저지르는 소행으로 나라에 해가 될 뿐이다. 이제라도 자복한다면 죄는 한 사람에 그치고 법에 따라 정배만 갈 뿐이니 나라의 안위를 염려하는 장부라면 깊이 생각하라."

김방경이 부어오른 입술을 겨우 움직여 힘겹게 입을 열었다.

"고려가 원을 하늘같이 받들고 은애하는데 어찌 하늘을 배반하고 어버이를 거역하며 스스로 멸망을 취하겠는가. 나는 차라리 억울한 귀신이 될지언정 거짓으로 자복할 수는 없다."

말을 마친 그가 모든 것을 포기한 듯 눈을 감았다.

그 광경을 지켜본 왕이 참혹한 모습을 차마 더 이상 볼 수가 없어 방경에게 일렀다.

"경이 비록 자복하더라도 천자께서 어질고 훌륭하시니 장차 이것이 사실인지 아닌지를 밝힐 것이다. 또 과거 그대가 이룬 전공을 헤아려 사형에 처하지는 않을 것인데 어찌하여 스스로 이렇게까지 고통을 당하는가."

고개를 든 김방경이 왕을 올려다보았다. 그의 눈에 뜨거운 눈물이 흐르고 있었다.

"주상전하! 신은 무장으로서 지위가 재상에 이르렀으니 이 몸이 죽어 없어질지라도 나라의 은혜에 다 보답할 수 없사옵니다. 그럴진대 어찌 한 몸을 아껴 없는 죄를 자복해서 사직을 위태롭게 하겠습니까."

김방경은 고종 16년 무반인 산원겸식목록사로 관로에 진출하여 감찰어사 등 요직을 두루 거쳤다. 특히 삼별초난 진압과 1차 일본원정에 공을 세워 조야에 신임이 두터운 인물로 큰 세력을 형성하고 있었다. 홍다구를 돌아본 김방경이 결연한 어조로 사자후를 토해 일갈했다.

"나를 죽이려거든 곧 죽여라. 그러나 불의에 굴복하지 않겠다."

이튿날 찬성사 류경이 여러 재상과 함께 어전에 들어 왕을 배알했다.

"주상전하께 아뢰옵니다. 근래 권신이 국정을 잡고 범죄를 고발하는 이가 있으면 일의 허실과 죄의 경중을 묻지 않고 죽이기를 마치 풀을 베듯 하니 사람들이 언제 죽을지 몰라 두려워했습니다. 근년에 이르러 관군(원군)이 사면에 주둔해 있으니 누가 감히 상국을 배신할 생각을 품었겠습니까. 이름도 없는 글을 믿고 김방경과 같은 인재를 죽인다면 장차 누가 목숨을 버려 적과 싸우겠습니까. 다행히도 원성공주께서 정화궁주의 죄를 더 이상 묻지 아니하시고 방면하시는 관용을 베풀어주셨습니다. 부디 하해와 같은 성덕으로 국가의 앞날을 살펴주시옵소서!"

류경이 눈물을 흘리며 올리는 충성스런 진언에 감동한 모두가 눈시울을 붉혔다.

결국 김방경을 대청도에, 아들 혼을 백령도로 귀향 보내고 나머지 사람들은 모두 석방하는 것으로 사건은 일단락되었다.

장순룡(張舜龍)

옥좌에 앉은 충렬왕과 원성공주가 임석한 중신들을 둘러보았다.

한편에 선 삼가의 모습이 눈에 들어왔다.

중서평장사가 보고를 올렸다.

"주상전하! 모든 중신이 전하의 하교가 계시기만을 기다리고 있사옵니다."

"오늘 공주를 수행하여 고려로 귀화한 겁령구들에게 성명과 함께 관직을 하사하겠다. 삼가를 장순룡으로, 야율목은 신철로, 홀라대는 인후로, 차홀대는 차신으로 성과 이름을 하사한다."

4인이 부복하고 아뢰었다.

"전하! 성은이 망극하옵니다."

"그들의 관직은 모두 장군으로 임명한다. 나라를 위해 충성하고 목숨 바쳐 과인을 보필하라!"

"전하께오서 내리신 은혜, 자자손손 잊지 않고 가슴에 새길 것을 맹세하옵니다."

"아울러 장군 용에게 덕수현을 식읍으로 내리니 본관을 덕수로 하도록 하라."

그들은 왕으로부터 직접 사인검을 하사 받았다.

삼가는 지난날을 떠올렸다.

색목인 신분으로 몽골에서 태어나 유년시절을 보내며 학문을 익혔고 천산을 찾아 적운거사님을 스승으로 모시고 무예를 수련한 것과, 별시에 뽑혀 남송 전투에 참전한 일들이 주마등처럼 머리를 스쳐 지났다.

사속인 신분으로 공주를 모시고 고려로 귀화하여 어느덧 두 해가 지났다. 이제 삼가라는 이름으로 살아온 것은 모두 지난날이 되었다. 비록 그 모든 것이 소중한 가치와 추억이 깃들어 있다 해도 지금 이 순간부터 자신은 순룡이라는 이름에 걸맞게 살아야 한다고 새삼 다짐했다. 진정한 고려인 장순룡으로…….

경녕전을 나오는 그를 뮬란이 기다리고 있었다.

“장군직에 임명되신 것을 축하드립니다.”

“역시 가장 먼저 축하해주는 여인이 뮬란인 것을 보면 그대는 내게 있어 특별한 존재가 분명하다.”

성숙한 여인의 자태를 갖춘 뮬란의 얼굴에 붉은 매화꽃이 피었다.

“원성공주께서 장군님을 기다리고 계시니 잠시 들르시지요.”

원성부로 들어서는 그를 공주가 반갑게 맞아주었다.

“어서 오세요. 장 장군님.”

“임명장에 직인이 채 마르지도 않은 터에 장군 호칭을 불러주시니 쑥스럽습니다.”

“축하합니다. 그러나 사실 원에 그대로 있었다면 이미 장군직에 올랐을 것이니 오히려 사속인 신분으로 고려에 동행케 한 것이 미안할 뿐이지요.”

공주가 미소 지으며 조금은 짓궂은 표정으로 물었다.

“일전에 처인(용인)에서 만나 함께 개경으로 올라온 여인은 어찌 지내고 있습니까.”

“마마께오서 아담한 집과 하녀를 내려주시어 불편함 없이 지내고 있사옵니다. 이 기회를 빌려 감사말씀 올립니다.”

“뮬란의 말에 의하면 묘령의 여인이 상당한 미인이라 하던데 용 장군은 여복을 타고난 분인가 봅니다.”

공주의 농에 얼굴을 붉힌 장군 용이 변명처럼 말했다.

“사정이 있어 일시 곤란한 처지가 된 처자를 보살펴주고 있을 뿐인데 이처럼 배려해주시어 황송할 따름입니다.”

“인연이란 참으로 묘한 것이어서 우연을 가장하여 필연적 운명으로 다가서기도 하는 것이랍니다. 물론 필연적으로 다가선 인연이 우연인 것처럼 스쳐 지나기도 하지만…….”

모두가 나가고 난 뒤 텅 빈 접견실에 홀로 남은 공주가 창밖을 쓸쓸히 바라보고 있었다.

원 황제가 홍다구를 소환했다.

과거 홍다구가 사람을 보내 황제에게 무고하기를 '김방경이 양곡을 많이 비축하고 배를 만들며 병기를 많이 저장하여 반역을 꾀하니 개성 이남 요충지에 군사를 두어 방비하고 김방경과 그 아들 사위와 가속을 모두 잡아 외지에 부처하여 노비로 삼고 재산과 토지를 몰수하여 군량에 충당하기를 청합니다'라고 한 일 때문이었다.

장군 신철이 반역을 도모하여 강화 천도를 꾀한 혐의로 김방경을 귀양 보낸 일을 알리는 충렬왕의 칙서를 들고 황제를 배알하고 있었다. 황제가 하문했다.

"김방경이 갑옷을 얼마나 간직하였더냐?"

"조사한 바에 의하면 모두 40여 벌이었습니다."

신철의 답변에 잠시 생각에 잠긴 황제가 의아한 표정으로 물었다.

"김방경이 그것을 믿고 반역을 도모했겠느냐. 또 고려의 지방조세는 모두 수로를 통해 개경으로 운반되니 배를 만들고 양곡을 쌓아둔 것을 어찌 의심하겠는가. 국왕이 와서 조회하고 스스로 아뢰도록 하라."

겨우내 두껍게 얼었던 얼음장 아래로 물 흐르는 소리가 속살거리며 들리기 시작했다. 냇가 버들가지에도 파랗게 물이 올랐다.

왕궁에서 조금 떨어진 곳에 정갈하면서도 아담한 집이 한 채 있었다. 뒤편으로 자그마한 동산을 의지하고 앞으로는 실개천이 흘렀다.

문 밖에 나와 선 여인이 굽이도는 길 어귀를 응시한 채 말없이 서 있었다. 곱게 빗은 머리와 수수한 의복에 단아한 몸가짐이 정숙한 기품을 내보였다.

잠시 후 인기척과 함께 소녀가 다가왔다.

"아씨. 아직 바람이 차갑습니다. 주인님께서 이리하시지 말라 당부하셨는데……."

"분이로구나. 집안에 있는 것보다 이처럼 햇볕과 바람을 즐기는 것이 건강에 이로울 것이니 염려하지 않아도 된다."

이야기를 나누는 그들의 시야에 멀리 몽실거리며 피어오르는 아지랑이를 헤치고 달려오는 인마가 보였다. 분이가 들뜬 목소리로 소리쳤다.

"아씨! 주인님이 오시네요."

여인의 표정이 환해졌다.

말에서 내린 장군 용이 여인을 보며 말했다.

"아직 공기가 차가운데 어찌 밖에 나와 계십니까."

여인이 미소 지으며 한결 기운을 차린 목소리로 답변했다.

"새순이 움트는 소리와 봄 내음을 느끼려면 이처럼 바람을 쏘이는 것이 제격이지요."

분이가 둘이 나누는 대화에 버릇없이 끼어들었다.

"아씨께서 봄맞이 뭐라 하시는 말씀은 잘 모르지만 제가 보기에 주인님을 기다리신 것만큼은 틀림없는 사실인 것 같아요."

분이를 향해 곱게 눈을 흘긴 여인의 볼이 빨갛게 물들었다.

방에 마주앉은 그들 사이로 잠시 침묵이 흘렀다. 고개를 숙이고 다소곳이 앉은 여인을 바라보던 용이 입을 열었다.

"오늘 주상전하로부터 장이라는 성과 순룡이라는 이름을 하사 받았습니다. 아울러 장군직에 제수된 기쁨을 낭자와 함께 나누려 합니다."

조용히 자리에서 일어난 여인이 앞에 앉은 용을 향해 큰절을 올렸다. 그리고 무릎을 꿇어앉으며 말했다.

"성명을 하사 받으신 일과 장군으로 승차하신 것을 감축 드립니다."

"고맙소. 낭자! 만리타국에 일점혈육 없는 이 몸에게 기쁨을 함께 나눌 상대가 있다는 사실이 얼마나 다행한 일인지 모릅니다."

용이 여인의 손을 가만히 잡았다. 따스한 온기를 지닌 보드라운 손이 파르르 떨고 있었다.

원의 사신으로 파견된 장군 용이 중랑장을 거느리고 말을 달렸다.

수행한 중랑장은 고려로 건너온 그해 왕의 밀명을 띠고 각처를 순회할 때 함께 동행한 인표였다.

황주를 지나 서경으로 접어든 그들이 걸음을 늦추었다.

"장군님, 이번 원으로 가시는 길이 귀화 후 처음이시지요?"

"그렇다네. 그동안 상도에 계신 부모님은 안녕하신지. 또 궁진과 초련 낭자는 어찌 지내고 있는지. 모든 것이 궁금할 뿐일세."

인표가 놀란 얼굴로 되물었다.

"초련 낭자라면 혹시 지난번 백화산에서 신풍비검법의 달인이라 말씀한 바로 그 장본인?"

그런 인표를 보며 유쾌한 웃음을 터트린 용이 대꾸했다.

"내가 사형이라 부르는 바로 그 여인이라네."

인표의 표정에 초련에 대한 기대와 호기심이 가득했다.

"그런데 궁금한 일이 하나 있습니다. 시가대 사건 때 종적을 감추었다는 막내아들과 연이 처자의 흔적을 끝내 찾을 수 없었다고 들었는데 그들은 과연 어찌된 것일까요."

"그 후일담은 나 역시 자세히 알지 못하지만 통한의 불길에 휩싸이지 않고 어디선가 가족들의 몫까지 행복을 누리며 살고 있기를 바라야 하겠지."

"거센 격랑의 회오리에 휘말린 인간의 운명이란 참으로 보잘것없다는 사실을 절실히 느끼게 해준 안타까운 사건이었습니다.”

“그 모든 것이 한 치 앞을 가늠하지 못하는 인간들의 우매한 이기심
에서 비롯된 비극이 아니고 무엇이겠나.”

압록강을 건넌 그들은 대도(북경)를 향해 말을 달렸다.

대도는 춘추전국시대 이래 군사요충지였고 금나라의 수도이기도 했
던 유서 깊은 도시였다.

쇠락과 번영을 거듭해오다 원 세조(쿠빌라이 칸)가 수도로 정하며 대
도로 명명하여 화려하게 부활하고 있었다.

준마를 탄 그들이 대도에 당도한 것은 개경을 떠난 지 보름이 지나서
였다.

아직 완전한 수도의 면모를 갖추기에는 부족했지만 사통팔달로 잘
닦인 도로와 웅장한 건물들이 곳곳에 들어서 위용을 자랑했다.

황궁으로 든 장군 용이 황제를 배알했다.

“고려국 충렬왕의 명을 받들어 입조한 사신 장순룡, 황제폐하께 문
후 드리옵니다. 그간 옥체 강녕하셨사옵니까.”

황제의 용안이 환해지며 반가운 기색으로 물었다.

“공주를 수행하여 고려로 건너간 삼가로구나. 그래, 공주는 무탈하
게 잘 있더냐?”

“원으로 출발하기 바로 전 원성공주마마를 뵈었습니다. 왕자와 두
분 모두 강녕하시다는 안부 말씀 전해 올리라 하셨습니다.”

흡족한 표정의 황제를 살피며 틈을 놓치지 않은 장군 용이 아뢰었다.

“소신이 고려국왕의 사신으로 든 것은 다름이 아니오라 폐하께오서
신철에게 내리신 하명 때문이옵니다. 김방경과 관련된 사건의 경위를
왕이 직접 입조하여 해명하라는 분부를 받잡고 행장을 준비 중에 있음
을 황제폐하께 아뢰옵니다.”

"짐이 왕을 소환하여 김방경의 일을 심히 문책하려 했으나 어버이의 도타운 정으로 허물을 감싸려 한다. 왕에게 전할지어다. 입조하는 행렬에 반드시 원성공주와 왕자를 동행하라 이르라!"

황궁을 물러나온 용을 기다리는 사람이 있었다. 그들은 초련과 궁진이었다.

감격에 겨운 궁진이 목이 메여 말했다.

"사신으로 오셨다는 소식을 접하고 단숨에 달려온 길입니다. 그간 무탈하셨습니까."

용이 궁진을 덥석 끌어안았다.

그 역시 벅차오르는 감회로 가슴이 먹먹해졌다.

"이렇게 다시 만나니 참으로 반갑기 그지없다. 그동안 잘 지냈느냐."

"예. 황궁 호위부장 직무를 충실히 수행하고 있습니다."

앞으로 나서며 용을 향해 정중히 인사를 올린 초련이 울먹이는 목소리로 말했다.

"모든 것이 낯선 타국에 정착하시느라 얼마나 어려움이 크셨습니까. 장군으로 승차하신 일과 아울러 금의환향하심을 감축 드립니다."

"고맙습니다. 어려운 일에 직면할 때마다 천산에서 함께 고생한 사형과의 추억이 항시 커다란 힘이 되었습니다."

얼굴을 붉힌 초련이 정색하며 용을 바라보았다.

눈앞의 그녀는 기억 속의 애잔한 소녀가 아닌 완숙한 아름다움을 갖춘 여인으로 변해 있었다.

"지난날 허물을 굳이 들추지 않으신다면 사형이란 과한 호칭은 이제 거두어주실 것을 당부 드립니다."

초련의 말에 용이 소리 내 웃었다. 그 웃음은 초련의 의견을 수렴하겠다는 뜻인지 아니면 그 반대인지 알 수 없는 것이었다.

둘이 나누는 대화의 구체적 실상을 알지 못하는 궁진이 그 말을 뒤로하고 용에게 그동안의 소식을 전해주었다.

"공주님을 모시고 고려로 향하며 서경에서 보내신 서찰을 받은 저희 두 사람은 삼가님의 의견을 심사숙고한 끝에 부부의 연을 맺고 가정을 이루었습니다. 늦었지만 감사드립니다."

"진심으로 축하한다. 진작 오작교를 놓아주지 못한 나를 무정하다 원망하였겠으나 중신을 서주었으니 석 잔 술을 고대하겠네."

용이 고개를 돌려 조금 떨어진 곳에 대기하며 그들을 지켜보던 인표를 불렀다.

"이번에 나를 수행한 중랑장일세. 인사를 나누게나."

궁진과 인표, 초련이 각자 통성명하며 소개했다.

"인표와 궁진 두 사람은 연령과 직급 그리고 무예 실력을 갖춘 것까지 비슷한 점이 많으니 앞으로 좋은 친구가 될 수 있을 게야."

"장군님을 모시며 그대에 관해 많은 것들을 들어 이미 구면인 듯합니다."

인표의 말에 궁진 역시 반가움을 표하며 손을 마주 잡았다.

궁진이 향후 체류 일정을 물었다.

"폐하를 배알하는 중요한 임무 하나는 마쳤으니 이제 중서성 관리를 만나 외교적 현안 문제를 타결하는 일이 남았네. 그 일이 마무리되는 대로 상도에 계신 부모님을 찾아뵈어야 하겠지."

용이 상도를 거론하며 부모님을 입에 올리자 초련의 표정이 어두워졌다.

"지난 가을 상도에 갔던 길에 대부인 마님을 뵈었습니다. 두 분 모두 크게 미령하신 점은 없어 보이셨으나 아드님을 타국으로 떠나보낸 허전함으로 낙을 잃고 침울해 하셨습니다."

"고적하신 나의 부모님을 찾아 그처럼 위로를 드렸다니 참으로 고맙습니다.”

인표의 눈길이 초련에게 자주 머물렀다. 아마도 신풍비검법을 떠올렸기 때문으로 보였다.

다음 날 중서문하성으로 든 장군 용이 문하시중의 집무처를 방문했다.

“고려국 사신, 장순룡이라 하옵니다.”

“어서 오게나, 삼가. 그동안 고려 사람이 다 되었군.”

문하시중. 그는 홍건이었다. 이처럼 오랜 기간 문하시중 자리를 지키고 있는 그의 정치적 저력과 수완은 놀라운 것이 아닐 수 없었다.

“오랜만에 뵙습니다. 그동안 안녕하셨습니까.”

“내 일찍이 자네를 탐낸 연유가 있었다네. 기대를 저버리지 않고 그 사이 몰라보게 성장하여 대원제국의 문하시중과 당당히 마주하다니 참으로 대단하다.”

‘원수는 외나무다리에서 만난다’ 라는 말처럼 지난날 딸을 내세워 자신의 사람으로 회유하려던 그를 이처럼 다시 조우하게 될 줄은 전혀 예상치 못한 일이었다.

“황망하신 과찬에 소신 몸 둘 바를 모르겠습니다.”

“어제 폐하를 알현한 김방경의 문초 건과 고려왕의 입조에 관한 사안은 소기의 성과를 거두었다지?”

“폐하께오서 어버이의 자애로우심으로 실책을 감싸주시겠다는 하교를 내리셨습니다.”

문하시중이 용을 지긋이 건너다보며 내심 생각했다. 뛰어난 무예와 총명한 두뇌의 소유자로 장부의 자질을 갖춘 그를 사위로 삼아 자신이 못다 한 야망을 이루고자 했었다. 뜻한 바를 성취하지 못하였기 때문에 더욱 아쉬움이 컸다.

그러나 그것과는 별개로 고려에 귀화해 장군직에 올라 사신의 신분으로 앞에 마주했다고는 하나 그는 외교에 관하여는 일천한 경력의 애송이에 불과할 뿐이었다.

"그대가 가지고 온 외교 안건은 무엇인가."

"다름 아니오라 지금 고려 백성들의 피폐한 생활상은 말로 표현하기 어려운 참담한 지경에 처해 있습니다. 민초들이 유리걸식하며 떠돌기를 마치 뿌리 뽑힌 풀줄기가 강물에 부유하는 것과 다름없습니다. 그런데도 응방 사람들의 횡포는 날로 심해지니 그 원망이 천자께 미치지 않을까 두렵습니다. 그러하오니 응방을 폐지해주실 것을 주청합니다."

전혀 예기치 못했던 문제를 제기한 사신의 의견에 긴장한 표정을 지은 문하시중이 물었다.

"지금 그대가 개진하는 사안이 국왕의 하명인가 아니면 사신 개인의 의견인가!"

노회한 정치인 홍건의 입에서 나온 말로는 참으로 어리석은 질문일 수밖에 없었다. 공적인 자리에서 사신의 말 한마디는 그것이 곧 국가 의사를 대신한 것이기 때문이었다.

그러나 그런 사실을 모를 리 없는 홍건이 던진 질문은 덫을 놓은 것이었다.

"소신이 제국대장공주님을 모시고 고려국으로 건너간 직후 일 년여 동안 각처를 돌며 백성들의 삶을 두루 살펴볼 기회가 있었습니다. 그때 정치는 백성들에게 희망을 주어야 한다는 사실을 깨달았습니다. 절망에 빠진 민초들에게 하늘이란 없었습니다. 그들의 신음소리에 귀를 기울여 구휼해주는 것이야말로 하늘이 곧 천자임을 보여주는 의미이기 때문입니다."

참으로 절묘하고 현명한 답변이 아닐 수 없었다. 만일 사신이 응방 폐지를 거론한 것이 국왕의 의중이었다 답하였다면 그것은 원의 정책에 반발한 것이 되기 때문에 커다란 파장을 몰고 올 수 있는 민감한 사안이었다. 때문에 사신의 답변은 오히려 문하시중이 파놓은 함정을 우회하여 울타리를 쳐 포위한 형국이었다.

홍건의 이마에 식은땀이 흘렀다.

"그대의 의견을 잘 알았다. 그러나 이 사안은 문하시중이 독단적으로 결정할 수 있는 문제가 아닌 만큼 후일 다시 논의하기로 하겠네."

패가 몰린 문하시중을 향해 용이 마무리 수를 두었다.

"양국의 우호를 증진하는 바람직한 결과를 고대하겠습니다."

인사를 하고 돌아선 용의 뒷모습을 바라보는 문하시중의 소회가 착잡하기만 했다.

문을 나서는 용에게 다가와 인사하는 사람이 있어 자세히 보니 오래전 이부에 배속되었을 때 하급관리였던 두승경이었다.

"그간 안녕하셨습니까. 사신으로 오셨다는 소식을 들었습니다."

"오래간만일세. 반갑네. 자네 근무처는 어디인가."

"문화성 문화록사직을 맡고 있습니다."

"그렇다면 혹시 어사대부를 역임하신 살리타님의 근황을 아는가?"

"남송 전투에 기병군단장으로 참전하셨던 살리타 장군님을 말씀하시는군요. 삼가님이 공주마마를 수행하여 고려로 떠나신 지 얼마 안 되어 돌아가셨습니다."

"돌아가시다니? 어찌된 연유로 세상을 뜨셨는지 소상히 말해보게나."

"남송 전투에서 입으신 상처가 악화되어 그리되셨다 합니다."

"의원을 대동하여 찾아뵈었을 때만 해도 빠른 회복을 보이셨는데……."

애석한 마음으로 상심한 그에게 두승경이 의외의 사실을 전해주었다.

"장군님에게 따님이 한 분 있으셨지요. 설린이라는……. 그 낭자가 진여랑과 부부의 연을 맺었습니다."

놀라움을 금치 못한 용이 반신반의하며 되뇌었다.

"설린 낭자가 진여랑과 부부가 되었다?"

자신의 뇌리에 각인된 진여랑이라는 존재는 전형적인 악인이었다.

어릴 적 소꿉놀이 시절부터 매사를 뒤틀린 심성으로 훼방 놓기 일쑤였고, 천산을 향하는 길에 잠시 머물던 양주 일진각에서는 가엾은 소녀 묘현을 희롱하여 죽음에 이르게 한 장본인이었다. 그리고 상도 연가정 거리에서 어린아이를 말발굽에 치어 죽게 하고 도망친 것도 모자라 증거인멸을 획책하며 도축장 주인을 해친 의혹을 받은 악랄하기 짝이 없는 인간이었다. 그런 품성을 가진 진여랑과 설린의 만남이라니, 만일 살리타님이 계셨더라면 그들의 결합을 어찌 보셨을까.

두승경과 헤어진 용은 착잡한 마음으로 걸음을 옮겼다.

잠자리에 든 용의 머리에 설린 생각이 떠나지 않았다.

그녀를 마지막으로 본 것은 살리타님 댁을 방문한 문병 길에서였다. 그때 그녀가 눈물을 흘리며 자신에게 한 말이 귓전을 맴돌았다.

'언제부터인가 임 계신 곳이 너무 멀고 높기만 하여 절망의 눈물을 흘려야 했습니다. 차라리 인연이 아니라면 만나지나 말 것을 얄궂은 운명이 원망스럽기만 합니다. 진정 은애하는 정인의 마음을 얻은 기쁨은 얼마나 큰 것일까요. 이룰 수 없는 허망한 그림자를 부여잡고 몸부림 하는 스스로가 참으로 원망스럽습니다.'

흉흉한 꿈에 시달리다 눈을 뜨니 어느덧 창밖이 훤히 밝아오고 있었다.

며칠 뒤 중서성 관리의 전언을 받은 사신 용이 궁으로 들었다.

접견실에 마주한 중서평장사가 말했다.

"전일 사신이 제기한 응방의 존폐 문제는 원의 기존 외교방침과는 배치되는 것임으로 재고할 여지가 없다는 것이 조야에서 내린 결론이니 그리 아시요.”

응방과 다루가치를 두어 사사건건 고려 내정을 간섭하고 통제하려는 원의 속셈을 누구보다 잘 아는 용이었다. 이대로 물러설 수는 없었다.

“머지않아 고려국왕과 원성공주님이 입조하실 것입니다. 하나를 받으면 하나를 내주는 것이 통상적인 외교라 알고 있습니다. 부디 폐하의 신임을 한 몸에 받으시는 공주님의 부담을 덜어주실 것을 당부 드립니다.”

“그대는 공주님을 모시고 고려로 귀화한 신분이라 알고 있는데 처지가 바뀌었다 하여 어찌 원의 이익을 외면하고 고려국의 입장만 두둔하는 것입니까.”

사신 용이 잠시 호흡을 가다듬은 다음 결정적인 말로 쐐기를 박았다.

“‘작은 이익을 탐하다 큰 것을 잃는다’는 소탐대실이란 고사를 상기할 때, 응방의 존속이야말로 고려 백성들로 하여금 황제폐하의 일월 같으신 성총을 흐리게 하는 먹구름과 같습니다. 고려국이 처한 현실을 바로 직시하는 것이야말로 원의 이익과 부합하는 일일 것이며 신하로서 폐하를 바로 모시는 진정한 보필이라 사료됩니다. 상호 공존을 외면하고 정략만을 앞세운 작금의 조처가 참으로 안타깝습니다. 다시 한 번 재고, 삼고하여 주실 것을 요청합니다.”

중서평장사는 외교 업무의 수장으로 과거 금과 남송을 상대로 활약한 노련한 외교실무책임자였다. 그런 그가 고려국의 풋내기 사신을 상대로 한 대담에서 사면초가에 빠져 진땀을 흘리고 있었다.

결국 그가 백기를 들고 말았다.

“알겠소. 다시 한 번 조정의 의견을 들어보리다. 그러나 큰 기대는 않는 것이 좋을 것이오.”

다음 날 저녁 해질 무렵 황궁 뒤편에 인접한 건물인 회랑에서 먼 길을 온 사신을 위로하는 조촐한 연회가 열렸다. 그것은 일종의 관례로 사신과 비슷한 직급의 관리들이 음식을 곁들여 술을 마시며 환담하는 자리였다.

문하성과 상서성 그리고 중추원의 중간관리 십여 명이 둥그런 원탁을 사이로 빙 둘러 좌석을 배치해 앉았다. 상석이 따로 없었지만 회랑 안쪽 중앙으로 안내된 사신 용이 자리를 정하고 인표가 그 옆에 앉았다.

사신과 보좌관 인표의 소개를 마치자 관리들이 자리에서 일어나 자신의 직급과 근무처를 밝혔다. 그중 눈에 익은 얼굴이 있었다. 진여랑이었다.

"나는 중서성 종4품 중서사인 진여랑이라 합니다. 고려국 사신으로 입조한 삼가, 아니 장순룡 장군과는 아주 잘 아는 사이입니다. 원에 온 것을 환영합니다."

거만한 행동과 말투에 불쾌감을 느낀 인표가 그를 날카로운 시선으로 쏘아보았다.

자리에서 일어선 용이 좌중을 둘러보며 입을 열었다.

"나 역시 오래전 중추원 관리로 근무한 적이 있었습니다. 이제 고려 관리가 되어 사신의 신분으로 원에 왔으나 이곳이 내가 태어나고 자란 땅이라는 사실은 변함이 없습니다. 양국의 이익을 위해 혼신의 힘을 다할 것이니 도와주실 것을 당부합니다."

푸짐하게 준비한 음식과 술을 마시며 분위기가 무르익어가고 있었다.

맞은편에 앉은 진여랑은 진작부터 혀 꼬부라진 소리를 하고 있었다. 그 광경을 보며 용은 오래전 일진각의 기억을 떠올렸다. 그날 묘현에게 행패를 부리며 패악을 떨던 장면이 지금의 모습과 하나로 겹쳐져 보이는 것은 무슨 까닭인지 알 수 없는 일이었다.

그때 자리에서 일어난 진여랑이 모두에게 술잔을 들 것을 주문하며 말했다.

"이 자리에 계신 여러분, 오늘 원을 떠나 고려의 주구가 되어 금의환향하신 장 대사님을 환영하는 축배를 듭시다. 자, 건배!"

순간 분위기가 냉랭하게 얼어붙고 말았다. 비록 공식적인 자리는 아니라 할지라도 일국의 사신을 초청한 연회장에서 관리가 할 수 있는 발언이 아니었기 때문이었다.

얼굴이 붉어진 인표가 거친 숨을 내쉬었지만 그가 개입할 수 있는 상황이 아니었다.

자리에서 일어난 용이 차분한 목소리로 진여랑에게 말했다.

"넘실거리며 흐르는 황하의 도도한 물줄기가 어찌 황하 본류만의 물이겠는가. 여러 계곡을 휘돌아 내린 지류들이 합류하여 황하의 품 안에서 하나를 이루고 바다로 향하는 것일 뿐이니 어찌 희고 검은 것을 가리겠나. 다만 자신의 정체성이라 할 본질만 잊지 않는다면 세상은 모두 하나라 생각하네."

그 말이 끝나기 무섭게 진여랑이 빈정거리는 어조로 다시 말을 뱉었다.

"좌우간 고려의 사신이 되어 돌아와 응방을 폐지하자는 궤변으로 원의 이익을 해하려 하니 그것이 고려의 개가 아니고 무엇이란 말인가. 어디 그 잘난 입으로 변명을 한번 해보시지."

용의 얼굴이 점차 붉어지고 있었다.

이윽고 자리를 떨쳐 일어난 용의 격한 목소리가 연회장을 흔들었다.

"지금부터 내가 하는 말은 고려국 사신 입장이 아닌 지난날의 친구 삼가가 진여랑에게 하는 것이니 잘 새겨들어라! 내 일찍이 자네의 품성이 금수만도 못함을 익히 알고 있었다. 하지만 오늘 스스로의 입으로 자신의 조상을 욕보이는 망동에는 차마 할 말을 잃었다. 한 가지만 묻겠노라. 자네 선대 조상은 당나라의 유민인 것으로 알고 있는데, 그렇다면 그대 역시 주구의 핏줄이 아니던가. 그 사실을 자네 부친께 여쭈어보라!"

안색이 창백해진 진여랑은 잠시 넋을 잃은 사람처럼 말없이 서 있었다. 그러고는 마치 실성한 사람처럼 소리쳤다.

"삼가, 아니 장순룡. 오늘 네놈에게 당한 치욕은 반드시 되갚아 주겠다. 어디 두고 보자!"

진여랑과의 만남은 분명 악연이 틀림없었다. 과거 어린 시절부터 지금 이 순간까지 비틀어지고 어긋나기만하는 관계의 끝이 어디쯤인지 가늠할 수 없는 일이었다.

며칠이 지난 어느 날, 용이 묵고 있는 숙소 영빈관을 찾은 여인이 있었다. 뜻밖에 그녀는 설린이었다.

"오랜만에 뵙습니다. 사신으로 건너 오셨다는 소식을 듣고 한 번은 꼭 뵈어야 하겠기에 망설임 끝에 이처럼 발길을 하였습니다."

"설린 낭자. 아니, 이제는 부인이라 호칭해야겠군요. 진여랑과 연을 맺어 가정을 이루었음을 전해 들었습니다. 늦었지만 축하합니다."

"삼가님으로부터 이처럼 축하를 받고 보니 기분이 참으로 묘합니다. 그러나 이제 저는 과거를 떨쳐버리고 살기로 작정하였으니 지난 일에 연연하지 않습니다. 말씀 고맙습니다."

값비싼 옷으로 치장하고 도도한 표정을 짓는 그녀는 과거의 설린이 아니었다. 마치 다른 사람을 보는 듯 몰라보게 변해 있었다.

"공주마마께서는 강녕하신지요."

"왕자를 대동한 공주마마께오서 머지않아 국왕 전하를 모시고 입조하실 것입니다."

"이번에 사신으로 오신 것도 행차 준비를 위한 것이라 들어 알고 있
습니다."

말을 마친 설린의 얼굴에 한 가닥 쓸쓸한 그림자가 스쳐 지났다.

"원에 당도한 직후 대장군님께서 유명을 달리하셨다는 소식을 듣고
어찌나 놀랍고 황망하였는지 모릅니다. 얼마나 상심이 크셨습니까."

"아버님께서 눈을 감으시기 전, 무장은 전장에서 장렬한 죽음을 맞
이하는 것이야말로 가장 큰 영광이라고 하셨습니다. 비록 그리하지는
못하였으나 여한이 없으셨을 것입니다."

설린의 눈에 이슬이 맺혔다.

그런 그녀를 대하는 용의 가슴도 슬픔이 차올랐다.

잠시 감정을 추스른 설린이 처연한 표정으로 말했다.

"오래전 그리움과 원망이 쌓이면 미움이 된다는 사실을 알게 해준
참으로 야속한 분이 있었답니다. 시름에 잠겨 꽃이 피는 줄도 몰랐고
낙엽이 지는 것조차 알지 못하였습니다. 오로지 내 곁을 서성이는 것
은 검은 죽음의 그림자뿐. 그러던 어느 날 하늘과 땅 사이에 혼자 서 있
는 나를 발견하고 모든 것을 미련 없이 내려놓으리라 마음먹었지요.
그때 손을 내밀어준 사람이 있었습니다. 얼음장처럼 차갑게 얼어붙은
심장을 녹여준 그 손길을 나는 거부할 수 없었습니다."

깊은 한숨을 내쉰 설린이 다시 말을 이었다.

"하지만 내가 미처 몰랐던 사실이 있음을 알게 된 것은 한참의 시각이
흐른 뒤였습니다. 나 혼자만의 것이라 여겼던 그 아픔을 이미 오래전 가
슴에 품고 삭였을 또 하나의 누군가를 발견한 것이었지요. 하여 이제 나
는 그를 연민의 눈으로 바라볼 수 있습니다. 동병상련의 시련을 나누어
안겨준 하늘에 감사하며 주어지는 운명 앞에 당당히 마주서려 합니다."

설린이 말한 의미를 짐작한 용이 조용히 말했다.

"산마루에 잠시 머물다 가는 구름 같은 인생사에 만남과 헤어짐이 있고 그 길 위에서 엇갈린 인연으로 번민하는 것이 우리가 치러야 할 몫인가 봅니다. 그대와 함께한 아름다운 기억들을 소중히 간직하렵니다."

설린의 눈가에 맺혔던 눈물이 볼을 타고 흘러내렸다.

며칠 뒤 고려국왕의 입조를 윤허하는 황제의 성지를 받든 사신 용은 마침 성절 축하사절 임무를 마치고 귀국하는 밀직부사에게 교지를 전달했다.

이제 재논의가 기대되는 응방에 관한 문제가 매듭지어지는 대로 부모님을 찾아뵙기 위해 상도로 떠날 생각을 하고 있었다.

영빈관을 나선 용과 인표가 나란히 말을 몰았다. 오늘 행선지로 정한 곳은 안후이성 남동부에 위치한 황산이었다.

시가지를 벗어나 한참을 달린 그들은 보폭을 줄여 천천히 걸음을 옮겼다.

"장군님. 아직 많은 곳을 보지는 못하였으나 중국을 대륙이라 부르는 이유를 조금은 알 것 같습니다."

"고려에 비하면 엄청나게 큰 땅인 것은 틀림없는 사실이다. 하지만 오래전 천산을 향하는 여정에 서역이나 로마에서 온 사람들을 통해 들은 바에 의하면 서쪽 대륙에는 우리가 알지 못하는 수많은 나라와 광활한 미지의 세계가 있다 한다."

"장군님께서 저를 보좌관으로 적극 추천해주신 덕분에 이처럼 새로운 세상을 접하는 소중한 계기가 되었음을 감사드립니다."

"힘겨운 원행을 마다않고 오히려 그리 생각한다 하니 자네야말로 고생 복을 타고난 사람인 모양일세."

호탕한 웃음소리가 따사로운 햇살 가득 내린 사내들의 어깨 너머로 퍼져 나갔다.

"장군님, 진여랑이란 자는 대체 누구입니까. 그날 그자의 무례하기 짝이 없는 언동을 보며 소인은 복장이 터지지 않은 것을 다행으로 여겼습니다."

"진여랑, 그가 내 어릴 적 친구임은 분명한데 마치 누군가 의도한 것처럼 중요한 고비 고비마다 부딪치게 되는 참으로 묘한 악연이라고나 할까. 서로를 비켜 갈 수 없는 것을 보면 두 사람이 전생에 엮은 인연의 끈이 매우 질긴 것 같기만 하다네."

용이 자신과 진여랑 사이에 얽힌 지난날 내막을 소상히 들려주었다.

"그런 자가 장군님을 향해 고려의 주구라 막말을 내뱉는 수모를 어찌 그리 침착하게 대응하셨는지 참으로 놀랍기만 합니다."

"강을 건너는 데는 몇 가지 방법이 있다 한다. 먼저 물결을 거슬러 오르는 역도와 그 다음 물살을 가로질러 강 언덕에 이르는 도강이 있고 마지막으로 흐르는 물길을 따라 우회하여 건너는 회도가 있다 했네. 진여랑이 선택한 무기는 역도였으나 그것은 자충수에 빠진 허술한 방패였고 내가 꺼내든 무기는 싸움을 원치 않는 회도였으나 날 선 진검이었으니 그 점이 승패를 가른 게지."

"장군님으로부터 최후의 일격을 당하고 얼이 빠져 멍하니 섰던 그자의 표정을 보며 얼마나 통쾌했는지 모릅니다."

"같은 무리의 맹수들은 아무리 치열한 다툼을 벌여도 상대에게 치명상을 입히지는 않는다 하네. 도가 넘은 여랑의 언행에 순간적으로 평상심을 잃고 그의 조상을 거론하며 독설을 입에 담는 실책을 범한 것이 지금 후회가 될 뿐이다."

그들이 황산에 다다른 것은 넘어가는 해가 산허리에 걸려 있을 무렵이었다.

저만큼 산자락 아래 울창한 송림에 숨은 사찰이 눈에 들어왔다.

"오늘 하루는 저 절에서 신세를 지도록 하자."

활달한 필체로 와불사라 쓴 현판이 걸려 있는 일주문을 지나 사찰 경내로 들어서니 산문 밖에서 본 것과는 달리 여러 채의 건물을 거느린 상당한 규모의 절이었다.

주지스님을 뵙고 인사를 올린 그들은 뒤채에 인접한 방에 행장을 풀었다.

저녁 공양을 마친 용과 인표가 경내를 둘러볼 겸 바람을 쏘이러 나섰다.

산봉우리 위로 달이 떠올랐다. 주위를 병풍처럼 둘러선 험준한 산들이 달빛에 어려 짙은 그림자를 던지며 우람한 등줄기를 드러냈다.

걸음을 천천히 떼어놓으며 인표가 말했다.

"원주목의 치악산을 보며 별로 대수롭지 않은 표정을 지으신 것을 이제 이해할 수 있을 것 같습니다. 황산이 유명하다고는 하지만 이처럼 기상이 웅장할 줄은 미처 짐작치 못하였습니다."

용이 빙긋 웃으며 답했다.

"땅이 넓으니 그 안에 배치된 신의 조형물들도 규모가 다를 수밖에 없는 것이 자연의 섭리이겠지."

걸음을 옮기던 그들의 발길이 멈추어 선 곳은 거대한 석불이 누워 있는 와불전이었다.

전각으로부터 나오던 동자승과 눈을 마주치자 목소리를 낮추어 일러주었다.

"한 가지 알려드릴게요. 지금 전각 안에 기도하시는 거사님은 벌써 삼 년째 묵언수행 하시는 분이십니다. 무슨 원을 세우셨는지는 모르나 잠자리에 드는 시간 외에는 계속 참회기도를 올리고 계시답니다. 그러니 거사님에게 말을 붙여 방해하지 마세요."

전각으로 든 용과 인표가 향을 피워 올리고 기도했다.

동자승이 말한 대로 묵묵히 절을 하고 있는 사람이 있었다. 큰 키에 허름한 옷을 걸치고 머리를 산발한 사내의 차림새는 기괴한 느낌을 자아냈다. 하지만 그는 기도에 몰입하여 마치 삼매의 경지에 든 사람처럼 보였다. 사내의 몸은 온통 땀으로 젖어 있었다. 간간이 들리는 규칙적인 호흡소리만 전각 안에 흐르는 정적을 깨트릴 뿐이었다.

누워 열반에 드신 부처님의 자애로운 미소 속으로 어머님의 모습이 겹쳐 보였다. 그리고 불현듯 하계를 떠나 천산으로 드셨을 적운 사부님이 떠올랐다.

용은 자신도 모르게 두 손 모아 합장하며 나지막이 불러보았다.

"적운 사부님!"

어리석은 제자의 모든 공과를 지켜보고 계실 스승을 생각하니 그리움으로 가슴이 뭉클해졌다.

그러나 조금 전 용의 입에서 '적운 사부님'이라는 말이 나온 순간 기도하던 사내의 몸이 움찔하며 놀라는 것을 용이나 인표는 미처 알지 못했다.

기도를 마치고 자리를 일어선 그들이 전각을 나서려는데 나지막하게 들려온 목소리가 발길을 잡아 세웠다.

"공자님은 혹시 몇 해 전 파륜과 함께 계시던 분이 아니신가요?"

용은 자신의 귀를 의심했다. 이런 심산유곡 절간에서 파륜과 자신을 알아보는 사람을 만나다니. 그러나 전각 안에는 기도하던 사내 외에는 아무도 없었다.

의아한 얼굴로 발길을 돌린 용 앞에 사내가 무릎을 꿇어앉았다. 자세히 살펴보았지만 사내는 일면식도 없는 사람이었다. 참으로 알 수 없는 일이었다.

사내가 조용한 목소리로 말을 이었다.

“‘적운 사부님의 가르침이 추악한 네 목숨을 연명케 하였다.’ 공자님이 그날 제게 이렇게 말씀하셨지요.”

용의 놀라움은 컸다. 그 말은 파륜의 원수 도철에게 분명 자신이 한 말이었기 때문이었다.

그러나 눈앞의 인물은 그때 보았던 도철이 아니었다. 비록 차림새는 흐트러져 있었지만 온화한 표정과 맑은 눈빛을 지닌 전혀 다른 사람이었다. 단지 우측 눈 옆에서부터 볼을 타고 입가로 흘러내린 깊은 흉터가 비로소 그가 도철임을 알게 해주었다.

“그러고 보니 정말 그대가 도철이었군요.”

사내가 깊은 한숨을 내쉬었다.

“저는 사람 목숨을 해치는 일을 업으로 삼고 살아온 흉악한 놈이었습니다. 공자님이 알고 계신 것처럼 인정이라고는 손톱만큼도 베푼 적 없는 냉혹한 살인마였습지요. 그러나 공자님께 용서를 받고 반미치광이가 되어 떠돌다 명줄을 놓으려 했지만 죽기 전 해야 할 일이 있음을 깨달았습니다.”

한 줄기 바람이 전각 문을 흔들고 지났다.

“그날 이후 제 손에 생명을 잃은 무수한 영혼들에게 참회하며 이처럼 속죄의 나날을 살고 있습니다.”

그는 울고 있었다.

그들이 나누는 대화를 듣고 있던 인표가 먼저 전각을 나섰다.

그사이 기울어진 달이 서편 산봉우리에 걸려 있었다.

다음 날 이른 시각 사찰을 나선 용과 인표가 황산을 올랐다.

자욱한 물보라를 튕겨내며 쏟아져 내리는 장엄한 폭포를 지나 가파른 산길을 굽이굽이 돌았다.

땀으로 등이 흥건히 젖고 숨이 턱에 차오를 즈음 드디어 연화봉 정상에 이르렀다.

깎아지른 절벽과 기암괴석이 어우러진 기막힌 정경과 발아래 자욱이 펼쳐진 운해의 장관은 이곳이 인간계가 아닌 신선들이 머무는 영역임을 여실히 보여주고 있었다.

취한 듯 홀린 것처럼 인표가 말했다.

"저는 오늘 신이 창조한 최고의 걸작을 보았습니다. 방금 올라온 아래 세상으로 다시 되돌아가고 싶지 않습니다."

껄껄 웃은 용이 인표를 보며 농을 던졌다.

"자네에게 걸출한 문학적 감성과 탈속한 도인의 풍모가 있음을 오늘에야 알았도다."

무안함으로 얼굴을 붉힌 인표와 그런 그를 보며 미소 짓는 용의 주위를 자욱이 밀려든 안개가 포근히 감쌌다.

며칠 뒤. 마주앉은 사신을 보며 문하시중이 입을 열었다.

"일전에 사신이 제기한 고려국에 설치한 응방의 존치 여부에 관하여 다각도의 재검토가 이루어졌다. 그러나 결과는 기구의 목적과 수단이 합당하는 결론에 도달하였으므로 향후에도 응방 제도의 운영은 그대로 존속된다. 다만 폐하께오서 사신이 주청한 의견을 일부 가납하시고 '현재 고려 전역에 걸쳐 설치된 응방 규모를 축소 조정하여 백성들의 곤궁함을 보살피라' 하명하시었다."

사실 응방 폐지를 주청한 것은 애초부터 무모한 시도였다. 그만한 양보를 이끌어낸 것만 해도 기대 이상의 대단한 외교적 성과가 아닐 수 없었다.

사신을 향해 문하시중이 한 마디를 덧붙였다.

"일찍이 무장으로서 그대의 자질을 높이 평가하였는데, 이번에 사신 임무를 수행하는 외교적 수완을 보니 내가 섣부른 판단을 한 듯싶네. 다만 자네에게 한 가지 해줄 말은 천불여이물(天不與二物)이라 한 사실을 마음에 새겨 재주를 아끼고 몸을 낮추는 겸손함으로 큰 뜻을 이루시게."

"문하시중님의 말씀 깊이 새겨 명심하겠습니다. 감사합니다."

발길을 옮기며 용이 속으로 되뇌었다.

'하늘은 한 인물에게 두 가지를 주지 않는다?'

어느덧 계절이 여름으로 접어들고 있었다.

길 양편으로 줄지어 늘어선 백양나무 잎사귀들이 싱그러운 햇살을 받아 반짝이는 몸을 뒤채며 찰랑거렸다.

상도를 향해 길을 떠난 용의 가슴은 흥분과 설렘으로 가득했다.

오랜만에 고향으로 향하는 주인의 심정을 알기라도 하는 것처럼 말의 발걸음도 한결 가벼워 보였다. 동행하는 인표 역시 기대에 찬 표정이었다.

"장군님. 상도는 어떤 곳입니까."

"선제 헌종 때는 여름별궁이었고 세조 황제께서 수도로 정해 부흥하였으나 그 후 수도를 대도(북경)에 내어준 쇠락하는 도시라 할 수 있지."

익주를 지나 낙양을 통과한 그들이 상도로 들어선 것은 길을 떠난 지 며칠이 지난 후였다.

시가지로 접어든 용은 가슴을 열고 심호흡을 했다. 폐부 깊숙이 흡입된 청량한 공기가 비로소 이곳이 고향임을 실감케 해주었다. 고개를 들어 올려다본 하늘과 땅 그리고 건물과 지나는 사람들까지 모든 것은 지난날 그대로였다.

이제 잠시 후면 부모님이 계시는 그리운 고향집에 당도하게 된다는 생각에 마음이 급해진 용이 서둘러 말을 몰았다.

드디어 멀리 보련산이 눈에 들어왔다. 눈에 익은 그 정경을 보는 것만으로도 마음은 이미 집에 당도한 것과 다름없었다. 그리운 사람들의 모습이 눈에 어른거렸다.

잠시 후 말에서 내려 대문 앞에선 용은 벅찬 감회로 가슴이 마구 뛰었다.

대문 안으로 들어선 그가 몇 발자국을 떼었을 때 낯익은 목소리가 들려왔다.

저만큼에서 하인과 이야기를 주고받던 파륜과 용의 시선이 마주쳤다. 순간 자리에 얼어붙은 듯 이편을 응시하던 파륜이 큰 소리로 외쳤다.

"도련님! 이것이 진정 꿈은 아니겠지요. 도련님."

쏜살같이 달려온 파륜을 용이 덥석 끌어안았다.

"아재. 그동안 잘 계시었소? 내가 집을 비운 사이 나를 대신해 어른들을 모시느라 애 많이 쓰셨습니다."

옷소매로 눈물을 훔친 파륜이 들뜬 목소리로 말했다.

"지금 이러고 있을 때가 아닙니다. 이 기쁜 소식을 대인 마님께 전해 올리겠습니다."

조용하고 고적하기만 하던 집안에 별안간 활기가 넘쳤다.

용이 안채에 당도하기도 전에 달려 나오신 어머니가 아들을 끌어안고 울음을 터트렸다.

"이게 꿈이냐. 생시냐! 고려에 간 우리 아들이 어미 품으로 돌아왔구나."

"어머니, 그동안 안녕하셨습니까. 이제야 찾아뵙는 불효자식을 용서해주십시오."

아들 역시 목이 메었다. 내당으로 든 용이 양친 부모님께 큰절을 올렸다.

"아버님, 어머님. 고려국으로 건너간 불민한 자식 삼가 사신의 중책을 맡아 원에 입조하였습니다. 그간 강녕하셨는지요."

뵙지 못한 몇 해 사이에 눈에 띄게 연로하신 아버지를 바라보는 아들의 가슴은 미어지는 듯했다.

"그동안 낯선 타국에 정착하느라 얼마나 어려움이 많았겠느냐. 늠름한 너의 모습을 보니 참으로 대견하고 장하다. 아들아!"

용은 고려로 건너간 후의 일들을 소상하게 전했다. 특히 국왕으로부터 이름과 성을 하사받은 것과 장군으로 승차한 사실을 말씀드렸다. 아들을 물끄러미 바라보는 아비의 시선에 만감이 교차하고 있었다.

감정을 추스른 아비가 입을 열었다.

"장가라 칭하는 성씨는 중국에도 있다. 하지만 고려국왕으로부터 하사받아 덕수를 본관으로 정한 장가는 순룡이 시조가 된 것이다. 한 가문을 열고 세세연년 이어내릴 기틀을 닦아야 할 막중한 책무가 네게 지워졌음을 알아야 한다."

아버지께서 내리시는 말씀을 들으며 용은 가슴이 설레었다. 왕으로부터 성명을 하사받은 사실을 영광으로만 생각했을 뿐 그 이상의 의미에 대하여는 아직 생각지 못한 것이 사실이었다.

용은 고위관리인 문하평장사가 자신을 사윗감으로 염두에 두고 호의를 보인 일과 아울러 묘령의 여인을 만나게 된 경위를 부모님께 자세히 말씀드렸다.

아들의 말을 모두 들은 아비가 빙긋 웃으며 물었다.

"낭자와 만남이 우연으로만 치부하기에는 범상치 않다. 그런데 묘령여인의 용모가 공주마마와 초련 낭자를 연상케 하였단 말이지?"

"예! 첫눈에 그리 보았습니다."

대답을 하고도 스스로 무안해진 용이 얼굴을 붉혔다.

부자간 나누는 대화를 조용히 듣고 있던 어미가 의견을 말했다.

"처지가 곤궁한 사람을 돕는 것은 의기 있는 사내의 도리라 할 수 있다. 하지만 재상 반열에 든 지체 높은 가문의 청혼을 뿌리치고 구태여 근본을 알 수 없는 처자와 인연을 맺으려는 것이 과연 현명한 선택인지 모르겠구나."

오래전에 초련을 대하는 어머니를 보며 느낀 사실이지만 자식을 향한 모정이란 맹목적이면서도 한편으로는 현실적인 일면이 있었다.

심중에 있는 생각 그대로 아쉬움을 토로한 어머니 의견에 이어 아비가 들려준 말은 모두를 놀라게 하기에 충분했다.

"물론 네 어머니 말씀이 틀린 것은 아니다. 하지만 부부로 만난다는 것은 전생의 두터운 인연이 아니면 불가한 일임을 알아야 한다. 아비가 선몽을 통해 분명하게 보았다. 필시 그 처자야말로 가문을 열어 일가를 훌륭히 이루고 자자손손 제향 받을 귀한 보배이니 임무를 마치고 돌아가는 대로 백년가약을 맺도록 하여라."

그녀와 만나게 된 계기부터가 평범하지는 않았지만 아버지께서 해주신 말씀을 듣고 나니 여인이 자신과 특별한 인연이라는 사실을 새삼 확신하게 되었다.

다음 날 집안의 경사를 축하하기 위한 잔치가 벌어졌다.

가솔들이 모두 나서 푸짐한 음식을 장만하여 인근 사람들을 불러 대접했다. 지난 몇 해 동안 크게 웃을 일이 없어 고적하기만 하던 대인 댁에 왁자지껄한 웃음소리가 담장을 넘었다.

이 일 저 일을 간섭하느라 분주한 파륜을 부른 용이 인표를 소개했다.

"아재, 인사를 나누세요. 이번에 나를 수행하여 함께 온 중랑장이라오."

"인표라 합니다."

"파륜이라 불러주십시오."

본인의 입으로 파륜이라는 소개를 들은 인표가 놀라는 기색으로 용을 쳐다보았다. 시선이 마주친 용이 고개를 끄덕였다.

"그럼 아재가 바로 흑수성의 격투사?"

처음 대면하는 상대가 기막히도록 참담했던 그때의 일을 거론하자 당혹감으로 파륜의 얼굴이 시뻘겋게 달아올랐다.

예상치 못한 상대의 반응에 당황한 인표와 곤혹스러워하는 파륜 두 사람을 번갈아 보다가 웃음을 터트린 용이 말했다.

"아재의 뛰어난 무용담을 인표에게 자랑하다 보니 자연 흑수성 이야기가 나온 것뿐입니다."

그 당시의 정황만 들어 알고 있는 인표가 속 깊은 사정을 알 리 없었다. 하지만 무엇인지는 몰라도 크게 잘못되었다는 직감이 든 인표가 파륜에게 얼른 사과했다.

"혹시 제 말이 실례가 되었다면 용서하십시오."

그러나 인표의 사과에도 불구하고 무안하기는 마찬가지였다.

"그 후 우리 아재의 무공이 일취월장하였으니 짐작하기로 이제는 인표 자네가 상대하기에 버거울 듯싶네."

그들이 나누는 말을 옆에서 듣고 있던 하인 하나가 말을 거들었다.

"일전에 장터에서 행패부리는 왈짜 세 명을 파륜 아재가 단번에 때려 눕혔다는 것 아닙니까요. 이 근방에서는 누구도 아재를 함부로 대하지 못한답니다."

쑥스러워진 파륜이 일을 핑계 삼아 얼른 자리를 피하고 말았다. 저만치 가는 파륜의 뒷모습을 보며 인표가 말했다.

"마치 연인을 은애하는 듯한 파륜 아재의 눈빛에서 육친과 다름없는 도타운 정과 죽음을 두려워하지 않는 사내의 기백을 읽었습니다. 장군님은 인복을 타고난 분이십니다."

"그 말에 나 역시 동감일세. 그 인복 중 하나가 바로 자네이니 말이야."

화창한 햇살 아래 시끌벅적 어우러진 흥겨움이 집안 가득 넘쳤다.

사신의 소임을 모두 마친 용은 대도를 뒤로하고 귀국길에 올랐다.

국경 압록강변에 이르니 강어귀를 덮은 무성한 갈대가 바람에 출렁이며 물결치고 있었다.

수량이 적은 하류 쪽으로 흐르는 강물을 가로질러 양편 언덕에 닿도록 배를 연결해 만든 선교가 보였다.

물살에 흔들리며 마치 기다란 뱀의 몸통처럼 굼틀거리는 배다리를 보며 인표가 물었다.

"무슨 연유로 선교를 띄웠을까요?"

"군사 3천을 고려로 추가 파병해달라는 홍다구의 요청이 받아들여져 얼마 전 2천 5백 명의 군사가 이 길을 지난 것이라네."

안색이 어두워진 인표가 침울한 목소리로 탄식했다.

"지금 주둔한 관군의 횡포만 해도 감당하기 어려운 터에 추가 파병이라니요. 모국을 배신한 홍다구 부자야말로 원의 주구가 틀림없습니다."

분개한 인표가 주구라는 말을 입에 담자 문득 비아냥거리던 진여랑의 목소리가 되살아났다. 자신을 고려의 주구라 지칭하던 여랑의 일그러진 표정과 함께……. 그러고는 홍다구를 떠올렸다. 홍다구 부자는 조국 고려를 버리고 강대국 원에 몸을 의탁하여 영화를 누리며 모국을 압박하고 괴롭힌 자들이었다.

원을 등에 업고 무소불위의 권력을 행사하며 횡포를 일삼는 홍다구와 맞서는 것이 지금 당장의 처지로는 어렵지만 머지않아 그날이 반드시 도래할 것이라 여겼다.

인표 일행이 의주로 들어섰을 때 원으로 향하는 왕과 공주 행렬이 그곳에 머물고 있음을 알았다.

"전하! 원에 입조하였던 사신 장순룡 문후 드리옵니다. 그간 강녕하셨는지요."

"일전에 귀국길에 오른 밀직부사 박항 편에 봉송한 황제폐하께오서 내리신 교지는 접수하였노라."

용은 응방 규모 축소의 성과를 상세히 보고드리는 한편, 홍다구의 요청에 의한 파병된 관군 2천 5백 명이 이미 압록강을 건넜음을 왕께 아뢰었다.

"응방 폐지를 주청하여 현재 전국에 운용하는 규모를 축소하는 회담을 성공한 것은 응방을 확산하려던 원의 계획을 저지하는 일석이조의 성과를 이끌어낸 것으로 실로 대단한 공이 아닐 수 없다."

"이처럼 과한 찬사를 내려주시니 소신 황감하옵니다. 하오나 그 과정이 순탄치 않을 것이옵니다."

왕의 안색에도 근심의 기색이 돌았다.

"홍다구의 전횡에 관하여는 과인이 황제를 배알한 자리에서 제재를 요청할 생각이나 가납하여 주실지 우려가 크다."

"소신이 홍다구가 저지른 비리를 채증하여 놓았으니 때가 되면 적절히 활용하여 그를 궁지로 몰아 입에 재갈을 물릴 것이옵니다."

왕이 흡족한 표정으로 용을 보았다.

용의 보고를 통해 원의 정세를 파악한 왕이 명을 내렸다.

"장군 용은 귀국하는 대로 지난번 일어난 김방경의 반역 사건을 다시 면밀히 조사하여 보고서를 작성하고 조금의 시차를 둔 다음 명년 봄 방경 부자를 대동하여 원으로 들어오도록 하라."

“내리신 명 받잡고 임무를 수행하겠나이다.”

왕 전하를 뵙고 물러나온 용의 발길이 원성공주의 처소로 향했다.

“원으로 들었던 사신 용 공주마마께 문안인사 올립니다. 원행에 얼마나 노고가 크시옵니까.”

반겨 맞이한 공주가 황궁의 근황을 물었다.

“폐하께서는 기력이 여전하시던지요.”

“예! 강건하신 폐하께오서 공주마마를 염려하시며 상봉하실 날만을 고대하고 계셨습니다.”

용의 전언에 부친을 그리워하는 딸의 심정으로 돌아간 공주의 눈가가 촉촉이 젖어들었다.

“황후전 호위 초련을 통해 황후마마의 강녕하심을 전해 들었습니다.”

용이 초련을 입에 올리자 공주가 새삼 관심을 보였다.

“역시 사형사제 간의 정은 남다른가 봅니다. 공무 바쁜 중에도 연통하여 만나 회포를 푼 모양이지요?”

뜻하지 않은 공주의 지적에 당황한 용이 말을 더듬고 말았다.

“그, 그런 것이 아니오라…….”

용의 그런 모습을 본 공주가 손으로 입을 가리고 웃었다.

“근자에 웃을 일이 없어 무료하던 차에 옛 동무를 만나니 마음이 편해 농담이 지나쳤던 모양입니다.”

용은 몇 해 전 공주를 모시고 고려로 떠나며 서경에 당도하여 공주의 안착을 황궁에 알리는 전령 편에 궁진과 초련에게 서찰을 전한 일과 그들의 근황을 설명했다.

“결국 그 두 사람을 맺어준 것은 용 장군의 공이었구려. 사형을 배려하는 애틋한 정에 감격한 초련이 고마움의 눈물을 흘렸겠군요.”

“…….”

의미가 짐작되는 공주 말에 용은 아무런 대꾸도 할 수 없었다.

용을 물끄러미 바라보던 공주 얼굴에 쓸쓸한 미소가 번졌다.

잠시 후 공주가 의미심장한 말을 해주었다.

"개경으로 돌아가면 처인 낭자를 더욱 극진히 보살펴드리세요. 누군가가 그대에게 받기를 간절히 원했던 몫까지 말이에요."

"처인 낭자란 누구를 지칭하시는 것인지요?"

미소 지으며 공주가 설명해주었다.

"신원을 알 수 없는 묘령의 여인이니 처음 조우한 처인성의 지명을 인용하여 처인 낭자로 호칭하는 것이 좋을 듯싶습니다."

용이 생각하기에도 마땅한 호칭이 없던 차에 공주의 조언을 듣고 보니 공감이 들었다.

"사소한 일에 신경을 쓰시게 하여 송구하옵니다. 공주마마!"

"개경으로 돌아가면 좋은 일이 그대를 기다릴 것이니 나는 옛 동무를 떠올리는 것만으로도 족할 것입니다."

왕의 행차를 수행하는 인원은 참지정사를 비롯한 관리들을 포함하여 모두 200명이 넘었다.

연경으로 향하는 행보는 그만큼 더딜 수밖에 없었다.

제6장

천년의 약속

가연(佳緣)

구름 한 점 없는 하늘에 이글거리며 내리쬐는 태양이 대지를 석쇠처럼 달구었다.

올해는 늦더위가 유달리 기승을 부렸다.

뜨겁게 뿜어내는 지열로 인해 말도 지쳤는지 천천히 보폭을 옮겼다.

나란히 걷던 인표를 돌아보며 용이 물었다.

"먼 길을 수행하느라 고생이 많았다. 하지만 명년 봄 다시 원으로 들어가야 하는데 어찌하겠느냐. 중랑장의 의견을 듣고 싶다."

"장군님이 거두어만 주신다면 언제 어느 곳이라 해도 기꺼이 따를 것입니다. 명령만 내려주십시오."

인표의 시원한 답변에 용이 농을 섞어 말했다.

"너무 선선히 답하여 진심인가 하는 우려가 없지 않지만 액면 그대로 믿고 발령을 내어놓을 것이니 그리 알고 있게."

멀리 송악산이 눈에 들어왔다. 개경에 당도한 것이었다.

다음 날 중서문하성으로 든 용은 원에 입조하여 타결한 결과를 보고했다. 아울러 왕으로부터 하명 받은 김방경 부자에 관한 일도 알렸다.

임무를 모두 마치고 홀가분한 마음으로 궁을 나서며 사신의 중책을 맡아 원의 관리들과 치열한 논쟁을 벌인 끝에 주도권을 잡고 소기의 성과를 거두어낸 일을 떠올렸다. 그리고 문하시중이 자신에게 해준 말을 되뇌어보았다. 천불여이물(天不與二物). 물론 그 뜻은 알 수 있었으나

224

이면에 내포된 의미는 전혀 짐작이 가지 않았다.

천천히 걷는 사이에 어느덧 처인 낭자가 거처하는 집이 가까워오고 있었다.

마침 대문 밖에서 쓰레질을 하던 분이가 말을 타고 다가오는 주인을 발견하고 집 안으로 급히 뛰어들어 알렸다.

"아씨, 장군님이 돌아오셨어요. 어서 나와보세요. 아씨!"

바쁜 걸음으로 댓돌을 내려서는 여인과 용의 시선이 마주쳤다. 그녀의 눈가에 반짝이는 이슬이 맺혀 있었다. 아마도 애틋한 기다림 끝에 재회한 반가움의 눈물일 터였다.

"낭자. 그동안 별고 없으셨는지요."

"만리타국 원행에 얼마나 노고가 많으셨습니까. 막중한 임무를 마치고 이처럼 무탈하게 돌아오신 것을 축하드립니다."

방으로 들어 마주앉은 그들 사이로 잠시 침묵이 흘렀다. 떠날 때에 비해 한결 밝아진 낭자의 안색이 용의 마음을 기쁘게 했다.

"그동안 무료하셨을 터인데 무엇으로 소일하며 지내셨소."

"자수와 바느질하는 틈틈이 분이가 재미있는 이야기들을 들려준 덕에 날이 바뀌는 것을 잊고 지낼 수 있었습니다."

윗목에 놓인 반닫이 장롱 위에 정갈하게 꾸민 침구가 가지런하게 얹혀 있었다. 놀란 표정을 지은 용이 물었다.

"저 침구들이 정말 낭자께서 손수 지으신 것들이란 말입니까?"

"누군가를 기다리는 것이 이처럼 가슴 설레는 것인 줄 미처 몰랐습니다. 그리고 그것이 가슴 벅차도록 행복한 일이라는 사실도 처음으로 알게 되었답니다."

말을 마친 여인의 뺨이 붉게 물들어 있었다.

여인을 따스한 눈길로 바라보는 용의 마음도 기쁨으로 가득했다.

용은 부모님을 뵙고 낭자를 만나게 된 경위를 설명 드린 일과 두 사람의 백년가약을 허락하며 아버지가 말씀해주신 꿈 이야기를 그대로 전해주었다.

여인의 눈에 눈물이 핑 돌았다.

잠시 감정을 추스른 그녀가 조용히 말했다.

"장군님께서 사신으로 길을 떠나시고 난 뒤 참으로 많은 생각을 하였습니다. 하지만 아무리 되짚어봐도 전생의 억겁인연이 아니라면 어찌 사람의 힘으로 이처럼 두 사람의 만남을 면밀히 주선하였겠습니까. 소녀 비록 덕성과 지혜가 부족하오나 장군님의 기대를 저버리지 않는 여인으로 살겠습니다."

"고맙습니다. 나 역시 이 땅에 뿌리를 굳게 내리고 든든한 반석을 놓아 그 터전 위에 세세연년 이어갈 영광을 이룰 것입니다."

용이 여인의 손을 잡았다.

"처인 낭자……."

손끝으로 전해지는 열기가 사내 가슴을 뜨겁게 했다.

집무처에서 잡다한 업무를 처리하느라 분주한 용을 찾은 여인이 있었다. 그녀는 뜻밖에도 뮬란이었다.

"먼 길 다녀오시느라 고생이 많으셨습니다."

"공주님을 모시고 원에 들어간 것으로 알고 있었는데 어찌된 일이냐."

"저 역시 그리 짐작하고 마음의 준비를 단단히 하고 있던 차에 공주님께서 제게 아주 중요한 책임을 맡기셨지 뭐예요."

그사이 뮬란은 몰라보게 달라져 있었다. 본시 약간 검은 피부이긴 했지만 앞에 있는 그녀는 활짝 핀 장미처럼 아름다웠다.

"중요한 책임이라?"

방긋 웃음 지은 뮬란이 밝은 목소리로 말했다.

"예! 제가 아주 중요한 책임을 맡았답니다. 다름이 아니오라 장군님의 혼례를 지원하라는 공주님의 특별 지시를 받았다는 것 아닙니까."

"정말 공주님께서 그러한 명을 네게 내리셨단 말이냐?"

"물론입지요. 원행을 떠나시기 전 일관을 시켜 길일을 뽑아놓으셨습니다. 그날이 바로 다음 달 초이튿날입니다."

"다음 달 초이틀이라면 불과 한 달 남짓밖에 남지 않았는데……."

문득 의주에서 공주를 뵈었을 때 하던 말이 머리를 맴돌았다.

'장군이 개경으로 돌아가면 좋은 일이 기다릴 것입니다. 나는 그대가 옛 동무를 떠올리는 것만으로도 족할 것입니다.'

들뜬 목소리로 뮬란이 전했다.

"궁의 물품 출납을 관장하는 공부에서 이미 모든 준비를 진행 중에 있으니 염려 놓으셔도 됩니다."

기승을 부리던 늦더위가 물러가고 아침저녁으로 제법 서늘한 바람이 불기 시작했다.

옥빛 투명한 하늘을 수놓은 조개구름이 잔잔히 흐르는 청명한 날이었다.

깨끗이 정돈된 넓은 마당에 차려진 채양 아래 오가는 사람들의 발길이 분주했다.

초례청을 준비하느라 모두가 정신없이 바쁘게 돌아가고 있었다.

일손을 돕는 여인들의 복색으로 미루어 여염집 아낙이 아닌 궁인들로 보였다. 그들 속에 이것저것을 지시하는 뮬란의 모습이 보였다.

오늘이 바로 장군 용과 처인 낭자가 혼례를 올리는 날이다.

초례청 한가운데에 초례상이 준비되었다. 청홍색 보자기가 펼쳐진 상 위에 밤과 대추를 비롯한 각종 편들이 석 자 높이로 고여 진설되었다. 초례상 양편으로 청홍색 보자기를 몸에 두른 한 쌍의 닭이 놀란 눈을 깜박이고 있었다. 그때 돌연 호적나팔과 북소리가 귀청을 뚫을 듯 요란하게 울리며 초례청을 둘러친 채 양을 들썩이게 했다.

사자탈을 앞세운 북청사자 놀이패가 들이닥친 것이었다.

앞발을 들고 포효하는 사자탈 뒤로 험상궂은 탈을 쓴 꺽쇠와 긴 수염이 달린 허풍스런 양반탈이 무리들을 거느리고 들어와 덩실거리며 놀았다.

사자 널리리라 부르는 신명 나는 호적소리에 맞춘 넋두리 춤과 북장단이 어우러진 검모루 춤사위가 자리에 참석한 모든 사람을 매료시켰다.

풍물패들이 펼친 한바탕의 놀이는 경사스런 혼례에 앞서 사악한 기운을 달래고 물리치는 벽사의 의미를 가진 오랜 풍습이었다.

혼례 집전은 조야에 덕망이 높은 중추원 동지원사가 맡아주었다.

신랑과 신부의 가족이 참례할 수 없는 사정을 감안하여 관청 각 부서에 소속된 관리들이 하객으로 참석해 초례청 안팎을 가득 메운 가운데 드디어 식이 거행되었다.

먼저 집전을 맡은 주례가 거례선언을 하였다.

"오늘 정축년 9월 초이틀 신시를 맞아 백창 님의 자 장순룡과 미상의 녀 처인 낭자의 혼례식을 거행하겠습니다."

초례청 좌측에 대기하고 있는 신랑이 보였다. 당당한 풍채에 대례복을 입고 사모관대를 갖춘 늠름한 신랑의 모습은 보는 이들로 하여금 탄성을 자아내게 했다.

그 뒤편에 보자기로 싼 기러기를 든 기럭아범이 대령하고 섰다.

진행을 돕는 집사가 고했다.

"집안 자 진수우서."

신랑이 기럭아범을 대동하고 신부가 있는 곳으로 입장했다.

신부 집 앞에 이르자 기럭아범으로부터 건네받은 기러기를 소중히 받쳐 든 신랑이 신부 집을 향해 조심스레 걸었다.

집사가 다시 커다란 소리로 고하였다.

"서수 안 봉지좌수요."

신랑이 기러기 머리를 좌측으로 향하며 두 손으로 받들어 정중히 예를 갖추었다. 집사가 목소리를 길게 끌며 다시 고했다.

"북향 궤—."

북쪽을 향한 신랑이 무릎을 꿇고 앉았다.

"다음은 '치안우지'로 신랑은 기러기를 전안상 위에 올려놓으시오."

신랑의 손을 떠난 기러기가 상 위에 자릴 잡았다.

"이어서 '서만복흥 재배' 요."

자리에서 일어난 신랑이 신부 집을 향해 두 번 절하니 장모를 대신한 수모가 전안상을 방으로 가지고 들어갔다.

쾌청한 날씨임에도 신랑의 이마에 땀방울이 맺혔다. 인륜지대사 중 가장 으뜸으로 여기는 혼례를 치르는 긴장된 순간이었기 때문일 터였다. 그런 신랑을 보며 하객들이 웃음을 곁들인 농을 던지는 가운데 식은 계속 진행되었다.

진행자가 다음 차례인 서읍부 부굴신 답례를 고했다.

약간의 시간이 지체된 후 방문이 열리며 신부가 모습을 드러냈다. 다홍색 활옷에 화관으로 치장한 신부의 자태야말로 화중지왕이라 하는 모란이 부끄러워할 만큼 눈부시게 아름다웠다.

신랑이 등장한 신부에게 머리 숙여 읍하자 신부가 허리 굽혀 답례했다. 신부의 등장에 고무된 집사가 활기 넘치는 목소리로 고했다.

수모의 부축을 받은 신부가 남쪽을 향해 섰다.

"'모봉녀 출방 남향립' 이요."

집전을 맡은 주례가 신랑 신부를 보며 말했다.

"신랑은 신부를 인도하여 혼례청으로 입장하여 주시기 바랍니다."

수모의 안내를 받은 신랑은 동쪽에, 수모의 부축을 받은 신부는 서쪽에 섰다.

"다음은 행 교배례가 있겠는데, 이는 신랑 신부가 큰절로 혼인을 서약하는 의식이 되겠습니다."

서로 마주 보고 선 신랑에게 신부가 두 번 절했다. 그러자 신랑이 답으로 한 번의 절을 하였다.

주례가 서천지례를 행하는 의미를 말해주었다.

"신랑 신부가 천지신명께 서약하는 의식을 거행하는 것이니 신랑과 신부는 잔을 눈높이로 올려 하늘에 서약하고 잔을 내린 다음 땅에 서약해주시기 바랍니다."

신랑 신부가 주례의 말에 따라 의식을 행하였다.

이어진 차례는 합근례로, 표주박에 따른 술을 세 번으로 나누어 마시는데 첫잔은 지신께 드리는 감사 고시례이며, 두세 번째는 부부의 화합을 상징한다는 주례의 설명에 의해 그대로 시행했다.

이제 의식은 종반으로 접어들고 있었다. 신랑이 읍하니 신부가 허리 굽혀 답례를 하였고 다음번에는 역할을 바꾸어 예를 올렸으니 그 의식이 서읍부 부굴신 답례였다.

"신랑과 신부는 이 자리에 참석해주신 어른과 내빈에게 인사를 드리세요."

주례의 말에 따라 신랑 신부가 공손히 허리 굽혀 인사 올렸다.

주례를 집전한 중추원 동지원사가 참석한 하객들을 둘러보며 축사를 했다.

"바쁘신 중에도 오늘 혼례에 참석해주신 모든 분께 신랑 신부를 대신하여 진심으로 감사 말씀을 드립니다. 한 남자와 한 여자가 만나 부부가 되는 혼인이란 의식은 인륜지대사인 만큼 무엇보다 소중하다 하겠습니다. 혼례를 올리는 자리를 빌려 마음에 새겨야 할 몇 가지를 떠올려본다면 먼저 자신을 있게 하신 조상과 부모의 은혜를 잊지 말아야 할 것이며, 하늘은 아버지요 땅은 곧 어머니이니 하늘을 공경하고 땅을 사랑하는 마음으로 남편과 아내의 도리를 다해 상대편 배우자에 대해 사랑하기를 처음과 같이하여 평생을 변치 말아야 할 것입니다. 오늘 고매한 인품을 지닌 아름다운 신부를 아내로 맞이한 행운아 신랑 장순룡 군은 원에서 고려국으로 귀화한 신분으로 장군직에 오른 장래가 촉망되는 인재입니다. 앞으로 양국의 선린과 우호를 위해 펼칠 역할을 기대하면서 이 자리에 참석하신 모든 분께 신랑 신부를 대신하여 다시 한 번 진심으로 감사드립니다.”

참석자들이 큰 박수로 주례의 인사에 답하였다.

“그럼 이것으로 두 사람의 혼례가 원만히 이루어졌음을 선언합니다.”

주례가 성혼선포를 마치는 것으로 의식은 모두 끝나고 전안상 위에 놓인 기러기를 풀어 허공으로 던졌다.

후드득! 하고 깃털을 떨구며 날아오른 한 쌍의 기러기들이 초례청을 한 바퀴 배회하고는 이내 푸른 창공으로 높이 날아올랐다.

때를 기다린 풍악이 울리며 흥겨운 잔치가 시작되었다.

곳곳에 차려진 상에 둘러앉은 사람들의 웃고 떠드는 소리가 경사스러운 날의 분위기를 고조시켰다.

자리를 옮겨 다니며 하객들에게 인사하는 신랑의 눈에 반가운 얼굴이 보였다. 인표였다.

“장군님, 아니 오늘은 새신랑님이라 불러드리는 것이 더 좋으시겠습니다. 혼사를 감축 드립니다.”

"고맙네. 자네에게 축하를 받으니 기쁨이 배가되는 듯하구먼."

이야기를 나누는 그들 곁으로 다가온 뮬란이 신랑에게 물었다.

"장군님, 다산과 다복을 빌어주는 의식인 폐백에 참여하시라는 수모의 전언이 있는데 어찌하시겠는지요."

인표가 앞에 선 여인을 바로 보았다. 그녀의 선해 보이는 눈매와 고운 입술이 인상적이라 생각했다.

"혼사를 맡아 준비하느라 수고가 많았다. 하객들에게 인사를 마치고 그리하겠다 전하도록 하게."

돌아서려는 뮬란을 신랑이 불러 세웠다. 그리고 인표를 보며 뮬란을 소개했다.

"이쪽은 상도에서 공주님을 모시고 온 처자일세. 그리고 이 청년은 지난번 원에 함께 다녀온 중랑장이야. 두 사람 모두 내가 혈육처럼 아끼는 사이니 서로 인사들 나누지."

"장군님으로부터 낭자에 관해 들은 바가 있습니다. 인표라 합니다."

"저는 뮬란이라 합니다."

고개 숙여 인사하고 총총히 걸음을 옮기는 뮬란의 뒷모습에 인표의 시선이 한동안 머물렀다.

북적거리며 흥겹던 잔치가 끝나고 뒷정리를 마친 사람들도 모두 돌아갔다.

처마 아래를 스쳐 지나는 바람에 청사초롱이 춤추듯 간들거렸다.

밤이 깊어가고 있었다.

방 안을 밝힌 누런 황초가 불꽃을 물고 일렁이며 타올랐다. 주안상을 사이에 두고 마주앉은 신랑이 신부에게 말했다.

"대사를 치르시느라 수고가 많으셨소. 낭자."

고개를 든 신부가 붉게 단장한 고운 입술을 움직여 차분히 대답했다.

"아직도 모든 것이 꿈속의 일만 같습니다. 하오나 정녕 이것이 현실이 아닌 꿈이라면 영원히 깨어나지 않기를 천지신명님께 빌 것입니다."

짓궂은 표정을 지은 신랑이 앞에 놓인 두 개의 잔에 술을 가득 따랐다.

"그럼 이 순간이 꿈인지 아니면 생시인지 합환주로 확인해보십시다."

잔을 비워낸 신랑 신부가 서로를 마주 보았다. 신부의 눈에 이슬이 맺혀 있었다.

"부인이 말씀하신 것처럼 어찌 보면 인생사 모든 것이 한바탕의 꿈일는지도 모릅니다. 하지만 생이 잠시 스쳐 지나는 환영에 불과할지라도 이제 우리 두 사람은 영원을 지향하며 천년의 꿈을 이루기 위한 행보를 내딛어야 할 것입니다."

문창호지 위로 신랑 신부의 그림자가 아슴푸레 비추었다.

다소곳 앉은 신부의 원삼 족두리를 내리고 저고리 고름을 푸는 신랑의 손길이 일렁이는 촛불처럼 흔들렸다.

문틈으로 들어온 바람과 함께 촛불이 꺼지며 방 안은 어둠에 잠겼다.

천상의 새, 가릉빈가의 품속처럼 아늑한 비단금침이 신랑 신부의 두 몸을 감싸 안았다.

구름과 비가 어우러진 뜨거운 숨결 속으로 새로운 천년의 세상이 열리고 있었다.

붉은 강

개경의 겨울은 일찍 찾아든다.

기러기 날개에 묻어온 찬 서리 내린 지가 바로 엊그제인데 송악을 넘은 북풍이 가지에 매달려 떨던 마른 잎을 한바탕 훑고 지났다.

궁을 나선 장군 용은 천천히 걸음을 옮기며 생각에 잠겼다. 그는 지금 상장군 김방경의 집으로 향하고 있었다.

이듬해 봄 김방경 부자가 원으로 들어와 지난번 역모를 꾸며 강화로 천도하려 한 사실을 황제께 직접 해명하라는 왕의 명을 전하기 위한 방문이었다.

김방경 장군의 집은 궁에서 그리 멀지 않은 곳에 있었다.

김방경은 지난번 반역을 도모한 혐의로 구금되어 친국을 받고 풀려나기는 하였으나 홍다구로부터 당한 모진 고문의 후유증을 완전히 떨치지 못하고 아직 요양 중이었다.

집 앞에 당도하니 새삼스레 그날 국문 현장에서 문초하는 홍다구를 꾸짖던 김방경의 의연한 목소리가 되살아났다. 그리고 광채를 뿜던 눈빛까지……

하인의 안내를 받아 안채로 드니 그는 후원 정자에 있었다. 뒷짐 진 채 먼 곳에 시선을 주고 마치 무념무상의 경지에 든 도인처럼 그렇게 서 있었다.

방문자는 주인의 사색을 방해하지 않으려는 배려로 저만큼에 머물러 조용히 기다렸다.

잠시 후 하인의 전언을 듣고 정자를 내려선 그에게 용이 고개를 숙였다.

"장군 장순룡, 상장군님께 인사 올립니다. 그동안 미령하셨던 건강은 얼마나 쾌차하셨는지요."

창백한 안색과 눈가에 내려앉은 어두운 그림자가 피폐해진 심신을 대신 말해주고 있었다.

"장 장군이구려. 지난번 원에 입조하여 훌륭한 외교성과를 거두었다 들었네. 참으로 다행한 일일세."

"일천한 경력과 미숙함으로 목적한 바를 이루지 못한 아쉬움이 큽니다. 그런데도 불구하고 이처럼 격려해주시니 면구할 따름이옵니다."

"그대가 신철 등과 고려에 귀화하여 장군직에 임명된 것을 계기로 원을 등에 업은 또 다른 세력의 등장을 염려한 것이 솔직한 심정이었다. 하지만 처음 그대와 눈빛을 마주한 순간, 마치 산중지왕 범과 범의 조우처럼 진정한 사내들만이 통할 수 있는 그런 전율을 느꼈다네. 내가 자네에게 이 자리를 빌려 진심으로 당부하고자 하는 것은 천하를 품에 안고도 남을 웅혼한 기상을 고려의 안위와 미래를 위해 아낌없이 펼쳐달라는 것일세."

"불민한 제게 그처럼 과한 평가와 주문을 내려주시니 감당키 어렵습니다. 하오나 저는 고려인입니다. 이 땅에 뿌리를 내리고 뼈를 묻을 각오를 한 지 이미 오래되었습니다."

용을 바라보는 김방경의 눈길이 따스했다.

"그리고 얼마 전 배필을 맞이하는 경사가 있었음을 들었는데 늦었지만 축하하네. 장 장군."

"감사합니다. 상장군님."

용은 방문한 용건을 전했다. 상장군 김방경도 그 사실을 알고 있었다.

며칠 후 업무를 마치고 퇴청하는 길에 용이 인표에게 물었다.

"오늘 특별한 일이 없으면 우리 집에서 저녁을 함께하는 것이 어떠한가."

"염치없이 신혼의 단꿈을 훼방한다 하여 눈총을 받지만 않는다면 저야 감사할 뿐이지요."

집에 당도하니 먼저 와 있는 손님이 있었다. 뮬란이었다.

지난번 혼례를 치르던 날 소개받아 구면이 된 인표와 뮬란이 고개 숙여 인사를 나누었다.

잠시 흐른 어색한 분위기를 벗어나려는 듯 뮬란이 얼른 말했다.

"혹시 소용되는 것이 없으신가 하여 마님을 찾아뵈었습니다."

오늘따라 유난히 부끄러움을 타는 듯 싶은 뮬란에게 웃음 지은 용이 농을 쳤다.

"등 따뜻하고 하루 세 끼 걱정 없이 지내니 이 모든 것이 그대의 덕분이구려."

얼굴을 붉힌 뮬란을 보며 잠자코 서 있는 아내에게 인표를 소개했다.

"이 청년이 그동안 내가 부인에게 여러 차례 자랑했던 바로 그 주인공이랍니다."

"장군님을 모시고 있는 인표라 하옵니다."

"중랑장님에 관한 말씀 많이 들었습니다. 그리고 일전 혼례에 참석하시어 축하해주신 것을 감사드립니다."

안주인이 내실로 들 것을 권했다. 잠시 후 차려진 푸짐한 상을 보고 용이 놀라움 섞인 목소리로 감탄했다.

"부인의 음식 솜씨가 좋은 줄은 알고 있었지만 잠깐 사이에 어찌 이처럼 진수성찬을 마련하셨는지 정말 놀랍습니다.”

그러나 안주인이 미처 해명을 하기도 전에 분이가 끼어들어 산통을 깨고 말았다.

“마치 귀한 손님의 방문을 알기라도 한 것처럼 뮬란낭자께서 이처럼 음식을 골고루 장만해오셨지 뭐예요.”

안주인의 얼굴이 빨개진 것은 물론이었고 그 자리의 모두는 한바탕 크게 웃고 말았다.

정작 그 웃음의 의미를 몰라 어리둥절한 표정을 짓고 있는 건 분이뿐이었다.

음식을 먹으며 나누던 대화가 자연스럽게 지난번 사신으로 갔던 일에 모아졌다.

반주 삼아 마신 몇 잔 술에 기분이 고조된 인표가 진여랑과 벌인 설전을 입에 올렸다.

“원의 관리가 된 장군님의 어릴 적 친구 진여랑이라는 자가 불손한 언동으로 장군님을 모욕하려 작심하고 독설을 지껄였습니다. 처음에는 점잖게 대응하신 장군님이 도를 넘은 상대의 망언에 결국 따끔한 한마디 말로 그자의 입을 다물게 하였답니다. 어찌나 속이 후련했는지 지금 다시 생각해도 통쾌하기만 합니다.”

뮬란도 진여랑의 존재를 알고 있었다. 구체적인 것은 아닐지라도 용장군과 사이에 얽힌 사연을 대략 알고 있었다. 그런 사실 때문에라도 용이 뮬란에게 알려주어야 할 것이 있었다. 다름 아닌 설린이 진여랑과 부부로 맺어졌다는 사실이었다.

“정말 살리타 장군님의 딸 설린 낭자가 진여랑과 부부가 되었단 말입니까?”

놀란 얼굴을 한 뮬란이 처인 부인의 표정을 흘깃 보았다.

　지금 이 순간 옆에 있는 남편을 설린이라는 여인이 얼마나 연모하였
는지 전혀 짐작할 수 없기에 덤덤한 그녀의 반응은 당연한 일이었다.

　대장군님이 세상을 떠나셨다는 말에 뮬란은 눈물을 보이고 말았다.
살리타님이나 설린 낭자는 아주 어릴 적부터 보아온 사람들이었다. 아
버지를 따라 궁에 들어와 공주님과 함께 놀이를 하는 그가 그렇게 부
러울 수 없었다. 그러나 나중에 깨달은 것이 있었다. 자신이 설린의 처
지를 동경했던 것은 그녀가 지닌 신분 때문만이 아니었다. 바위보다도
듬직한 아버지가 있다는 사실을 그토록 부러워한 것이었다. 하지만 뮬
란의 마음에 투영된 설린은 행과 불행 그 두 개의 끈을 함께 쥔 여인이
었다. 누군가를 가슴 절절하게 은애하는 연민으로 행복에 겨운 모습과
건널 수 없는 운명의 강처럼 연모를 간직한 채 안타까운 마음으로 바
라보아야만 했던 여인이었기 때문이었다.

　궁인을 대동한 뮬란과 함께 장군 댁을 나온 그들은 궁으로 향하는 길
을 배웅해주겠다는 인표의 제안으로 천천히 걸음을 옮겼다.

　휘영청 밝은 달빛이 길잡이를 해주어 밤길을 걷기에 큰 불편은 없었다.

　뮬란은 인표를 처음 보았을 때 내심 놀라움이 컸다. 어디선가 본 듯한
그의 인상 때문이었다. 선명한 눈썹과 반듯한 이목구비가 낯설지가 않
았다.

　몇날 며칠 머리에서 떠나지 않고 맴돌던 생각이 윤곽을 드러낼 즈음
그녀는 혼자 얼굴이 달아올랐다. 그는 용 장군과 흡사한 모습이었다. 단
지 선이 굵고 남성적인 용 장군에 비해 전체적인 얼굴의 선이 여성스런
일면이 있었다. 결정적인 큰 차이는 그의 하관이 날렵한 점이었다.

　인표 역시 뮬란에 관하여 많은 것들을 알고 있었다. 용 장군의 지난
추억 속에 그녀가 차지한 비중이 적지 않았기 때문이었다. 지난번 혼
례식에서 처음 대한 그녀를 본 순간 알 수 없는 설렘을 느낀 인표였다.

이런저런 이야기들을 나누며 함께 걷는 밤길이 전혀 지루한 줄 몰랐다. 어느덧 궁에 다다른 그들은 아쉬운 마음을 간직한 채 발길을 돌려야만 했다.

원에서 귀국하는 대장군 윤수에게 왕이 교지를 내렸다.

'장군 용은 원에 입조 시 김방경 부자와 함께 위득유와 노진의를 압송하라.'

왕이 황제를 배알한 자리에서 홍다구가 말하기를 '김방경 부자를 문초하는 데에는 반드시 위득유와 노진의의 대질심문이 필요합니다. 그들이 바로 방경의 죄를 고변한 자들이기 때문입니다. 그런 연유로 증인들을 대동케 한 것이었다.

기지개를 켠 버들가지에 물이 올라 뽀얀 솜털이 파슬거리며 돋았다. 원으로 입조할 날을 정한 용은 매우 분주했다.

호송을 차질 없이 수행하기 위한 인원 편성과 보급물자를 확보하는 일과 마필의 준비 등을 세밀하게 점검했다. 원행 계획을 수립하고 실행하는 모든 전권은 용에게 있었다.

지시받은 실무를 전담하느라 바쁜 인표가 상관을 찾았다.

"장군님. 일전에 작성하여 제게 넘겨주신 수행원 명단 외에 추가자가 있다는 사실을 알고 계십니까."

"나는 전혀 모르는 일로 금시초문인데?"

"조금 전 상서도성 지성사 영감으로부터 심상군이라는 자를 명단에 추가할 것을 지시받았습니다."

"그의 직급이 무엇이더냐."

"이속에 속한 주사라 들었습니다."

"고위직이라면 별도의 임무를 지니고 수행 길에 동행하는 경우가 있
긴 하지만, 그자의 직급이 이속이라……."

하지만 수많은 중앙부서 관리들 사이에 일어나는 이해관계가 얽힌
잡다한 것들을 모두 알 수는 없었다.

그 일은 그처럼 대수롭지 않게 넘겨버렸다.

구름 한 점 없는 하늘은 맑고 화창했다. 양지쪽에 가지를 늘어트린
개나리가 노란 꽃망울을 터트렸다.

드디어 장군 용이 인솔한 행렬이 원을 향해 출발했다.

말을 탄 장군 복장의 용이 앞장섰고 김방경과 아들 혼이 뒤따르는 가
운데 위득유와 노진의 그리고 병사와 수행원들이 길게 늘어섰다. 행렬
후미는 인표가 맡았다.

길을 떠나기 전 장군 용이 상장군 김방경에게 머리 숙여 고했다.

"책임을 수행함에 있어 소장이 각하께 불가피하게 결례를 범하게 된
점을 헤아려주시기 바랍니다."

그는 역시 대인이었다. 껄껄 웃으며 말했다.

"이처럼 초라한 모습을 보인 스스로가 부끄러울 뿐이니 추호도 부담
을 갖지 마시게."

다수의 인원이 도보로 이동하는 탓으로 여정이 지체되고 있었다.

행렬이 서경과 곽주를 지나 압록강에 인접한 용주에 다다른 것은 초
여름으로 접어들 무렵이었다.

벌써 이틀째 굵은 빗줄기가 마치 장마처럼 세차게 쏟아지고 있었다.
건너야 할 강 쪽의 사정을 알아보기 위해 인표를 대동한 장군 용이 숙
소를 나섰다.

한참 말을 달려 강둑에 올라선 그들은 건너편을 바라보았다. 자욱이

물안개에 덮인 희미한 갈대숲이 불어오는 바람에 파도처럼 물결치며 몸을 뒤척였다.

지류에서 흘러든 시뻘건 황톳물이 탁류에 섞여 넘실거리며 흘렀다. 핏빛으로 물든 붉은 강이 거대한 이무기마냥 꿈틀거리는 몸짓으로 여울목을 집어삼켰다. 굽이쳐 휘돌아 포말을 가득 머금고 차오른 숨을 용암처럼 분출시킨 물보라가 물살을 가로막아 버티고 선 바위를 거칠게 핥았다.

번쩍이는 섬광이 하늘을 가르더니 뒤이어 요란한 천둥이 귀청을 흔들었다.

"장군님, 아무래도 일간 강을 건너는 것은 무리일 것 같습니다."

"자네 의견에 나 역시 동감일세. 하지만 계획보다 지체되어 일정이 촉박하니 그럴 만한 여유가 없네."

"그런데 호송인 중 노진의라는 자가 혀가 매우 아프다 하며 고통을 호소하는데 어찌해야 할지 난감한 일입니다. 급한 대로 이곳 용주 의원에게 보여 진료를 하고 약을 받기는 하였으나 염려됩니다."

"진작 보고를 들어 알고 있는 일이기는 하지만 매우 중요한 증인임을 잊지 말고 관심을 기울여야 할 것이다."

원을 왕래하는 일은 만만한 여정이 아니었다.

무리한 일정으로 탈진하거나 또 풍토병을 얻어 목숨을 잃는 일이 비일비재한 험난한 길이었다.

날이 들자마자 행장을 챙긴 일행이 다시 길을 나섰다.

물이 불어난 압록강을 건넌 행렬이 심양 부근의 요가채라는 곳에 이르렀을 때 선두의 장군 용에게 인표가 황급히 달려왔다.

"장군님, 아무래도 노진의의 상태가 심상치 않습니다."

거동이 힘든 그를 병사들이 들것으로 이송하던 중이었다.

용이 가까이 다가갔을 때는 이미 숨을 거둔 그의 체온이 싸늘하게 식어가고 있었다.

인간의 내일을 아무도 장담할 수 없다고는 하지만 멀쩡하게 개경을 떠나온 그가 중도에 병을 얻어 죽고 만 것이었다.

문제는 그가 김방경 사건의 중요한 증인 중 하나로 황제의 송환 명을 받고 원으로 향하던 인물이라는 점에 있었다. 그러나 그것은 뒷일일 뿐으로 양지바른 언덕에 그를 안장해주었다.

일행이 대도(북경)에 당도한 것은 찬바람이 난 다음이었다. 숨을 내쉴 때마다 하얗게 피어오르는 입김과 함께 매콤한 공기가 이곳이 중국 땅임을 실감케 해주었다.

김방경을 향해 용이 말했다.

"원행에 노고가 많으셨습니다. 소장이 귀국하시는 길을 편히 모실 것이오니 부디 강녕하십시오. 상장군 각하."

"고맙소. 장 장군. 혹여 운수불길하여 고국으로 무사히 돌아가지 못할지라도 내 여한이 없으니 너무 심려치 마오."

다음 날 황궁으로 든 용이 왕을 뵙고 문안 인사를 올렸다.

"소신 장순룡, 전하께 인사 올립니다. 그간 옥체 강녕하셨사옵니까. 명을 받들어 김방경 부자와 위득유 등을 호송하여 입조하였습니다."

왕이 용을 내려다보았다. 그리고 힘없는 목소리로 말했다.

"먼 길 오느라 고생이 많았다. 어찌하여 김방경 같은 나라의 동량을 이처럼 곤란에 처하게 해야만 하는지 과인은 실로 자괴감을 금치 못하노라."

나라의 주권을 빼앗기고 속국으로 전락한 약소국 군주의 비애가 가슴 절절하게 와 닿았다.

용은 호송 도중 노진의가 사망한 사실을 왕에게 고하였다.

"증인 중 한 명이 죽었다면 그것이 방경에게 잘된 것인가 아니면 불리한 것인가."

"지금으로선 결과의 유불리를 예측하기 어렵다 하겠습니다. 누군가가 책임을 져야 하는 사태에 직면할 수도 있기 때문입니다."

군신 간 무거운 침묵이 흘렀다.

왕은 중서성에 김방경 부자를 호송하여 입조한 사실을 알리고 황제의 처분을 기다렸다.

며칠 후 중서성에 들어 볼일을 마치고 나오는 용에게 창백한 얼굴로 달려온 인표가 놀라운 사실을 전했다.

"장군님. 큰 변고가 생겼습니다. 위득유가 죽었습니다."

용의 안색이 하얗게 질렸다.

인표는 벌써 수년째 지근거리에서 모셨지만 그런 표정을 대한 것은 처음이었다.

"위득유가 죽다니? 어찌된 일인지 자세히 말하라!"

"며칠 전부터 속이 편치 않다 하여 의원에서 약을 지어다 먹였지만, 복통을 호소하더니 쓰러져 그대로 숨이 넘어가고 말았습니다."

멍하니 선 용이 아무 말 없이 허공을 바라보았다. 황제의 명에 의해 압송한 증인 노진의에 이은 위득유의 죽음. 이것은 결코 우연일 수 없는 일이었다.

실체를 감춘 음모의 그림자가 서서히 다가오고 있음을 직감한 용의 몸이 경직되었다.

용이 걸음을 재촉하여 처소에 당도하였으나 상황은 인표가 말한 그대로였다.

방금 발생한 일의 전말을 왕에게 보고하는 한편, 김방경을 찾은 용이 위득유의 죽음을 알렸다.

침울한 표정의 그는 눈을 감은 채 아무 말이 없었다.

한참을 침묵한 김방경이 입을 열었다.

"장 장군. 내가 평생 마음에 새겨둔 신념이 있으니 그것은 '대도무문' 으로 사람으로서 마땅히 지켜야 할 큰 도리나 정도에는 거칠 것이 없다 하는 구절이다. 정치란 때에 따라서는 술수가 필요하지만 나는 그것이야말로 소인배들의 간계라 생각하고 한 번도 취하지 않았다네. 설사 목숨이 위협받는다 할지라도 말이야. 어쩌면 우리가 지금 사지에 들었는지 모를 일이나 당당히 대처하는 것만이 이제부터 자네와 내가 가야 할 길이라 믿는다."

김방경의 얼굴을 우러른 용이 결연한 목소리로 말했다.

"상장군님의 말씀 큰 힘이 되었습니다."

구사일생

황제가 김방경을 문초하기 위해 강안전으로 거동하였다.

중서성과 상서성 그리고 중추원의 재상들이 모두 입시한 가운데 추국이 시작되었다.

단 아래 꿇어앉은 김방경을 향해 황제가 물었다.

"짐은 과거 고려국에 걸출한 장부가 있음을 알고 있었다. 적국의 장수라 하지만 마치 남송의 악비와 같은 그대를 신하로 둔 고려왕을 부러워하였노라. 하지만 이제 원과 고려가 상국과 부마로 맺어진 혈맹이 되었으니 그대 또한 천자의 신하가 되었음이 분명하다. 그런데 그대는 어이하여 자식의 도리를 저버리고 역심을 품어 짐을 분노케 하는가."

김방경이 고개를 들어 황제를 보았다. 그러고는 담담한 어조로 말했다.

"간사하고 아첨하는 무리들이 없는 말을 함부로 만들어 고발하고 혹은 익명 투서를 하여 반역을 계획하였다며 무고하였습니다. 하오나 사실여부에 관계없이 역도로 거론된 일 자체가 불충한 일로 벌을 내리신다면 기꺼이 받을 것이옵니다."

"물론 짐이 익명서에 거론된 사실을 전부 믿는 것은 아니다. 다만 의혹이 있는 몇 가지를 묻고자 하니 한 점 숨김없이 사실대로 답하라. 먼저 여러 척의 배를 준비하고 적지 않은 분량의 군량미를 비축한 것은 무슨 연유인가."

"지방에서 서울로 군량미를 운송하는 수단이 선박이온데, 지난 갑술년 여몽 연합군의 일본 정벌 시 모든 선박이 징발된 탓으로 낡은 배 몇 척을 수리한 것뿐입니다. 그리고 육로 수송을 어렵게 하는 요인은 물목을 대조한다는 명목으로 양곡을 착취하는 다루가치들의 횡포 때문입니다."

김방경의 답변에 황제가 입시한 추신들을 돌아보았다. 그중에 혼도와 홍다구의 얼굴이 보였다.

"그럼 한 가지를 더 묻겠다. 강화로 천도하려 했다는 것은 무엇인가 말하라."

"아뢰옵기 황송하오나 지난 40여 년간 몽골과 항쟁을 벌이며 궁여지책으로 강화도로 피난한 것일 뿐, 그곳이 왕궁의 조건을 두루 갖춘 지형이거나 운세가 길한 지역이 아닙니다. 그 역시 근거 없는 무고임을 헤아려주시옵소서, 폐하!"

그때 앞으로 나서며 카랑카랑한 목소리로 주청 올리는 자가 있었다. 홍다구였다.

"폐하. 저자의 감언이설에 현혹되지 마시옵소서. 저자는 자신의 죄상이 만천하에 드러나는 것을 감추기 위해 호송 책임자인 장군 장순룡을 사주하여 증인 위득유와 노진의를 해친 간교한 자이옵니다."

홍다구의 말을 들은 황제의 표정에 노기가 어렸다.

"짐도 그 점에 관하여는 의심이 있었다. 어찌 출발 시에 멀쩡하던 증인들이 약속이나 한 듯 병들어 죽을 수가 있단 말이냐. 내일 다시 추국할 것이니 김방경과 함께 장순룡을 대령시키도록 하라."

용이 우려한 대로 사건은 전혀 예측할 수 없는 상황으로 치닫고 있었다.

분명 이번 일의 배후에는 음모를 꾸민 세력이 있을 터였다. 김방경은 물론 자신까지도 제거하려는 그 누군가가……. 어쩌면 면밀히 설계하여 촘촘히 쳐놓은 그물에 그들이 얽혀든 것인지도 모를 일이었다.

다음 날 김방경과 장순룡이 대령한 가운데 추국이 다시 시작되었다. 황제가 근엄한 표정으로 입을 열었다.

"장군 용은 고개를 들라. 짐은 오래전부터 그대를 알고 있었노라. 그러기에 원을 위해 큰일을 해낼 재목으로 기대를 걸었다. 하지만 오늘에 이르러 광활한 대륙에 쓰임새를 갖출 대들보가 작은 반도에 처해 서까래로 변함을 애통하게 여길 뿐이다. 무릇 말하기를 '강남의 귤을 강북에 옮기니 탱자가 되었다'는 고사를 떠올림에 그대를 향한 짐의 심정이 매우 서글프도다."

황제의 말은 진심이었다. 그러나 온정을 베푼 것은 거기까지가 전부였다.

"호송 책임자로서 사건의 핵심이라 할 수 있는 증인 위득유와 노진의를 온전히 이송하지 못한 실책을 어찌 해명하겠는가."

"변명의 여지가 없사옵니다. 하오나 그것은 소장의 실책일 뿐 김경방 장군과는 하등의 관련이 없습니다."

황제가 장군 용을 내려다보며 다시 물었다.

"상관을 보호하려는 충정은 가상하게 여긴다. 그렇다면 증인들에게 위해를 가하지 않았다는 사실을 입증할 수 있겠느냐?"

참으로 난처한 일이 아닐 수 없었다. 무슨 방법으로 그것을 입증할 수 있단 말인가. 문득 상장군의 말이 떠올랐다. 대도무문이라 한…….

"위득유들의 대질심문을 두려워할 이유가 없었습니다. 오히려 막후에서 그들을 사주한 실체를 밝혀내기 위해서라도 증인이 필요한 입장이었음을 헤아려주시옵소서."

"그렇다면 한 가지 더 묻겠다. 병증이 중한 노진의를 용주에서 치료하지 않고 물이 불어난 압록강을 서둘러 건넌 연유가 무엇이냐?"

황제의 질문이 떨어지자 용은 흠칫 놀라고 말았다. 어찌 황제가 당시의 정황을 눈으로 직접 목도한 것처럼 소상히 알고 있는 것일까. 등골이 서늘해지며 공포가 엄습해왔다.

"용주가 본시 작은 고을인지라 명망 있는 의원이 없는 탓에 지체할 수 없어 심양 길을 재촉하였기 때문입니다."

앞으로 나선 홍다구가 부복하여 황제에게 아뢰었다.

"폐하. 지금 저자가 지껄이는 말은 교묘한 변명에 불과합니다. 이대로는 절대 죄상을 토설치 않을 녹록치 않은 자임을 소신이 잘 알고 있습니다. 사실을 명명백백하게 밝혀낼 것이오니 소신에게 맡겨주시옵소서."

황제의 표정에 잠시 고뇌하는 빛이 떠올랐다. 이내 생각을 정리한 황제가 명을 내렸다.

"황제의 명을 받드는 일에 소홀한 고려장군 용의 죄를 물을 것이다. 원수 홍다구에게 죄인의 추국을 일임할 것이니, 천자의 명이 지엄함을 알리는 본보기로 삼아 후일을 경계토록 하라."

홍다구의 얼굴에 회심의 미소가 번졌다.

결국 김방경을 유치하여 격리하고 용은 형부로 압송되고 말았다.

안개 자욱한 초당 뜰에 만개한 복사꽃이 바람에 하나 둘 잎을 떨구었다.

초당 처마 아래 '무릉제' 라 쓴 현판이 걸려 있었다. 낯설지 않은 느낌으로 뜰에 들어선 처인 부인이 주위를 둘러보았지만 아무런 인기척이 없었다.

우거진 수풀 사이로 얼굴을 내민 이름 모를 꽃들이 그윽한 향을 풍겼다.

고개 들어 올려다본 계곡 뒤편으로 치솟은 산자락이 우람한 등줄기를 드러낸 채 구름에 잠겨 있었다.

어디에선가 고운 비파 소리가 흘러나왔다. 끊어질 듯 이어지고 그런가 하면 이내 귀에서 멀어지며 꿈결처럼 아련히 들려오는 고상한 음률이었다. 여기가 대체 어느 곳일까. 짐작하기에 지상 어디엔가 존재한다는 이상향 무릉도원이 아니라면 신선들이 노니는 선경일 것만 같았다.

그때 별안간 천지가 암흑으로 변하며 사나운 비바람이 몰아치기 시작했다. 천둥 번개가 금방이라도 하늘을 찢어놓을 것처럼 울부짖었다. 두려움에 떨며 비에 흠뻑 젖은 몸으로 하늘을 올려다본 처인 부인의 눈에 비구름을 헤치고 맹렬하게 뒤엉켜 싸우는 두 마리의 용이 들어왔다. 청룡과 흑룡이었다. 기세의 우위를 점한 것은 흑룡이었다. 수세에 몰려 흑룡의 공격을 벗어나려 몸부림하는 청룡의 몸 곳곳에 선혈이 낭자했다. 그 광경을 본 처인 부인은 자신도 모르는 사이 두 손 모아 합장하고 하늘을 향해 기도했다.

"이 세상 만물의 생사소멸을 주관하시는 대자대비하신 부처님께 비옵니다. 어둠을 지배한 악귀의 무리가 성하고 창궐할지라도 법성광명 일월성신 빛나는 원력으로 태양이 눈 녹이듯 사악한 세력을 물리쳐 하늘의 정의가 분명함을 보여주옵소서. 비옵니다. 비나이다."

검은 용의 입에서 뿜어낸 거센 불길이 청룡의 전신을 휘감았다. 연이어 고통에 겨워 신음을 토하며 몸을 뒤튼 청룡의 목덜미를 향해 입을 크게 벌린 흑룡이 무서운 기세로 돌진해 들어왔다. 도저히 피할 수 없는 절망적인 순간이었다.

그 순간 어디선가 구름을 헤치고 나타난 황룡이 청룡의 몸에 푸른 안개를 뿜어냈다. 나락으로 떨어져 내리던 청룡이 그 기운을 받아 기사회생하여 하늘로 솟구쳐 올랐다.

황룡의 위세에 눌려 꼬리를 늘어트린 흑룡이 구름 저편으로 모습을 감추고 말았다.

황룡에게 가까이 다가간 청룡이 몸을 둥글게 말아 황룡의 목을 감으며 비늘을 부벼댔다.

더욱더 세차게 쏟아지는 빗줄기가 하늘을 가린 가운데 우르릉거리는 천둥소리가 허공을 맴돌았다.

잠시 후 맑게 갠 하늘에서 메아리처럼 울려 퍼지는 소리가 아련하게 들려왔다.

"천산을 지키는 노부가 해동 고려국 용에게 전한다. 천정기고 행운유수."

처인 부인은 지금 눈앞에 펼쳐진 광경이 무엇인지 알 수 없었다. 그런 중에도 다행스럽고 감사한 마음으로 두 손을 모은 채 하늘을 향해 크게 외쳤다.

"아거니 이거니 아비라 만례 만다례."

그것은 부처가 설한 '천지팔양신주경'으로 악귀를 물리치는 주문이었다.

"마님! 땀을 비 오듯 흘리시고 알 수 없는 주문을 외우시는 것을 보니 몹시 흉한 꿈을 꾸셨나 봅니다."

처인 부인의 몸을 흔들어 깨운 것은 분이였다. 자리에서 일어난 그녀는 온몸이 땀으로 흠뻑 젖어 있었다.

방금 전 목격한 것은 꿈이라 하기에는 너무나 생생한 장면이었다. 분명 장군님의 신변에 위험이 닥친 것만 같은 불길한 생각이 들었다. 방정맞은 아녀자의 소견이라 치부하며 애써 불안을 떨치려 했지만 꿈속의 일을 떠올린 그녀는 현실과 전혀 무관한 헛꿈이기를 고대하며 가녀린 몸을 떨었다.

몸을 정갈하게 단장한 처인 부인의 발길이 부처를 모신 별채로 향했다.

다음 날 형부로 압송된 장군 용이 취조를 대기하고 있었다.

몸이 묶인 채 의자에 앉혀진 용은 눈을 감고 있었다. 홍다구에게 내리던 황제의 목소리가 귓전을 맴돌았다.

'황제의 명을 받드는 일에 소홀한 죄를 물을 것이다. 천자의 명이 지엄함을 알리는 본보기로 삼아 후일을 경계토록 하라.'

지난 일들이 빠르게 머리를 스치고 지났다. 유년시절을 지나 천산에서 수련을 마치고 상도로 돌아왔을 때의 아련한 추억과 함께 별시에 장원으로 뽑혀 관직에 올라 참가한 남송 전투에서 군율을 어긴 죄목으로 참수를 당할 뻔한 일 등이 마치 어제처럼 느껴졌다.

그리고 그리운 얼굴들이 떠올랐다. 먼저 부모님의 모습이 눈에 어른거렸다. 뒤를 이어 공주와 뮬란 그리고 자신을 위해 기꺼이 목숨을 던지던 파륜과 초련, 궁진을 비롯한 모든 사람이 초라한 자신을 지켜보고 있는 것만 같았다. 그중 가장 큰 안타까움은 얼마 전 아내로 맞이한 처인 부인을 향한 심정이었다. 무슨 일이 있어도 함께하겠노라 다짐한 약속을 지킬 수 없을지 모른다는 사실이 가슴을 미어지게 했다.

'부인. 내게 힘을 주시오. 모진 시련에 굴복해 풀잎처럼 눕는 욕됨을 버리고 기꺼이 송죽의 기개를 지켜 당당한 장부의 길을 가려 합니다.'

그때 들려온 낯익은 목소리가 상념에 젖었던 그를 현실로 돌아오게 했다.

"이렇게 만나게 됨을 환영한다. 하지만 대죄를 지은 죄인의 처지가 된 그대를 보니 일말의 동정을 금할 수 없다."

눈을 뜨니 앞에 진여랑이 있었다.

"마치 운명처럼 그대와 조우하기 위해 내가 형부시랑의 직무를 맡아 이처럼 마주하게 되었는지도 모를 일이니 나를 원망하지 말라."

진여랑을 물끄러미 바라보는 용의 심정은 착잡하기만 했다. 그가 취조를 담당할 줄은 전혀 예상치 못한 일이었기 때문이었다.

"사실대로 답변하면 극형은 면하게 해주겠다. 하지만 진실을 은폐하려 수작을 부린다면 네게 돌아가는 것은 죽음뿐이라는 사실을 명심하라. 그럼 지금부터 묻겠다. 위득유와 노진의를 해친 사실이 있는가?"

"그들은 김방경 상장군의 억울함을 풀어줄 증인이었다. 노진의들에게 위해를 가할 이유가 없다."

상대를 조롱하는 표정으로 여랑이 비아냥거렸다.

"너의 말을 믿어주고 싶지만 그것은 궤변일 뿐이다. 다시 한 번 묻겠다. 노진의들을 왜 죽였느냐!"

"결단코 맹세하지만 그들에게 어떠한 해도 가한 적이 없다. 위득유와 노진의의 죽음은 우연의 일치일 뿐이다."

형리를 돌아본 진여랑이 명을 내렸다.

"여봐라! 죄인의 옷을 벗겨 형틀에 매달아라."

용에게 달려든 형리들이 웃옷을 벗긴 다음 양손과 발을 형틀에 묶었다.

"폐하께서 내리신 지엄한 영을 거행하는 나에게 자비를 기대하지 말라. 여봐라. 죄인의 입에서 바른 말이 나올 때까지 사정 두지 말고 매를 쳐라!"

명령이 떨어지기 무섭게 채찍이 날아들었다. 소가죽으로 만든 기다란 끈에 물을 먹인 채찍이 허공을 가를 때마다 몸에 뱀처럼 감기며 살이 쩍쩍 묻어났다. 이를 악물고 참으려 했지만 고통은 신음으로 배어 나왔다. 용의 몸이 금방 피투성이가 되었다.

"어떠냐. 이래도 실토를 않고 버티겠느냐! 네가 김방경을 위해 죽음을 각오한 충정은 가상하다만, 네놈들이 진수렁에서 온전히 빠져나가기는 애당초 틀린 일임을 알아야 한다. 죄를 자복할 때까지 형을 가하라!"

또다시 채찍이 몸을 휘감았다. 그때마다 사방으로 피가 튀었다. 고통을 이기지 못한 용은 그만 혼절하고 말았다. 정신을 놓고 몸을 축 늘어트린 용을 바라보며 진여랑이 지시를 내렸다.

"저자를 옥사에 수감하고 음식을 주지 말라. 한 모금의 물도……."

충렬왕도 장군 용이 문초를 받고 있는 사실을 알고 있었다. 어찌한 연유로 일이 이 지경에 이르게 되었는지 알 수 없었지만 그의 구명을 위해 자신이 나서는 것은 난감한 일이었다. 정황으로 미루어 섣불리 나섰다 자칫 잘못하면 용과 김방경, 두 사람 모두를 잃을 수도 있는 위기에 처한 것이 분명했기 때문이었다. 공주가 곁에 있었더라면 하는 아쉬움이 들었으나 몸이 미령하여 별궁으로 나가 요양 중인 공주를 번거롭게 할 수도 없었다.

며칠 뒤 다시 문초가 속개되었다. 오늘 그 자리에는 홍다구가 있었다.

진여랑이 형리에게 명을 내렸다.

"네가 아무리 버틴다 해도 결국 실토하게 만들고 말겠다. 여봐라. 저 자에게 압슬형을 가하도록 하라."

형리가 용의 무릎을 꿇어앉혀 기둥에 상반신을 묶은 다음 무릎 위로 두께가 세 뼘은 실히 되어 보이는 무거운 돌을 얹었다. 그 형벌은 손꼽히는 악형 중의 하나였다. 뼈와 살을 짓누르는 돌의 무게로 인해 서서히 고통이 밀려들었다. 지난번 당한 고초로 인한 상처와 함께 며칠 동안 굶은 용은 탈진 상태로 접어들고 있었다. 엄청난 통증이 엄습하는 가운데 몽롱한 의식이 가물거렸다. 홍다구의 목소리가 꿈결처럼 들려왔다.

"참으로 독한 자로다. 그러나 무슨 일이 있어도 자백을 받아내 하늘이 주신 이번 기회를 놓치지 말아야 한다."

이내 혼절한 용에게 물을 덮어 씌웠다. 겨우 의식이 돌아온 용을 보며 진여랑이 다시 물었다.

"이래도 실토를 하지 않겠느냐! 네 운명은 이미 결정된 것이나 진배없다. 너의 걸출한 무공과 격조를 갖춘 문장으로 지금 이 순간 너를 위해 할 수 있는 것이 무엇인가 한번 말해보라."

만신창이가 된 얼굴을 치켜 든 용이 부은 입술을 움직여 힘겹게 입을 열었다.

"나는 용이다. 대의에 살고 대의에 죽을 뿐이다. 개의 혈통이 범이 될 수 없음이며, 회오리바람에 실려 허공으로 오른 미꾸리가 용이 될 수 없음을 반드시 기억하라, 진여랑."

그러고는 처연한 목소리로 껄껄 웃었다.

용으로부터 조롱당한 진여랑의 눈이 독사처럼 살기를 뿜었다.

"네가 아직도 입은 살아 있구나. 잘 들어라. 세상은 힘을 가진 자에 의해 움직여진다. 네가 고려에 귀화한 순간부터 너는 변방 약소국의 신하가 된 것임을 알아야 한다. 내가 상국인 원의 관리로 너와는 신분부터가 다르다는 사실을 망각한 것이 너의 가장 큰 실책이다. 그런 네놈에게 지금 남아 있는 것이 무엇인가. 스스로의 몰골을 한번 돌아보라."

가물거리던 눈앞이 흐려지며 용은 또다시 정신을 잃고 말았다.

희미한 안개 속 저만큼에 반가운 얼굴이 보였다. 물그릇을 들고 선 초련이었다. 무슨 말인가를 하려 했지만 마음뿐이었다. 그때 푸른 안개를 헤치고 다가온 적운거사가 용의 입에 금빛 환약을 넣어주었다. 꿈에 그리던 스승님을 만난 반가움으로 말을 하려 했지만 입술을 움직일 기력조차 없었다. 초련이 건넨 물로 목을 축인 용의 몸에 회생의 기운이 서서히 흐르기 시작했다.

한편 인표는 상관 용이 형부에 구금되기 전부터 분주하게 움직이고 있었다. 지금 벌어지고 있는 일련의 사태는 결코 간단히 넘어갈 수 있는 일이 아니란 사실을 직감했기 때문이었다. 어쩌면 모두의 목숨을 걸어야 할지도 모른다는 절박함으로 긴장이 고조되었다.

인표가 먼저 주목한 인물은 심상군이었다. 원행 추가자 명단에 뒤늦게 포함된 자로 직급이 낮다 하지만 명색이 이속이라는 자가 자청하여 음식을 준비하는 일을 거들었다. 그런 그가 원에 당도한 직후 일행이 묵고 있는 숙소를 이탈한 일이 우연히 목격되었다.

은밀히 뒤를 밟은 인표의 눈에 누군가와 만나 밀담을 나누는 심상군이 들어왔다.

그들을 지켜보던 인표가 어둠 속으로 몸을 숨겼다.

잠시 후 저만큼에 오고 있는 사내의 그림자가 보였다. 조금 전 심상군과 밀담을 주고받던 자가 분명했다. 그자는 고급관리 복색을 하고 있었지만 어둠 속이라 얼굴은 자세히 볼 수 없었다.

담장 그늘에 숨겼던 몸을 드러내 소리 없이 다가선 인표가 사내의 목에 칼을 디밀었다. 그리고 낮은 음성으로 말했다.

"내가 모든 것을 지켜보았다. 방금 그자로부터 받은 것을 순순히 내놓아라."

몸을 부들부들 떨던 사내가 품에 손을 넣었다. 그 순간, 인표가 칼을 뒤집어 등으로 목 줄기를 가격했다. 순식간에 벌어진 일이었다. 널브러진 사내의 손에 단도가 들려 있었다. 재빠른 동작으로 넘어진 자의 품 안을 뒤진 인표가 서찰 하나를 찾아냈다. 그러고는 그 자리를 피해 바람처럼 몸을 감추었다.

다음 날 인표가 병사 하나를 불렀다.

"잠자리에 빈대가 들끓어 제대로 잠을 청할 수 없으니 궁 밖 육전으로 나가 수은을 좀 사오게. 그것을 물에 희석하여 뿌리면 살충효과가 좋다 하니 한번 시험 해보아야겠다."

저만큼에서 딴청을 부리는 심상군을 부른 인표가 부연하여 말했다.

"병졸 혼자서는 궁문을 통과하기 번잡하니 대동하여 함께 다녀오라."

그들이 멀어진 것을 확인한 인표가 심상군이 소지하고 있던 행낭을 샅샅이 뒤졌다. 그러나 잡다한 개인용품들만 있을 뿐 특이한 점은 발견할 수 없었다. 그의 행낭은 대마 삼을 실로 꼬아 촘촘하게 짠 것이었다. 실망하는 기색이 역력한 인표가 느낀 것은 단지 행낭에서 매콤한 냄새가 약하게 풍긴다는 사실 뿐이었다.

문득 숨이 넘어간 직후 위득유의 입 주변을 감돌던 냄새가 떠올랐다. 하지만 그것들이 사건과 무슨 관련이 있을까 싶었다. 그러나 순간 인표의 눈이 번쩍 빛났다. 무엇인가를 본 것이었다. 그것은 행낭 바닥에 희미하게 보이는 은빛 얼룩과 그 주위에 죽어 있는 몇 마리의 빈대였다.

잠시 생각을 정리한 인표가 회심의 미소를 머금었다.

사실 심상군을 궁 밖으로 내보낸 것은 빈대를 소탕할 수은을 구매할 목적보다는 그의 소지품을 확인할 시간을 벌기 위한 구실에 불과했었다. 그런데 예상치 못한 성과를 올린 것이었다.

밖으로 나와 뜰을 거닐며 생각에 잠겼던 인표는 어제 저녁 심상군과 밀담을 나눈 사내로부터 습득한 서찰에 적혀 있던 글귀를 떠올렸다. 그것은 '사귀필명(事貴必明)' 네 글자로, 일처리는 반드시 간결히 하는 것이 좋다는 의미를 담고 있었다.

인표의 머릿속에서 무엇인가 손에 잡힐 것처럼 전체적인 맥락이 정리되는 듯하다가 다시 헝클어지기를 되풀이했다. 그러나 이제 주어진 시각이 얼마 남지 않았음을 잘 알고 있는 인표는 초조감으로 입이 마르고 속이 타들어갔다.

수은을 사러 궁 밖으로 나갔던 병사와 심상군이 돌아왔다.

병사가 인표의 지시로 물에 희석한 수은을 침상 주변에 골고루 살포했다. 잠시 후 기대했던 결과가 나타났다. 작은 틈새에 숨어 있던 빈대들이 여기저기에서 기어 나와 버둥거리며 죽는 것이었다.

빈대로부터 고통을 당한 일행들은 통쾌한 심정으로 박수를 치며 좋아했다.

그 광경을 보며 내심 쾌재를 외친 것은 인표였다.

그러나 본격적인 진검대결은 지금부터였다. 실체를 드러내지 않은 저들이 쳐놓은 거미줄에 걸려들어 운신을 할 수 없는 지경에 처한 용장군의 생사를 결정짓는 긴박한 순간이 다가오고 있었기 때문이었다.

병사를 부른 인표가 일전에 죽은 위득유를 검시했던 의원을 형부로 데려올 것을 지시했다.

그런 다음 심상군에게 행낭을 가져오라 명령했다.

의아해하는 표정의 심상군을 보며 인표가 말했다.

"자네가 필히 해주어야 할 일이 있으니 지금 즉시 행낭을 챙기도록 하게."

"무슨 일이신지……."

"가보면 알게 될게야."

눈앞에 직면한 사태를 가늠하려는 잔꾀를 부려 굼뜬 동작으로 주섬주섬 행낭을 챙기는 그자를 주시하던 인표가 사활을 건 일전을 다짐하며 날 선 마음의 검을 빼들었다.

심상군을 대동한 인표가 형부로 들어섰다.

본 사건의 실질적 책임자인 원수 홍다구와의 면담을 허락받은 인표의 발길이 마침 문을 나서는 사람과 스쳐 지났다. 그는 지난번 입조하였을 때 연회장에서 보았던 진여랑이었다. 그런데 심상군과 진여랑의 눈이 마주친 순간, 동시에 흠칫 놀라는 것을 인표가 놓치지 않고 보았다. 몹시 당혹스러워 보인 두 사람의 표정이 인표의 뇌리에 각인되었다.

비대한 몸을 뒤로 젖힌 채 의자에 앉은 홍다구가 거만한 말투로 물었다.

"고려의 하급 무관이 나를 면담하고자 한 연유가 무엇인가."

긴장된 마음을 진정시키려 호흡을 가다듬은 인표가 자신을 소개했다.

"소장은 금번 김방경 상장군을 호송한 원행에 장순룡 장군을 수행한 중랑장 인표라 하옵니다. 외람되지만 각하께 여쭙겠습니다. 각하께서는 무엇을 근거로 장순룡 장군을 그처럼 가혹한 형벌로 치죄하십니까."

불쾌한 표정을 지은 홍다구가 눈썹을 치켜세웠다.

"뭐라? 지금 치죄라 하였느냐!"

인표의 강렬한 눈빛이 홍다구를 정면으로 쏘아보았다. 기세 싸움을 벌인 것이었다.

홍다구가 속으로 되뇌었다.

'매우 당돌한 놈이로구나.'

"네. 분명 치죄라 하였습니다."

어이없다는 표정을 지은 홍다구가 투박한 목소리로 말했다.

"무지한 자가 치죄와 문초를 구분하지 못하는 모양인데, 문초라 함은 죄를 밝혀내는 과정이고, 치죄는 그것을 근거로 벌을 주는 것을 말한다."

"소장은 각하께서 오히려 그 점을 혼동하신 것이 아닌가 하는 의혹을 가지고 있습니다. 아무런 증거도 없이 자백을 강요하며 악형 중 하나인 압슬형을 가한 것은 문초를 넘어선 치죄가 분명하다는 것이 저의 생각입니다."

치밀어 오르는 분노로 몸을 부르르 떤 홍다구가 목소리를 높였다.

"이자가 상관을 따라 죽으려고 작심을 한 모양이구나. 감히 어디에서 입을 함부로 놀리는 것이냐!"

그때 관리가 들어와 모종의 사건을 진술할 참고인으로 의원이 대기하고 있음을 알렸다.

"의원이라 하였느냐? 그를 부른 것이 누구인가."

인표가 답변했다.

"반드시 의원의 전문적 식견이 필요한 사안이라 그리하였으니 저에게 잠시만 말미를 주십시오."

"한 가지 분명히 알아야 할 것이 있다. 만일 지금 네가 한 말과 행동들을 입증하지 못한다면 너 역시 죽음을 면치 못할 것이란 사실을 명심하라."

"각오가 되어 있습니다."

심상군의 머리가 복잡하게 얽혀들었다. 상황이 자신에게 불리하게 돌아가는 것은 틀림없는 사실인데, 그것이 대체 무엇인지 종잡을 수가 없었다.

문을 열고 들어선 의원에게 가볍게 목례한 인표가 입을 열었다.

"지금부터 의원이 해주시는 증언에 여러 사람의 목숨이 걸려 있음을 유념하시어 사실대로 답해줄 것을 요청합니다. 먼저 저 행낭을 자세히 살펴주시기 바랍니다."

행낭 외부를 관찰한 다음 안에 든 내용물을 전부 꺼내 하나하나 세밀하게 살펴본 의원이 인표를 돌아보며 말했다.

"의원의 눈으로 발견할 만한 특별한 소견은 없었습니다."

안도하는 표정의 심상군을 흘끔 본 인표가 의원에게 덧붙여 주문했다.

"그렇다면 행낭 안쪽 바닥에 묻어 있는 것이 무엇인가 확인해주실 것을 요청합니다."

지적한 곳을 한동안 관찰한 의원이 인표의 기대를 저버리지 않았다.

"성분을 검사해보아야 명확하겠으나 육안으로 보기에는 수은의 흔적이 분명합니다."

전개되는 상황에 차츰 관심을 기울이는 홍다구의 표정이 묘하게 변했다.

"그럼 지금부터는 약을 다루는 전문인 입장으로 답변해주시기 바랍니다. 수은에 의한 급성중독 현상은 어떻게 나타납니까."

"오줌에 피가 섞여 나오는 요혈증상과 구토, 구강염 등이 나타납니다. 하지만 그것은 일반적 견해로 환자에 따라 나타나는 증상의 차이가 다를 수 있습니다."

"예를 들면 누구는 소변에 피가 섞여 나오는 증상이 심할 수도 있고, 혹자는 구강염이 극심하다든가 하는 경우를 말합니까?"

"그렇습니다."

품 안에서 글이 적혀 있는 종이를 한 장 꺼낸 인표가 그것을 의원에게 건네며 주문했다.

"그 내용은 노진의 사망 당시 관찰한 것을 기록해놓은 것입니다. 의원이 직접 읽어주실 것을 요청합니다."

의원이 적혀 있는 내용을 또박또박 읽어 내려갔다.

"환자가 생존 시 입안의 병증을 호소한 바 있었으며 사망 후 사체에 특별한 점은 없었다. 단지 잇몸이 검게 변색된 색소 침착이 관찰되었다. 이상입니다."

"그렇다면 의원에게 묻겠습니다. 상기 진술과 기록이 수은에 의한 중독과 어떠한 상관관계가 있는지 답변해주시기 바랍니다."

의원의 이마에 진땀이 흘러내렸다. 자신과는 무관한 일임에도 질문자의 빈틈없는 논리 전개에 스스로가 마치 관련 당사자인 것 같은 착각을 불러올 만큼 긴장한 탓이었다.

"모든 정황으로 미루어 노진의의 사망 원인은 수은에 의한 급성중독으로 판단됩니다."

심상군의 얼굴이 하얗게 질렸다. 그러나 그는 입을 굳게 다물고 있었다.

인표를 향해 홍다구가 궁금한 듯 물었다.

"그렇다면 노진의를 해친 자가 누구란 말이냐."

한고비를 넘겼다고는 하지만 아직 풀어야 할 중요한 과제가 기다리고 있었다. 긴장의 끈을 놓지 않은 인표가 홍다구를 향해 머리를 숙이고 말했다.

"그 해답은 잠시 후 저절로 밝혀질 것입니다. 한 가지 긴히 청할 것은 장순룡 장군을 직접 문초한 관리를 이 자리에 입회시켜주실 것을 요청합니다."

눈초리를 치켜뜬 홍다구가 말했다.

"그것은 관례상 어긋나는 일일 뿐 아니라 본 사건을 규명하는 것과는 하등 관련 없는 사안임으로 허락할 수 없다."

그러나 인표로서는 절대 물러설 수 없는 입장이었다.

"법을 집행함에 있어 공과 사를 명확히 구분해야 한다는 것은 관리가 갖추어야 할 윤리이며 자질입니다. 그런데 취조를 담당한 진여랑이란 관리가 사적인 감정을 개입시켜 공무를 집행한 사실을 알고 있습니다. 사건의 전모를 밝히는 중요한 자리인 만큼, 반드시 관리 진여랑의 입회가 필요하오니 가납해주실 것을 정중히 요구합니다."

잠시 생각에 잠겼던 홍다구가 명을 내렸다.

"형부시랑 진여랑을 들라 해라."

이제 상황은 한 치도 뒤로 물러설 곳 없는 정점을 향해 치닫고 있었다.

잠시 후 상기된 얼굴의 진여랑이 들어섰다. 적개심으로 가득한 인표의 시선이 그를 쏘아보았다. 심호흡을 한 인표가 마음을 다잡았다. 중요한 이 순간, 절대 감정을 앞세워서는 안 될 일이었다.

"요청한 형부시랑이 자리하였으니 하고자 하는 말을 기탄없이 해보라."

홍다구의 말이 떨어지자 시선을 심상군에게 돌린 인표가 품에서 꺼낸 서찰을 보여주며 말했다.

"어젯밤 이 서찰을 누구에게 전하였느냐."

창백한 얼굴의 심상군이 흔들리는 목소리로 발뺌했다.

"그 서찰이 무엇인지 소인은 모릅니다."

"그렇다면 여기 적힌 '사귀필명'이라는 내용 역시 알지 못하겠구나."

심상군이 작은 목소리로 대답했다.

"물론입니다."

그때 돌연 카랑카랑한 목소리가 크게 들렸다. 진여랑이었다.

"대체 네놈이 무엇인데 사람을 오라 가라 하며 이 소동을 일으키는 것이냐. 괘씸한 놈!"

벌건 얼굴로 핏대를 세우고 격분한 진여랑을 똑바로 쏘아본 인표의 시선을 잡아끄는 것이 있었다. 바로 그의 목덜미에 일자로 생긴 피멍 자국 때문이었다. 어젯밤 심상군과 밀담을 나눈 자가 바로 진여랑이었던 것이었다. 그제서야 이 사건의 얼개를 구성한 윤곽이 선명하게 보이는 듯했다.

의원을 바라보며 인표가 입을 열었다.

"번거롭겠으나 한 번 더 수고를 부탁합니다. 조금 전의 행낭에 특별한 냄새가 나는가 여부를 확인해주기 바랍니다."

사실을 확인한 의원이 고개를 들었다.

"미약하기는 하지만 매운 냄새가 납니다. 짐작하기로 향신료는 아닌 것 같고 아마도 백부자가 아닐까 추측됩니다."

얼굴에 화색이 돈 인표가 얼른 물었다.

"백부자라는 것이 무엇입니까. 자세한 설명을 요청합니다."

"천남성과의 독각련이라고도 칭하는 백부자 뿌리는 풍과 담을 제거하는 약재로 사용하기도 하지만 다량으로 쓰면 사람을 죽음에 이르게 할 수도 있는 독성을 가진 약초입니다. 냄새가 없고 성질이 따뜻하며 매운맛이 나기 때문에 식용으로 오인할 소지가 있으나 독초가 분명합니다."

"그렇다면 마지막으로 한 가지만 더 답변해주십시오. 증언 요청인이 사망한 위득유의 입에서 행낭의 것과 동일한 냄새를 맡았는데 당시 검시관으로 입회한 의원의 종합적인 소견을 말씀해주시기 바랍니다."

"사실 백부자는 맹독성을 지닌 독초가 아닌 까닭으로 살상용으로 쓰인 사례는 그리 흔치 않습니다. 그러한 점이 검시입회 시 의혹을 불식시킨 것으로 사료됩니다. 다만 행낭에 냄새가 밸 정도의 많은 양을 소지했다면 그것을 무슨 용처에 사용하였는지는 확인할 필요가 있을 것이라는 것이 의원의 생각입니다."

안색이 파랗게 질린 진여랑의 안절부절못하는 기색이 참으로 딱해 보였다.

회심의 미소를 지은 인표가 홍다구와 진여랑에게 마지막 승부수를 던졌다.

"이로써 심상군이라는 자가 노진의와 위득유를 해친 사실을 모두 입증하였습니다. 말씀하신대로 소장의 해명이 미혹하다면 기꺼이 목숨을 내놓을 것입니다. 그러나 그것이 아니라면 황제께 주청하여 장순룡 장군의 무죄를 청원하여 주십시오."

그리고 만일을 위해 배수진을 치는 치밀한 전략을 함께 구사했다.

"심상군이라는 자가 누구의 사주를 받고 그런 일을 저질렀는가 하는 문제를 굳이 밝히시려 한다면 소장 언제라도 명에 따를 것이옵니다."

그러고는 진여랑을 정면으로 주시하며 의미심장한 말을 남겼다.

"형부시랑이 무슨 연유로 목에 상처를 입으셨는지는 모르오나 천행으로 여기시고 차후로는 더욱 조심하셔야 할 듯싶습니다."

사실 김방경은 원으로서도 두려운 존재였다. 고려가 속국이 되었다고는 하지만 과거 몽골과 맞서 용맹한 범처럼 전장을 누비던 그를 기억하는 원으로서는 눈엣가시와 같은 인물이 아닐 수 없었다. 기회만 있다면 반드시 제거해야만 될 대상이었다. 거기에 덧붙여 한 가지 근심이 더 생겼으니 고려에 귀화한 장수로 과거 김방경의 젊은 시절을 연상시키는 또 하나의 걸출한 인물이 등장한 것이었다. 그가 바로 장군 용이었다. 원의 입장으로 볼 때 더욱 염려되는 점은 문무를 겸비한 그가 탁월한 외교적 자질까지 고루 갖추었다는 사실이었다.

그러던 차에 두 마리의 범이 하나의 그물에 걸려드는 사건이 발생했다.

원에 기댄 고려의 세력이 사주하고 탐욕스러운 야심가 홍다구와 악인의 자질을 타고난 진여랑이 결탁하여 김방경과 장군 용을 제거하려는 흉계를 꾸민 것이었다.

하지만 인표의 기지 넘치는 활약으로 위기를 모면한 것은 실로 다행스럽기 그지없는 일이었다.

장군 용이 형부를 벗어난 것은 다음 날 저녁 무렵이었다.

용을 대면하는 순간 그를 부둥켜안은 인표는 그만 울음을 터트리고 말았다. 처참한 모습에 기가 막혀 아무런 말도 할 수가 없었다. 진여랑이 눈앞에 있었더라면 단칼에 베어버릴 것 같은 격한 분노가 치밀어 올랐다.

인표의 부축을 받은 용이 희미하게 미소 지으며 하얗게 탄 입술을 힘겹게 움직였다.

"그동안 나를 구명하느라 고생이 많았다."

"장군님. 진여랑 그놈에게 당한 이 치욕은 반드시 되갚아주고 말겠습니다."

"아무래도 그자와 나는 주고받아야 할 은원이 많은 모양일세."

먹구름 가득 내려앉은 하늘이 겨울비를 뿌리기 시작했다.

번쩍이며 허공을 가른 번개가 천둥을 물고 우르릉거리며 울었다.

며칠 뒤 황제가 내린 칙서가 충렬왕에게 전해졌다.

'김방경을 고변한 자들의 사망 경위를 조사한 결과 장군 용과는 무관함이 밝혀졌다. 그러나 사망 원인이 수행원 중 한 명의 소행으로 밝혀졌으므로 그자는 원에 구금하여 계속 조사토록 할 것이다. 또 김방경에 대한 혐의는 고발한 자 두 명이 모두 죽어 대질할 수가 없게 된 점을 참작하고 장군 용의 충정과 기개를 높이 사 더 이상 방경의 죄를 문책하지 않으려 한다. 이후로도 충성을 바쳐 상국의 은혜에 보답하라.'

문초 당한 후유증은 컸다. 용은 소진한 체력으로 인해 탈수를 동반한 고열에 시달리며 혼수상태에 빠져 사경을 헤매었다.

환자를 진맥한 의원이 인표에게 일러 주었다.

"외상을 입은 것은 시각이 지나면 회복할 것이나 문제는 무거운 물체로 하지를 압박한 고문으로 인하여 골격과 근육이 손상을 받았다는 것입니다."

"그렇다면 어찌 치료를 해야 하는 것인지 알려주십시오."

"다행한 것은 환자가 정신이 혼미한 와중에도 강한 내공을 진작시켜 혈행을 돕기 위해 사투를 벌이고 있다는 놀라운 사실입니다."

의원이 조제한 신경을 안정시키는 성분과 어혈 해소에 도움이 되는 약을 받아 든 인표의 마음이 몹시 급하기만 했다.

인표의 극진한 간호를 받은 용이 기력을 회복한 것은 그로부터 한 달이 훨씬 지난 다음이었다.

볼일을 마치고 처소로 돌아오던 인표가 걸음을 멈추었다. 숙소에 인접한 후원 뜰에 뒷짐을 진 채 선 용을 발견한 때문이었다. 쾌차한 그를 바라보는 인표의 눈에 물기가 어렸다.

가벼운 동작으로 몸을 풀고 전신의 기력을 진작시킨 그가 등에 멘 용천검을 뽑아들었다. 햇살을 받아 푸른 안개를 뿜어낸 검은 옥이 부딪히는 청아한 소리를 튕겨냈다.

이내 바람을 가르는 소리를 물고 허공을 향한 검이 초식을 펼치기 시작했다. 사방을 번개처럼 찌르고 베며 거두어들이는 행신이 마치 수십 자루의 검이 일시에 난무하는 것처럼 현란한 광채를 뿌렸다.

몸과 검이 일체의 조화를 이룬 절정의 경지를 눈앞에 목도한 인표의 입에서 자신도 모르는 사이 경탄의 찬사가 흘러나왔다.

"참으로 대단하십니다. 그사이 공력을 회복하시고 이처럼 대단한 무예의 진수를 보여주시니 감격하여 목이 메일 따름입니다."

이마에 흐르는 땀을 손등으로 훔친 용이 웃음 띤 얼굴로 다가왔다. 인표의 어깨를 감싸 안는 그 역시 목이 잠겼다.

"내가 자네로 인해 죽음의 늪을 건넜구나. 고맙다. 인표."

"아닙니다. 죽음 앞에서도 당당한 장군님의 의연함을 보며 정말 많은 것을 배웠습니다."

사내들의 가슴속으로 출렁이는 물결처럼 뜨거운 피가 교감하고 있었다.

왕으로부터 김방경을 대동하여 귀국하라는 명이 떨어진 것은 그로부터 며칠이 지나서였다.

"모진 취조를 견디느라 고생이 많았다. 넓은 세상으로 나가는 통과의례라 여기고 심기일전하라."

"심려를 끼쳐드려 송구하옵니다. 전하."

"공주를 모신 행차는 날이 풀리는 대로 돌아갈 것이다. 과인이 장 장군에게 부여할 임무가 있으나 그간 고초를 겪은 일을 감안하여 일시 미루노라. 차후 인편에 교지로 전할 것이니 그리 알고 있으라."

그날부터 귀국 행장을 위한 채비로 분주한 나날을 보냈다.

며칠이 지난 어느 날 용을 찾은 사람이 있었다.

그는 장군 신철이었다.

"장군. 고생이 많으셨습니다. 운수불길하여 당한 일이라 생각하고 빨리 잊는 것이 마음 편하실 것입니다."

"이처럼 위로를 해주니 고맙기 그지없네. 모든 사단이 나 자신 불민하여 벌어진 것이라 여길 뿐일세."

"이번 사건을 지켜보며 많은 생각을 하였습니다. 장군과 저는 공주님을 모시고 고려에 귀화하여 전하로부터 장군직에 임명된 사람들입니다. 그렇다면 우리의 신분은 분명 고려인입니다. 그런데 우리가 진정 고려인으로 합당한 대우를 받고 있는가 하는 의문이 들었습니다. 목숨이 위태로운 지경에 처한 장군을 위해 누가 구명의 손길을 내밀어 주었습니까."

신철의 말에 용의 얼굴에도 그늘이 내렸다.

"나 역시 자네의 의견에 공감하는 것이 솔직한 심정이다. 고려의 관리들로부터 견제당하고 모국 원으로부터는 배척받아야 하는 비애를 절실히 느꼈다. 하지만 나는 그 어느 편도 원망하는 마음을 품지 않으려 한다. 오랜 세월 성장한 나무를 만리타국으로 옮겨 뿌리를 내리려면 그에 따른 성장통이 있을 것이라 여겼기 때문이다. 햇볕과 비바람, 모든 것이 생소한 땅에 온전히 정착하여 튼실한 열매를 맺으려면 동화되기를 기다리며 인내해야 할 시간이 필요하다는 것이 나의 소신이다. 지금 이 순간 우리가 겪는 갈등은 세월이 흐른 먼 훗날에도 끊임없이 되풀이될 것이다. 그때 우리를 기억해줄 사람들을 위해서라도 오늘 우리가 그 가교를 튼실히 놓아주어야만 할 것이니 굳건한 마음으로 견디어 나가는 일이 지금 우리가 해야 할 역할일 것이라 생각한다."

"아시다시피 저는 장군님과는 타고난 신분부터가 다릅니다. 천형처럼 주어진 천골이란 숙명의 굴레를 벗어난 지금의 기회를 결코 놓치지 않겠습니다. 출세를 위한 행보를 가로막는 장애물은 상대를 불문하고 용납지 않으렵니다. 그것이 제가 세상을 살아가야 할 수단일 뿐 아니라 방법이기 때문입니다."

말을 마친 신철의 눈에 이슬이 맺혀 있었다.

장군 용을 필두로 한 행렬이 대도를 출발하여 귀국길에 올랐다.

살을 에일 듯 찬바람이 대열의 깃발을 펄럭이게 했다.

상관 용의 건강이 염려되는 인표가 대열 전후를 부지런하게 오가며 챙기고 있었다.

김방경 장군은 두 필의 말이 끄는 수레로 모시게 했다. 귀국길에는 그의 아들 혼이 대열에 합류하여 행렬을 보호하고 있었다. 그의 직급 역시 장군으로 용에 비해 선임이었다.

"고맙소, 용 장군. 아버님과 마찬가지로 나 역시 죄인의 신분으로 호송된 처지여서 장군에게 부담만 가중시킨 모양새가 되었으니 말이오."

"그처럼 넓은 도량으로 대해주시니 감사할 뿐입니다."

부친의 후광을 입은 김혼은 무장으로서 자질을 갖추고 있었으나 크고 작은 불미스런 일에 연루되어 평판이 그리 좋은 편은 못 되었다.

심양을 지난 행렬이 국경에 인접한 파사부로 접어들 무렵 꾸물거리던 하늘에 싸락눈이 날리기 시작했다.

점차 굵어진 눈발은 이내 함박눈으로 변하고 말았다. 행렬은 지척을 분간할 수 없을 만큼 쏟아지는 눈으로 인해 더 이상 행보를 계속할 수 없었다.

눈길을 헤치며 후미에서 달려온 인표가 보고했다.

"장군님. 조금만 더 가면 국경초소에 당도하지만 이대로는 도저히 앞으로 나갈 수가 없습니다. 불가피하게 오늘밤은 이곳에서 야영을 해야만 할 것 같습니다."

"나 역시 그리 생각하던 참이었다. 마땅한 자리를 살펴 군막을 설치하도록 하라."

소지하고 있던 천막을 꺼내 여러 명의 병사들이 힘을 합하니 금방 2동의 임시숙소가 완성되었다.

근무조 편성을 마친 인표가 병사들에게 지시를 내렸다.

"이곳은 국경에 인접한 변방으로 도적의 무리들이 횡행하는 위험한 지역이니 한순간도 방심하지 말고 철저히 경계를 해야만 할 것이다."

어둠이 내린 지 한참을 지나서까지 퍼붓던 눈이 그치고 어느새 달이 떠올랐다. 은빛 눈밭을 비추는 달빛이 몽환적 분위기를 자아내는 가운데 쌓인 눈 위를 뒹구는 바람이 잔설을 말아 올려 반짝이며 허공으로 흩어졌다.

그리 멀지않은 곳에서 울부짖는 승냥이 울음소리가 스산하게 벌판을 맴돌았다.

황량한 변방의 밤이 달무리에 잠겨 깊어가고 있었다.

병사들의 근무상태를 점검하기 위해 나선 인표가 발목까지 차는 눈을 헤치며 막사 주변 순찰을 나섰다. 군막이 위치한 주변 지형은 별다른 장애물 없이 시야가 확보된 개활지였고 내린 눈과 달빛으로 인해 경계하기에 큰 무리가 없었다.

"고생이 많다. 매서운 추위를 감안하여 근무시간을 단축해 교대시켜 줄 것이니 잠시만 참도록 해라."

경계 근무자들을 격려하던 인표의 눈에 저만치 떨어진 언덕 아래 움직이는 검은 물체들이 어렴풋이 포착되었다. 자세히 보니 그것은 분명 사람의 그림자로 어림짐작으로도 수십 명이 넘어 보였다.

사태가 심상치 않음을 감지한 인표가 즉시 비상을 걸었다.

"비상! 비상을 발령한다. 즉각 전투태세를 갖추어라!"

다급한 인표의 외침이 허공으로 채 흩어지기도 전에 불을 먹인 화살이 바람을 가르며 날아들기 시작했다.

황급히 막사를 나온 용이 물었다.

"어찌된 일이냐. 저놈들의 정체는 무엇이냐!"

"모르겠습니다. 다만 수적으로 우리가 불리한 것은 틀림없는 것 같습니다."

상장군 김방경과 장군 혼도 무장하고 일전을 치를 대비를 하고 있었다. 아군의 병력은 모두 합해 20명이 조금 넘었다.

용이 인표에게 작은 목소리로 무언가 지시를 내렸다. 그러고는 전통에서 화살을 꺼내 활에 거는 것과 동시에 시위를 당겼다. 저만큼에 달려오던 적 하나가 눈밭으로 거꾸러졌다.

그때 날아온 불화살로 막사가 화염에 휩싸여 타오르기 시작했다.

상장군 김방경이 크게 외쳤다.

"불빛에 노출되는 것은 매우 위험하다. 즉시 언덕 아래로 몸을 은폐하라! 지금의 상황으로는 어차피 백병전을 치러야 할 것이다. 장창이나 무거운 병기보다 단병기가 유리하니 검을 사용하도록 하라."

쌓인 눈 때문에 거동이 자유롭지 못한 것은 쌍방 모두가 마찬가지였다.

잠시 후 근접거리에 들이닥친 적들의 복장이 눈에 확연히 들어왔다. 그들은 합단의 복색을 한 무리들로 오십여 명은 족히 되어 보이는 인원이었다.

"저놈들은 합단들이 아니냐. 군막에 펄럭이는 고려 깃발을 보면서도 군사를 자처하는 병력이 어찌하여 우리를 공격하려 든단 말인가."

말을 마친 용이 허리에 차고 있던 철편을 손에 움켜쥐었다. 그것은 30척이 넘는 긴 말가죽을 여러 겹으로 꼰 뒤 밀어 부레로 접착력을 높인 운모가루를 바른 채찍으로 그 끄트머리에는 날이 시퍼렇게 선 손바닥만한 철편이 달려 있는 가공할 위력을 지닌 무기였다.

"어서 오너라. 합단의 졸개들아! 나는 고려국 상장군 김방경 장군이시다. 네놈들을 만나기를 오래전부터 고대하고 있었노라. 그렇지 않아도 끓어오르는 울분으로 몸이 근질거리던 차에 이처럼 기회를 주어 매우 고맙다."

먼저 용의 철편이 바람을 가르며 날았다. 상당한 거리가 있어 방심한 적 하나가 철편이 번쩍하는 순간 나동그라지고 말았다. 몸통에서 분리되어 떨어져 나간 머리가 눈밭에 붉은 선혈을 내뿜고 있었다.

철편의 위력에 겁을 먹고 움찔한 그들을 향해 윙윙 소름끼치는 귀곡성을 문 철편이 연이어 날아들었다. 그럴 때마다 적들이 어김없이 거꾸러졌다. 속수무책으로 우왕좌왕하며 완전히 기선을 제압당한 적을 향해 용이 명을 내렸다.

"한 놈도 남김없이 모두 해치워라!"

요란한 함성과 함께 치열한 근접전이 시작되었다.

선두에 선 김방경 장군의 무예는 실로 놀라운 것이었다. 평생 전장을 누비며 크고 작은 수많은 전투를 치른 그의 명성은 결코 과장이나 헛된 것이 아니었다. 적과 마주 선 그가 절제된 동작을 펼쳐질 때마다 한 치의 오차 없이 상대를 베었다.

그러나 중과부적으로 인한 지금의 정황은 화급한 위기에 처한 것이 분명했다.

용천검을 빼어든 용의 활약 또한 대단했다. 지난 고문의 후유증으로 아직 몸 상태가 완전치 못하였지만 있는 힘을 다해 공력을 집중시켰다. 용천검의 회오리에 든 적들은 추풍낙엽처럼 속절없이 쓰러졌다. 그러한 선전에도 불구하고 적에 비해 현저히 적은 수적인 열세로 인해 점차 힘겨운 수비를 하고 있었다.

아군의 병력 손실 또한 심각한 것이어서 이대로 가다가는 목숨을 보전하는 것조차 장담하기 어려운 위급한 상황이었다.

그때 돌연 적의 후미에서 함성이 들려왔다. 그들은 용의 지시를 받고 우회하여 뒤편을 치고 들어 온 인표와 십여 명의 아군들이었다.

합단들이 주도하던 상황은 이내 반전되었다.

앞뒤로 협공 당하는 처지가 된 그들은 전의를 상실한 채 완전히 수세에 몰리고 말았다.

인표가 병사들을 독려했다.

"합단놈들을 한 놈도 남김없이 모두 도륙하라!"

인표는 마치 성난 범처럼 펄펄 날았다. 그의 검이 번쩍인 곳에는 어김없이 적의 시신이 나뒹굴었다.

결국 적들은 무수한 동료의 주검을 남긴 채 도주하고 말았다. 그러나 그 수는 불과 몇 명에 불과했다.

어느덧 희끄무레 동이 터오르고 있었다.

인원을 점검해보니 아군 측 사상자도 십여 명이나 되었다.

장군 용이 상기된 표정으로 상장군에게 보고를 올렸다.

"각하! 무탈하셨습니까. 위험에 처하시게 하여 송구하옵니다."

"아니야. 자네의 기지와 중랑장의 활약이 아니었으면 큰 낭패를 당할 뻔하였다."

상장군의 칭찬에 얼굴을 붉힌 인표가 의견을 내놓았다.

"그런데 죽은 적들을 자세히 살펴보니 복장은 합단인 것이 틀림없는 것 같으나 이상한 점을 발견하였습니다. 그들의 머리가 모두 변발인 것으로 미루어 몽골인들인 것 같다는 생각이 듭니다."

용과 시선을 마주친 방경이 혼잣말처럼 되뇌었다.

"누군가가 우리를 해치기 위해 합단으로 위장한 병사들을 보냈다?

일련의 사태들과 연계시켜 짐작컨대 충분히 가능한 추론일세."

김방경이 장군 용에게 물었다.

"병력을 나눠 적의 후미를 공격하여 결과적으로 우리 측이 승기를 잡는 계기를 만든 것은 틀림없는데 다시 이러한 상황이 재현된다면 그 땐 어찌하겠는가."

"상대 병력은 아군에 비해 배가 넘는 숫자였습니다. 거기에 우리 측 인원 중 상당수가 비전투 요원이었으므로 전면전으론 어차피 승산이 없는 싸움이었습니다. 자칫 궤멸 당할지도 모를 위기에 처한 탈출 해법으로 고육지책의 편법을 쓰는 무리수를 두었습니다. 하오나 두 번 다시 이런 상황은 마주치지 않았으면 하는 바람입니다."

재치 넘치는 용의 답변에 호쾌한 웃음을 터트린 상장군이 마무리를 해주었다.

"그렇다. 아무리 훌륭한 병법이라도 그것은 원용할 수 있는 책 속의 내용일 뿐이다. 그에 반하여 주어진 상황은 시시각각 변하는 살아 있는 생물과 같다. 원칙에 우선하는 것이 중요하나 적절한 임기응변 역시 그에 못지않으니 그것이 바로 오늘의 예라 할 수 있다."

장군 용이 행렬을 이끌고 개경으로 돌아온 것은 추위가 맹위를 떨치는 날이었다.

궁으로 든 장군 용은 문하성 관리에게 귀국을 보고하는 한편 행정적인 절차를 모두 마무리했다.

상장군 김방경이 용의 손을 잡으며 목이 메었다.

"금번 원행 길에 겪고 느낀 것이야말로 정말 값진 것이었다. 그대를 통해 또 다른 나를 보았노라. 그리고 고려의 미래가 결코 어둡지만은 않다는 사실과 함께 희망을 보았다. 나 김방경은 그대를 위해 기꺼이 토양이 되고 거름이 되어줄 것이다. 나를 딛고 올라 역사의 무대에 찬란한 꽃을 피우라!"

용의 가슴 역시 뜨거움으로 벅차올랐다. 일세를 풍미한 시대의 영웅으로부터 그러한 신뢰와 찬사를 받을 수 있다는 사실이 감격스럽기만 했다.

그런 용을 물끄러미 바라보는 눈길이 있었다.

상장군의 아들 김혼이었다.

어제 오늘 마당가 느티나무에 둥지를 튼 까치가 유난히 반가운 기색으로 울었다.

내린 눈을 쓸던 손길을 멈춘 분이가 느티나무를 올려다보며 해맑은 목소리로 말했다.

"마님. 까치가 울면 반가운 손님이 오신다 했는데 아마도 장군님이 돌아오시려나 봅니다."

분이의 말에 처인 부인이 미소 지으며 답했다.

"네가 방금 한 말처럼 무탈하게 돌아오신다면 얼마나 좋겠니."

"마님께서 회임한 사실을 아시게 되면 장군님의 표정이 어떠하실까. 소녀는 벌써부터 몹시 궁금하답니다."

분이의 말에 처인 부인의 얼굴이 발그레 물들었다.

잠시 후 자욱한 안개를 헤치며 말을 달려오는 모습이 두 사람의 눈에 들어왔다. 마치 꿈속의 일만 같았다. 분이가 깡충깡충 뛰며 들뜬 목소리로 외쳤다.

"마님. 정말 장군님이 오시네요. 원나라에 가셨던 장군님이 말이에요."

어느새 달려와 걸음을 멈춘 말이 입에 거품을 가득 문 채 더운 콧김을 뿜었다.

"부인, 그동안 얼마나 고적하시었소."

용을 바라보는 처인 부인의 눈에 반가움의 눈물이 가득 고였다.

"장군님. 원행을 이끄시느라 얼마나 노고가 크셨습니까. 이처럼 무사히 돌아오심이 참으로 다행스럽습니다."

용이 부인을 애틋한 시선으로 보았다.

"이러고 있을 것이 아니라 들어가십시다."

마님을 모시느라 고생 많았다는 칭찬에 부끄럼을 못 이긴 분이가 처인 부인의 뒤로 몸을 숨겼다.

오랜만에 돌아온 집은 포근하고 아늑했다. 지금 이 공간만큼은 세상 밖 태풍이 미치지 못하는 무풍지대로 거센 파고와 격랑의 물결도 모두 비켜선 편안한 안식처였기 때문이었다.

그사이 한결 밝아진 표정과 생기 충만한 부인의 혈색을 보며 용은 다행이라 안도했다.

하지만 원행을 떠날 때에 비해 몹시 수척해진 남편을 대하는 처인 부인의 가슴은 몹시 아리기만 했다.

부인의 손을 잡은 용이 다정한 음성으로 물었다.

"그동안 어찌 지내신 것입니까. 이따금씩이라도 북쪽 하늘을 보며 멀리 떠난 낭군을 그리워하신 것인지 모르겠습니다."

남편을 그윽한 시선으로 바라보는 여인의 볼을 타고 눈물이 방울 지어 흘러내렸다.

"푸른 댓잎에 무서리 내리니 근심은 깊어지고 밤이 이처럼 긴 것은 임이 떠나시고 난 다음에야 알았습니다. 하지만 장군님의 안위를 걱정하는 가운데에도 기다림의 나날은 행복하였답니다. 새로운 생명을 잉태한 여인의 기쁨은 세상 그 무엇에도 비길 수 없는 경이로움이었기 때문입니다."

부인의 말에 놀란 용이 감격에 겨워 들뜬 목소리로 되물었다.

"부인이 진정 회임을 하셨단 말입니까?"

대답 대신 부끄러움으로 가슴에 얼굴을 묻는 부인을 감싸 안은 용의 손이 가늘게 떨렸다.

"고맙소. 부인, 축하합니다. 하지만 기쁨을 함께 나눌 분들이 이 자리에 계시지 않다는 사실이 안타까울 뿐입니다."

다음 날 용의 집을 찾은 방문자가 있었다.

그는 상장군 김방경이 보낸 의원이었다.

"장군님께서 그간 겪으신 고초를 소인에게 일러주시며 용처에 합당한 약을 조제하여 전해드리라 말씀하셨습니다."

진맥을 마친 다음 가지고 온 약재를 전해준 의원이 돌아갔다.

처인 부인은 가혹한 문초를 받느라 남편의 몸이 만신창이가 되었었다는 사실을 의원을 통해 듣는 순간 억장이 무너지는 아픔으로 몸을 떨었다. 참았던 통한의 눈물은 의원이 자리를 뜨자 이내 터져 나오고 말았다.

"어찌하여 그처럼 참혹한 일을 당하셨으며 그 기막힌 고통을 어떻게 감내하셨단 말입니까."

흐느껴 우는 아내의 어깨를 따스한 손길로 감싸 안은 지아비가 조용한 목소리로 말했다.

"부인, 울음을 그치세요. 누군가가 말하기를, 인생이란 절벽 틈을 달리는 말 그림자처럼 순식간에 지나는 것이라 하였소. 그처럼 짧은 시각 위를 지나야 하는 인간이기에 애써 불행을 외면하고 행복만을 부둥켜안으려 몸부림하는 것인지도 모릅니다. 하지만 행과 불행, 삶과 죽음이란 마치 손바닥과 손등같이 한 몸을 이룬 존재여서 항시 가까이 있음을 알아야 합니다. 장부로 태어나 대의를 위한 삶을 살고자 하는 것이 내 소신이니 두려움도 거침도 없습니다.”

“하오나 저는 두렵습니다. 장군의 처지가 고려와 원으로부터 모두 배척당한 뿌리 없는 부평초가 아니고 무엇이란 말입니까.”

“부인, 나는 바람에 휩쓸려 나부끼는 연약한 갈대가 아닙니다. 이미 아름드리나무가 되어 고려 땅에 자리 잡았습니다. 이제 튼실한 가지와 뿌리를 내리는 일만 남았습니다. 천년을 이어갈 우람한 장송으로 우뚝 서기 위해 거센 바람과 폭풍우를 견디어내야만 할 것입니다.”

잠시 후 어느 정도 마음의 안정을 찾은 처인 부인이 그간 마음에 품고 있던 궁금한 것을 물었다.

“‘천산의 노부가 해동 고려국의 용에게 전하노라. 천정기고 행운유수라.’ 하였는데 장군님께서 혹시 그 의미를 알고 계신지요.”

전혀 예상치 못한 부인의 질문에 놀란 남편이 의아한 표정으로 되물었다.

“부인이 천산에 드신 사부님이 내리신 그 말씀을 어찌 알고 계신 것입니까.”

그제야 그날의 정황을 짐작한 처인 부인이 마치 생시처럼 선명했던 꿈속의 일을 소상하게 설명해주었다.

용의 눈에 눈물이 핑 돌았다.

“사부님께서 사지에 든 나를 구해주신 줄은 진작 알고 있었습니다. 하지만 이제 보니 내 목숨을 구명한 것은 인표뿐만 아니라 부인의 간절한 기도 덕분이었구려.”

용은 문초를 받던 중 정신이 혼미한 가운데 금빛 환약을 입에 넣어주시던 사부님과 초련을 떠올리며 가슴이 뭉클해졌다.

며칠 뒤 그간의 고초를 위로하는 상부의 배려로 등청하지 않고 휴식을 취하는 용의 집을 인표가 방문했다. 그런데 걸음을 한 것은 혼자가 아닌 뮬란과 함께였다.

마침 뜰에 나와 바람을 쏘이던 집주인이 함께 들어서는 두 사람을 보며 농을 던졌다.

"본격적인 중신을 서기도 전에 어느새 이처럼 다정한 사이가 되었는지. 남녀 간의 일이란 참으로 모를 일이구먼."

무안함으로 얼굴이 홍당무처럼 빨개진 뮬란이 얼른 변명 아닌 변명을 했다.

"장군님이 귀국하셨다는 소식을 듣고 인사드리러 나오는 길에 중랑장님과 우연히 만난 것일 뿐 별다른 것은 없습니다."

그러나 그 말은 인표의 짓궂은 답변에 또 다른 빌미를 주고 말았다.

"뮬란 낭자와 말에 나란히 앉아 장군님 댁으로 향하는 길이 평소보다 너무도 가까운 듯 느껴져 아쉬움이 클 뿐입니다."

어찌할 바를 몰라 하던 뮬란은 분이를 따라 황급히 안채로 들어가고 말았다. 사내들의 유쾌한 웃음소리가 담장을 넘었다.

탁자 위에 놓인 찻잔에서 풍기는 그윽한 향이 거실 가득 번져 나갔다. 안주인이 곁에 앉은 분이를 바라보며 모두에게 차를 권했다.

"분이의 차 끓이는 솜씨가 날로 진일보하니 음미해보시기 바랍니다."

하지만 분이가 알 수 없다는 표정을 지으며 한 말이 모두를 웃게 만들었다.

"항시 부족하다 지적만 받다가 이처럼 칭찬의 말씀을 들으니 기분이 좋기는 합니다만, 어느 것이 진짜인지……."

"그래요. 부인이 분이로 하여금 정신을 혼란케 한 것은 분명해 보입니다. 앞으로는 그 점을 유념하셔야 할 듯싶습니다."

분이는 그 말뜻을 잘 알지 못하였으나 장군님이 자기의 역성을 들어준 것은 틀림없으므로 기분이 좋았다.

인표가 처인 부인에게 인사 드렸다.

"그간 안녕하셨습니까. 회임을 경하 드리옵니다."

처인 부인이 준수한 인물의 인표를 보며 반갑게 말을 받았다.

"고립무원의 절박한 처지에 드신 장군님을 목숨 걸고 지켜드린 중랑장님께 진심으로 감사드립니다. 정말 고맙습니다."

"맡은 바 소임을 했을 뿐인데 이처럼 과한 찬사를 해주시니 오히려 송구스럽습니다."

오는 길에 인표로부터 원에서 벌어진 사건의 전말을 들어 알고 있는 뮬란이 분개하여 목소리를 높였다.

"장군님을 취조하고 또 곤경에 처하게 한 배후인물 중 하나가 진여랑이라 들었습니다. 도대체 그자가 장군님과 무슨 철천지 원한이 있기에 그토록 악랄한 짓거리를 하는 것인지 모를 일이네요."

씁쓸한 표정을 지은 용이 말했다.

"그와의 악연이 어디에서 기인한 것인지는 나도 알지 못한다. 하지만 질긴 인연의 끝이 아직 다하지 않았다는 사실은 분명하니 그 점이 염려될 뿐이다."

진여랑의 음흉한 미소를 떠올린 인표가 지난 일을 되짚었다.

"귀국길에 파사부에서 치른 합단들과의 전투를 돌이켜볼 때 여러 가지 의혹이 듭니다. 저들이 우리 측을 공격하여 얻을 이익이 전혀 없을 뿐만 아니라 차후 국경에 배치된 고려군사의 보복을 의식한다면 자신들의 입지가 위축될 수도 있는 그와 같은 모험을 자초할 까닭이 없습니다."

"나 역시 자네와 같은 생각이다. 그 일은 아마도 옥사를 일으켜 목적을 이루려다 실패한 무리들이 합단을 가장하여 꾸민 일일 가능성이 농후하다."

"엊그제 원에서 들어온 관리의 전언에 의하면 옥에 갇혀 있던 심상 군이란 자가 죽었다고 합니다."

인표의 말에 별로 놀라는 기색 없이 용이 말을 받았다.

"예상하고 있던 일일세. 그러한 조처는 후환을 없애려는 저들의 고 육지책일 것이야. 자네가 움직일 수 없는 확실한 증거를 제시하여 사 건을 마무리 지었고 거기에 덧붙여 원한다면 연루된 자들을 밝힐 수도 있다며 배수진을 친 순간 심상군의 목숨은 이미 이 세상 사람이 아니 었던 것이지."

"만일 제가 심상군의 신병을 우리 측에 넘겨 달라 요청하여 실현되 었다면 어찌되었을까요."

"사실 그자가 무슨 죄를 지었건 고려인의 신분이 분명할진대 처벌 역시 우리 측에서 하는 것이 마땅하지만 그건 감당키 어려운 재앙의 시작을 의미하는 것이었다네."

인표가 이해할 수 없다는 표정을 지었다.

"그자의 입을 통해 그 사건과 연관된 고려의 세력과 원 관리들이 실 체를 드러냈다면 그 여파는 엄청난 회오리를 일으키고 말았을 게야. 아마 자네나 내가 가장 먼저 희생양이 되었겠지."

안색이 창백하게 질린 인표의 이마에 식은땀이 흘러내렸다.

그런 사실을 염두에 두었더라면 자신이 어찌 원수 홍다구와 그처럼 당당히 맞설 수 있었을 것인가 생각하니 두려움으로 몸이 떨렸다.

마치 시퍼런 칼날을 양손으로 잡고 있으면서도 정작 본인은 아무것 도 모른 채 호기를 부린 꼴이었다.

"무지한 저의 처신이 하마터면 돌이킬 수 없는 결과를 초래할 뻔했 습니다."

웃음 띤 얼굴로 모두를 돌아본 용이 인표를 향해 고마움을 표했다.

"유비 현덕에게 관우와 장비 두 아우가 있다 했지만 내게는 그 두 사람을 합친 것보다 더욱 뛰어난 자네가 있음을 확인하는 계기가 되었으니 나는 실로 복이 많은 사람이 분명하다."

말을 마친 용이 인표의 손을 마주 잡았다. 감동한 인표의 눈에 눈물이 글썽거렸다.

용이 인표의 손을 잡은 채로 말했다.

"사실 인표 자네를 처음 본 순간부터 왠지 낯설지 않다 느꼈다네. 그동안 많은 시간을 함께하며 깊이 마음을 나눈 우리야말로 전생의 큰 인연이 있지 않았을까 여겨진다. 이참에 자네를 아우로 삼아 의형제를 맺었으면 하는데 의견을 말해보게."

벅차오르는 감격으로 목이 메인 인표가 눈물을 흘렸다.

"저를 이처럼 생각해주시니 어찌 말씀을 올려야 할지 모르겠습니다. 감사합니다. 그리고 고맙습니다. 평생 변함없이 존경하는 마음으로 받들어 모시겠습니다."

"내 마음을 받아주어 고맙기 한량없다."

그러고는 의식을 치를 조촐한 주안상을 마련하라고 일렀다.

서로의 잔에 술을 가득 채운 두 사람이 그 술을 나누어 마셨다. 그리고 자리에서 일어난 인표가 형님 용에게 절을 올렸다. 형은 앉은 채로 고개를 숙이는 반배로 아우에게 답했다.

"이로써 우리 두 사람은 형제의 우애를 간직하고 서로를 믿고 따르며 평생 변치 않을 것을 천지신명과 이 자리의 증인들에게 선서하노라!"

처인 부인과 뮬란이 박수로 두 사람이 의형제로 맺어진 것을 축하해주었다. 조용히 앉았던 분이의 한마디가 모든 사람의 고개를 끄덕이게 했다.

"그러고 보니 장군님과 중랑장님 두 분의 모습이 친형제처럼 닮으셨어요."

처인 부인이 입을 열었다.

"두 분께 축하드립니다. 오늘은 아주 뜻깊은 날이네요. 덧붙여 제가 한 가지를 더 제안하겠습니다. 방금 아우님이 되신 중랑장님과 뮬란 낭자의 중신을 서려 하는데 당사자들의 의견을 듣고자 합니다."

얼굴을 붉히며 고개 숙인 뮬란과는 달리 인표가 씩씩한 목소리로 시원하게 답변했다.

"그렇지 않아도 오는 길에 제가 낭자에게 넌지시 의사를 타진해본 결과 반승낙은 받았으니 이제 길일을 택하는 일만 남지 않았나 하는 것이 저의 생각입니다."

고개 숙인 뮬란의 눈에 고였던 눈물이 볼을 타고 흘러내렸다.

육친의 정을 모르고 자라온 지난 세월의 아픔이 지금 이 순간 설움이 되어 북 받친 것이었다.

인표와 뮬란의 혼례는 처인 부인에게 일임하기로 의견을 모았다.

그동안 꾸준히 약을 복용하며 섭생한 결과 용의 건강이 예전으로 돌아왔다.

그해 봄 처인 부인이 아들을 순산했다.

자신을 빼닮은 새 생명을 보며 용은 세상 모든 것을 얻은 것처럼 기뻐했다.

"부인, 고맙습니다. 이제 이 아이가 고려 땅에 뿌리를 튼실하게 내리고 세세연년 이어 내려 울울창창한 숲을 이룰 것입니다."

감격에 겨워 목이 메인 산모가 울먹이는 목소리로 말했다.

"이처럼 기쁜 날을 맞이하게 해주신 하늘의 가호에 감사할 뿐입니다. 아이를 바르게 양육하여 은혜에 보답하겠습니다."

"모쪼록 그리하셔야지요. 이 아이의 이름을 어질고 훌륭하게 살라는 뜻으로 양이라 지을 것입니다."

왕이 귀국에 앞서 내린 교지가 원으로부터 당도했다.

'머지않아 응방 규모를 축소하는 일환으로 관군이 철수를 시작한다. 군사들이 돌아갈 때 부모가 허락하여 출가한 부인 이외에는 양민을 위협하여 끌고 가는 일이 없도록 단속하라. 장군 용을 서해도에, 신철을 경상도에, 김천고를 전라도로 파견하니 왕명을 받들어 백성들의 피폐함이 없도록 대처하라.'

서해도(황해도)는 고려 5도 중 하나로 수도 개경에 인접한 지역으로 응방의 폐해가 가장 극심한 곳 중의 하나였다.

명을 받들어 한시도 지체할 여유가 없는 장군 용이 종사관으로 대동한 인표와 함께 길을 나선 것은 이튿날 아침이었다. 말을 달린 그들이 황주목에 당도하니 뉘엿뉘엿 해가 저물고 있었다.

황주목사와 마주한 용이 왕명을 전하며 응방 철수에 관한 현재 상황을 물었다.

"응방의 움직임이 어떠합니까."

황주목사 곽신이 마땅치 않은 표정을 지으며 답했다.

"저들은 그동안 응방에 예속시켰던 양민들과 처첩으로 삼았던 부녀자들을 모두 원으로 데려갈 작정을 하고 있습니다."

"이 지역 세 곳의 응방 중 이번에 철수하는 곳은 그중 하나로 알고 있는데 그곳에 귀속된 인원은 모두 얼마나 되는지요."

"아마 백여 명이 넘는 것 같습니다."

황주목을 나선 용과 인표는 목적지 은률을 향해 말을 몰아 밤길을 달렸다.

두어 시각 길을 재촉한 그들을 가로막은 것은 구월산이었다.

"장군님. 험한 산길은 택하지 말고 저기 보이는 삼성사에 들러 잠시 숨을 돌리고서 편한 길로 우회하여 가는 것이 어떠하실는지요."

"저곳은 무엇을 하는 곳인가."

"아주 오랜 옛날, 하늘을 주관하는 환인께서 서자 환웅이 이 땅을 다스리고자 관심을 보이는 것을 알고 내려보내 웅녀와 혼인하여 단군왕검을 낳아 고조선을 열었다 합니다. 그 숭고한 뜻을 기리고자 오래전부터 이곳 구월산에 사당을 짓고 세 분 성인을 모셔 제사를 지내고 있습니다."

공들여 닦아놓은 길을 따라 잠시 산기슭을 오르니 제법 넓은 터에 서너 칸은 됨직한 반듯한 건물이 자리 잡고 있었다.

불이 밝혀진 사당 안에는 야심한 밤인데도 불구하고 기도하는 사람들이 있었다. 대부분 여인들이었다.

양초 불을 밝힌 단 위로 나란히 모신 환인과 환웅 그리고 단군 영정이 아래를 굽어보고 있었다.

낯선 사내들의 등장에 긴장한 아낙들을 안심시킨 인표가 물었다.

"무슨 일로 이처럼 간절한 기도를 올리시는 것인지 연유를 물어도 되겠는지요.”

그중 나이 지긋해 보이는 여인 하나가 울음 섞인 목소리로 입을 열었다.

“우리는 모두 응방에 속한 백성들인데 이번에 모두 원나라로 잡아간다고 하니 기가 막힐 노릇입니다. 하여 삼성님께 소인들의 불쌍한 처지를 보살펴주십사 기도를 올리고 있는 것이랍니다.”

아낙들에게 들어본 사정은 모두 같았다.

인표가 분개한 목소리로 다시 물었다.

“이러한 실정을 관에 하소연해보았을 것 아닙니까.”

“관리들은 세금과 부역을 면하기 위해 응방에 속하기를 자진한 것이므로 어찌할 수 없다 말합니다. 그러나 따지고 보면 우리의 잘못만은 아닙니다. 매번 되풀이되는 면포와 은 등의 공출과 과중한 부역에 시달리다 보니 매를 잡고 키우는 일만 하면 된다는 저들의 꾐에 빠진 것입니다. 그것이 종이 되는 일임을 어찌 알았겠습니까요.”

말을 마친 아낙은 기어이 눈물을 보이고 말았다.

가혹한 책무만 강요하고 정작 백성의 보호에는 무책임한 정치의 실상을 눈앞에 목도한 그들은 할 말을 잊었다. 황주목사의 유들유들한 얼굴이 떠올랐다. 백성들에게 있어서는 원의 관리인 응방 사람들이나 고려관리가 모두 마찬가지일 터였다.

삼성각을 나서니 동녘 하늘이 훤히 밝아오고 있었다.

은률 관아에 당도하여 현령과 마주앉은 용이 자신의 신분과 수행할 임무를 밝히고 물었다.

“내가 보고 들은 바에 의하면 철수하는 응방 관리들이 양민들을 사노로 삼아 원으로 강제 이송하려는 일로 백성들이 불안에 떨고 있는데 현령은 어떠한 조처를 하고 계신지요.”

나이가 들어 보이는 현령은 중앙정부 관리에게 줄을 대 수만 냥의 금전을 상납한 대가로 고을 수령자리를 산 자였다.

"부끄럽지만 무소불위의 권력을 휘두르는 저들을 저지할 수 있는 힘이 현령에게 없다는 것이 솔직한 답변입니다."

그런 부류들이 고을 백성을 위해 할 수 있는 일은 별로 없었다. 오히려 자리를 얻느라 투자한 본전을 뽑고 자신의 배를 불리기 위해 주민들의 고혈을 빠는 일에 혈안이 될 뿐이었다.

자리를 털고 일어선 그들이 응방으로 향했다. 응방은 관아와 인접한 곳에 있었다. 그런데 책임관리 응방사를 찾은 자리에서 마주친 것은 뜻밖에 두승경이었다. 그는 용이 오래전 원의 호위총관으로 이부에 배속되었을 때 하위직 관리였고 자신에게 항시 호의적으로 대해준 반가운 인물이었다.

"삼가님. 아니, 장 장군님. 이곳에서 장군님을 뵙게 되다니 정말 반갑습니다."

"그것은 내가 먼저 해야 될 말일세. 자네는 언제 고려로 온 것인가?"

"두 해쯤 전 장군님을 뵙고 설린 낭자와 진여랑의 혼인을 알려드린 직후 이곳 응방 책임자로 부임하였습니다. 장군님에 관한 소식은 이따금 들어 알고 있었습니다."

설린들의 이야기를 전할 때 인표와 두승경이 인사를 나누었으므로 그들은 이미 구면이었다.

용은 자신이 은률에 온 목적과 임무를 밝혔다. 하지만 왕명으로 교지를 내린 사실은 말하지 않았다. 일을 처리하는 과정에서의 마찰이 외교문제로 비화될 경우를 염두에 둔 조처로 만일의 경우 중앙정부의 부담을 덜고 혼자 책임을 안으려는 의도가 있었다.

두승경의 얼굴에 잠시 곤혹스러운 그림자가 스쳐 지났다.

"저와 장군님의 입장과 처지가 달라진 탓에 추구하는 이해관계가 어긋나게 된 점 참으로 유감입니다. 하오나 아시다시피 저는 원의 관리로서 직분에 충실해야 할 의무가 있으므로 장군님의 의견과 상충되는 부분이 있다 해도 해량하여 주실 것으로 믿습니다."

참으로 묘한 자리에서 어려운 난제를 가지고 만난 두 사람이었다. 서로의 입장을 이해하면서로 한 치도 양보할 수 없는 줄다리기를 시작해야만 했다.

만일의 사태를 염두에 두고 당면한 현황의 파악과 대처할 준비를 하느라 분주한 하루가 지났다.

다음 날 날이 밝으니 고을에 작은 소동이 일어났다. 지난밤 사람이 죽었다는 것이었다. 사망인의 신분은 현의 아전이라 했다. 그런데 가해자는 뜻밖에도 피살자의 처남으로 범행 직후 제 발로 관에 들어와 자수를 했다고 한다.

조반을 마친 용과 인표가 현령의 집무처로 향했다. 잠시 후 현령이 임석한 가운데 형방의 취조가 시작되었다.

용과 인표는 본 사건이 업무와는 관련이 없었으므로 한옆에서 조용히 지켜보았다.

포승줄에 묶인 사내가 끌려 나왔다. 그의 건장한 체구가 당당해보였다.

형방이 사내를 향해 물었다.

"어젯밤 축시 경, 자형 강복여를 살해한 사실이 있는가?"

사내가 얼굴을 들어 현령을 한 번 본 다음 입을 열었다.

"그렇습니다."

"사람을 죽이려면 합당한 동기가 있었을 터인데 그것이 무엇인가 말하라."

“그자는 제 마누라를 팔아먹은 것도 모자라 응방의 관리에 딸려 원으로 보내려 한 더러운 인간입니다.”

“사람을 죽인 죄를 지었으므로 참형을 면키 어려울 것이나 자수한 점을 고려할 때 정상참작의 여지가 있으니 구체적인 정황을 말하도록 하라.”

“강복여란 자는 술을 잘 빚는 누이를 이용하여 응방 사람들과 친하게 지내며 이익을 취해오다가 누이를 탐내는 작자에게 아예 팔아넘겨 이번에 원으로 함께 보내려 한 파렴치한 인간입니다.”

취조를 지켜보던 현령이 얼굴을 붉히며 형방을 향해 명을 내렸다.

“저자가 극형을 피하고자 교활한 혀를 놀려 변명으로 일관하니 지엄한 법을 조롱함이다. 바른 말이 나올 때까지 매운맛을 보여라.”

심문 과정을 지켜보다 자리에서 일어선 용이 현령에게 청했다.

“사실 지금 이 자리는 수행할 임무와 직접적인 관련은 없습니다. 하지만 응방의 폐해와 연관성으로 미루어 상관관계는 충분하다고 판단합니다. 가해자의 보충진술을 듣고 싶습니다.”

벌레 씹은 얼굴을 한 현령이 마지못해 명을 거두었다.

“그렇다면 가해인이 자형 강복여와 금전 관계로 다투게 된 실상이 무엇인지 답변하라.”

형방의 명이 떨어지자 현령을 정면으로 쏘아본 사내가 담담한 어조로 말했다.

“이속의 신분이라 전면으로 나서지 못하는 자형을 대신해 소인이 고리채를 빌려주고 거두어들이는 일을 맡아보았습니다. 범보다도 더 무서운 줄 알면서도 고리채를 쓰는 사람들의 사정이 오죽하겠습니까. 그 딱한 사정을 빤히 아는 저로서는 매번 받으라 하는 이자를 채우지 못하였습지요. 그 일로 인해 자형과 여러 번 큰소리를 낸 일이 있었습니다. 나중에 알게 된 사실이지만 그 자금은 자형의 돈이 아니었습니다.”

안색이 창백해진 현령이 자기도 모르는 사이 헛기침을 했다.

형방이 물었다.

“마지막으로 더 할 말이 없느냐.”

좌중을 한번 둘러본 사내가 입을 열었다.

“명색이 사내라는 자가 자기 처를 보살피고 지켜주기는커녕 알량한 자리보존을 핑계로 몹쓸 짓을 한 자인 만큼 죽어 마땅합니다. 또 제 백성을 곤경에 처하게 하고 끝내는 노예 신세로 내모는 나라 역시 비겁하기는 마찬가지입니다. 이런 나라에 태어난 것이 참으로 원망스러울 뿐입니다.”

말을 마친 사내가 모든 것을 체념한 듯 눈을 감았다.

그런 사내를 보며 인표는 왠지 모르게 가슴이 짠해옴을 느꼈다. 논리정연한 주장을 펼치는 의연함과 당당한 기백이 아깝다는 생각이 들었기 때문이었다. 참으로 안타까운 사건이었다.

잠시 후 두승경과 마주앉은 용이 방금 보고 온 일을 그대로 전하며 물었다.

“지금 벌어지고 있는 일련의 사태는 시작일 뿐으로 만일 응방에 속한 양민들을 강제 이송한다면 어떠한 참사가 빚어질지는 아무도 예측할 수 없는 일인데. 어찌할 텐가.”

난감한 표정을 지으며 두승경이 입을 열었다.

“강복여란 자는 나도 안면이 있습니다. 그리고 그 일과 관련된 인물이 누구인지도 알고 있습니다. 하지만 그러한 일은 지엽적인 문제로 큰 결정에는 영향이 없습니다. 예정대로 보름 후에 원으로 출발하게 될 것입니다.”

“자네의 의견을 모르는 바는 아닐세. 하지만 과연 그것이 황제 폐하께오서 고려와의 관계를 설정하신 뜻과 부합하는 것인가 하는 점을 간과해서는 안 될 것이야.”

“이번에 일차로 철수하는 경상도와 전라도의 응방 모두가 같은 방침하에 움직이게 될 것입니다.”

“그럼 한 가지 제안하겠네. 공개적으로 심사하여 남녀를 불문하고 원행을 바라는 자에 한해서만 대동한다면 어떻겠나.”

용의 말에 두승경이 씁쓰레 웃었다.

“지금 장군님이 하신 말씀은 일견 합리적인 것 같지만 실상은 제게 백기를 들라는 것과 다름없습니다.”

“그리 들렸다 하니 미안하기는 하지만 내 생각으로는 그렇게 해주는 것만이 원과 고려의 관계를 돈독하게 해주는 바람직한 선례를 남길 수 있는 기회라 여기니 다시 한 번 재고해주게.”

자리를 일어서며 용이 최후통첩처럼 한마디를 던졌다.

“만일 일방적으로 밀어붙인다면 어쩌면 자네와 일행들이 압록강을 무사히 넘을 수 없을는지도 모를 일이니 서로 노력하여 그런 불행은 막아보세.”

두승경의 등에 식은땀이 흘렀다. 자신이 직접 목도하지는 못하였지만 그가 얼마나 대단한 상대인가 하는 사실을 익히 알기 때문이었다.

며칠이 지난 어느 날 두승경이 사람을 보내왔다. 응방에 당도하니 자리에 앉기를 권한 그가 입을 열었다.

“그간 곰곰이 생각한 끝에 장군님의 의견에 따르기로 하였습니다. 하지만 이것은 지시받은 명령과는 분명 배치되는 일이므로 만일의 경우 제가 책임을 져야 할 사안임을 말씀드립니다. 내일 공개심사를 실시하겠습니다.”

“내 의견을 수렴해주어 고맙네. 결과에 이의 없이 따르려 하니 너무 염려 마시게."

다음 날, 관아 뜰에 사람들이 모여들기 시작했다. 응방에 등록된 사람은 모두 130여 명이었다. 응방사 두승경이 입회한 가운데 호방이 사람들의 이름을 일일이 호명하여 대조했다. 곳곳에서 여인들의 흐느낌이 터져 나왔다.

앞으로 나선 장군 용이 모인 사람들을 향해 말했다.

"나는 정부에서 파견된 관리입니다. 여러분들이 응방을 따라 원나라에 가고 남는 것은 자유입니다. 따라서 의견을 분명하게 표명해주기 바랍니다."

의외의 말에 사람들이 반신반의했다.

호방이 사람을 하나하나 앞으로 불러 의사를 물었다. 한나절이 지나자 심사가 모두 끝났다. 그중 원으로 가겠다고 자청한 사람은 남자가 8명, 여자가 12명으로 모두 20명이었다.

남자들은 대부분 가족이 없는 홀아비들로 어차피 고생은 일반이라는 생각으로 다른 세상을 택한 사람들이었다. 그러나 알 수 없는 것은 여인의 마음이었다. 남편과 자식이 버젓이 있으면서도 응방 사내들을 따라가겠다며 나선 여인이 여럿 있었다. 그중에서도 나이 어린 처자 하나가 단연 눈길을 끌었다. 원에서 온 젊은 관리에게 마음을 빼앗긴 소녀는 부모의 반대와 눈물을 떨구는 만류에도 불구하고 끝내 마음을 돌리지 않았다.

임무를 모두 마친 용과 인표가 구월산 아래 삼성사 인근을 지나고 있을 때였다. 한 무리의 여인들이 삼성각을 향해 길을 오르는 모습이 눈에 들어왔다. 용이 그쪽으로 시선을 주며 말했다.

"저 여인들의 간절한 기도가 환인과 환웅 그리고 단군성조의 감응을 이끌어냈는지도 모를 일이다.”

인표가 고른 치열을 드러내 밝게 웃으며 모처럼 농을 했다.

“저 아낙들의 후손들은 두고두고 기억할 것입니다. ‘어느 날 밤 삼성사에 기도를 올리던 여인들에게 홀연히 나타난 훤칠한 인물의 귀공자가 자신들을 원으로 끌고 가려는 응방으로부터 구해주고는 어디론가 바람처럼 자취를 감추었다’ 고 말입니다.”

인표를 보며 용이 놀란 표정으로 감탄사를 터트렸다.

“황산에 올랐을 때 느낀 바지만 자네의 탁월한 문학적 감성으로 미루어 무장이 되기보다는 문인의 길을 택했더라면 후세에 길이 남을 대문호가 되었을 것을. 안타깝기 그지없네그려.”

나란히 말을 타고 걸으며 그들은 유쾌하게 웃었다.

“두승경이 특단의 조치를 내려주어 예상 밖의 성과를 이끌어내기는 했지만 모쪼록 그 일로 인해 화를 당하지 말아야 할 터인데…….”

“저 역시 그 점이 마음에 걸립니다. 그리고 두승경 님이 전해준 말에 의하면 진여랑이 다루가치 신분으로 고려에 오려고 막대한 자금을 쓰고 있다고 하는데 그렇게 되면 정말 큰일이 아닙니까.”

“만일 그 일이 현실이 된다면 고려는 커다란 재앙을 떠안게 되는 셈이지.”

충렬왕이 원성공주와 함께 원나라에서 돌아왔다.

곽주와 서경 등 도시를 지날 때마다 구름처럼 모여든 백성들의 칭송이 자자했다.

나라의 동량으로 존경받는 상장군 김방경을 구명한 일과 극심한 작폐로 인해 원성이 높던 응방 일부를 철수시키는 조처를 이끌어낸 것에 대한 백성들의 반응이었다.

　왕이 개경으로 돌아온 다음 날, 경녕전에 중신 재추가 모두 참석한 가운데 조회가 열렸다.

　환한 얼굴로 옥좌에 앉은 왕이 중신들을 내려다보며 말씀을 내렸다.

　"그동안 원에 입조하여 황제를 배알하고 중요한 국사를 처리하느라 오래 지체되었다. 과인은 금번 원행을 통하여 진정 많은 것을 깨달았다. 모름지기 나라의 안위가 위기에 처했을 때 충신과 열사가 나타난다는 고금의 역사를 알고 있으나 과인이 그런 사실을 직접 목도하였도다."

　잠시 호흡을 가다듬은 왕이 다시 말을 이었다.

　"상장군 김방경과 장군 용은 앞으로 나오도록 하라."

　명에 따라 읍하고 선 그들을 보며 왕이 하교했다.

　"김방경을 첨의중찬 상장군 판감찰사사로 삼고 은 10근을 내린다."

　"전하. 성은이 망극하옵니다. 신명을 바쳐 충성할 것을 맹세하옵니다."

　"장군 용을 대장군으로 제수하고 은을 입힌 말안장을 하사한다."

　"성은이 망극하옵니다. 본분을 다해 충성할 것을 맹세합니다."

　사실 오늘의 자리는 상당한 의미를 지니고 있었다.

　명종 26년 최충헌 등이 일으킨 무신의 난 이후 그 폐해를 막기 위해 무신에게 집중된 권력을 약화시키기 위한 노력을 기울였다. 그러나 뿌리 깊은 무신의 발호를 견제하는 것은 지난한 일이었다. 물론 원에 예속된 원인을 따지자면 피폐해진 고려의 국력과 맞물려 몽골 초원에서 일어난 강성한 세력의 발호로 인한 것이었지만, 나라를 온전히 지켜내지 못한 것이 항시 가슴에 커다란 응어리로 남았다.

　충렬왕의 가슴 한편에는 영웅적 기상을 지닌 무장에 대한 기대와 믿음이 자리 잡고 있었다.

　귀화인 신분인 용을 대장군으로 임명한 것은 파격적 인사가 아닐 수 없었다.

어사대로 배속된 대장군 용이 맡은 직무는 기밀을 수집하고 관장하는 일이었다. 그 기구는 국가의 중추적 정보기능을 담당한 매우 중요한 부서였다. 어사대의 수장은 정3품 판사대부로 대장군과 같은 직급이었다. 하지만 귀화인이라는 사실을 들어 용을 견제하려는 조정 권신들의 탁상공론으로 인해 직함 없이 수장으로 부임한 것이었다.

자사중승을 비롯한 부서의 고위관리들을 집합시킨 대장군 용이 간단한 인사를 마친 다음 업무지침을 내렸다.

"여러분이 잘 알고 있는 것처럼 어사대의 업무는 막중하다. 사정기관이라는 특성상 타 부처나 개인에 관한 정보를 장악하고 있다 하여 그것을 공적인 일 외에 사용하는 행위는 절대 용서치 않을 것임을 밝혀둔다. 또 직무를 이용해 부정을 저지르는 자 역시 추호도 용납하지 않겠다. 다만 소신을 지켜 수행한 업무에 관해서는 불이익이 돌아가지 않도록 적극 보호할 것을 약속한다. 기밀은 지켜질 때에만 소중한 가치가 있다는 사실을 명심하라."

원에서 어사대의 업무를 경험한 용은 정보조직의 생리와 폐단을 잘 알고 있었다.

다음 날 대장군의 집무처로 들어선 인표가 인사를 올렸다.

"승차 경하 드립니다. 대장군 각하."

"고맙네. 자네도 삼사의 판관으로 자리를 옮겼더구먼. 첨의중찬으로 승차하신 김방경 상장군을 모시게 되었으니 잘된 일일세. 지난 원행길에 자네를 눈여겨 본 상장군님의 배려일 것이야."

"일세를 풍미할 영웅을 두 분이나 모실 수 있는 저야말로 인복을 타고난 행운아입니다."

무안한 표정을 지은 대장군이 인표를 나무라는 투로 말했다.

"한 분의 영웅을 거론하는 데는 동의하지만 나 자신은 그런 웅혼한 기상을 지녔다고 스스로를 생각해본 일이 없으니 겸연쩍을 뿐일세."

상기된 표정으로 인표가 말을 받았다.

"대장군님이 어사대로 부임하시는 문제를 두고 조정에 돌아가는 여론을 보며 많은 생각을 하였습니다. 방금 승차한 대장군의 직급으로는 어사대의 수장인 판사대부가 과하다는 일각의 주장은 대장군님을 견제하려는 측의 논리가 분명했습니다. 하지만 대장군께서 김방경 상장군을 구명한 일과 응방 철수를 이끌어낸 외교적 성과에 이어 서해도 은률 응방의 양민구제의 치적을 내세운 측의 지지 역시 만만치 않았습니다. 지금으로서는 아쉬움이 크지만 일련의 과정들이 대장군님의 입지를 반석 위에 올려놓는 계기가 될 것입니다."

"일전에 상장군님을 뵌 자리에서 의원과 약을 보내주신 후의를 감사 드렸네만 자네가 내 뜻을 다시 한 번 전해 올리게."

이런저런 이야기를 나누던 중 인표가 응방 문제로 화제를 돌렸다.

"전라도와 경상도의 응방 철수에 관한 실상을 알고 계십니까?"

"나도 들어 알고 있기는 하네만 그로 인해 빚어진 결과가 너무 참혹하여 안타까울 뿐이다."

"특히 장군 신철이 업무를 관장한 경상도에서는 응방에 속한 백성들을 전원 이송하려는 응방사의 조치에 반발한 부녀자 수명이 목을 매는 사태까지 벌어졌다 합니다."

용의 뇌리에 미천한 신분을 벗어나 출세를 위한 길이라면 수단과 방법을 가리지 않겠다 하던 신철의 눈빛이 떠올랐다.

가을이 소리 없이 깊어가고 있었다. 독수리 한 마리가 흰 뭉게구름을 헤치며 커다란 날개를 펼쳐 하늘을 선회했다.

궁 남쪽에 위치한 마제산으로 사냥 나가는 왕의 행차가 꼬리를 물고 길게 이어졌다. 험준한 마식령에 인접한 마제산은 낭림산맥 줄기로 북으로 백두산을 향해 우람한 등줄기를 뻗고 있었다.

백마를 탄 왕을 필두로 십여 리에 걸친 긴 행렬이 서서히 움직였다. 왕을 호위하는 병사를 지휘하는 대장군 용의 모습이 보였다. 그가 이번 왕의 사냥 행차에 참여하게 된 데에는 특별한 사연이 있었다. 고려로 오기 전 사냥을 참관하던 공주를 향해 달려드는 황소만한 곰을 혼자서 해치웠다는 놀라운 무예를 알고 있는 왕이 대장군을 부른 것이었다.

하루 한나절이 지나서야 마제산 초입에 당도한 일행이 군막을 세워 자리를 잡았다.

준비를 마치고 사냥감의 몰이 시작을 알리는 북소리가 힘차게 울리자 수백 명의 병사들이 산으로 흩어졌다.

한참의 시간이 흐른 후 조용하던 숲의 정적을 깨트리는 요란한 징과 꽹과리 소리와 함께 드디어 본격적인 사냥감 몰이가 시작되었다.

말을 탄 왕 주변을 수비대장을 비롯한 여러 명의 장수들이 호위하며 산길을 올랐다.

이곳저곳에서 병사들의 환호가 들려오는 것으로 미루어 사냥감이 풍족한 것 같았다. 산자락을 빙 둘러싸고 짐승들을 아래쪽으로 몰고 내려오는 방법이었다.

왕을 수행한 일행이 조그만 분지로 접어들었을 때 수풀을 헤치고 사슴 한 마리가 뛰쳐나왔다. 재빨리 활에 살을 먹인 왕이 시위를 당겼다. 급히 몸을 돌리려던 사슴의 목에 명중한 화살이 꼬리를 부르르 떨었다.

와! 하는 함성이 일제히 터져 나왔다.

왕이 흐뭇한 표정을 지었다.

잠시 후 맞은편 숲이 출렁하는가 싶더니 커다란 멧돼지가 나타났다. 그런데 놈은 혼자가 아니라 여러 마리의 새끼를 거느리고 있었다.

왕이 명을 내렸다.

"저놈들을 모두 잡아라."

왕을 호위하고 있던 무장들이 일제히 화살을 날렸다. 새끼들을 보호하려는 어미 멧돼지의 저항은 처절했다. 온몸에 화살이 박혀 피를 흘리면서도 입에 피거품을 문 채 달려들었다. 결국 숨을 헐떡이던 놈은 한 발의 화살이 목에 명중하는 것과 동시에 마지막 비명을 크게 지르며 그대로 쓰러지고 말았다.

사냥감을 포획하면 기쁨의 함성이 터져 나와야 할 것이나 새끼를 거느린 어미를 잡은 탓으로 분위기가 그리 유쾌하지는 못했다.

그때 병사들이 포획물들을 거두려 하는 중 예기치 못한 일이 벌어지고 말았다.

모두는 마치 커다란 검은 바위가 굴러 내리는 착각에 빠졌다. 엄청 큰 숫멧돼지가 숲을 헤치고 뛰쳐나온 것이었다. 놈은 입에 흰 거품을 뚝뚝 흘리며 병사들을 향해 무서운 기세로 달려들었다. 눈 깜박할 사이에 서너 명의 병사들이 희생되고 말았다. 혼비백산하여 놀란 병사들이 사방으로 흩어졌다.

왕을 호위하고 있던 무장들이 화살을 날렸다. 하지만 놈은 괴물이었다. 여러 대의 화살을 맞고도 눈앞에 보이는 인간들을 짓밟으며 그대로 돌진해오고 있었다. 장창을 뽑아든 용이 말을 달렸다. 달려오는 놈의 거친 숨소리가 귓전에 들리는 듯했다. 마주 보고 질주하던 말과 괴물이 그대로 충돌하기 직전, 살짝 옆으로 엇갈려 달린 말 등에서 용의 손을 떠난 창이 그대로 멧돼지의 두꺼운 목덜미에 박혔다.

숲이 울리는 비명과 함께 입에 피 거품을 문 괴물은 그대로 무릎을 꺾고 말았다. 말 옆구리에서 다시 창을 빼어든 용이 몸을 날려 멧돼지 목 깊숙이 창날을 찔러 넣었다. 단말마의 비명을 지른 놈이 사지를 축

늘어트렸다.

"대단하다. 조자룡의 솜씨를 무색케 하는 대장군 용의 무예가 참으로 볼 만하도다."

그러나 왕의 치하를 받으면서도 용의 마음은 그리 기쁘지 않았다. 언젠가도 오늘과 비슷한 상황이 벌어져 새끼를 거느린 곰을 죽인 일이 있었기 때문이었다. 아무리 불가피한 일이라 해도 살생의 업보는 결국 자신이 짊어져야 할 업장이란 사실을 알기 때문이었다.

마제산은 험산준령인 백두산 줄기인 까닭으로 사냥감이 풍성했다. 병사들에게 밥을 먹이고 잠시 휴식을 취한 다음 사냥이 다시 시작되었다.

왕은 군막에서 휴식을 취하고 있었다.

대장군 용이 병사들이 사냥하고 있는 현장으로 걸음을 옮겼다. 오늘 수확은 예상했던 것보다 풍성하여 이미 포획양이 상당했다.

산길을 한참 오르는데 병사들의 웅성거림과 함께 개들이 짖는 소리가 들려왔다. 걸음을 재촉한 그의 눈앞에 놀랄 만한 광경이 들어왔다. 병사들과 수십 마리의 사냥개에 둘러싸인 거대한 백호 한 마리가 버티고 서 있었다. 눈에 광채를 뿜어내는 그 당당한 위용이야말로 백수의 왕이라 하기에 부족함이 없었다. 주위를 둘러싸고 대치한 개들은 사냥개 중에서도 용맹하기로 소문난 풍산개들이었다. 하지만 제왕은 전혀 위축된 기색이 없이 포효로 분노를 표출했다. 그 소리는 마치 동굴의 울림과도 같이 웅혼한 것이어서 듣는 이의 간담을 서늘하게 만들었다.

현장을 지휘하는 낭장이 둘러선 병사들에게 지시를 내렸다.

"사냥개들이 놈의 기력을 빼놓았을 때 일제히 활을 쏘도록 할 것이니 대기하라."

드디어 개들이 달려들기 시작했다. 소문에 듣던 대로 풍산개의 용맹은 대단했다. 그러나 버티고 선 백호가 가볍게 몸을 한번 움직일 때마다 개들은 처참한 비명을 내지르며 저만큼에 나뒹굴었다.

그 광경을 지켜보던 용이 낭장에게 말했다.

"병사들과 사냥개를 모두 거두고 범이 갈 수 있도록 퇴로를 열어라!"

대장군 용의 명령에 의아한 표정을 지은 낭장이 쭈뼛거리며 결정을 내리지 못하였다.

"잡을 수 있었던 범을 그대로 살려 보낸 죄를 추궁당하기라도 한다면……."

"모든 책임은 내가 질 것이니 그리 조처하도록 하라."

낭장이 마지못해 병사들에게 퇴로를 열어줄 것을 명령했다.

용이 둘러선 병사들을 헤치고 백호를 향해 걸음을 옮겼다. 지척의 거리에 선 용과 백호의 시선이 마주쳤다. 고려의 범을 직접 목격한 것은 이번이 처음이었다. 부릅뜬 눈에서 누런 안광을 뚝뚝 떨구었다.

잠시 후 등을 돌린 백호가 천천히 걸음을 옮기기 시작했다.

이내 시야에서 백호의 모습이 완전히 사라지고 난 후 포효하는 울음소리가 온 산을 쩌렁쩌렁 울렸다.

팔관회(八關會)

팔관회가 열렸다.

　높은 장대를 세워 오색비단 장막을 늘어트린 채붕을 층층이 걸고 사방에 1천 개의 향등을 밝혔다. 팔관회가 11월 15일 중동에 궁궐에서 열리는 것은 태조 이래 내려온 전통이었다.

　팔관회는 불가에서 말하는 살생·도둑질·간음·헛된 말·금주를 경계하는 오대 계에, 사치하지 말고 오후에는 금식해야 한다는 등 세 가지를 덧붙인 여덟 가지 계율을 하루 낮밤 동안 엄격히 지키게 하는 불교 의식의 하나였다. 그러나 점차 엄격한 계율에서 벗어나 호국의 뜻을 새기고 토속 신에 대한 제례를 행하는 날이 되어 하늘의 영령들과 오악의 명산대천과 용신을 섬기는 행사로 열리고 있었다.

　본 대회일 전일을 소회일이라 했는데 소회에는 왕이 법왕사로 납시어 부처님 전에 기도를 올리는 것이 전례로 되어 있었다.

　송악산 기슭에 자리 잡은 법왕사는 문수사 등과 더불어 개경십사 중 하나로 유서 깊은 사찰로 다포계 팔작지붕을 얹은 화려한 장식이 돋보이는 대웅전과 뜰 앞에 선 구층 석탑이 절묘한 조화를 이루고 있었다.

　불전에 기도를 마친 왕이 보조국사와 마주 앉았다.

　일연 스님은 당대의 고승으로 경상도 지방의 사찰에 주석하고 있었으나 왕의 초청으로 잠시 법왕사에 머물고 있었다.

　문창호지를 통해 들어온 한 줌 볕이 방바닥으로 떨어져 주위를 환히 비추었다. 그윽한 다향이 방 안을 아련히 맴돌았다.

　차를 한 모금 음미한 왕이 보조국사에게 물었다.

　"여래의 설법에 무고집멸도라 하였는데, 과연 고의 원인이 되는 번뇌는 어찌 끊사오며 고와 미혹으로부터 진정한 해탈에 이르는 길은 무엇인지요."

　조용히 듣고 있던 스님이 입을 열었다.

　"여래께서는 '진리를 바르게 알고 있는 사람들은 외도에 이끌리는 일이 없다. 그들은 바르게 깨닫고 바르게 알아서 평탄하지 않은 길을 평탄하게 걸어간다. 또 진리를 잃어버리지 않은 사람들은 외도에 이끌리는 일이 없으니 그들은 바르게 깨닫고 바르게 알아서 평탄하지 않은 길을 평탄하게 걸어간다' 라고 말씀하셨습니다. 제왕과 범부의 가는 길이 다르다 할 것이나 깨달음을 얻는 길은 둘이 아닌 하나일 것입니다.”

이튿날 어둠이 내린 경녕전 앞뜰에서 화려한 의식이 거행되었다.

단위에 앉은 왕과 왕비가 위엄을 갖춘 가운데 팔관회의 시작을 알리는 장엄한 제례악이 연주되었다.

첨의중찬 김방경이 단 앞으로 나와 헌수례를 올렸다.

“국왕전하와 공주님의 만수무강을 기원 드립니다.”

모든 중신과 재추들이 일제히 한 목소리로 헌수를 올렸다.

문하시중을 비롯한 첨의중찬과 지방장관들이 선물과 글을 바쳤다.

흡족한 표정을 지은 왕이 자리에서 일어나 하늘을 향해 두 팔을 열고 고천문을 읽었다.

“오늘 팔관회 의식을 거행함에 하늘의 영령들이 백성을 위무하사 태평성세를 내리시어 그 덕이 태양이 대지를 비추듯 온 누리에 두루 미칠 것을 축원하오니 부디 오악의 명산·대천·용신·지신께서 이 땅을 보살펴 주오소서.”

제신에게 드리는 헌주의식을 마치자 일제히 터져 나온 함성이 궁을 흔들었다.

“고려국 만세! 국왕전하 만세! 만세! 만만세!”

가무백희가 이어지며 곳곳에서 춤과 음률이 어우러진 연회가 열렸다.

어둠을 밝힌 천 개의 향등들이 나부끼는 가운데 아름다운 무희들의 춤사위에 무르녹은 흥겨운 웃음소리가 차가운 밤하늘로 흩어졌다.

시끌벅적한 연회장에서 조금 떨어진 후원 소쇄원에 다정히 선 두 남녀가 보였다. 인표와 뮬란이었다.

"낭자. 처인 부인을 통해 들었습니다. 우리의 혼례일을 다음 달 초사흘로 잡았다고 말입니다."

향등에 비친 그녀의 얼굴이 부끄러움으로 달아올랐다.

"저도 마님께 말씀 전해 들었습니다. 제게도 이런 날이 오다니 정말 꿈만 같습니다."

인표의 어깨에 몸을 기댄 그녀는 몹시 떨고 있었다.

"이제부터 낭자는 혼자가 아닙니다. 어떠한 모진 바람도 내 어깨로 감싸 막아드리리다. 이 목숨 다할 때까지 낭자를 지켜드릴 것이니 모든 두려움을 버리고 내게 기대세요."

참으려 했지만 가슴 떨리는 기쁨으로 뮬란은 기어이 눈물을 보이고 말았다.

"고맙습니다. 넘치도록 벅찬 이 순간의 행복을 지키기 위해 혼신의 노력을 다할 것입니다."

어두운 하늘을 가득 수놓은 별들이 보석처럼 반짝이는 밤이었다.

다시 만날 기약 없이 아들을 떠나보내야 하는 정화궁주의 마음은 찢어지는 것만 같았다.

세자 자리에서 밀려나 일개 왕자의 신분으로 아주현(아산) 동심사로 떠나게 된 것이었다. 왕명에 의해서였다.

"미안하다. 어미가 힘없고 못난 탓으로 너를 지켜줄 수가 없구나. 부족한 어미를 원망해라."

어미를 물끄러미 바라보던 아들 자의 눈에도 이슬이 맺혔다.

"소자 아바마마의 명을 받들어 잠시 쉬었다 오겠사오니 너무 마음 상하지 마시오소서."

“그곳은 서해에 인접한 산간이라 하던데 마음을 편히 하여 섭생에 유의하고 부디 좋은 날 다시 재회하도록 하자.”

금지옥엽으로 키운 자식을 낯선 곳으로 보내야만 하는 어미의 심정은 단장의 아픔으로 가눌 길 없었다.

세자가 동심사에 당도한 것은 보름이 지난 다음이었다.

동신 산자락 남서쪽에 위치한 동심사는 규모는 단출했지만 오래된 고찰로 서해바다를 돌아앉은 한적한 아주현 고을에 인접해 있었다.

요사채에 여장을 푼 왕자 자에게 현령이 인사차 들렀다.

“아주현 현령 석문금이라 하옵니다. 왕자님의 안전을 위해 병사를 하나 배치하겠습니다. 불편하신 점은 그 편에 말씀해주시면 즉시 처리해 올리겠습니다.”

현령이 왕자를 대하는 태도는 예의를 갖춘 듯하면서도 실상은 불경에 가까울 정도로 무례한 것이었다. 아마도 고립무원의 처지가 된 그를 얕잡아본 것일 터였다.

그러나 그것이 폐세자가 당하는 비운의 시작임을 당사자는 짐작치 못하고 있었다.

그렇게 하여 왕자의 유배 아닌 유배가 시작되었다.

충렬왕 5년의 일이었다.

영원한 미소

원으로부터 전함 9백 척을 건조하라는 명이 떨어졌다.

갑술년(1274년) 일본 정벌에 실패한 치욕을 만회하기 위해 2차 정벌을 감행하려는 원의 조처였다.

나라 재정이 고갈된 지금의 형편으로 다시 전함을 건조하고 전쟁준비를 해야 하는 것은 큰일이 아닐 수 없었다.

왕의 부름을 받은 대장군 용이 궁으로 들었다.

"또다시 일본 정벌을 계획하며 9백 척의 전함을 마련하라는 원의 명령이 하달되었다. 전함을 만들고 수리하는 일을 원수부에서 관장한다면 홍다구가 감독관으로 파견될 가능성이 크다. 홍다구는 우리와 사이가 좋지 못한데 만일 감독하게 한다면 필시 백성들에게 반감을 주어 일에 지장을 초래할 것이다. 성상께 아뢰어 헤아려주실 것을 주청하라."

수행할 종사관을 선정하고 원으로 향할 길을 떠나기 위한 준비로 분주한 용을 찾은 사람이 있었다. 얼마 전 대장군으로 승차한 신철이었다.

"그동안 안녕하셨습니까. 대장군님."

"대장군 아니신가. 승진을 축하드리네."

"감사합니다. 대장군께서 금번 매우 중요한 사안을 가지고 원에 입조하신다 들었습니다. 지난번 응방 철수 문제로 심히 난처한 처지에 들었던 대장군 신철이 두승경의 안부를 궁금해 하더라고 전해주시기 바랍니다."

언중유골이라는 말처럼 분명 은률의 일을 염두에 둔 신철의 심중을 짐작한 용이 부드러운 언사로 달랬다.

"서해도 은률의 처리 결과가 경상·전라도에서 빚어진 사태와 비교되어 난처해진 자네의 입장은 이해되지만 주상전하께서도 거론치 않으셨으니 그만 잊어버리시게."

"일희일비하는 조급함은 없습니다. 하오나 상국이 결정한 원칙이 지켜지지 않은 것에 대한 책임소재는 가릴 것이니 대장군께서도 그런 저의 행동을 지나치다 여기지 마시기 바랍니다."

월권에 가까운 호의를 베풀어 응방에 속한 양민을 구제해준 두승경의 일을 문제 삼아 실추된 입지를 만회하려는 그는 출세를 위해서라면 악마와 손을 잡고 영혼마저 팔아버릴 것 같은 야수의 눈빛을 하고 있었다.

원을 향해 출발한 대장군 용이 진여랑을 만난 것은 평남 자비령 고갯마루 절령참에서였다.

'원수는 외나무다리에서 만난다'는 고사처럼 왕명으로 원으로 입조하는 용과 우단치라는 직책으로 전함 만드는 것을 감독하고 독려하기 위해 고려로 오던 진여랑이 마주친 것이었다.

"대장군으로 승차하였다 들었소이다. 모두 내 덕인지 아시오, 용장군."

김방경 장군과 자신을 모함하여 사지로 몰려던 계획이 수포로 돌아간 사실을 노골적으로 빗대어 적의를 드러낸 여랑을 보며 용이 말을 받았다.

"잊지 않고 있으니 언젠가는 꼭 갚을 날이 있으리다. 충고할 것은 고려는 원과는 모든 점이 다르니 부디 조심 또 조심해야만 할 것이요."

그와 마주치기만 하면 갈등과 설전이 벌어지는 것은 참으로 이상한 일이 아닐 수 없었다.

그나저나 모진 성품의 소유자인 진여랑의 등장으로 고려 백성들의 가중될 폐해가 심히 염려될 뿐이었다.

원으로 들어 황제를 배알한 대장군 용이 아뢰었다.

"폐하. 고려국왕의 주청을 받들어 입시한 대장군 장순룡 문후 드리옵니다. 그동안 옥체 강녕하셨사옵니까."

온화한 표정의 황제가 말씀을 내렸다.

"대장군으로 승차하였구나. 장한 일이로다. 그래 고려국의 동정 준비는 어찌되어가고 있느냐?"

"일본 정벌을 계획하신 폐하의 성지를 받들어 도지휘사와 계점사를 파견하여 전함의 수리와 건조를 독려하고 있사옵니다. 왕께서 소신을 파견한 까닭은 총관과 우단치의 권한을 축소하시어 감독권 이외의 전횡을 금지시켜 달라는 것입니다. 부디 상국의 아량을 베풀어 우호와 선린의 아름다움을 고려 백성들에게 보여주실 것을 주청 드리옵니다."

"그 모든 일이 소임을 맡은 관리들이 의욕적으로 일을 추진하다 생기는 폐단으로 알고 있노라. 심각한 작폐를 야기하는 관리는 소환하여 문책할 것이니 그리 알도록 하라."

황궁을 물러 나오는 용을 기다린 것은 뜻밖에 궁진이었다.

"대장군님, 그동안 안녕하셨습니까. 오셨다는 소식을 접하고 한걸음에 달려온 길입니다."

그의 손을 덥석 잡은 용이 반갑게 물었다.

"별고 없이 잘 지냈느냐? 사형은, 아니 이제는 초련 부인이라 불러야 하겠구나."

"예. 얼마 전 아내를 꼭 빼어닮은 딸아이를 출산하였습니다."

"그래, 그것 참으로 잘 되었다. 축하한다."

"지난번 가혹한 문초를 당하셨다 들었습니다. 당시 저는 멀리 변방에 근무하느라 그 사실을 나중에야 알았습니다. 곤경에 처하셨을 때 도움이 되지 못해 송구스럽습니다. 후유증은 없으신지요."

"괜찮다네. 당시는 경황이 없었네만 나중에 생각하니 자네 소식을 일체 알 수 없어 이상하다 여겼더니 그리되었구먼."

"후일 우연히 알게 된 사실이지만 제가 변방으로 발령받게 된 것은 장군님과 저를 차단하려는 진여랑의 술책이었습니다."

궁진의 말에 용의 놀라움이 컸다. 그처럼 주도면밀하게 옭아맨 여랑의 독수에서 벗어난 것은 천만다행한 일이 아닐 수 없었다.

"원으로 오는 길에 만난 여랑 그자가 전함 건조를 감독하는 우단치 직책을 맡아 고려로 향하는 것을 보았네. 앞으로의 일이 걱정일세."

궁진이 의미심장한 말을 해주었다.

"장군님이 아끼시는 중랑장 인표와 상의하시면 해답이 나올 듯합니다."

용은 그 말속에 함축된 의미를 짐작하고 있었다.

궁진과 함께 황궁 문을 나서는 용의 눈이 절로 커졌다. 저만큼에서 오고 있는 것이 파륜인 것 같았다. 가까이 다가온 그는 정말 파륜이었다.

용을 알아본 파륜이 금방이라도 넘어질 듯 빠르게 달려왔다.

"도련님, 여기에서 도련님을 만나 뵙다니요. 소인은 지금 고려로 가는 참에 도련님이 원에 드셨다는 소식을 듣고 이처럼 급히 온 것입니다."

"아재. 그런데 아재가 대도(북경)는 웬일이며, 고려로 가는 길이란 무슨 말입니까."

용의 물음에 돌연 파륜이 울음을 터트렸다.

"도련님, 대부인 마님께오서 보름 전에 세상을 뜨셨습니다. 장례를 모시고 그 소식을 전해드리기 위해 나선 길입니다."

고개를 든 용이 하늘을 올려다보았다.

며칠 전 꿈속의 어머님은 손을 흔들며 웃고 계셨다. 다가가려 했지만 점점 멀어지시던 어머님을 소리쳐 불렀다. 어머님이 그렇게 사랑하는 아들 곁을 다녀가신 것이었다.

수행한 종사관에게 대기하라 이른 용과 파룬이 상도를 향해 말을 달렸다.

어머니가 계시지 않은 집은 쓸쓸하기만 했다.

금방이라도 미소 지으며 아들을 반겨주실 것만 같은 생각에 아들의 가슴은 미어지는 것만 같았다.

아버지를 뵌 용이 무릎을 꿇어앉았다.

"아버님. 어머님의 마지막 가시는 길을 지켜드리지 못한 불효자식을 용서해주십시오."

슬픔이 복받쳐 오르니 울음조차 나오지 않았다.

"자나 깨나 네 걱정으로 노심초사하시던 어머니의 가는 길만큼은 아주 편안하셨다."

산소를 찾은 아들이 목멘 소리로 울었다.

"어머니. 어머니……."

모신 지 며칠 지나지 않은 산소는 아직 흙이 채 마르지 않은 그대로여서 더욱 슬픔을 크게 했다. 마치 어머니의 체온을 느끼기라도 하려는 듯 차가운 봉분을 쓸어안은 아들은 오열을 터트리고 말았다.

"어머니. 당신에게 받기만 한 가없는 사랑에 보답할 기회도 없이 이처럼 속절없이 가시다니 소자의 불효가 가슴을 칩니다. 하오나 당신이 아들에게 주신 사랑처럼 또 다른 사랑이 열매를 맺었습니다. 어머님 품에 손자를 안겨드리지도 못한 불효자를 용서하십시오. 어머니."

집을 떠나기 전 용이 아버지를 모신 자리에서 파룬에게 당부했다.

"이제껏 아재가 나를 대신하여 부모님을 보살펴온 것을 진심으로 감사드립니다. 나는 어차피 고려에 뿌리를 내리고 살아야 할 몸이니 이제부터는 아재가 아들 노릇을 해주시어 아버님을 봉양해주실 것을 부탁합니다."

성심을 다해 모시겠으니 분에 넘치는 그 말만은 거두어 달라 간청하는 파륜에게 대인이 입을 열었다.

"나 역시 허락할 것이니 용의 말에 따르도록 해라. 너의 곧고 진실한 성품이 오늘을 이끌었다. 또 다른 부자의 연을 만들어보자."

박연폭포

새로 지은 궁궐 수강궁에 왕이 공주와 함께 행차하였다. 그런데 어찌된 까닭인지 공주의 안색이 과히 좋지 않았다. 말없이 뒤따르던 공주가 마음에 두었던 말을 하려는 듯 입을 열었다.

"왕께서 정사는 등한히 하시고 사냥 다니는 일에만 몰두하니 어찌된 일이십니까."

사실 왕이 자주 사냥을 나가는 것에는 다른 이유가 있었다. 새로 들인 후궁 중에 백야단이란 여인이 있었다. 그는 양귀비를 능가하는 출중한 미색으로 왕의 총애를 한 몸에 받고 있었다. 그런데 궁에서는 아무래도 공주의 눈치가 보이니 사냥을 핑계로 밀회를 즐기는 사실을 알고 있는 공주가 질책한 것이었다.

겸연쩍은 표정을 지은 왕이 변명 아닌 변명을 했다.

"군주의 제행은 무치라 하였소. 본분을 망각하지는 않을 것이니 눈감아주시구려."

공주의 얼굴에 찬바람이 돌았다. 이어 먼발치에 따르는 호위에게 일렀다.

"궁으로 돌아갈 것이니 수레를 대령하라."

당황한 왕이 만류할 겨를도 없이 공주는 치마 바람을 일으키며 궁으로 돌아가 버리고 말았다. 투기하는 여인의 마음이란 귀천을 떠나 매양 한 가지였다.

어린 시절부터 총기를 타고난 왕이었지만 이즈음 왕은 소인배들을 가까이 하며 환락에 빠져 정사를 등한히 하고 있었다. 한 나라가 흥조에 든 기세는 마치 힘차게 떠오르는 태양과 같이 욱일승천하지만 반대로 망조에 접어든 운명이란 대개 무기력한 혼탁군주의 등장으로 몰락의 길을 재촉하는 것이 고금의 이치일 것이다.

피어오르는 아지랑이 속으로 봄이 찾아들었다.

하늘 높이 솟아올라 고운 소리로 재잘대며 날갯짓하던 노고지리가 나래를 접고 곤두박질쳐 내려앉았다.

개경 남쪽에 나란히 치솟은 천마산과 성거산의 우둑우둑 솟은 기암괴석들이 안개에 잠겨 그림 같은 정경을 이루었다. 동쪽과 서쪽으로 펼쳐진 골짜기 아래 울창한 침엽수들이 산허리를 포근히 감싸 안고 있었다.

웅장한 물줄기를 쏟아내는 폭포가 자욱한 물보라를 일으키며 오색 무지개를 펼쳐냈다.

대장군 용과 처인 부인이 아들 양을 대동하고 박연폭포를 구경 나온 길이었다. 저만큼에 인표와 뮬란의 얼굴도 보였다.

"부인. 이처럼 나들이를 나오시니 기분이 어떠십니까."

"마치 인간이 머무는 곳이 아닌 선경에 든 것만 같습니다. 새벽이슬과 빗방울이 모여 거센 물줄기를 만들고 장엄한 폭포를 이룬 것 같이 량의 후대 역시 이처럼 번성할 것입니다."

그윽한 시선으로 부인을 향한 지아비의 눈길이 푸근했다.

"그렇습니다. 오늘 우리는 고려 땅에 뿌리를 내린 하나의 씨앗에 불과할지라도 비바람과 폭풍우를 견디어내고 도도한 물결로 끊임없이 이어내릴 것이지요. 후손이라는 이름으로 말입니다. 그리고 그중 누군가는 필시 우리가 남긴 발자취를 기억해 세상에 드러낼 것입니다."

아들 양이 부모가 나누는 말을 귀담아 듣고 있었다.

웃는 얼굴로 다가선 인표가 농을 했다.

"선경에 드신 두 분이 나누시는 담소 역시 선문답인 것 같아 알아듣기 어렵습니다."

역시 미소 지은 용이 화답했다.

"황산과 구월산의 소회에 이어 문학적 감흥이 일 만도 한데 어떠한가, 박연폭포의 정취가?"

"그때는 미처 몰랐으나 곁에 꽃 같은 아내를 대동하니 사람에 취해 절경이 눈에 들어오지 않습니다."

인표의 농담에 뮬란의 얼굴이 붉어지고 말았다.

처인 부인이 거들고 나섰다.

"보기에 참으로 아름답습니다. 하오나 회임 중인 부인을 그리 놀리시는 법은 없습니다."

"말씀 명심하겠습니다. 그리고 지난 혼례를 성대하게 마련해주신 후의에 다시 감사 말씀 올립니다. 그 은혜 결코 잊지 않겠습니다."

처인 부인이 말없이 웃음으로 대신했다.

인표가 두 사람을 번갈아 보며 말했다.

"소천하신 대부인 마님으로 인해 상심이 크신 두 분께 위안을 드리려 마련한 자리입니다. 무거운 마음을 훌훌 털어버리시기 바랍니다."

"상심을 이처럼 진심으로 위로해주는 아우의 정성이 고마울 뿐이다."

그들은 내려오는 길에 길상사에 들렀다.

관음전에 든 용이 삼배를 마치고 올려다본 관음보살의 상호 한가운데 미소 짓는 어머님이 계셨다. 생전 모습 그대로였다. 아들이 반가운 마음으로 어머니를 불렀다.

"어머니……."

자애로운 시선으로 아들을 바라보며 어머니가 내리시는 당부의 말씀이 마치 꿈속처럼 아련하게 들려왔다.

'아들아! 어미를 형상으로 기억하고 음성으로 찾으려 함은 세상의 법이니라. 인연에 의해 만들어진 유의의 존재는 마치 명멸하는 환영이나 이슬, 물거품이나 꿈, 그리고 번개와 같은 것이다. 본시 오는 것도 없고 가는 것 또한 없음이다. 육신이 없으므로 간 것이 아니요, 그림자처럼 실체가 없다 하여 온 것을 부정할 수 없는 이치와 마찬가지다. 땅에 뿌려진 한 알의 밀이 싹을 틔우고 열매를 맺는 것과 같이 이 터전 위에서 세세연년 번영을 누리거라.'

"당신의 아들이어서 참으로 행복하였습니다. 어머니!"

사무치는 그리움으로 어머니를 부르는 아들의 볼에 뜨거운 눈물이 흘러내렸다.

제7장

바람과 구름의 비 (碑)

전함을 수리하고 건조하는 경상·전라도에 파견할 관찰사로 내정되었던 대장군 김혼을 서해 섬으로 귀향 보냈다.

김혼은 상장군 김문비와 사이가 매우 좋았다. 두 사람 모두 바둑을 좋아하는 까닭에 시간이 날 때마다 김문비의 집에서 바둑을 두었다. 그런데 바둑을 두고 나면 주안상을 들고 들어오는 것은 항상 그의 아내 박씨였다. 그런 일은 본시 계집종의 몫이었으므로 김혼은 고맙게 여겼다.

"매번 귀찮게 해드려 미안합니다."

입가에 미소를 머금은 여인이 말을 받았다.

"혁혁한 무장 가문의 장군님이 이처럼 찾아주시는 것만 해도 더없는 영광입니다. 괘념치 마십시오."

김혼은 여인이 자기를 대하는 눈빛을 보며 남다른 호의를 직감적으로 느꼈다.

"여보시게 문비. 자네는 참으로 복이 많은 사람일세. 저리도 자색이 고운 부인을 맞아 호사를 누리니 말이야."

과히 듣기 싫지 않은 농에 기분이 좋아진 문비가 흉허물 없이 말했다.

"내 처가 자네의 잘난 인물을 입이 마르게 칭찬하여 내가 샘이 날 지경이라네."

문비의 말에 더욱 고무된 김혼이 여인을 마음에 두었다. 그런데 얼마

314

뒤 김문비가 병으로 죽었다. 문상을 간 김혼의 눈에 소복 입은 미망인의 모습은 너무도 매혹적으로 보였다.

"이처럼 망극한 일을 당하시어 무어라 위로 말씀을 드려야 할지 모르겠습니다."

애절한 표정으로 눈물을 보이는 여인을 보며 김혼의 가슴이 뜨겁게 달아올랐다. 그런데 우연이라 하기에는 너무나도 공교롭게 김혼의 아내도 얼마 지나지 않아 세상을 떠났다.

상을 치르고 난 어느 날 박씨 부인이 인편에 서찰을 보내왔다.

"염치불구하고 이처럼 글을 전하는 부덕한 여인을 심히 꾸짖지 마시기 바랍니다. 지난날 남편과 친교를 생각한다면 한번 들러주시어 박복한 아낙을 위로해주시는 아량을 보여주실 것을 감히 청하옵니다."

마음에 두었던 여인으로부터의 이 전언이야말로 김혼의 타오르는 가슴에 기름을 부은 격이었다.

날이 어둡기를 조바심한 김혼이 달리는 말에 채찍을 먹이며 여인의 집으로 향한 것은 물론이었다.

방에 마주앉은 여인이 은밀한 시선으로 사내를 보며 붉게 단장한 입술을 달싹여 말했다.

"장군께서도 상처하신 것을 애석하게 여깁니다. 저를 불경스럽다 책망하실지 모르오나 모든 것은 하늘이 정한 연분이 아닌 탓이라 여깁니다. 장군님과 제가 이처럼 홀몸이 된 것 역시 또 다른 인연이 아닌가 싶습니다."

여인이 사내 품에 얼굴을 묻었다.

"사실 장군님을 오래전부터 흠모해왔습니다. 제게 아들이 없으니 장군을 닮은 아들을 하나 얻어 기르고 싶습니다. 뿌리치지 마옵소서."

농익은 여인과 들뜬 사내의 입김이 먼동이 터올 때까지 방 안을 뜨겁게 달구었다. 두 사람 모두 지아비와 지어미의 무덤에 흙이 채 마르기도 전이었다.

그러나 그 소문은 금방 감찰과 중방에 들어가고 말았다. 감찰에서 상소를 올렸다.

"전하께 아뢰옵니다. 상장군 김문비의 아내와 대장군 김혼이 사통하여 풍속을 어지럽히는 죄를 범하였으니 합당한 벌을 내려주실 것을 청하옵니다."

왕이 형부판서를 불러 물었다.

"상장군 김문비는 얼마 전에 세상을 뜨지 않았느냐. 또한 대장군 김혼 역시 상처하였으니 과부와 홀아비의 관계를 어찌 사통이라 하는가?"

"전하의 말씀은 지당하시옵니다. 하오나 지아비와 지어미가 죽은 지 채 며칠도 되지 않아 일어난 사단이므로, 이는 미풍양속을 해치고 배우자의 도리를 다하였다 볼 수 없기에 죄를 주청한 것이옵니다."

적당한 때를 기다리지 못한 조급함이 두 남녀를 귀향길로 내몰았다. 김혼은 서해의 외딴 섬으로 박씨는 죽주에 각각 부처되었다.

왕의 긴급 명에 의해 김혼이 내정되었던 경상·전라도의 선박건조를 감찰하는 관찰사로 대장군 용이 임명되었다.

관찰사 용이 합포(마산)에 당도한 것은 그로부터 십여 일이 지난 다음이었다.

보좌관으로 수행한 인표가 물었다.

"주막에 들러 요기도 할 겸 잠시 쉬었다 가시는 것이 어떻겠습니까."

"이심전심이라 하더니 나도 방금 그 생각을 하던 참이었다. 그나저나 외지 근무로 순회하면 승차에 도움이 되지 않는다는 사실을 잘 알면서도 매번 아우를 대동하여 미안하구나."

"그리 말씀하시니 섭섭합니다. 저로서는 이처럼 모시는 것이 무한한 영광일 뿐입니다."

주막으로 들어선 그들이 간단한 요깃거리를 주문했다. 허리 굽은 주모가 질박한 목소리로 물었다.

"손님들은 이 지역 분들이 아니신 것 같은데 어느 곳에서 오셨나요."

"개경에서 오는 길입니다."

뚝배기에 국물을 담던 주모의 눈빛이 경계하는 기색을 보였다.

밥을 한술 뜬 인표가 물었다.

"장사는 잘 되십니까."

두 사람을 찬찬히 살핀 주모가 여전히 경계의 눈초리를 풀지 않은 채 심드렁하게 말했다.

"또다시 전쟁 준비를 하느라 배를 만드는 공장이들로 북적거리니 밥은 먹고 삽니다만, 이놈의 세상이 어찌되려는지……."

주막을 나선 그들은 천천히 걸음을 옮겼다. 조금 전 노파의 깊은 한숨소리가 귓전을 맴돌았다. 주인의 착잡한 심정을 알기라도 한 듯 용을 태운 말이 갈기를 힘차게 흔들며 콧소리를 내 울었다.

불어오는 바람에 섞인 비릿한 갯내음이 이곳이 포구라는 사실을 새삼 느끼게 해주었다. 합포현을 향해 말을 달리던 그들이 초상집 앞을 지나게 되었다.

그런데 그들의 발길을 멈추게 한 것은 안에서 들려나온 넋두리 때문이었다.

"상가에 들러 문상을 할 것은 아니지만 무슨 곡절이 있는 것으로 보이니 잠시 사정을 들어보는 것도 괜찮을 듯싶습니다."

말에서 내린 그들의 귀에 여인의 울음 섞인 탄식이 들려왔다.

"금 비단은 아니지만 무명옷 갖춰 입고 귀밑머리 풀어 낭군을 맞이했네. 고운 볼 주름 덮고 흑발이 백발 되어 백년해로 함께하리 다짐하고 맹세한 임아! 텃밭 일궈 양식 삼고 새끼 재롱 위안으로 반평생을 함께하여 오늘에 이르렀네. 우리네 살림살이 늘고 줄고 할 것 없이 어제가 오늘처럼 행복인 줄 알았더니. 범보다 무서운 학정이 저승문을 열었구나. 가련하고 불쌍한 내 서방. 어느 놈은 팔자 좋아 비단옷 둘러 호강인데 무명으로 지은 옷도 아끼느라 남기었네.”

넋두리를 마친 여인이 서럽게 울었다.

인표가 문상 온 사람 하나를 붙들고 물었다.

“무슨 곡절이 있는 듯싶은데 고인은 어찌 돌아가셨는지요.”

이미 취기가 올라 얼굴이 불콰해진 사내가 인표를 흘끔 보더니 목소리 높였다.

“원에서 우단치로 온 진여랑이라는 놈 때문이지요.”

사내가 한 뜻밖의 말에 놀란 용이 되물었다.

“우단치 진여랑 때문이라 했습니까?”

자기가 거론한 인물에 관심을 보이자 이내 경계하는 낯빛으로 변한 사내를 안심시키려 인표가 얼른 거들고 나섰다.

“진여랑이라는 자가 무슨 짓을 저질렀기에 사람을 죽게 했다는 것입니까.”

사내는 고인과는 어릴 적 친구라 했다. 이웃에 살며 숟가락과 젓가락이 몇 개인지 서로의 살림 형편을 빤히 아는 처지였다.

“부역이나 공출은 예전부터 있어온 것들인데, 그자가 우단치가 새로 부임한 이후로는 집집마다 공납전이란 새로운 세금을 부과하였습지요. 그런데 그 액수가 너무도 과중하여 도저히 감당할 수가 없는 노릇이었습니다.”

“그렇다면 어려운 실정을 관에 호소하였을 것 아닙니까.”

사내가 그 말을 한 용을 보며 물었다.

"실례지만 댁들도 관리들이십니까?"

"궁금하여 묻기는 하오만 그쪽에게는 아무런 피해가 가지 않을 것이니 사실을 말씀해주시오."

용의 말에 안심한 사내가 치밀어 오르는 화를 삭이지 못하고 목소리를 돋우었다.

"이 나라의 관리란 놈들 역시 모두가 한통속일 뿐입니다. 돈을 마련하지 못한 친구는 관에 잡혀가 치도곤을 당하고 돌아와 그날 밤 목을 매고 말았습니다."

사내는 울고 있었다. 먼저 간 친구의 처지가 마치 남의 일이 아닌 것 같은 심정 때문이었다. 빈소에 들러 향을 피워 고인의 명복을 빌어준 그들이 상가를 나서니 어느덧 어둠이 내리고 있었다.

한여름 폭염으로 달구어진 대지를 비릿한 바다 바람이 훑고 지났다. 여각에서 하룻밤을 쉰 그들이 합포현으로 든 것은 정오 무렵이었다. 현령과 마주앉은 관찰사가 선박건조와 수리 현황을 물었다.

"전국 각지에서 동원된 2만여 명의 공장이들이 밤을 새워 작업에 매진하고 있습니다. 아시다시피 실질적인 업무는 도지휘사께서 맡고 있으므로 세밀한 보고는 생략하겠습니다."

그들은 선박건조가 한창인 포구로 걸음을 옮겼다.

용에게는 몽골의 드넓은 초원이 눈에 익을 뿐 바다라는 개념은 상당히 피상적이었다. 물론 서해 인근을 몇 차례 지나기는 하였으나 육지와 인접한 해안선을 보았을 뿐이었다. 그러나 눈앞에 펼쳐진 남해바다는 달랐다.

출렁이며 격랑으로 부서지는 하얀 포말을 물고 끝없이 펼쳐진 광활한 바다를 보며 새로운 세상을 보는 듯한 느낌에 사로잡혔다.

인표 역시 내륙 태생인 까닭에 남해바다를 직접 본 것은 처음이었다.

"정말 대단합니다. 포구에서 이루어지는 엄청난 선박건조 규모도 그러하지만 수평선 너머 아득히 펼쳐진 바다가 실로 놀랍습니다."

"고려가 해전에 강하고 선박주조 기술이 우수한 이유를 이제야 실감할 수 있구나. 동해와 서해, 남해가 이처럼 국토를 감싸고 있으니 어찌 보면 그것은 당연한 일이라 할 수 있다."

"오래전 신라에 장보고라는 걸출한 해상영웅이 나타나 서해·남해뿐 아니라 일본 해역을 완전히 장악하고 당나라와의 교역로를 열었다 합니다."

"나 역시 청해진 대사를 지냈다는 장보고 장군에 관하여 들은 일이 있다. 비운의 영웅이라 하더구나. 오랜 전통을 이어온 해상 강국의 이점을 살리지 못하고 반도에 갇혀 종이호랑이로 전락한 현실이 안타까울 뿐이다."

경상도 도지휘사 집무처는 포구에서 그리 멀지 않은 곳에 있었다.

도지휘사 허공이 관찰사를 반겨 맞아주었다. 그는 관찰사가 문하성에 배속되었을 때 상관으로 모신 일이 있었던 관리로 실무에 매우 능할 뿐만 아니라 성품이 곧고 강직한 인물이었다.

관찰사 용이 예를 갖추어 정중히 인사했다.

"중책을 수행하시느라 노고가 크십니다. 그간 안녕하셨습니까."

"어서 오시오. 김혼 장군의 후임으로 대장군이 관찰사로 오신다는 소식을 들어 알고 있었습니다."

이처럼 멀리 떨어진 곳에 있지만 조정에서 이루어지는 일을 손바닥 보듯 파악하고 있는 도지휘사의 정보력이 놀라웠다.

"당도하여 포구를 돌아보니 그야말로 엄청난 역사임을 실감할 수 있

있습니다.”

도지휘사가 진척된 공사 현황을 설명했다.

“현재 이곳에 주재한 인력이 모두 2만여 명으로 수리할 배를 포함하여 6백여 척의 전함을 건조 중에 있습니다. 문제는 잡부로 동원할 수 있는 가용 인원이 항시 부족하여 무리한 징발로 인한 백성들의 민원이 끊이지 않는 실정입니다.”

“모든 준비를 내후년 3월 이전에 마쳐야 하는데, 그에 따른 도지휘사 님의 판단과 견해를 듣고자 합니다.”

“상국에서 요구하는 시한에 맞추다 보니 어려움이 많은 것이 사실이지만 해낼 것입니다. 하지만 고려가 일본과 독자적인 전투를 벌이는 것이라면 피폐한 백성들의 고통이 따른다 해도 명분을 가지고 위안하겠지만 누구를 위한 전쟁인지도 모를 격랑에 휘말려야 하는 백성이나 나라의 처지가 참으로 딱하기만 합니다.”

도지휘사가 자괴감이 섞인 진심을 토로했다.

대개 이웃 나라와는 영원한 적일 수도 없으며 그렇다 하여 영원한 우방일 수도 없는 복잡 미묘한 관계를 유지하는 경우가 많았다. 세가 불리할 때에는 외교라는 명분으로 당근을 주었고, 반대로 유리할 때는 침탈이라는 채찍을 들기도 했다. 고려와 일본 역시 그런 관계라 할 수 있었다. 그런데 원의 속국으로 전락한 고려가 원과 연합하여 일본 정벌에 나섰다가 실패한 후 다시 2차 정벌 준비를 하고 있는 것이다. 모든 것은 분명 고려가 원한 것은 아니었지만 두 차례에 걸친 전쟁이 그후 양국 역사에 남긴 의미는 실로 막대한 것이었다.

관찰사가 물었다.

“우단치 진여랑이 공납전을 무리하게 거두어 민심이 흉흉하다 알고 있는데 대체 실상이 무엇입니까.”

"과거 원수 홍다구로 인해 원성이 높았는데, 진여랑 그자는 한술 더 떠서 고려 백성들의 고혈을 짜내려 혈안이 되어 있습니다. 안하무인격인 그자의 독선을 견제할 방법이 없습니다."

"우단치 진여랑의 집무처가 어느 곳에 있습니까."

"그는 보름 전 제2 선박제조기지가 있는 목포로 출발하여 지금 이곳에 없습니다."

합포의 공무를 마치면 전라도로 향할 예정이었으므로 어차피 진여랑을 한 번은 만나게 될 것이었다.

객사에 여장을 푼 용과 인표는 산적한 현안을 파악하느라 분주한 나날을 보냈다.

시간이 빠르게 흘렀다. 기승을 부리던 더위가 한풀 꺾이고 조석으로 선들바람이 불기 시작했다.

바다 위를 한가롭게 나는 갈매기를 바라보며 용이 인표에게 말했다.

"이곳 합포의 공무를 모두 마무리 지었으니 내일 목포로 떠나기로 하자."

"그동안 마련한 보고서를 일목요연하게 정리하여 챙겨두었습니다."

"수고 많았다. 그런데 일전에 목포에서 온 관리의 전언에 의하면 진여랑이 일간 합포로 돌아올 것이라 하였다. 만에 하나 길이 엇갈리는 일이 없어야 할 터인데."

"만일 그러한 일이 생긴다면 길을 되짚어오더라도 진여랑 그자를 반드시 만나야 할 것입니다."

용 장군을 문초하던 여랑의 뱀 같은 눈초리를 떠올린 인표가 치밀어 오른 적개심으로 몸을 떨었다. 그런 인표를 보며 지난번 원에 들렀을 때 궁진이 한 말이 떠올랐다.

"진여랑으로 인한 폐해가 극심하다면 그에 대한 처리는 인표 자네와

상의하면 해법이 나올 것이라 궁진이 말하였다네."

궁진의 말을 전해 들은 인표가 빙긋 웃으며 말했다.

"이심전심이지요. 궁진은 역시 친구 될 자격이 있습니다."

"하지만 상대는 원이 파견한 우단치라는 사실을 간과해서는 안 될 것이야."

"제가 들은 바에 의하면 진여랑을 수행한 자 중 하나가 대단한 무예를 지녔다고 합니다. 원에서부터 대동한 자라 하는데 누구인지 매우 궁금합니다."

"지난번 절참령에서 진여랑과 마주쳤을 때 그를 수행한 자의 면모가 무척 낯이 익더구나."

"대체 그자가 누구일까요."

"만나보면 알게 되겠지."

그동안의 노고를 위로하기 위해 연회를 준비하였다는 전갈을 받고 인표를 대동한 관찰사가 현으로 드니 도지휘사 허공이 웃는 얼굴로 반겨 맞이했다.

현령을 비롯한 육방관속이 임석한 가운데 푸짐하게 차려진 음식이 귀빈을 기다리고 있었다.

"어서 오십시오. 진객을 고대하고 있었소이다."

"공무에 바쁘신 중에 이처럼 귀한 자리를 마련해주신 도지휘사님의 배려에 감사드립니다."

배석한 관리들이 인사를 마치자 이내 연회가 시작되었다.

공후와 당비파 음률이 잔잔히 어우러져 분위기를 돋우었다.

몇 차례 건배가 이어져 얼굴이 불콰해진 도지휘사가 관찰사에게 말을 건넸다.

"내가 알기로 관찰사께서는 대단한 무공을 지닌 분이라 들었는데 풍류에는 약하신 것 같습니다.”

“호걸의 기상을 타고나지 못한 졸장부가 주색잡기에만 능하다면 세상의 웃음거리가 될 뿐이겠지요. 분수를 알고 스스로를 경계하고 있으니 너무 책망하지 마십시오.”

의복을 곱게 차려입은 여인이 악기를 지닌 채 연회석 중앙으로 나와 앉았다.

무릎에 올린 악기를 우아한 동작으로 어루만지니 금이 청아한 소리를 내며 울기 시작했다.

관찰사가 도지휘사에게 물었다.

“줄이 12현인 것으로 미루어 칠현금은 아닌데, 저 악기의 이름을 무엇이라 합니까.”

“옛 가야의 유민인 신라의 악성 우륵 선생이 만든 가야금이라 하는 악기입니다.”

여인이 가야금 음률에 맞추어 노래 불렀다.

완사계 빨래터엔 수양버들 늘어졌었지
내 손 잡고 고백하던 백마 탄 청년
처마를 잇는 비가 석 달을 이어져도
손끝에 남은 향기 어찌 스러질거나.

소절을 한 번 더 반복해 부르고 노래를 마친 여인이 관찰사 곁으로 다가와 술을 올렸다.

“가사가 품은 내용이 자못 궁금한데 방금 부른 속가의 제목이 무엇이요.”

용의 물음에 여인이 미소 지으며 답했다.

"노래 속의 사연에 대하여 여러 가지 설이 있으나 죄를 짓고 제위보에서 도역살이를 하던 여인이 지체 있어 보이는 청년에게 손을 잡혔다 합니다. 치욕을 씻을 수 없는 것을 한스럽게 여긴 여인이 이 노래를 지어 스스로를 책망하는 내용으로, 요즈음 유행하는 가요 제위보라 하옵니다."

그들이 나누는 대화를 귀담아 듣던 도지휘사가 농을 던졌다.

"향빈아! 네가 그렇게도 꿈에 그리던 개경으로 올라갈 절호의 기회이니 오늘 밤 관찰사님을 잘 모시거라."

당황한 관찰사가 위기를 벗어나려는 듯 손사래를 치며 황급히 둘러댔다.

"여인의 꿈 속사정까지 훤히 아시는 도지휘사님이야말로 소원을 들어줄 적임자이니, 나를 거론하지 말아주십시오."

풍악과 웃음이 어우러진 가운데 밤이 깊어가고 있었다.

용과 인표가 전라도 탐진 현(강진)으로 들어선 것은 합포를 떠난 지 열흘이 지나서였다.

끝없이 펼쳐진 너른 평야에 결실을 맺은 벼들이 황금물결을 이루어 출렁이고 있었다.

그 광경에 취해 있던 인표가 혼잣말처럼 중얼거렸다.

"풍요 속의 빈곤이라 하더니, 이처럼 풍성한 곡창으로도 백성들의 주린 배를 채울 수 없다는 것이 비극입니다."

탐진 현 객사에서 하루를 묵은 그들은 말발굽 편자를 갈아주기 위해 저잣거리로 나갔다. 오가는 사람들로 붐비는 거리는 제법 활기가 있었다.

의아한 표정을 지은 용이 물었다.

"오지에 속한 고장이 이처럼 번화한 까닭이 있는가?"

"이곳 탐진은 품질이 뛰어난 청자를 생산하는 관요가 있어 오래전부터 주목받아 온 지역입니다. 자연 외지상인들의 발길이 잦고 거래가 활발하여 상권이 형성된 때문일 것입니다."

인표를 물끄러미 지켜본 용이 한마디 해주었다.

"아무래도 자네는 무장이기보다는 동반에 속한 관리가 제격이야. 사리분별이 밝고 박식한데다 경제를 꿰뚫어 보는 식견까지 갖추었으니 말일세."

"저 역시 그 점을 고려해보았습니다. 하지만 문관들이란 책상머리에 앉아 이전투구를 벌이며 모사를 꾸미는 무리로 여겨져 탐탁지 않았습니다. 지금 이대로가 좋습니다."

"자네는 그런 점까지도 나를 닮았네. 그러나 직위가 높아지면 그 점에 있어서는 누구도 자유로울 수 없는 것이 현실임을 알아야 한다. 자신이 원하든 원치 않든 간에 어떤 세력의 일원으로 분류되기 때문이지. 그게 바로 조직에 속한 관리에게 주어진 숙명인 게야."

볼일을 마치고 외곽으로 나온 그들은 말 머리를 돌려 서북쪽으로 달렸다.

등에 땀이 날 즈음, 멀리 우람한 봉우리를 이고 선 험준한 산이 눈에 들어왔다. 지나는 사람에게 물으니 영암 월생산(월출산)이라 했다.

"산세가 빼어난 것을 보니 분명 산 어귀에 사찰이 있을 것이다. 공양으로 한 끼 해결할 겸 잠시 쉬어가도록 하자."

인표가 생각해보니 정말 풍치가 빼어난 산자락 양지바른 자리에는 반드시 절집이 있었다.

"가히 절간에서 새우젓국을 얻어 잡술 분이십니다."

그러나 용은 인표가 한 속담의 의미를 알지 못했다. 일상 소통에는 문제가 없었지만 그 말이 지닌 난해한 의미를 이해하기는 아직 무리였다.

"비린 새우젓국을 별로 좋아하지는 않지만 오늘은 한번 먹어보도록 하자.”

박장대소하는 인표를 보며 용 역시 따라 웃었지만 그 의미는 전혀 달랐다.

산 남쪽 오솔길을 조금 들어가니 상당한 규모의 절이 나타났다.

일주문 현판에 활달한 필체로 쓰인 ‘도갑사’란 글씨가 금방이라도 날아오를 듯 용트림하고 있었다.

말에서 내린 그들은 천천히 걸음을 옮기며 주위를 둘러보았다. 병풍처럼 둘러선 봉우리마다 다양한 형상의 기암괴석들로 절경을 이루고 있었다. 용이 감탄해 마지않았다.

“중국에 황산이 있다면 고려에는 월생산이란 명산이 있다는 사실을 오늘에야 알았다.”

불전에 들러 참배하고 공양을 마친 그들이 산문을 나서니 가을 해가 서쪽으로 기울어 있었다.

산자락 아래 오솔길을 걷는 그들 앞으로 말을 탄 사내 둘이 다가오고 있었다. 상대를 알아본 인표가 소리쳤다.

“저기 오고 있는 저자는 진여랑입니다.”

잠시 후 정면으로 마주친 서로가 걸음을 멈추었다. 놀란 목소리로 먼저 입을 연 것은 진여랑이었다.

“아니, 용 대장군이 이곳은 웬일이시오.”

화려한 복장의 여랑을 보며 용이 대꾸했다.

“고려인이 고려 땅을 활보하는 것이 잘못되기라도 한 것 같은 질문이시네요. 관찰사 임무를 띠고 합포를 거쳐 목포로 향하는 길입니다.”

“관찰사? 그 직무는 김방경 장군이 내정되었다 들었는데…….”

“경상·전라도 백성들에 대한 우단치의 민폐가 극심하다 하여 내가 자청하였소이다.”

지난날 원에서 자신이 저지른 일이 마음에 걸린 진여랑이 웃음 띤 얼굴로 용의 날카로운 일격을 두루뭉술하게 받아넘겼다.

“자! 우리 여기서 이럴 것이 아니라 자리를 옮겨 아락주(소주)라도 한 잔 하면서 현안 문제를 진지하게 토론합시다.”

용은 진여랑 곁에 선 사내를 처음 본 순간부터 낯이 익다 생각했다. 그자를 원에 드는 길에 자비령에서 마주쳤을 때도 그런 느낌이 들었었다. 그런데 머릿속을 맴돌던 기억이 그의 눈빛을 보는 순간 번쩍하고 떠올랐다. 그는 진웅이었다.

“아릭부케 가의 가신 진웅 선배 아닙니까? 이렇게 만나게 될 줄 몰랐습니다.”

어색한 미소를 지은 진웅이 떨떠름한 표정으로 입을 열었다.

“삼가, 아니 용 대장군. 지난 일은 모두 잊고 앞으로 잘 지내보십시다.”

표면적으로는 별다른 의미 없이 주고받는 대화 같았지만, 금방이라도 검을 빼어들 것만 같은 팽팽한 긴장이 흐르는 순간이었다.

용과 진웅의 관계를 알지 못하는 인표가 진여랑에게 가시 돋친 말로 도전장을 내밀었다.

“목에 입었던 상처는 이제 완전히 아물었나 봅니다. 하지만 그때는 칼등이었지만 이번에는 칼날을 만나시게 될 것이니 더욱 조심하셔야 할 것입니다.”

지난 일을 떠올리고 몸을 부르르 떤 진여랑이 하얗게 질린 얼굴로 헛기침을 했다.

무슨 일이 있어도 이 위기를 모면해야만 한다 생각했다. 고려로 온 후 일당백의 강자 진웅을 믿고 거들먹거렸지만 이 자리에서 싸움이 벌어진다면 목숨을 보전할 수 있다는 확신이 없었다. 거기에 원수 홍다구를 향

해 눈을 치켜뜨고 대들던 강골 인표란 놈까지 가세하여 버티고 선 지금
의 상황은 자칫 잘못하면 불귀의 객이 될 판이었다.

용의 머리가 분주히 움직였다. 한바탕 피바람이 불어야 할 것인가 아
니면 이자들을 그대로 보내야 할 것인가. 악의 화신인 약골 진여랑을 해
치우는 것은 간단한 일이다. 그리고 진웅의 무예가 강하다고는 하지만
승산은 충분하다. 그러나 이 사건은 자칫 잘못하면 일신상의 문제가 아
닌 외교적 마찰로 비화될 중대한 일로 섣불리 판단할 사안이 아니었다.
용은 결국 진여랑에게 한 번의 기회를 더 주어보기로 마음을 정했다.

"고려국 관찰사가 아닌 자연인 용이 옛 친구 진여랑에게 당부하겠
다. 백성들로부터 걷어 들인 공납전을 모두 돌려주게. 하지만 더 이상
그들을 죽음으로 내몬다면 그때는 결코 용서치 않을 것이라는 사실을
명심하기 바란다."

해가 서산에 걸려 바람이 선들거리며 불고 있었으나 진여랑은 진땀
을 흘리고 있었다.

긴장의 끈을 놓지 못한 것은 진웅 역시 마찬가지였다.

하지만 역시 진여랑은 그리 호락호락한 자가 아니었다. 아무리 수세
에 몰려 위기에 처해 있다고는 하나 허세를 부릴 줄 아는 배포를 지니
고 있었다.

"사견이라 전제하였지만 그것이 황제의 명을 수행하는 원의 관리를
겁박하는 행위라는 사실을 그대는 모르는가?"

진여랑의 말이 끝나기 무섭게 인표의 손이 칼자루를 잡았다.

살벌한 분위기가 일촉즉발의 위기로 치닫고 있었다.

차가운 미소를 머금은 용이 여랑을 쏘아보며 냉랭한 목소리로 말했다.

"본분을 벗어나 물의를 일으키는 관리는 문책하겠다 하신 황제폐하
의 말씀이 생생하다. 다시 한 번 당부하니 그대는 탐욕을 앞세워 명을

재촉하지 말라.”

더 이상 버티는 것은 무리라 판단한 여랑이 한발 물러서며 꼬리를 내렸다. 하지만 그는 한 자락 복선을 깔아두는 치밀함을 잊지 않았다.

“막중한 소임을 수행하느라 의욕이 앞서다 보니 부작용이 생긴 사실을 인정한다. 공납전에 관한 문제는 자네 의견에 따르기로 하겠다. 그러나 만일 문제가 발생한다면 그 책임은 자네의 몫이란 사실을 명심해야 할 것이다.”

반기를 들었던 아우 아릭부케가 투항하며 무혈진압에 성공한 황제가 관용을 베풀어 아릭부케와 추종자들의 죄를 묻지 않았던 것이었다. 진웅과 관련된 지난날의 사연을 모두 들은 인표가 아쉬움을 드러냈다.

“진웅으로부터 풍겨 나오는 강한 내공으로 미루어 상승무공을 갖춘 자라는 사실은 짐작하였습니다. 기회가 온다면 반드시 겨루어보고 싶습니다.”

“자네의 솜씨라면 진웅의 좋은 호적수는 틀림없네만 진검승부를 가린다면 아마도 버티어내기가 어려울 게야.”

상기된 얼굴로 인표가 물었다.

“그자의 무예가 그처럼 대단합니까?”

“물론 무예도 뛰어나지만, 진웅의 검법에는 살기가 가득하여 한 치의 자비도 없다네. 그 점이 자네가 그를 이기기 힘든 이유일세.”

진웅의 눈빛을 떠올린 인표는 언젠가는 그와 한번 겨루어보리라 생각했다.

목포에 당도한 그들이 먼저 찾은 곳은 포구였다. 아담한 바위산을 등 뒤에 둔 바다는 잔잔한 파도를 타고 마치 은갈치 비늘처럼 반짝이고 있었다.

점점이 떠 있는 섬들이 바다 안개에 반쯤 몸을 내주고 엎드린 고즈넉한 풍광은 마치 한 폭의 그림 같았다.

반달모양을 이룬 포구는 배들로 가득했다.

인표가 물었다.

"이곳에서 건조하는 전함의 수는 모두 얼마나 됩니까."

"합포에 비해 부두가 협소한 까닭으로 2백여 척의 물량이 배정되었다."

"원에서 계획한 2차 일본 정벌의 출병 시기는 대략 언제쯤인지요."

"내후년 5월이라 알고 있다. 그런데 문제는 이번 역시 여원 연합군이 함께 출병함에도 전략을 수립하는 과정에 고려측이 철저히 배제되었다는 것이다."

"원은 선박의 제조 기술은 물론, 해전에 약하다는 것이 엄연한 사실 아닙니까? 그런데도 불구하고 고려를 무시한 독단의 저의는 무엇일까요."

"그것이 속국의 비애일 것이야. 자신들이 전쟁의 주체임을 분명히 하여 일본 정벌에 성공한다 해도 그 공을 고려에 나누어주지 않겠다는 속셈이겠지."

전라도 도지휘사 홍자번의 집무처를 찾은 관찰사가 선박건조와 수리 현황을 청취하였다. 우단치 진여랑의 공납전으로 인한 폐해는 이곳 역시 극심했다.

달포에 걸쳐 업무를 모두 마친 관찰사의 요청으로 도지위사가 제공한 돛배를 타고 연안 앞바다와 산재한 섬들을 돌아보기로 했다.

이른 아침 포구를 떠난 배가 잔잔한 파도를 헤치며 미끄러지듯 나갔다. 맞바람을 안은 황포가 복어 배처럼 부풀어 오르며 돛대가 활모양으로 휘었다.

뱃머리에 부딪혀 하얗게 부서지는 파도를 헤치며 섬을 향해 바다로 나아가니 어느새 방금 떠나온 포구가 가물가물 눈에 들어왔다.

후미에 앉아 방향타를 조정하던 사공이 눈에 들어온 섬을 보며 설명했다.

"저 섬은 여덟 마리의 새가 모여 있는 형상이라 하여 팔금도라 합니다. 거주민이 많지는 않으나 주로 염전을 일궈 소금 생산하는 일을 생업으로 삼고 있습지요."

인표가 한참 전부터 궁금하던 것을 물었다.

"현 지점의 바다 깊이가 어느 대략 정도인지 아시겠소?"

"소인이 바다에 사는 뱃사람이지만 그건 자세히 알지 못합니다. 다만 물질을 업으로 삼는 해녀들 말에 의하면 그 깊이를 알 수 없다고 하니 그리 짐작할 뿐입니다."

맞바람을 안고 파도를 헤치며 달린 배가 또 다른 섬에 다다랐다.

수직으로 깎아지른 바위가 해안가를 병풍처럼 둘러싸고 있었다. 철썩이는 파도가 바위에 몸을 부빌 때마다 하얀 포말이 허공으로 흩어졌다.

"이 섬은 난을 일으킨 인종 때의 권신 이자겸이 유배당해 귀양살이를 한 곳으로 암태도라 부릅니다."

암태도를 알려준 사공은 섬 주변에 수없이 흩어져 있는 작은 섬들은 사람이 살지 않는 무인도라 했다.

배 위에서 주먹밥으로 간단히 요기를 마친 그들은 동쪽을 향해 쏜살같이 내달았다.

한참 만에 당도한 곳은 몇 개의 군도로 이루어진 제법 커 보이는 섬이었다. 섬 주변을 일주하며 보니 돌로 쌓은 성이 눈에 들어왔다.

"이 섬은 오래전 해적들의 본거지였다 합니다. 그러던 것을 해상왕 장보고 장군이 해적들을 모두 소탕한 후 백성들이 정착한 곳으로 큰 새가 날아가는 것 같다 하여 비금도라 불리고 있답니다.”

용과 인표 두 사람 모두 이처럼 바다를 체험한 것이 처음이었으므로 감회가 깊었다. 무한대로 펼쳐진 아득한 수평선을 보며 검푸른 빛으로 출렁이는 바다가 주는 두려움과 함께 알 수 없는 설렘으로 가슴이 마구 뛰었다.

“바다의 위용이 참으로 대단하구나. 이제껏 본 것은 세상의 반쪽이었다.”

“그런 소감은 저 역시 마찬가지입니다. 관찰사님을 수행한 덕분에 또 다른 세상을 알게 되었습니다.”

포구로 돌아가기 위해 뱃머리를 서쪽으로 돌리니 마침 해가 지고 있었다. 붉은 해가 수면 가까이로 떨어지자 바다가 온통 황금물결로 출렁이며 끓어오르기 시작했다. 마치 거대한 용광로 속에 쇳물이 이글거리는 것 같은 장관을 목도한 그들은 황홀함에 취해 말을 잊었다. 그것은 비할 데 없이 아름답고 장엄한 광경이었다.

전운(戰雲)

대륙에서 편서풍을 타고 날아온 누런 모래바람이 개경 하늘을 덮었다. 한겨울에 황사가 발생하는 것은 매우 이례적인 일로 마치 전개되는 시국을 연상하는 듯했다.

2차 일본 정벌의 모든 준비를 마친 원이 상장군 김방경을 관령고려군 도원수로 삼았다.

대장군 용은 선무장군 진변관군총관에 임명되었다. 그리고 소용대장군 진변만호로 삼은 신철을 경상도 금주(경주)로 내려 보냈다.

궁으로 들라는 명을 받은 선무장군 용이 왕 앞으로 나아갔다.

예를 올린 선무장군 용에게 왕이 말씀을 내렸다.

"과인은 황제에게 동정 준비를 보고하기 위해 연경(북경)으로 가게 될 것이다. 독자적 결정이나 지휘권이 부여되지 않은 명분 없는 전쟁에 나서는 자괴감이 실로 크다. 고려의 입장을 조금이라도 유리하게 이끌 수 있는 방안을 강구하기 위한 진변관군총관의 지혜를 구하고자 한다."

잠시 생각을 정리한 선무장군 용이 자신의 의견을 피력했다.

"하문하시니 말씀 올리겠나이다. 첫째, 탐라에 주둔하는 우리 수군을 동정하는 군사에 보충할 것을 요구하시옵소서. 둘째로는, 고려인과 한인의 군사수를 감소하고 몽골군을 더 징발하게 해야 합니다. 셋째, 홍다구의 관직을 더 올리지 말고 실무에 밝은 도리첩목아로 하여금 정동성의 후방 지원업무를 맡게 하소서. 넷째, 참여국 군관들에게 모두 신분패를 하사하여 그들로 하여금 자긍심을 갖게 해야 합니다. 다섯째, 중국의 연해지방 사람들이 물일에 능하니 모두 사공·수부에 충당할 것을 요구하옵소서. 여섯째, 안찰사를 보내 다루가치와 우단치로 인한 백성들의 고통을 조사하여 줄 것을 요구하십시오. 마지막으로 전하께오서 직접 합포에 내려가시어 군사를 검열하게 해줄 것을 주청하셔야 하옵니다."

왕이 흡족한 표정으로 미소 지었다.

"그대의 뛰어난 식견에 과인은 천군만마의 힘을 얻었도다. 특히 과인이 직접 합포로 내려가 군사를 검열하는 것이야말로 실추된 고려의 자존감을 되살리는 일일 것이다."

"과찬해주시니 황송하옵니다. 한 가지 부연하여 말씀 올릴 것은 동정의 제반전략을 수립하는 데 우리가 철저히 배제된 입장에 처한 것이 안타깝습니다. 혼도나 홍다구는 해전에 전문적인 식견이 없다는 것이 1차 정벌 시 여실히 드러난 사실입니다. 탐라수군의 대부분은 섬의 토박이들로 일본바다의 해류와 바람의 변화를 잘 알고 있어 많은 도움이 될 것입니다. 단지 그들의 경험과 지혜를 얼마나 활용할지 여부는 알 수 없지만 말이옵니다."

원에 들어 황제를 배알한 충렬왕은 대장군 용이 피력한 일곱 가지 항목을 주청하였다.

그러나 황제의 답변은 애매하기만 했다.

'그대가 아뢰는 내용을 짐이 상량하였도다.'

후일 황제의 윤허가 내려진 것은 왕이 직접 합포로 내려가 군사를 검열하겠다고 요청한 사항뿐이었다.

왕이 원에서 돌아온 후 본격적인 징병이 시작되었다.

7품 이하의 전·현직 관헌을 대상으로 정벌에 나갈 사람들을 검열하는 등으로 분주한 한 해가 마치 시위를 떠난 화살처럼 빠르게 흘렀다.

간밤에 내린 무서리가 나뭇가지에 얼음 꽃을 하얗게 피워냈다.

원에서 야속달과 최인지를 보내 개원·북경 요양로에 주둔한 여진을 관리하던 수달 단을 동녕부(경주)에 두게 하였다. 동정군에 합류시키려는 조치의 하나로 일본 정벌의 신호탄이 오른 것이었다.

전함을 건조하고 군사 징발과 군량을 조달하는 일로 나라가 온통 북새통을 이루는 가운데 전시체제로 돌입한 조야는 긴장 속에 요동치고 있었다.

이미 오래전 식읍으로 받은 덕수현으로 주거지를 옮겨 앉은 선무장군 용을 찾은 손님이 있었다. 도원수 김방경 상장군이었다.

"어서 오십시오. 도원수 각하!"

장미 덩굴을 올려 공들여 꾸민 담장과 잘 가꾼 정원 그리고 상당한 규모의 건물을 둘러본 도원수 김방경이 의미 있는 한마디를 했다.

"선무장군이 화려한 것을 선호하는 취향이 있으시다는 말들이 떠돌아 내심 반신반의하였더니 사실이었구려. 부럽소이다."

상장군 김방경의 말에 집주인의 얼굴이 붉어지고 말았다. 여러 가지 의미가 내포된 지적에 무안함을 느꼈기 때문이었다.

"청빈한 가풍을 이어내리지 못함이 항시 마음에 걸리던 차에 이처럼 도원수님의 말씀을 듣고 보니 부끄럽기 한량없습니다."

"자책할 것까지는 없는 일이지요. 사실 요즈음 권신이나 겁령구 신분의 몇몇 관리들이 농민들의 토지를 탈취하고 고리사채로 억만금을 치부하는 사례가 비일비재한 세상 아닙니까. 선무장군은 그러한 문제로 세간의 여론에 오르내리는 일은 없으니 다행이라 여깁니다."

"도원수님의 말씀 깊이 새겨 명심하겠습니다."

미소 지은 김방경이 한 마디를 덧붙였다.

"세인들이 이 저택을 장미로 아름답게 장식된 담장을 한 집이라 하여 장가장이라 부른다더이다."

"눈에 보이는 사물 자체가 허상임을 잘 알면서도 속된 것에 집착한 미망이 실로 부끄럽습니다."

안주인 처인 부인이 정중히 인사 올리며 손님을 맞아들였다. 그런 다음 맏아들 양과 여식에게 차례로 인사 올리게 했다.

"맏아들은 부친을 그대로 빼닮아 벌써 사내다운 기상이 엿보이는구려."

도원수 김방경이 호쾌하게 웃었다.

"이제 겨우 코흘리개를 면하였을 뿐입니다."

관례를 치르려면 아직 먼 연령이었으나 어느새 훌쩍 자란 아들을 아비가 대견하게 바라보았다.

자리에 좌정한 후 내온 차를 한 모금 음미한 김방경이 내방한 용건을 꺼냈다.

"장군도 아시다시피 이제 머지않아 동정군이 출병하게 됩니다. 내 생각으로는 선무장군이 이번 전투에 참여하여 공을 세워주었으면 하는 바람이 절실하외다. 하지만 전하의 의중은 대장군이 능력을 전선에서 발휘하기보다는 병참기지인 정동행성을 총괄하기를 바라고 계시니 선무장군의 의견을 듣고자 하오."

"무장은 전장에서 적과 마주했을 때 피가 뜨겁게 끓어오르는 희열을 느낀다는 사실을 잘 알고 있습니다. 하늘을 선회하는 독수리의 여유와 질풍노도 같은 맹수의 기세로 상대를 유린하는 광경은 항시 꿈속에서도 간직한 무장의 본분입니다. 소장은 흠모해 마지않는 도원수 각하의 명에 따를 것이오니 하명해주시옵소서!"

김방경은 1차 일본 정벌 시 원수 혼도와 발생한 의견충돌을 떠올렸다.

이키섬을 점령한 여몽 연합군을 육지에 야영토록 하자는 자신의 주장을 묵살하고 배로 철수하여 결과적으로 처참하게 패배한 혼도와 다시 2차 일본 정벌을 나서야 한다는 사실이 마음을 납덩이처럼 무겁게 했다.

도원수 김방경의 얼굴에 어두운 그림자가 내려앉았다.

"전투를 총괄하는 지휘권이 우리에게 없으므로 공은 없고 과만 돌아오는 현실이 서글플 뿐이지만 어찌하겠소. 그것이 고려가 처한 참담한 실상인 것을……. 금번 출병에 하늘의 가호가 일본과 여몽 연합군 어느 편에 있는지 알 수 없으나 원측의 독단이 이번에도 되풀이된다면 또다시 치욕을 떠안게 될 것은 불을 보듯 자명한 일일 것이오.”

한숨을 내쉰 도원수가 다시 말을 이었다.

“어차피 이 전쟁은 고려로서는 백해무익한 것이니 만일의 경우라도 패장의 오명은 나 혼자면 족할 것이오. 선무장군은 전하의 명을 받들어 정동행성업무를 총괄하여 병참 지원과 추가 파병하는 병력의 지원을 맡아주시오.”

“도원수님의 명을 받잡겠사옵니다.”

도원수를 배웅한 용은 깊은 생각에 잠겼다. 그러고는 김방경 장군이 조금 전 한 말들을 다시 떠올렸다.

진변관군총관 일행이 정동행성을 향해 합포로 출발했다.

진변관군총관이란 직책은 전선의 후방에서 전투에 필요한 제반 보급물자를 조달하고 수급할 뿐만 아니라, 추가 파병하는 병력의 운용을 총괄하는 막중한 자리였다. 더욱이 전쟁이 장기전에 돌입한다면 병참의 원활한 수급이야말로 승패를 좌우하는 관건이었다.

부장과 종사관을 위시하여 1백 명이 넘는 인원이 합포에 당도한 것은 개경을 떠난 지 20여 일이 지난 뒤였다.

포구에 운집한 전함들이 바다를 가득 메워 당당한 위용을 과시하고 있었다.

경상도 도지휘사 허공이 총관을 영접했다.

“어서 오십시오. 총관 각하! 먼 길 오시느라 노고가 많으셨습니다.”

도지휘사의 관저에서 그리 멀지 않은 곳에 위치한 정동행성에 도착한 총관은 책임자인 당후관으로부터 현황을 보고 받았다. 정동행성은 본시 금주(경주)에 소재하였으나 원활한 지원체계를 위해 합포에 또 다른 본관을 두었다.

한 달여가 지나자 대원수 혼도를 위시하여 도원수 홍다구와 김방경 장군이 여몽 연합군 4만을 거느리고 합포에 당도했다. 고려군 1만과 몽골군 3만이었다.

합포는 말 그대로 거대한 병영으로 변해 인마의 소음이 지축을 울렸다.

진변관군총관이 도원수 김방경 상장군을 영접했다.

"어서 오십시오. 각하! 대군을 이끄시느라 노고가 크셨습니다."

"수고가 많소, 진변관군총관. 어차피 치러야 할 전쟁이라면 신명나게 한판 벌여 봅시다."

말을 마친 그가 호기롭게 웃었다. 하지만 용은 그 웃음 뒤에 가려진 공허함을 보았다.

"부디 강녕하시고 큰 공을 이루시기를 기원하겠습니다."

가미카제(神風)

충렬왕 7년(1281년) 4월, 왕이 합포로 행차했다. 일본을 정벌하기 위해 출병하는 여몽 연합군을 격려하고 무운을 빌기 위함이었다.

창검을 높이 세워 운집한 장병들을 향해 왕이 말씀을 내렸다.

"사기충천한 그대들을 보는 과인의 귀에는 이미 승리의 나팔이 들리는도다. 일찍이 한차례 원정길을 천신의 외면으로 쓰라린 패배를 경험

했으나 이번만큼은 하늘이 여몽 연합군을 가호하여 순한 바람과 잔잔한 파도를 만나게 하실 것이다. 용맹한 장병들이여! 황제의 뜻을 받들어 반드시 일본을 정벌하는 무훈을 세우고 당당히 돌아오길 비노라!"

왕의 격려에 수만의 장병이 천둥 같은 함성으로 화답했다. 창검의 번쩍임 속에 구름처럼 피어오른 먼지가 해를 가렸다.

한 달 뒤인 5월, 합포의 원정군이 드디어 배에 올랐다. 합포를 떠난 4만의 여몽 연합군(동로군)은 1진이었다. 범문호가 지휘하는 몽골·중국군(강남군) 10만은 중국 강남에서 출발한 2진이고, 일본 열도 이키섬 인근에서 합류한 동로군과 강남군이 본토를 협공하기로 계획한 것이었다.

5월의 바다는 잔잔했다.

갑판에 올라 바다 안개 자욱한 일본 해협을 바라보던 도원수 김방경이 낭장 강언을 돌아보며 말했다.

"수병 중 탐라에서 수자리를 삼던 병졸을 대령토록 하라."

잠시 후 불려온 병사에게 물었다.

"수군이 되기 이전에는 무엇을 하였느냐."

"먼 바다에 나가 고기잡이와 물질을 생업으로 삼았습지요."

"그렇다면 바닷물에 몸을 적셔본다면 통상적인 수온의 차이를 알 수 있겠는가?"

잠시 망설인 수병이 대답했다.

"그렇기는 합니다만, 어찌 바닷물에 몸을 담글 수가 있는지⋯⋯."

"육지 상륙 시 소용되는 거룻배를 내리면 될 일이나 지금의 형편으로는 여의치 않다. 매우 중요한 임무이니 고생되더라도 잠시 참아라."

함선의 감속을 명령한 원수가 수병의 허리를 밧줄로 묶을 것을 지시했다. 그리고 천천히 줄을 풀어내리니 병사의 모습이 물속으로 자취를 감추었다. 잠시 후 밧줄을 당겨 병사를 갑판으로 끌어 올렸다. 그는 물에 흠뻑 젖은 생쥐 꼴이 되어 있었다.

"수고가 많았다. 통상적인 이맘때의 수온에 비해 어떻다 느꼈느냐."

몸을 흔들어 물기를 털어낸 병사가 답변했다.

"해류의 흐름이 빠르고 물의 온도가 매우 높은 것 같았사옵니다."

"물의 온도가 매우 높다?"

도원수 김방경의 안색이 몹시 흐려졌다. 선무장군 용이 자신에게 해준 말을 떠올렸기 때문이었다.

'소장이 관찰사 임무를 띠고 남해에 내려갔을 때 바다에 살며 물질을 업으로 삼는 사람들에게 얻은 사실입니다. 계절에 비해 해류가 빠르고 수온이 매우 높다는 것은 기상이변의 하나로, 그 지역에 큰 바람이 불 전조일 수도 있다 들었으니 염두에 두시기 바랍니다.'

1차 정벌 때에는 태풍이 흔한 7월이었으므로 애초부터 시기를 잘못 선택한 것이었다. 5월인 지금 또다시 그런 악몽이 재현되는 불행은 없을 것이라 생각하면서도 도원수 김방경은 불안한 마음을 떨칠 수 없었다.

드디어 자욱한 바다 안개 속으로 일본 땅이 눈에 들어왔다.

혼도와 김방경이 이끄는 선단이 일본의 이키섬 대명포에 다다른 것이었다. 그런데 범문호의 강남군은 아직 당도하지 않았다.

선상에서 작전회의가 열렸다.

대원수 혼도가 먼저 입을 열었다.

"병법에 이르기를 적이 대비하기 전에 기습공격으로 초반 기선을 제압하는 것이 중요하다 하였다. 먼저 동로군이 단독으로 작전을 수행하고 강남군이 당도하면 합세하여 총공세를 펼치도록 할 것이다."

그러나 도원수 김방경은 상반되는 의견을 내놓았다.

"대원수 각하의 의견에도 일리가 있습니다. 하오나 이미 계획에 차질이 빚어졌고, 1차전 때와 달리 일본군의 방비와 전력이 만만치 않을 것입니다. 단독작전보다는 강남군을 기다려 협공하는 것이 유리할 것입니다."

그러나 도원수 홍다구가 혼도의 의견을 지지하며 거들고 나섰다.

"지난번에는 예기치 못한 태풍 때문에 실패했지만 사실 저들의 전력은 보잘 것 없었소. 우리 군사 4만이 일시에 공격한다면 저까짓 섬이 아니라 본토까지도 밀고 들어갈 수 있을 것입니다."

결국 대원수와 홍다구의 주장대로 단독작전을 감행하는 쪽으로 결정되었다. 그러나 대군을 몰아 일거에 적의 땅을 초토화시키려던 작전의 차질로 인해 먼저 통사를 보내 저들을 회유하는 전략을 쓰기로 했다.

통사 김저가 격문을 가지고 뭍으로 내려갔다.

일본 측의 쇼군(장군)에게 전한 격문에는 다음과 같은 내용이 적혀 있었다.

'대륙의 주인이신 원 황제께서는 허리 굽혀 머리를 조아리는 나라의 백성에게는 은혜를 베푸시는 자애로운 분이시다. 일본이 섬나라인 탓에 대륙과 교통이 없고 멀리 떨어져 있음을 핑계로 신하국의 예를 갖추지 않음은 실로 유감스러운 일이 아닐 수 없다. 더 이상 묵과할 수 없어 갑술년에 대군을 보내 타이르려 하였으나 일기 불순하여 부득이 돌아왔노라. 그러나 이번만큼은 옛날과 다를 것이다. 지금이라도 신하국의 예로써 황제폐하의 성지를 받든다면 지난 허물을 용서할 것이나 만일 불순한 마음으로 연합군에 대적하려 든다면 멸망의 참화를 면치 못할 것이다.'

그러나 말 등에 실려 몽골군 진영으로 돌아온 것은 김저의 머리뿐이었다. 분노한 대원수 혼도가 명을 내렸다.

"섬나라 적들에게 대륙을 제패한 몽골의 가공할 위력을 깨닫게 하라!"

장군 김주정이 섬으로 상륙한 것을 필두로 군사가 모두 배에서 내린 가운데 본격적인 전투가 시작되었다.

낭장 강사자가 도원수 김방경에게 달려와 보고했다.

"적들이 바닷가에 방어벽을 튼튼하게 구축해놓은 탓으로 진을 치기가 용이하지 않습니다."

1차 정벌 시 방비가 허술하여 큰 피해를 경험한 저들이 그동안 철저히 대비한 것이었다.

도원수 김방경이 군사들을 독려했다.

"총력을 다해 저지선을 돌파하는 것 이외에는 방법이 없다. 거세게 밀어붙이도록 하라!"

쌍방이 밀고 밀리는 가운데 치열한 근접전이 벌어졌다.

몽골 병사들은 기마술에는 뛰어났지만 일대일로 맞붙는 백병전에는 취약했다. 더욱이 일본 검의 위력은 가공할 만한 것이었다. 석 자 남짓한 중국이나 고려의 검에 비해 그들의 검은 다섯 자가 넘었다. 또한 아군과 적군이 뒤섞여 혼전을 벌이는 상황 때문에 화포 공격도 여의치 못했다.

전황은 처음부터 연합군에 불리하게 전개되고 있었다.

사흘 밤낮을 싸우는 동안 아군의 시체가 산을 이루고 흘러내린 피로 해안이 붉게 물들었다.

김방경이 대원수 혼도에게 긴급히 건의했다.

"각하! 이대로 버티는 것은 무리입니다. 일단 배로 철수하여 전열을 가다듬은 연후 강남군이 오기를 기다렸다가 다시 공격해야 할 것 같습니다."

"나 역시 그리 판단한다. 즉각 철수하라!"

그러나 군사를 거두는 것도 용이한 일이 아니었다.

결국 엄청난 인명의 손실을 본 채 빠져나와 겨우 배로 피할 수 있었다. 삼 일간의 전투에서 낭장 강언과 강사자를 비롯하여 모두 삼천 명이 넘는 군사를 잃고 말았다.

침울한 표정의 대원수 혼도가 소집한 장군들을 향해 가라앉은 목소리로 말했다.

"적들의 방비가 이처럼 견고할 줄은 예상치 못한 일이다. 모두 중지를 모아 이 난관을 돌파할 계책을 내도록 하라."

앞으로 나선 도원수 홍다구가 의견을 피력했다.

"우리가 물러설 곳은 바다밖에는 없소이다. 한 번의 싸움에 전세가 불리하다 하여 의기소침하는 것은 대몽골군의 자존심이 허락지 않습니다. 적들이 방심한 틈을 이용하여 다시 공격하는 것이야말로 최선의 방책이라 생각합니다."

언제까지 배에 숨어 범문호의 강남군을 기다릴 수는 없는 노릇이었다. 도원수 홍다구의 의견에도 일리가 있었다. 그만큼 다른 선택의 여지가 없었기 때문이었다. 언제 또다시 큰 바람이 불어올지도 모른다는 불안감도 도원수 김방경이 작전에 동의한 이유 중 하나였다.

또다시 치열한 전투가 벌어졌다.

밀고 밀리는 혼전에 지친 쌍방이 소강상태를 보이며 어느덧 계절이 6월로 접어들었다.

어두운 밤하늘에 초승달이 깜박이며 졸고 있었다.

일단의 군사들이 소리 없이 움직였다. 여몽 연합군이 기습작전을 감행한 것이었다.

하늘 높이 쏘아올린 불화살을 군호로 삼아 일제히 모습을 드러낸 여몽의 군사들이 그동안 당한 패배를 설욕하고자 피에 굶주린 이리처럼 적을 마구 유린하기 시작했다.

선두에 선 도원수 김방경이 우렁찬 목소리로 군사들을 독려했다.

"고려의 해안을 노략질하던 왜구들에게 당한 치욕을 오늘 말끔히 갚도록 하라!"

　이제까지와는 전혀 다른 양상이었다. 기세가 오른 연합군들은 펄펄 날았다. 동이 터올 무렵까지 일본군의 머리를 3백여 급이나 베는 전과를 올렸다. 그러나 날이 밝아오자 상황이 역전되었다. 일본의 지원군이 당도한 것이었다. 그리 많은 인원은 아니었지만 돌진해오는 일본군의 기세에 눌린 연합군의 전열이 급격히 무너지고 말았다.

　놀란 도원수 홍다구가 급히 말을 몰아 도망쳤다. 그때 장군 왕만호가 다시 측면에서 공격하여 50여 수급을 베니 일본군이 모두 물러가고 말았다.

　겨우 목숨을 구한 홍다구가 죽어 넘어진 적장의 수급을 취해 말안장에 걸었다.

　이튿날 전일의 여세를 몰아 다시 전투를 벌였지만 적의 유인술에 말려들어 수많은 사상자를 내고 말았다.

　애타게 고대하는 범문호의 강남군은 아직도 감감무소식이었으므로 연합군의 사기는 더욱 저하되었다. 그런데다 설상가상 격으로 또 다른 변고가 발생했다.

　일전에 벌인 야간 기습작전에 큰 전과를 올린 장군 김주정과 박구가 도원수 김방경에게 달려와 보고를 올렸다.

　"큰일 났습니다. 지금 진중에 전염병이 돌아 쓰러지는 병사가 적지 않습니다."

　정말 큰일이 아닐 수 없었다. 점차 무더워지는 날씨에 역질이 창궐한다면 다른 또 하나의 적과 싸우는 형국이 되기 때문이었다. 그러나 더 큰 문제는 전염병의 확산을 막을 수 있는 별다른 대책이 없다는 사실이었다.

　며칠 뒤 지휘부 군막에서 대책회의가 열렸다.

　대원수 흔도가 침통한 목소리로 입을 열었다.

"이번 전투로 입은 손실과 전염병으로 또다시 3천여 명의 군사를 잃고 말았다. 제장들 모두 격전을 치르느라 이미 지친 상태인데다 기다리는 강남군이 오지 않으니, 이를 어찌 대처해야 할지 논의해주기 바란다."

도원수 홍다구가 먼저 의견을 냈다.

"남쪽 군대는 제때 오지 않고 우리 군사는 여러 번 치른 전투에서 큰 손실을 입었습니다. 이미 파손된 전함이 상당수 발생하였고 양식은 다 하였으니 이대로 전투를 지속하는 것은 불가합니다. 일단 회군한 연후 다음을 기약하는 것이 상책이라 여겨집니다."

홍다구의 얼굴을 쏘아본 김방경이 말을 받았다.

"도원수! 도원수의 그 말은 상책을 논하는 것이 아니라 삼십육계를 주장하는 것이라 여겨집니다. 우리가 가지고 온 군량은 3개월분으로 아직도 보유량이 1개월 치나 남았소. 이 군량으로 버티면서 기다리면 머지않아 강남군이 도착할 것이요. 그때 총공격하여 섬 오랑캐들을 궤멸시킵시다."

원수 김방경의 의견에 이의를 제기하는 장수는 아무도 없었다.

대원수 혼도가 결론을 내렸다.

"김방경 장군의 의견을 따르기로 하겠다. 당분간 전투를 피하고 강남군을 기다리기로 한다."

간헐적인 전투를 치루며 소강상태를 유지한 가운데 다시 십여 일이 지났다.

한편 일본군 진영에서도 작전회의가 열렸다. 하카타 번주가 먼저 의견을 개진했다.

"현재 전황이 우리 측에 유리한 것은 사실이요. 하지만 아군의 피해도 만만치 않습니다. 그런데 이상한 것은 적지에 들어온 저들이 무슨 속셈으로 총력을 다해 공격하지 않고 지구전을 고수하는가 하는 점이오."

하카타 번주의 말을 이은 지방호족인 다이묘 오부노겐지는 전투 경험이 많은 노련한 장수였다.

"적들이 또 다른 연합군을 기다리는 것일 수도 있습니다. 본토에서 지원군이 도착하면 우리가 먼저 총공세를 펼쳐 여몽군을 섬멸해야 합니다."

그러나 번에는 마쓰우라 번주가 다른 의견을 내놓았다.

"저들의 작전계획에 문제가 생긴 것이 분명해보입니다. 적들이 보유한 군량이 머지않아 바닥날 것이니 고사작전으로 그때를 기다려 지리멸렬한 여몽군을 단번에 쓸어버립시다."

갈피를 잡을 수 없는 여몽 연합군과 마찬가지로 일본군 측도 혼란스럽기는 매양 마찬가지였다.

진변관군총관 집무처로 소용대장군 신철이 들었다.

"어서 오시오. 소용대장군. 금주에서 합포는 언제 오시었소."

"일전에 총관이 전하께 주청하신 수달단의 파병에 관한 전교를 가지고 오는 길입니다."

대장군 신철로부터 전교를 받아든 총관의 얼굴이 노기를 띠었다.

"모든 일에는 적절한 시기가 있는 법이오. 소용대장군은 무슨 연유로 수달단의 파병을 지연시키시는 것입니까!"

비열한 표정을 지은 신철이 거만한 목소리로 답변했다.

"사실 수달단이 내 휘하에 있다고는 하지만 이 사안은 진변관군총관의 권한에 속한 것이니 그런 책망은 어불성설입니다."

신철의 말이 떨어진 순간 용이 검의 손잡이를 잡았다.

순간 신철의 안색이 하얗게 질리고 말았다. 그의 무서운 실력을 잘 알기 때문이었다.

여원·북경·요양로에 주둔한 여진을 관리하던 수달단은 5백여 명으로 구성된 최정예 기병부대였다.

용맹하고 날랜 기병을 전투 초기에 투입해야 한다는 진변관군총관의 주장이 소용대장군 신철의 부추김을 받은 야속달과 최인지에 의해 받아들여지지 않은 것이었다. 그들은 갖가지 핑계로 출병을 미루고 있었다. 군령을 어기는 자는 참해도 좋다는 왕의 교지를 받았지만 황제의 명을 수행하는 그들을 참형으로 다스리는 것은 어려운 일이었다. 더욱이 그 배후에 자신을 곤경에 빠트리려는 신철의 간계가 숨어 있다는 사실을 용은 잘 알고 있었기 때문이었다.

검에서 손을 뗀 선무장군 용이 신철을 향해 차가운 표정으로 한마디 던졌다.

"대장군이 용천검을 만나게 되는 불행은 없었으면 하는 것이 바람이니 부디 나를 실망시키지 말아주시오."

6월 중순으로 접어들면서부터 잔잔하던 바다에 거센 바람과 파도가 일기 시작했다.

포구에 나와 먼 바다를 바라보는 진변관군총관의 얼굴에 짙은 먹구름이 내렸다.

이른 새벽 바다 안개를 헤치고 강남군의 대함대가 서서히 모습을 나타냈다.

장군 박지량이 지휘부 군막으로 뛰어들며 크게 외쳤다.

"강남군이 왔습니다. 드디어 범문호 제독의 연합군이 당도하였습니다."

실로 대단한 광경이었다. 바다를 가득 메운 3,500척의 대선단이 10만 군사를 싣고 당당한 위용을 드러낸 것이었다.

대원수 혼도가 도원수 김방경을 돌아보며 상기된 표정으로 말했다.

"저 늠름한 위세를 보라! 이제 전열을 가다듬어 한 줌밖에 안 되는 섬나라 일본을 모두 쓸어버리는 일만 남았다."

해안에서 조금 떨어진 내항에 정박 중인 지휘선으로 오른 대원수가 범문호 제독을 반갑게 맞이했다.

"어서 오시오. 제독을 기다리느라 조바심으로 담이 오그라붙는 줄 알았소이다."

"오는 도중 풍랑을 만나는 표류하는 바람에 1백여 명의 수군과 삼십여 명의 사공을 잃었습니다. 그 때문에 항해 일정에 차질을 빚는 실책을 범했습니다."

대원수 혼도가 그동안의 전황을 설명했다. 수군제독 범문호는 남송의 전전지휘사로 양양 전투에서 몽골군과 맞선 뛰어난 장수였다. 남송의 멸망으로 인해 원으로 귀순하여 일본 정벌에 해군 제독으로 참전한 것이었다.

"항해에 지친 병사들에게 잠시 휴식을 취하게 한 다음 일제히 상륙하여 총공세를 펼치도록 합시다."

이제 일본의 운명은 바람 앞 등불과 같은 처지가 되고 말았다.

일본군 지휘부는 경악했다. 저들이 이제껏 지연 전술을 쓰며 시간을 끌어온 실체가 눈앞에 극명하게 드러났기 때문이었다. 끝이 보이지 않을 만큼 바다를 가득 메운 어마어마한 전함들을 보며 그들은 어찌할 바를 몰랐다.

창백한 표정의 하카타 번주가 떨리는 목소리로 말했다.

"도대체 원이라는 나라가 얼마나 크고 대단하기에 저처럼 엄청난 규모의 선단을 꾸릴 수가 있단 말입니까. 육지에 진을 치고 있는 3만이 넘는 군사들 외에 저 배에 타고 있는 병력만 어림잡아도 10만은 넘을 터인데 본토의 우리 군사를 전부 동원한다 해도 그 수가 어림없으니 이를 어찌해야 하는 것인지 앞으로의 일을 실로 가늠하기 어렵습니다.”

그러나 오부노겐지는 전장에서 잔뼈가 굵은 노련한 장수였다.

“저들의 위세가 자못 당당해 보이는 것은 사실입니다. 하지만 다행히도 적들에게는 치명적인 약점이 있습니다. 고려와 몽골군 그리고 만군과 한족으로 구성된 연합군이라는 자체가 바로 그것입니다. ‘한 이불을 덮고 잠을 자면서도 꿈은 따로 꾼다’ 는 동상이몽이라는 고사가 말해주듯 저들은 각각의 이익을 달리합니다. 죽기를 각오하고 싸우면 살 것이라는 우리의 결의와 달리, 살고자 하기 때문에 저들은 죽을 것입니다.”

결국 그들의 의견은 둘로 나뉘었다. 궤멸당하는 참상을 막기 위해 항복의 굴욕을 감수하자는 주장과 옥쇄하더라도 마지막 한 사람이 남을 때까지 싸워 야마토(일본국)의 혼을 지키자는 주장이 팽팽하게 대립했다.

때 이른 무더위를 내리던 해가 서쪽 바다로 자취를 감추고 잠시 뒤 후텁지근한 바람과 함께 몰려드는 먹구름이 하늘을 덮기 시작했다. 포구 언덕에 올라 하늘을 올려다보는 도원수 김방경의 얼굴에 근심이 가득했다.

초저녁 무렵부터 심상치 않던 하늘이 굵은 비를 뿌리기 시작했다.

자정 무렵이 되자 바다가 요동치고 있었다. 예기치 못한 때 이른 태풍이 몰아치기 시작한 것이었다.

장수가 달려와 다급한 목소리로 보고했다.

“제독 각하! 전함들이 좌초하고 있습니다.”

“함선의 간격을 유지하고 닻을 거두어 올리도록 각 함대에 명을 하달하라!”

참으로 기막힌 노릇이었다. 전함이 마치 가랑잎처럼 흔들리며 서로 부딪혀 파손되어 가라앉고 있었다. 물에 빠져 허우적거리는 병사들의 비명소리가 처참하게 울려 퍼졌다.

번쩍이는 섬광이 허공을 가르더니 뇌성벽력이 하늘을 찢었다. 뒤이어 엄청난 폭풍우가 휘몰아치기 시작했다.

함선 뱃머리에 힘겹게 버티고 선 제독 범문호가 장수들에게 다급하게 지시를 내렸다.

"좌초하는 함선은 포기하라! 그리고 인명 손실을 막기 위해 최선의 노력을 다하라! 살아남아야 후일을 기약할 수 있다."

하늘을 찢고 바다를 뒤집는 무서운 폭풍의 위력 앞에 내동댕이쳐진 인간의 존재는 무기력했다.

중국 대륙을 굴복시킨 몽골의 막강한 대군도 풍우의 조화 앞에는 속수무책일 수밖에 없었다.

폭풍우에 실린 먹구름이 미친 듯 휘몰아치는 하늘을 올려다본 범문호가 탄식했다.

"진정 하늘의 가호가 일본의 편에 있단 말입니까?"

그날 밤, 훗날 일본이 가미카제라 부른 이 폭풍우로 인해 대부분의 전함이 침몰되었고 몽골군 십만여 명과 고려군 칠천여 명이 바다에 수장되고 말았다.

아비규환을 이룬 그 광경은 차마 눈 뜨고는 볼 수 없는 참상이었다. 밀물을 타고 연안 항구로 밀려든 여몽 연합군의 시체가 산을 이루었다.

결국 육지에서 철군하는 연합군들은 눈물을 머금은 채 아군의 시신을 밟으며 퇴각할 수밖에 없었다.

하늘을 가득 덮은 까마귀 떼가 시신들 위로 아귀처럼 달려들었다.

'일은 사람이 꾸미나 그것을 이루는 것은 하늘이다' 라는 말처럼, 두 번에 걸친 일본 정벌 모두 하늘이 여몽 연합군을 외면하였던 것이었다.

원의 강요에 의해 어쩔 수 없이 전쟁에 참가한 고려 역시 피해자였다. 하지만 그로 인해 고려와 일본의 관계는 씻을 수 없는 상처를 남기는 결과를 낳았다. 후대의 역사가 그 사실을 여실히 보여주었으니 모든 것이 자주권을 상실한 약소국의 비애가 아닐 수 없었다.

대원수 혼도와 도원수 홍다구가 남은 군사를 거느리고 원으로 돌아갔다.

그 후로도 원은 일본을 정벌하려는 미련을 버리지 못하고 강남군을 징발하는 등 수차에 걸친 계획에 착수하였으나 결국 원 세조의 죽음으로 미완의 전쟁이 되고 말았다.

그러나 고려는 이미 돌이킬 수 없는 쇠퇴기로 접어들고 있었다.

무신 난 이후 더욱 피폐한 경제와 함께 원의 지배를 시점으로 벌인 두 차례에 걸친 일본 정벌은 결정적으로 민중의 생활을 도탄에 빠지게 했다.

개국 초기 군왕들이 베풀었던 위민정책은 국가가 위기에 처할 때마다 백성들이 국난 극복을 위해 기꺼이 목숨을 던지는 애국으로 보답하게 했다.

하지만 3백여 성상이라는 세월은 선명하던 왕조의 이념을 서서히 퇴색시켜 나갔다.

　권신과 귀족들의 계속되는 수탈과 학정에 지친 백성들이 등을 돌리기 시작했다.

　그러한 민심의 이반과 맞물려 몽골의 침입으로 위기를 느낀 당시 집권층이던 최충헌 일파가 주축이 되어 강화로 도읍을 옮긴 사건이 벌어졌다. 국왕(원종)이 백성을 버린 것이었다.

　적의 잔혹한 말발굽 아래 남겨진 민초들은 분노했다.

　강화도로 천도한 왕실은 다시 개경으로 돌아왔지만 이미 왕권에 대한 권위는 실추되었고 백성들의 믿음 역시 깨져버린 뒤였다.

　그 후 결국 원의 속국으로 전락한 고려는 아무런 이득도 명분도 없는 두 차례의 일본 원정을 통해 수많은 백성의 피를 흘리게 만든 것이었다.

　원의 등쌀에 나라가 하루도 편할 날 없는 가운데 세월은 빠르게 흘렀다.

　장군으로 승차한 인표가 대장군 용의 집무처를 찾았다.

　"어서 오시게. 승진을 축하하네."

　"감사합니다. 한동안 뵙지 못한 사이에 더욱 강건해지신 것 같사옵니다."

　귀밑머리가 희끗희끗해지기 시작한 대장군을 보며 세월의 무상함을 느낀 인표가 에둘러 한 말이었다.

　"원에 가지고 들어간 일은 원만히 처리하였는가?"

　"중서성에서 황제께 주청하여 조만간 상장군 신철을 불러들일 것이라 하였습니다. 그런데 상장군 신철은 이미 대원수 혼도의 탄핵을 받아 폐하의 처결을 기다리는 처지였습니다."

　"수달단을 적시에 파견하지 않고 직무를 유기한 책임은 막중하나, 신철은 이번에도 능란한 술책으로 위기를 모면할게야."

　"매번 기사회생할 수 있는 각을 세우는 그를 너무 관용하심은 돌이킬 수 없는 화를 부를 수도 있습니다."

인표를 보며 미소 지은 대장군이 말해주었다.

"천명을 알면 공연한 걱정을 덜게 된다 하였으니 그 점은 염려를 놓으시게."

"혹시 진여랑에 관한 소식을 아십니까?"

뜬금없는 인표의 말에 용이 의아한 표정으로 되물었다.

"용렬한 그자가 번왕의 반열에라도 올랐다는 말인가? 그에 대해서는 달리 들은 바가 없다네."

인표가 진여랑에 관한 놀랄 만한 소식을 들려주었다.

"그는 유독 말에 대한 집착이 강했다고 합니다. 혈통이 우수한 마필이 있다는 소문을 들으면 거금을 들여서라도 소유해야 직성이 풀릴 정도였답니다."

문득 오래전 연가정 거리에서 있었던 사건을 떠올린 대장군이 말했다.

"진여랑 그자는 부자 아비를 둔 덕에 오래전부터 분에 넘치는 좋은 말을 타고 다녔지."

"어느 날 시종을 거느리고 초원을 지나던 진여랑의 눈을 사로잡은 기막힌 말이 한 필 있었다고 합니다. 거래를 하려 마음먹고 주인을 찾은 그 앞에 어린 소녀가 나타나 하는 말이 진여랑의 귀를 번쩍 열리게 만들었답니다. '저 말은 돌아가신 아버지가 저에게 남겨주신 소중한 유산입니다.' 상대가 어린 계집아이인데다 아비가 없다 하니 만만한 거래가 아닐 수 없다고 짐작한 진여랑이 속마음을 감춘 채 느긋한 표정을 지으며 거래를 청했겠지요. '저 말을 살 것이니 내게 팔아라. 얼마를 주면 되겠느냐.' 방긋 미소 짓는 소녀를 본 진여랑이 고개를 갸웃하였다 합니다. 마치 어디에선가 본 듯한 얼굴과 목소리 때문이었습니다. 하지만 그것은 중요한 것이 아니었으므로 머리에서 지워버렸을 것입니다. '모든 만물은 반드시 주인이 있는 법이니 저 말 등에 올라 한 시간을 버티신다면 그냥 드리도록 하겠습니다.’ 예상치 못한 소녀의 맹랑한 제안에 횡재한 기분이 든 진여랑이 들뜬 목소리로 말했답니다. ‘네가 아무리 그렇다 하지만 남의 물건을 그냥 취할 수는 없다. 내가 말 값을 후하게 줄 것이다.’ 말 등에 오르려는 진여랑의 등 뒤에 소녀가 한마디를 하였다고 합니다. ‘그 말은 아직 길이 들지 않아 매우 사나우니 조심하셔야 할 것입니다.’ 하지만 그 소리가 진여랑의 귀에는 들어오지 않았을 것입니다. 내로라하는 말들을 두루 다루어본 자신의 실력을 의심치 않았을 것이니 말입니다. 등을 순순히 내준 말이 몇 걸음 내딛더니 별안간 하늘을 향해 앞발을 치켜들고는 사납게 울부짖었습니다. 마치 미쳐버리기라도 한 것처럼 마구 몸부림치는 거친 몸짓에 견딜 재간이 없는 진여랑은 땅바닥으로 내동댕이쳐졌고, 그를 떨군 말은 초원 저편으로 자취를 감추었답니다. 의식을 잃은 진여랑은 하인의 손에 의해 집으로 옮겨졌지만 혼수상태에 빠져 사경을 헤맨 끝에 3일 만에 숨을 거두었다고 합니다. 그런데 놀라운 사실은 죽기 바로 전 몸을 벌떡 일으킨 그가 말을 하더랍니다. ‘묘현, 묘현 낭자! 내가 잘못했소. 나를 용서해주시오.’ 이렇게 말입니다.”

인표의 말을 조용히 듣고 있던 용이 혼잣말처럼 중얼거렸다.

“자신이 저지른 일에 대한 응분의 대가를 치른 것일 뿐이오. 그렇지 않소, 묘현 낭자?”

합단적

충렬왕 13년, 원나라의 동북지역을 관장하던 내안대왕이 반란을 일으켰다.

그들의 세력이 제법 강성하여 수도를 넘볼 정도가 되어 원의 근심거리가 되었다.

소식에 접한 충렬왕이 장군 류비를 원나라에 보내 군사를 일으켜 토벌군을 돕기를 청하였다.

호군대장군 용이 아뢰었다.

"전하! 상국에 대한 신하국으로서 도리를 다하는 것이 막중하다 할 것이나 피폐한 백성들의 형편을 먼저 보살피심이 무엇보다 시급하옵니다. 황제의 명을 기다려 그때 군사를 움직여도 무방할 것이오니 통촉하시옵소서."

상장군 신철이 앞으로 나섰다.

"주상전하! 부모의 집에 변이 발생하였는데 어느 겨를에 명을 기다리고 있겠사옵니까. 패륜의 길을 취하시는 불충을 버리시고 자손의 도리를 다하여야만 할 것이오니 부디 성총을 흐리지 마시옵소서!"

심약한 왕이 장고 끝에 토벌군을 보내겠노라 알리는 사신을 원에 보낼 것과 군사를 훈련하라 명하였다.

출병을 앞두고 원성공주가 친히 정벌을 나서는 왕을 위해 잔치를 베풀어 전송하였다. 겸하여 장수들에게도 위로연을 열어주었다.

공주가 호군대장군 용에게 당부의 말씀을 내렸다.

"대장군, 부디 반란군 무리를 소탕하여 황제폐하의 근심을 덜어주시기 바랍니다."

병고에 시달리느라 초췌해진 공주를 보며 마음이 무거워진 대장군이 말씀을 올렸다.

"심려 마시옵소서. 범 같은 고려의 군사들이 바람처럼 달려가 반란의 역도들을 소탕할 것이옵니다."

공주의 그늘진 눈가에 이슬이 맺혔다.

서늘하게 불어오는 바람이 메마른 잎을 흔들고 지났다.

왕이 친히 군사를 통솔하고 행군하여 개성 난산에 주둔했다. 그리고 천천히 군막을 튼튼히 세워 마치 오랜 기간 체류할 것 같은 여유를 부렸다. 그것은 명분은 취하고 최대한 출병을 지연시켜 피해를 줄이고자 하는 고육지책으로 호군대장군 용의 계책에 따른 것이었다.

천호장군 고종수가 왕께 아뢰었다.

"중군만호 상장군 신철이 군사들로 하여금 집에서나 길에서 만나는 말을 가진 자를 보면 마구 빼앗게 하니 백성들의 원성이 높습니다. 이것이 난동이 아니고 무엇이겠사옵니까."

중군만호를 부른 왕이 그의 행위를 질책하니 이에 불만을 품은 신철이 불경스러운 언사로 반발했다.

"전시에 군마를 징발하는 일은 고금에도 있어온 일로 군마가 부족하여 행군이 늦어지고 있으니 통촉하시옵소서, 전하!"

불쾌한 표정을 지은 왕이 신철의 의견을 묵살했다.

"서둘러 당도할 이유가 없으니 그리 알고 민간의 말을 징발하는 행위를 금하라."

하지만 그처럼 행군을 늦추니 동경총관과 요동선위사 등이 사람을 보내와 독촉이 빗발쳤다.

'왕이 만일 속히 오지 못하겠다면 마땅히 먼저 정병 1천을 보내주시오.'

왕이 장군 류비와 중랑장 오인영을 원나라에 보내, 왕이 친히 군사를 거느리고 이미 출발하였다고 알렸다. 그러고는 다시 행군 속도를 최대한 늦추었다.

한 달이 지날 무렵 류비와 오인영 등이 원나라에서 돌아와 보고 올렸다.

"황제가 친히 반란군을 토벌하여 내안 왕을 사로잡고 성을 함락시켰으므로 군병을 파하여 회군하라' 하였습니다."

이로써 명분도 살리고 고려 측의 피해도 막는 일석이조의 실리를 취할 수 있었다. 그러나 그 일이 후일 호군대장군 용을 궁지에 몰아넣게 될 줄은 아무도 짐작하지 못했다.

이듬해 세자 원이 관례를 행하고 서원후 영의 따님을 비로 삼았다. 모처럼 맞은 경사에 온 나라가 기쁨으로 가득했다. 그러나 후일 세자비 또한 원황실의 보탑실련공주(한국장공주)에게 정비 자리를 내주고 마는 비운의 여인이었다.

한시도 바람 잘 날 없는 외우내환 속에 또다시 세월은 빠르게 흘렀다. 충렬왕 16년, 만주지방에서 반란을 일으켰다가 패한 내안의 무리에 속한 부장 합단이 이끄는 군사가 두만강을 건너 고려의 동북 면으로 침입하였다.

당황한 조정은 장군 임연수를 원나라에 보내 합단적의 침입을 보고하게 하는 한편 왕이 몸소 군사를 점검하고 칙령을 내렸다.

"원나라에 대항해 반란을 일으켰던 합단적이 무시로 고려의 변방을 넘보더니 이제 대담하게 내륙으로 침략해 들어왔다. 저들을 도적의 무리로 치부하기에는 세력이 강성할 뿐 아니라 흉폭하고 사납기가 야차와 같은 종족이니 실로 근심이 크다. 더욱이 두 차례에 걸친 일본 정벌로 많은 병력의 손실을 입은 우리의 처지로는 마땅히 대처할 수단이 곤궁하다. 5품 이하의 문관을 비롯한 내시와 징병 연령 해당자는 물론 문무 양관에 이르기까지 종군할 것을 명하니 시행하라!"

왕이 적을 방어할 대책을 논의하기 위해 재신과 추신들을 소집했다. 먼저 의견을 피력한 것은 첨의참리로 승차한 신철이었다.

"성상께서 친히 동계로 나가셔서 적의 길을 끊으소서. 만일 적이 가까운 지경까지 침입해 들어오면 전하께서는 강화도로 들어가시옵고 신 등이 군사를 거느리고 나가 적을 막겠사옵니다."

신철의 말에 판단이 서지 않는 왕이 결정을 망설였다.

앞으로 나선 호군대장군 용이 아뢰었다.

"전하! 백성은 나라의 근본입니다. 사직을 보존하는 일이 중하다고는 하오나 어찌 백성을 버리고 먼저 피신하시어 선왕조의 전철을 밟으려 하시오니까. 몰려오는 적의 기세가 아무리 등등하다 하여도 신 등이 물리칠 것이니 너무 염려치 마시옵소서!"

상황이 매우 긴박하게 돌아가고 있었다. 왕은 장군 류비를 원나라에 보내 구원병을 청하는 한편, 대장군 한신에게 서경의 군사를 거느리고 동계로 출동해 합단적을 방어하라 명을 내렸다.

얼마 후 원이 파견한 평장사 사리첩목아가 합단적의 토벌을 돕기 위해 군병을 이끌고 출발하면서 사람을 보내 고했다.

"들리는 전언에 의하면 국왕이 서울을 버리고 강화로 들어가려 한다 하는데 그것은 군왕의 도리가 아닙니다. 국토를 보전하려 한다면 마땅히 서울에 머물면서 우리 군사를 보살펴야 할 것입니다."

그러나 얼마 지나지 않아 태조의 영정을 모셔야 한다는 구실로 궁인들을 거느린 왕이 강화도로 들어가고 말았다.

군사를 이끌고 동계로 출병한 대장군 한신으로부터 다급한 장계가 올라왔다.

'전하께 아뢰옵니다. 화주와 동주 고을에 침략한 합단의 수가 놀랍게도 수만에 이릅니다. 두 고을이 떨어지는 것은 시간문제일 뿐만 아니라 파죽지세로 밀고 들어오는 적들을 어찌 저지해야 할지 실로 난감하오니 속히 대처해주실 것을 주청 드립니다.'

합단적, 그들은 인간이 아닌 야수의 무리였다. 저지르는 만행은 차마 필설로 다하기 어려웠다. 사람을 죽여 양식으로 삼는가 하면 부녀자들을 윤간하고는 포를 떠 비상식량으로 저장하는 천인공노할 짓거리들을 서슴없이 자행했다.

국왕이 만호 신철에게 군사를 주어 동계로 보내 대장군 한신을 돕도록 했다.

배가 좌초하기 전 제일 먼저 도망치는 것은 쥐떼라는 말처럼 국운이 기울어진 나라의 기강은 그 같은 사실을 여실히 보여주고 있었다.

왕이 강화도로 피란하면서 지도첨의사사 송분으로 하여금 왕경에 머물며 수도를 지키라 명령하였다. 그러나 그는 얼마 지나지 않아 강화로 도망해왔다. 그뿐 아니라 서경유수 정인경 또한 서경을 버리고 도망쳐온 것이었다.

분노한 왕이 송분과 정인경을 향해 호통쳤다.

"네놈들은 어찌하여 직분을 다하지 못하고 이처럼 한심한 추태를 보이는가. 참으로 나라의 안위가 한심스럽도다."

송분의 변명은 더욱 한심스러운 것이었다.

"머지않아 합단적들이 도성으로 쳐들어온다는 소문이 돌아 어쩔 수가 없었나이다."

정인경의 답변 역시도 송분과 별반 다를 것 없었다.

국가의 존망이 화급한 이때 저들이 벌인 작태야말로 참수형으로 다스리는 것이 마땅한 일이었다. 그러나 왕은 무기력하고 유약했다. 이럴 때일수록 일벌백계로 다스려 추상같은 군왕의 위엄을 보여야만 함에도 그럴 소신과 의지마저 없었기 때문이었다.

위기를 맞아 어수선한 시국에서도 봄은 어김없이 찾아들었다.

산천의 나뭇가지에 파릇파릇 물이 올랐다.

동계의 안변도호부를 순찰 중인 호군대장군 용이 철령에 주둔한 방수만호 정수기 장군에게 전령을 보냈다.

"철령은 서쪽의 풍류산과 동쪽의 장수봉이 천하의 난관을 이룬 협곡으로 계곡이 험하고 길이 좁아 한 사람의 병사가 백 명의 적을 능히 막을 수 있는 천혜의 요새입니다. 관북지방에서 들어오는 적을 이곳에서 방어하지 못한다면 실로 큰 재앙을 초래하게 될 것이니 그 점을 명심해주기 바라겠소. 지원군을 보충하였으니 머지않아 당도하게 될 것입니다."

그로부터 얼마 지나지 않아 휘하 장수가 황급하게 달려와 방수만호에게 보고를 올렸다.

"대장군님. 방금 들어온 경계병의 보고에 의하면 합단적들이 이곳에서 그리 멀지 않은 곳에 진을 쳤다고 하옵니다."

얼굴이 하얗게 질린 방수만호가 부하에게 물었다.

"적들의 수는 대략 얼마나 된다 하더냐?"

"3천 명 가량 되어 보인다 하더이다."

그가 떨리는 목소리로 되뇌었다.

"3천 명? 우리 군사는 1천이 조금 넘을 뿐인데 큰일이 아닌가."

"그렇기는 합니다만 지리적 이점을 살린 우리는 수비하는 입장이고,

반대로 적은 불리한 위치에서 공격하는 처지이니 한번 해볼 만합니다."

그러나 방수만호 정수기의 머릿속은 이미 도망칠 생각으로 꽉 차 있었다. 장수들을 소집한 정수기가 잔뜩 위축된 목소리로 말했다.

"제장들도 알다시피 병법에 언급하기를 '세가 불리할 때는 피하고 유리할 때 앞으로 나아가라'는 말이 있다. 지금 우리의 처지가 바로 그러한 형국이다. 철령 하나를 지키기 위해 3천이 넘는 적의 대군과 싸워 우리 군사를 희생시킬 수는 없다. 평지에서 대적하면 될 일이니 철수를 명령한다."

결국 장수들의 반대에도 불구하고 방호만호 정수기는 어이없게도 철령에서 도망치고 말았다. 호군대장군이 보낸 지원군이 당도하기 한참 전의 일이었다.

철령에 무혈 입성한 적들은 정수기가 버리고 간 양곡을 거두어 굶주린 배를 채웠다. 수일 동안 진탕 먹고 기운을 차린 합단적들은 나팔을 불고 북을 울리며 전진해 고개를 넘었다.

바로 인접한 회양 지역에 주둔해 있던 중군만호 신철이 척후병의 보고를 받았다.

"철령을 수비하던 군사가 철수하여 합단적들이 회양을 향해 파죽지세로 달려오고 있습니다."

보고를 접하고 한참을 고민하던 신철은 합단적을 맞아 싸워 회양을 지키기를 포기한 채 군사를 이끌고 달아나 버렸다.

적은 곧 인근을 수비하는 양근성을 공격하여 큰 희생을 치르지 않고 함락시켰다.

호군대장군 용이 방수만호 정수기를 순마소의 옥사에 가두라 명했다. 지은 죄상으로 보면 곧바로 참수형에 처해야 할 것이었으나 품신을 올려 처리하려 마음먹었기 때문이었다.

합단적은 함경남도 안변을 거쳐 철령을 넘어온 관북지방 군사와 동쪽으로 관동지방을 통해 들어온 군사로 나뉘었다.

원주에 진격하여 주둔하고 있던 합단의 군사 중 기마병 50명이 치악성 아래 마을을 습격했다. 그들은 식량 확보를 위한 별동대로 다수의 소와 말을 약탈해 갔다.

그때 소를 끌고 달아나는 그들을 뒤쫓는 사람이 있었다. 걸음이 빠른 여섯 명을 인솔한 그는 원주 별초 향공진사 원충갑이었다. 합단적의 별동대들은 모두 날랜 기마병들이었지만 소를 끌고 가느라 늦은 걸음을 하고 있었다.

일행의 후미에 들이닥친 사내들이 말 위의 적들을 향해 칼을 날렸다. 예기치 못한 사태에 직면한 합단적들은 당황할 수밖에 없었다.

선두에 선 원충갑의 칼솜씨가 제법 날카로웠다. 그들은 적의 말 여덟 필을 노획하는 성과를 올리고 의기양양하게 돌아왔다.

며칠 뒤 적장 도라도가 군사 사백 명을 거느리고 관리들에게 지급할 녹봉미를 탈취했다. 쌀을 운반하는 수레가 치악성 아래를 지나던 중에 당한 일이었다. 그러나 합단적들이 기뻐한 것도 잠깐이었다. 어디선가 갑자기 나타난 사내들이 칼을 휘두르며 무리 속으로 돌진해 들어왔다. 원충갑이 이끄는 결사대였다. 서생 중산의 칼에 적의 목이 떨어져 나갔다.

일곱 명의 사내들이 마치 성난 범처럼 용맹하게 싸우니 놀란 적들이 허둥대며 도망치기 시작했다. 형문 밖까지 추격한 그들은 25필의 말을 노획하는 대단한 전과를 올렸다.

방호별감 복규가 공을 크게 치하하는 한편, 빼앗은 말을 그들에게 모두 주었다.

며칠 뒤 적들이 다시 몰려와 깃발과 북을 앞세워 기세를 올리며 성을 공격할 태세를 갖추었다.

적장이 서찰을 소지한 자를 보내 항복을 유도하며 희롱했다. 그때 성문 밖으로 당당히 걸어 나간 원충갑이 편지를 가지고 온 자를 단칼에 베었다. 그런 다음 그 편지를 그자의 머리에 매달아 던졌다.

놀란 적들이 모두 물러가 성을 공격할 기구를 더욱 준비하니 성중 사람들이 몹시 동요하며 두려워했다.

그것을 본 원충갑이 말하였다.

"인간이 죽고 사는 것은 모두 하늘의 뜻입니다. 나라에 대한 충성은 당연히 행해야 할 일이며 그것을 알고도 행하지 않는 것은 진정 의기 있는 자가 취해야 할 길이 아닙니다."

한동안 소강상태를 보이던 싸움이 다시 시작되었다.

양근성에서 잡아간 여자 두 사람을 보내 성 아래에서 유인하려 들자 원충갑이 다시 그들의 목을 베었다. 그 광경을 지켜본 적들이 북과 함성을 울리며 일제히 성을 공격하기 시작했다. 투석기에서 발사된 돌과 화살이 빗발치듯 날았다. 합단적들의 맹렬한 공격에 몰려 그동안의 선전도 헛되이 성이 함락 직전에 놓이고 말았다.

그러나 불리한 전세를 역전시키는 이변이 일어났다.

홍원창 판관 조신이 성 밖으로 나가 죽기를 각오하고 싸우는 가운데 원충갑이 산봉우리에 올라가 크게 소리치며 적을 베니 적진이 동요하기 시작한 것이었다. 그 여세를 몰아 별장 강백송을 비롯한 삼십여 명이 함께 싸움을 도왔다. 사기가 오른 고을의 아전에서부터 유생에 이르기까지 1백여 명이 합세해 공격에 가담했다.

드디어 적들이 퇴각할 조짐을 보였다. 전의를 상실은 합단적들은 오합지졸이나 다름없었다. 저희들끼리 서로 밟고 밟히는 아수라장을 틈타 힘을 합친 고을의 군병이 적을 도륙했다. 얼마 남지 않은 잔당들이 허둥거리며 도주하기 시작했다.

이겼다! 합단적과의 전투에서 이긴 것이었다. 기쁨의 눈물과 함께 승리의 함성이 산악을 진동했다. 이 전투로 적장 도라도 등 백여 명을 베고 포로로 잡은 자가 수십 명에 달하는 놀라운 전과를 올렸다.

적의 예봉을 꺾은 것은 물론 원주를 지켜낸 것은 다수의 향토 서생들과 원충갑의 공이었다. 그 전투를 계기로 평범한 선비였던 원충갑은 십전 십승의 전과를 역사에 기록하며 후일 공신에 책록되고 벼슬이 삼사우윤에 이르렀다.

호군대장군 용의 군막으로 말을 달려온 사람이 있었다.

그는 동계에 출병한 한신 대장군 부대에 배속되었던 장군 인표였다.

종사관을 거느리고 말에서 내린 인표가 반가운 얼굴로 인사 올렸다.

"호군대장군 각하! 적이 들끓는 진중에서 그동안 무탈하셨사옵니까."

"보다시피 이처럼 건재하다네. 자네가 동계군에 배속되었다는 소식은 들어 알고 있었다. 그런데 이곳은 어인 일인가."

"강화로 천도한 조정으로부터 고대하던 낭보를 접수하였습니다. 원나라가 파병한 평장사 설도간 등이 이끄는 보병과 기병 1만 3천 명이 압록강을 건넜다 하옵니다. 그 소식을 3군에 전하고 원군과의 연합작전을 조율하기 위해 전하의 명을 받들어 나선 길입니다."

"가뭄의 단비처럼 듣던 중 반가운 소식이 아닐 수 없다. 우선 시급한 것은 합단적들이 내륙 깊숙이 들어오는 것을 저지해야만 한다."

"하오나 합단의 병력 일부가 이미 왕경(개경)으로 진출하여 인명을 살상하고 약탈을 자행하였다 들었습니다."

"그들이 노리는 것은 조정을 혼란에 빠트리려는 것으로 주력부대의 진출이 아니므로 크게 놀랄 일은 아니다."

"제가 호군대장군님을 곁에서 모셔야 하는데 부여받은 임무가 다르니 면구할 뿐입니다. 부디 강녕하십시오.”

“자네를 믿네만, 공에 집착하지 말고 아무쪼록 무탈하기를 빌겠다.”

용은 등 돌려 말을 달리는 인표의 그림자가 사라지고 난 한참 동안 눈을 떼지 못했다.

천보노(千步弩)

긴급 지원요청에 접한 호군대장군 용이 예비대 1천의 군사를 이끌고 충주목으로 들어섰다.

충주를 방어하던 안렴사 김고수가 호군대장군을 반겨 맞이했다.

“어서 오십시오. 호군대장군 각하! 합단적들의 공세에 밀려 곤경에 처한 전황을 역전시켜 놈들로부터 당한 치욕을 갚아주시기 바랍니다.”

안렴사를 통해 적의 동태를 파악한 호군대장군이 물었다.

“합단적 군사의 수는 얼마나 됩니까.”

“어림잡아 2천이 넘는 것 같습니다. 남아 있는 아군 측 병력은 모두 5백여 명에 불과합니다.”

지도를 펼친 호군대장군이 적이 주둔하고 있는 지역의 도로와 지형 등을 상세히 물었다.

“합단적이 진을 치고 있는 지점은 이곳에서 그리 멀지 않은 서쪽에 위치한 수레의산 자락입니다."

충주목의 병권을 넘겨받은 호군대장군이 장수들을 들이라 명하고 즉시 작전 수립에 착수했다.

충주는 차령산맥과 소백산맥 사이에 자리 잡은 고장으로 삼국시대 이래로 이 지역을 두고 각축을 벌인 전략 요충지였다. 충남·호남·경남의 삼남지방에서 수도로 올라가는 사람과 물자의 주요 교통로인 때문이었다.

드디어 전투 준비를 모두 마친 호군대장군이 이끄는 군사가 합단적과 맞붙기 위해 출병했다.

3백여 기의 정예기병을 인솔한 호군대장군이 서쪽 수레의산 자락에 진을 치고 있는 합단적의 진영 앞에 당도했다.

장군 한희유가 호군대장군의 격문을 소지하고 적의 군막 앞에 당도해 큰 소리로 외쳤다.

"고려군 호군대장군께서 합단의 장수 독어내에게 격문을 보내니 접수하라!"

잠시 후 말을 탄 장수가 나와 격문을 받아 돌아갔다.

적장 독어내가 격문을 펼쳐 들었다.

'오랑캐 합단의 무리에게 고하노라! 너희는 부모와 자식이 누구인지도 모르고 인륜을 저버린 채 초원을 배회하는 승냥이와 같은 족속이 아니더냐! 헛된 힘을 믿고 고려의 국경을 넘는 만용을 부리며 천인공노할 악행을 자행하는 네놈들을 내가 하늘을 대신하여 철저히 응징할 것이다. 지금이라도 잘못을 빌고 머릴 조아린다면 관용을 베풀어 도망할 길을 열어줄 것이다. 하지만 끝내 대적하려 든다면 어육 신세를 면하지 못한 너희 무리는 낯선 고려의 산천을 떠도는 불쌍한 원귀 신세를 면치 못할 것임을 분명히 알라!'

격문을 본 독어내가 몸을 부들부들 떨더니 별안간 외마디 비명을 지르며 말에서 굴러 떨어지고 말았다.

잠시 후 정신을 수습한 독어내가 분개하여 명을 내렸다.

"무례하기 짝이 없는 고려 놈들에게 합단 군사의 용맹함을 알려주도록 하라!"

명령이 떨어지자 적진에서 고려군과 비슷한 수의 말을 탄 기병들이 달려 나왔다.

때맞추어 고려 진영에서 둥둥둥 세 번의 북소리가 울리자 삼각형을 이루었던 진법이 바뀌었다. 꼬리 부분이 좌우로 날개를 활짝 펴 앞으로 달려 나가니 마치 그물을 펼친 형국이 되었다.

말 위에서 태어나 말 등에서 죽음을 맞는다고 할 만큼 기마술에 능한 합단적들이었다. 그러나 지금은 사정이 달랐다. 그물에 든 물고기 신세가 된 그들을 맞이한 것은 고려의 초정에 기마병들이었기 때문이었다.

쌍방이 우열을 가리기 힘든 전력이었지만 고려군의 작전에 말려든 적들은 제대로 힘을 써보지 못한 채 죽거나 합단의 진영으로 도망쳤다.

그 광경을 지켜보던 적의 증원군이 일제히 달려 나왔다.

고려 진영에서 둥둥둥둥둥 하고 다섯 번의 북소리가 울렸다. 그러자 창검을 거둔 기병들이 일제히 꽁무니를 빼 도망치기 시작했다.

"도망치는 놈들을 추격하여 한 놈도 남김없이 주살하라!"

합단의 장수 발란이 크게 외쳤다.

일정한 거리를 유지한 고려군이 치고 빠지기를 반복하며 다다른 곳은 남한강 지류인 달천강 유역이었다. 자그마한 동산에 가려진 뒤편에는 너른 평야가 펼쳐져 있었다.

선두에 선 합단의 지휘관 독어내가 군사들을 독려했다.

"이제 적들이 도망칠 곳은 저 강물밖에는 없으니 놈들을 모두 쓸어버리도록 하라!"

그러나 그것은 독어내의 판단 착오였다. 별안간 화살이 빗발치듯 날아들기 시작한 것이었다. 아무리 살펴보아도 적군의 그림자는 어디에도 보이지 않았다. 이어서 바람을 가르며 날아온 창에 군사들이 비명을 지르며 죽어 넘어지고 있었다.

적장 독어내가 놀란 목소리로 물었다.

"이것이 무슨 귀신의 장난이란 말인가. 도대체 저 화살과 창이 어디에서 날아오는 것들이냐!"

독어내를 호위한 장수가 다급한 목소리로 말했다.

"적들이 쇠뇌와 천보노를 쓰고 있는 것으로 짐작됩니다. 아무래도 함정에 빠진 것 같으니 퇴각하는 것이 좋을 듯합니다."

"쇠뇌와 천보노? 안 되겠다. 철수를 명하라!"

그러나 명을 채 하달하기도 전에 대열의 후미에서 우렁찬 함성과 함께 한희유가 이끄는 고려 군사들이 맹렬한 기세로 돌격해왔다.

이제 합단적들은 뒤로 돌아설 수도 없고 앞으로 나갈 수도 없는 진퇴양난에 빠지고 말았다. 독어내가 결정을 내렸다.

"수적으로 우리가 절대 우세하니 군사를 둘로 나눈다. 장수 발란이 이끄는 부대는 전진하여 적을 격파하고, 본대는 나를 따라 후미의 적을 쳐 퇴로를 열도록 하겠다."

그러나 그 결정이 얼마나 큰 실책이었는가 하는 사실은 얼마 지나지 않아 처참한 결과로 나타나고 말았다.

그 순간을 기다린 1백여 명의 고려 군사가 숲 속에 몸을 숨기고 있다는 사실을 적들이 알 수 없었다.

쇠뇌로 무장하고 앞줄에 포진한 1진은 서서 쏘는 입사수였고, 뒷줄의 천보노 사수는 꿇어앉아 쏘는 활계사수였다. 이들은 일어서고 앉는 것을 번갈아 교대하며 쇠뇌와 천보노를 쏘았다. 활의 일종인 쇠뇌는 유효사거리가 육백 걸음이 넘는 강한 살상력을 갖춘 무기로, 십여 발을 동시에 연속 발사할 수 있는 막강한 병기였다.

쇠뇌의 일종인 천보노 역시 긴 창을 화살 삼아 쏘는 가공할 위력을 지닌 무기의 하나로 천 걸음을 나간다 하여 천보노로 불렸다.

정체를 알 수 없는 화살이 난무하는 가운데 위축되어 멈칫거리는 독어내의 합단 군사를 향해 호군대장군이 명을 내렸다.

"저놈들은 우리 백성들을 살해하고 능욕한 것도 부족해 포를 떠 양식으로 삼은 야차와 같은 종자들이다. 원수를 갚을 기회가 왔으니 한 놈도 살려 보내지 말라!"

전투를 벌이며 쌍방의 힘이 균형을 이루었을 때 승패를 가르는 관건은 누가 먼저 승기를 잡느냐 하는 점이 매우 중요한 요소이다. 기선제압으로 사기가 충천한 고려군 앞에 합단적은 더 이상 두려운 존재가 아니었다.

결국 장수 발란을 비롯하여 절반 이상의 군사를 잃은 독어내가 남은 군사를 이끌고 연기 방면으로 도주하고 말았다.

승전을 치하하며 도열한 병사들을 향해 호군대장군이 말했다.

"개인이나 국가를 막론하고 스스로를 지킬 자주적 힘이 없다는 것은 비참한 일이다. 쓰라린 역사에서 교훈을 얻는 민족은 흥할 것이요, 그렇지 못한 민족은 뼈아픈 비극의 전철을 되풀이하게 될 것임을 명심해야 할 것이다."

이 전투를 계기로 합단적들은 두 번 다시 충주 땅에 발을 들여놓지 못하였다.

원이 고려를 돕기 위해 나만대 대왕과 원수 탑해에게 1만의 군사를 주어 추가 파병했다.

처인성 부근의 산예 역에 나가 그들을 맞이한 왕이 잔치를 베풀어 위로했다.

나만대가 육중한 몸을 흔들며 거만한 목소리로 말했다.

"천자께서 이처럼 군병을 보내 고려국을 도우심을 진심으로 감읍해야 할 것이요. 또한 군사들의 사기를 높이기 위해 왕이 친히 나가 적을 방어해야만 할 것입니다."

안색이 창백하게 변한 왕이 기운 없는 소리로 답했다.

"과인이 늙고 병들어 그리할 수 없음이 실로 안타까울 뿐이오."

시선을 치켜 뜬 나만대가 불손한 어조로 말을 이었다.

"적이 집 안에 들어왔는데 주인이 어찌 늙고 병들었음을 핑계 삼아 편히 있을 것이오. 또한 이웃에 불이 났다 해도 기꺼이 도와주는 것이 인지상정이거늘 하물며 이것이 자기 집 일인데 어찌 앉아서 보고만 있단 말입니까."

왕은 할 말을 잃고 묵묵부답할 뿐이었다.

시위한 궁녀들의 소리 죽인 울음이 간간이 들려왔다.

무례하기 짝이 없는 나만대가 차마 듣기 민망한 불경스런 말을 내뱉었다.

"고려국의 충신열사는 궁녀들뿐이니 나라의 처지가 이처럼 곤궁한 것이지요."

고려국 국왕이 원의 일개 번주에게 능멸당하는 기막힌 광경이었다. 하지만 누구를 탓하고 원망할 일이 아니었다. 그 모든 것이 고려국 스스로 자초한 결과였기 때문이었다.

늑대사냥

전란으로 인해 피로 얼룩진 산천에 다시 봄이 찾아들었다.

그해에 피어난 철쭉과 진달래는 유난히도 붉었다.

연기 현에 진을 친 합단의 주력부대가 각지에 흩어져 있던 군사를 불러 모았다. 원에서 추가로 파병한 나만대가 이끄는 1만의 군사로 인해 전세가 불리한 양상으로 전개되었기 때문이었다.

사활을 건 일전을 치르기 위해 양측 진영에 팽팽한 긴장이 감돌고 있었다.

평장사 설도간의 대군과 우군만호 김혼이 이끄는 고려 군사가 밤을 이용해 목주를 출발하여 날이 밝을 무렵 연기 현 정좌산 이래 이르렀다.

김혼이 평장사 설도간에게 작전 계획을 설명했다.

"연합군이 어둠을 틈타 이동하였으므로 허를 찔린 적들이 매우 당황하고 있을 것입니다. 이 틈을 노려 기습 공격을 감행합시다."

김혼의 전략에 설도간이 흔쾌히 동의해주었다. 적진에 육박한 연합군이 합단적의 진영을 포위하고 맹렬한 공격을 퍼붓기 시작했다.

크게 놀란 대원수 합단이 장수들에게 명했다.

"진지를 버리고 병사들을 모두 산으로 오르도록 하라. 험한 지형을 이용하여 적을 방어하며 계책을 세울 것이다."

우군만호 김혼이 거느린 보병이 적의 앞을 가로막고 기세를 올려 돌진해 들어갔다. 피아간 죽고 죽이는 치열한 접전이 벌어졌다. 그러나 아무리 세가 불리하다 해도 합단적들은 만만치 않았다. 거칠게 저항하는 합단 세력에 오히려 고려군이 밀리고 있었다.

칼을 빼든 김혼이 병사들을 꾸짖었다.

"뒤로 물러서는 부하는 필요 없다. 그런 비겁한 자는 내 칼이 용서치 않을 것이다."

우군만호의 독려에 고무된 고려 군사 5백 명이 앞 다투어 진격했다. 병졸 이석과 전득현 등이 적의 선봉장 두 명을 베었다. 기세가 오른 고려군이 힘을 합해 공격하니 마침내 전의를 상실한 적들이 흩어져 달아나기 시작했다. 김혼이 군사들에게 명을 내렸다.

"패주하는 적을 쫓아 섬멸하라! 합단적들이 승냥이라면 우리는 고려의 범이다. 고려 범의 두려움을 놈들의 후대에까지 전할 절호의 기회를 맞이했다."

병장기를 내던진 채 도망치기에 바쁜 그들은 마치 쫓기는 짐승과 다름없었다.

추격군이 공주 강에 이르렀을 때는 죽어 넘어진 적의 시체가 30여 리에 이를 만큼 널려 있었다. 그것은 전쟁이라기보다는 살육에 가까운 것이었다. 그러나 전쟁은 잔혹한 현실이었다. 패주하는 적에게 베풀어줄 관용이란 없었다.

수많은 익사자를 남기며 간신히 물을 건넌 적병 1천여 명이 목숨이 부지한 것을 다행으로 여기며 흩어져 달아났다. 그 뒤에도 철령을 넘어 내려온 합단의 지원군 3천이 교주에 주둔하였으나 평장사 설도간이 지휘하는 군사에 의해 궤멸 당하고 말았다.

세가 완전히 꺾인 합단의 잔당들은 이합집산을 거듭하며 재기를 노렸으나 그것은 저들의 헛된 바람일 뿐이었다.

결국 합단의 아들 노적이 남은 군사를 이끌고 철령을 넘어 관북지방으로 도주하고 말았다.

나만대가 평장사 설도간에게 사람을 보내 전했다.

"아직 적의 괴수 합단을 잡지 못했으니 추격군을 보내도록 해야 합니다."

하지만 설도간의 생각은 달랐다.

"황제의 명대로만 하면 될 일이지 사람을 많이 죽여 무엇을 하겠소."

참으로 묘한 답변이 아닐 수 없었다.

1년여에 걸친 합단적의 침입은 쌍방 모두에게 많은 상처를 남긴 채 그렇게 수습되어 막을 내렸다.

허망한 그림자

오랜만에 집으로 돌아온 호군대장군을 식솔들이 반겨 맞이했다.

눈물을 머금은 처인 부인이 위로의 말을 건넸다.

"난적을 맞아 전장을 누비시느라 얼마나 노고가 크셨습니까."

"부인, 그동안 무탈하시었소? 식솔들을 보살피느라 수고가 많으셨습니다."

그사이 한결 의젓해진 아들 양이 인사 올렸다.

"어서 오시오소서! 공을 세우시고 당당히 돌아오신 아버님이 참으로

374

자랑스럽습니다."

"이처럼 애비를 위무해주니 고맙구나. 혼란한 시국에 가솔을 이끌고 어머니를 무사히 모시느라 애 많이 썼다."

집을 떠날 때보다 키가 한 뼘은 자란 분이가 고개 숙여 인사드리며 말했다.

"대장군님이 출정하신 후 마님께서는 아침저녁으로 정한수를 떠놓고 기도를 올리셨답니다."

분이가 전한 말에 미소 지은 바깥주인이 한 마디 해주었다.

"정한수를 마님께 떠다 올린 것이 너일 것이니, 내가 이처럼 무탈하게 돌아온 것은 너의 정성 또한 있음이니라."

칭찬을 듣고 무안해진 분이가 얼른 자리를 피하고 말았다.

딸아이와 지차들의 모습이 보이지 않아 물으니 강화에 피난 다녀온 여독으로 잔병을 얻어 뮬란 부인이 돌보고 있다고 했다.

전장에서 벌어진 참상을 수없이 목도한 용이었다. 가솔 모두 무탈한 가운데 이처럼 대면한 것이야말로 더없는 행복이며 다행한 일이라 여겼다.

전란으로 인해 피로 얼룩진 산천은 말이 없었지만 집과 가족을 잃은 백성들의 통곡소리는 이 땅을 가득 메웠다.

폐허의 왕경(개경)에 겨울비가 내렸다.

합단적들의 분탕질로 불에 탄 궁궐의 잔해가 보기에 을씨년스러웠다.

강화에서 환도한 왕은 경성부에 거처를 정했다. 그곳은 다행히 화를 면한 경성공주의 처소였다.

"합단적의 침입으로 국난을 맞아 조야와 백성들이 힘을 합쳐 물리쳤음을 다행으로 여긴다. 아울러 구원의 대병을 보내준 상국의 은혜가 하늘과 같다."

왕의 하교에 만조백관이 모두 눈물을 흘렸다. 중찬 김방경이 아뢰었다.

"신 등이 불충하여 전하께 큰 심려를 드렸고, 마침내 강화로 몽진하시게 한 죄 막중하옵니다. 신을 비롯한 문무백관의 책임을 물어 일벌백계로 다스려주시옵소서!"

처연한 표정의 왕이 하교했다.

"모두가 과인이 부족한 탓이니 경들은 더욱 심기일전하여 정사를 도우라."

중신들이 일제히 허리 굽혀 황송한 뜻을 표했다.

대신들을 둘러본 왕이 전교를 내렸다.

"합단적의 토벌에 공을 세운 인사들에 대한 논공행상이 있을 것이다. 먼저 한희유를 지첨의부사로 삼고, 김혼을 판삼사사로, 정인경·류승·최유엄을 동지 밀직사사로, 장순룡·이혼을 부지밀직사사로 제수한다."

공신들이 올린 하례에 이어 다시 하교를 내리는 왕의 어조가 조금 전과 달리 노기를 띠고 있었다.

"왕경 수비임무를 다하지 못한 지도첨의사사 송분과 서경유수 정인경 그리고 회양을 방어하지 못하고 도주한 중군만호 신철의 죄를 물어 그들의 관직을 모두 삭탈한다."

판삼사사 김혼이 부복하고 아뢰었다.

"전하! 아뢰옵기 황송하오나 대장군 신철의 죄가 큰 것이 사실이나 개전 초기에 선전하였고, 또 곡주에서 세운 공이 있음을 헤아려주실 것을 감히 주청 드리옵니다."

김혼의 간청으로 인해 대장군 신철은 구제되었다.

합단적의 침입이 끼친 폐해는 실로 컸다. 그들의 침투로인 관동지방과 장기간에 걸쳐 주둔했던 충청도 일원의 피해는 실로 막심했다.

왕이 백성들의 어려운 형편을 구휼하기 위한 위무사를 파견하며 명을 내렸다.

"전란이 일어난 후로 각 도의 백성이 정처 없이 떠돌며 생업을 잃고 있다. 호구의 재조사로 공부를 정리하고, 세금 거두는 것을 고르게 시행하여 백성들의 고통을 덜어주도록 하라. 또한 토지의 증감을 면밀히 조사해 곤궁한 백성의 생활을 원만히 유지케 하라!"

무능한 정권에는 반드시 수반되는 실정이 있다. 최고집권자의 영이 제대로 서지 않는다는 점이다. 처음 내릴 때는 추상같았던 명령이 지방장관들에 이르러 힘이 빠지고 그것을 집행하는 관리의 손에 넘어갈 때쯤이면 본래의 취지가 퇴색하여 용두사미 꼴이 되고 마는 것이었다. 그런 사실을 모를 리 없는 위정자가 내리는 명은 말치레일 뿐이었으니 이래저래 딱한 것은 백성들이었다.

이듬해 원나라에 성절을 하례하러 들어간 상장군 신철이 중서성에 고하였다.

"내안이 반란을 일으켰을 때 고려왕이 토벌군을 이끌고 압록강을 건너기 위해 출정한 일이 있습니다. 그 당시 호군대장군 장순룡이 고의로 군사를 지연시키는 간계로 황제를 기망하였으니 소환조사하여 합당한 조처로 일벌백계하여 상국의 위엄을 보일 것을 주청하옵니다."

그 일로 인하여 결국 부지밀직사사 용은 원나라에 불려 들어가고 말았다.

부지밀직사사가 당도한 사실을 안 황제가 직접 취조할 것이니 황궁으로 들이라 명하였다.

용이 황제 앞에 부복했다. 그의 눈에서 이유를 알 수 없는 눈물이 하염없이 흘러내렸다.

"죄인은 고개를 들라!"

용이 물기 젖은 눈을 들어 황제를 올려다보았다. 그런데 옥좌에 앉은 것은 대륙을 호령하던 위풍당당한 황제가 아니었다. 늙고 여위어 보잘 것 없는 노인이 있을 뿐이었다. 용의 목이 메었다.

"폐하! 불충한 신하 삼가가 황제폐하의 부르심을 받고 이처럼 들었나이다."

"삼가, 잘 와주었다. 초원의 사자로 성장해 대륙을 횡행했을 그대를 고려의 범을 만들어 작은 반도에 가두어둔 짐의 실책이 실로 크도다."

"망극하신 말씀이옵니다. 폐하! 소신 고려의 피는 받지 못했을지언정 고려 하늘을 섬기며 그 땅에 영원히 뿌리를 내렸사옵니다."

"이제 와서 보니 권력도 야망도 부질없는 것인 것을, 너무도 먼 길을 달려왔구나. 내 말발굽 아래 스러진 자가 몇이며 내 칼날 아래 유명을 달리한 자가 얼마이더냐. 모두가 허망한 한 자락 뜬구름인 것을…… 이제 남은 것은 회한뿐이로다."

황제의 용안을 적시며 옥루가 흘러내렸다.

내관을 부른 황제가 지시를 내리자 물건을 대령했다. 그것은 옥으로 만든 패였다.

"이것은 오래전 남송 전투에 출정한 그대에게 내렸던 구명패이니라. 옛날로 다시 돌아갈 수는 없을지라도 짐의 미안한 마음을 담은 물건이니 간직하거라."

"폐하! 성은이 망극하옵니다."

황제의 마음속에 삼가라는 존재는 특별한 의미로 남아 있었다.

삼가 역시도 그랬었기에 어쩌면 마지막이 될지도 모를 이 자리는 서로에게 매우 소중하기만 했다.

황궁을 물러나온 용을 기다리는 사람이 있었다.

그는 뜻밖에도 초련이었다. 그녀의 곁에는 훤칠한 용모를 한 미소년이 함께 있었다.

"사형, 아니 초련부인. 웬일이십니까!"

"원에 들어오셨다는 말을 전해 듣고 기다리던 참입니다. 인사 올려라. 이분이 어미가 말한 바로 그 용천검의 주인이시다."

"부모님을 통해 장군님에 관한 말씀은 많이 들었습니다. 진혁이라 하옵니다."

아이를 보는 순간 용은 자신도 모르게 피식 웃음이 터져 나오고 말았다. 그의 생김새가 처음 만났을 때 본 초련과 너무나도 닮았기 때문이었다.

웃음의 의미를 짐작한 초련이 얼른 화제를 돌렸다.

"애 아범은 장군으로 승차하여 안서도호부에 나가 있어 저 혼자 찾아뵈었습니다."

궁진의 승차를 축하한 용과 서로의 근황을 주고받은 초련이 어두운 표정으로 말했다.

"얼마 전 볼일을 겸사하여 상도에 간 길에 장군님의 본댁을 방문해 대인마님을 뵈었습니다. 그런데 대인께서는 저를 알아보시지 못할 만큼 병환이 위중하셨습니다. 파륜님이 극진히 보살피고 있어 다행스럽기는 하였으나 그간 얼마나 차도가 있으신지 모르겠습니다."

그렇지 않아도 한동안 꿈자리가 뒤숭숭하던 차에 초련의 말을 전해 듣고 깜짝 놀란 용이 되물었다.

"상도에 다녀오신 지가 얼마나 되었습니까?"

"보름 가까이 되어갑니다."

초련과 헤어진 용은 상도를 향해 황급히 말을 달렸다.

사흘 밤낮을 쉬지 않고 달린 용의 눈에 드디어 보련산 자락이 보이기 시작했다. 용은 마음속으로 간절히 기도했다.

'아버님. 소자가 뵈러 갈 때까지 기다리셔야 하옵니다.'

오지 않는 아들을 애타게 기다린 듯 대문은 활짝 열려 있었다.

안채를 향해 뛰어든 용의 눈앞에 검불처럼 여윈 노인이 누워 있었다.

곁에서 간병하던 파륜이 용을 끌어안고 울음을 터트렸다.

"도련님! 용케 돌아오셨군요. 대인마님께서 도련님을 얼마나 기다리셨는지 아십니까?"

가느다란 호흡이 금방이라도 끊어질 듯 쇠잔한 노인은 마치 깊은 잠에 든 것 같았다.

"아버님! 불초소자 삼가가 왔습니다. 눈을 떠보세요."

삼가의 울부짖음을 알아듣기라도 한 것처럼 대인이 힘겹게 눈꺼풀을 들어 올렸다.

"아버지! 접니다. 당신의 아들 삼가가 아버님을 뵈러 이처럼 달려왔습니다."

파륜이 대인의 입에 물을 적셔드렸다. 입술을 달싹여 움직인 대인이 들릴 듯 말 듯한 목소리로 말했다.

삼가가 아버지의 얼굴 가까이 귀를 가져갔다.

"사랑하는 아들아! 네가 내 아들이어서 이 애비는 행복했다. 그간 얼마나 어려움이 많았겠느냐."

숨이 턱까지 차오른 대인이 숨을 몰아쉰 다음 다시 말을 이었다.

"하지만 크게 이루려 하지 말아라. 너는 거름이니라. 네가 뿌린 씨앗은 싹이 되고 꽃을 피워 열매를 맺을 것이다. 천년을 이어갈 열매를……."

점차 가늘어지던 목소리가 그 말을 마지막으로 이내 잦아들고 말았다.

"아버지! 아버지……."

그처럼 허망하게 세상을 떠나신 아버지를 부둥켜안은 용은 목 놓아

울었다.

　파륜을 비롯한 가솔들이 모두 나서 정성껏 상을 치렀다.
　작고한 어머니 곁에 나란히 누워 영면을 취하신 아버지에 대한 죄스러움과 연민으로 용은 찢어지는 마음을 가눌 길 없었다.
　제를 올려 의식을 모두 마친 용이 조상님의 위패를 모신 사당으로 파륜을 이끌었다.
　향을 피워 올린 용이 파륜의 손을 잡고 말했다.
　"아재! 아니, 이제부터는 형님이라 부르겠습니다. 우리는 남남으로 만났으나 오랜 세월 혈육 못지않은 정을 나누었습니다. 나를 대신하여 부모님을 정성껏 모셔주었고 이처럼 가시는 길까지 살뜰히 보살펴주신 은혜 잊지 않겠습니다. 부탁드리니 부모님의 체취가 서린 이 터를 지켜 자손의 번성을 이루고 행복하게 사시기 바랍니다."
　"말씀에 따르겠습니다. 나는 정말 복이 많은 놈입니다. 어려서 졸지에 부모님을 잃고 홀로된 몸을 대인마님께서 거두어주시지 않았다면 어찌 살아남을 수 있었겠습니까. 또한 아우님께서 천한 신분의 이놈에게 사람대접을 해주셨을 뿐만 아니라 부모님의 산소를 찾게 해주셨지요. 그리고 더욱 잊지 못할 일은 악인 도철에게 맺힌 한을 풀게 해주신 것입니다. 대인님과 아우님께서 제게 베풀어주신 아름다운 은혜를 자손 대대로 잊지 않을 것입니다."
　용과 파륜의 마주잡은 손과 손으로 따스한 체온이 흘렀다.
　다음 날 동구 밖까지 배웅 나온 파륜의 가족들과 헤어짐이 아쉬운 용은 뒤를 돌아보고 또 보며 떨어지지 않는 발길을 옮겼다.
　원 세조가 승하했다. 그는 원나라 제5대 황제로 칭기즈칸의 손자였다.
　용맹과 지략이 뛰어난 호걸 쿠빌라이 칸은 남송을 무너트리고 국호를 원이라 하였으며 이민족으로는 처음으로 중국을 통일한 인물이었다.

이로써 두 차례에 걸친 일본 정벌에서 이루지 못한 한을 풀기 위해 고려에 재차 내려졌던 전함건조와 군사징발 계획을 전면 철회하고 정벌은 사실상 막을 내리게 되었다.

국상을 선포한 왕이 원성공주와 함께 서둘러 연경으로 출발했다.

원에서 귀국한 첨의참리 용이 자리에 누웠다.

부친의 별세와 그동안 불거진 문제들로 인해 마음의 병을 얻은 탓이었다. 고열로 몸이 불덩이 같았다.

그는 정신이 혼미한 가운데 하나의 화두에 몰두하고 있었다.

'제행은 실로 무상하나니 생멸의 성질을 가진 것이다. 낳아서는 다시 멸하나니 그러한 제행의 적멸은 낙이다.'

귓전을 아련히 파고드는 게송이 가슴을 울리며 용이 의식 깊은 곳에 품었던 의문이 고개를 들었다.

'무릇 인간의 모든 행위가 실로 허무하고 또 허무한 것이니 원인은 태어남과 한 몸인 죽음에 있습니다. 생명의 시작이 필시 죽음으로 귀결되는 고통인 것을, 그것을 건너 어찌하여 제행의 적멸이 낙이라 하셨나이까?'

부드러운 속삭임이 가슴을 열고 잔잔한 파장을 이루어 밀려들었다.

'생사에도 머물지 말라. 열반에도 머물지 말라. 열반은 유도 무도 아닌 공으로, 생사나 열반의 구분조차도 없는 것이다. 그러므로 영원을 믿지 말라. 유한과 무한 역시 믿지 말라. 그 모든 것이 허망한 그림자와 같도다.'

격랑을 이루고 꿈틀거리며 황하의 탁류처럼 소용돌이치던 마음에 고요한 평화가 찾아들었다. 그러고는 새의 깃털처럼 안온하고 깊은 잠으로 빠져들었다.

첨의참리의 와병 소식을 전해들은 상락군개국공 김방경 장군이 방문했다. 자리에서 일어나려는 환자를 만류한 김방경 장군이 위로의 말을 건넸다.

"지난 동정과 합단적의 소요를 평정한 이후 상심케 한 일들이 이처럼 병을 가져온 것입니다. 눈에 보이지 않는 견제와 질시가 수반한 고통을 모르는 바 아니지만 그 모든 것까지도 장군이 짊어져야 할 몫입니다."

"상장군님으로부터 입은 넘치는 은혜 값을 길이 없습니다."

"나무의 뿌리를 옮겼다 하여 금방 새 잎이 돋고 꽃이 피는 것은 아닐 것이오. 한 그루의 나무가 온전히 생장하여 세세연년 열매를 맺으려면 그만큼의 세월을 인내해야만 할 것이니 인고의 성장통이라 여기고 감내해야만 할 것입니다."

하얗게 탄 입술을 힘겹게 움직여 첨의참리가 말했다.

"때로는 성급함과 초조감으로 앞만 보고 달려 나가려 한 시절이 있었으나 이제는 뒤를 돌아보려 합니다."

"내가 일찍이 장군을 주목한 까닭이 있었소. 신철이나 차신들과는 다른 장군의 눈빛을 보았기 때문이었다오. 맑고 흔들림 없는 그런 느낌을 지닌 눈빛을 말입니다."

차를 한 모금 마신 김방경이 말을 이었다.

"원의 새로운 주인인 티무르(성종) 황제가 즉위하였으니 고려와의 외교에 분명 변화가 있을 것이오. 이 일을 계기로 유리한 국면을 이끌어야 할 것인데, 과연 전하의 의지가 얼마나 굳건하신지 걱정일 뿐입니다."

첨의참리가 의견을 말했다.

"세자저하께서 진왕의 따님인 보탑실련공주를 비로 맞이하셨으니 부마국의 관행이 더욱 굳어지는 것이 아닌가 하는 우려가 실로 큽니다."

“두 차례에 걸친 일본 정벌로 국력을 소진한 원나라를 통치할 티무르 황제가 어떠한 인물인지 여부가 원나라뿐 아니라 장차 고려의 운명을 결정짓게 될 것입니다.”

“원나라의 간섭을 배제하는 것만이 고려가 지난날의 영광을 되찾을 수 있는 길일 것입니다.”

용의 말에 이어 화제를 바꾼 김방경이 미소 지으며 감회가 깊은 듯 말했다.

“그러고 보니 장군과 만난 지 벌써 오랜 세월이 흘렀구려. 처음 문하성으로 배속되었을 때는 약관의 청년이었는데 어느덧 중년이 되었으니 말이오.”

“속절없는 세월이 참으로 무상합니다.”

“늙고 지친 몸을 쉬고자 하여 주상전하께 사직을 청하였으나 매번 직첩을 높여주시는 배려에 감읍할 것이나 이제 머지않아 초야로 돌아가 구름을 벗 삼아 여생을 마치려 합니다.”

김방경 장군이 돌아가고 난 뒤 첨의참리는 깊은 생각에 잠겼다.

험난한 역경과 격랑을 헤치며 대륙을 넘나든 지난날이 주마등처럼 떠올랐다.

모란은 지고

투명한 햇살 아래 벌 나비가 쌍쌍이 무리를 이뤄 후원을 날았다.

수령궁 향각 앞뜰에 다투어 핀 모란이 화려함을 한껏 자랑하고 있었다.

누각에 올라 무르익은 봄을 완상하는 여인이 있었다. 희끗희끗한 귀밑머리와 어느덧 눈가에 잔주름이 내려앉은 그녀는 원성공주였다.

한동안 말없이 흐드러진 춘경을 완상하던 공주가 시녀에게 분부를 내렸다.

"모란을 한 송이 꺾어 오도록 해라."

시녀가 꺾어온 모란은 아직 꽃잎을 활짝 열기 전인 꽃봉오리였다. 그녀는 시름에 젖은 눈으로 꽃을 바라보았다. 잠시 후 시녀가 활짝 만개한 꽃 한 송이를 다시 바쳤다. 꽃을 한참 바라보던 공주의 눈가가 젖어들더니 이내 눈물이 방울 지어 흘러내렸다.

그 광경을 본 시녀가 황송해하며 여쭈었다.

"공주마마. 어인 일이시옵니까? 혹시 소인이 무례를 범한 일이라도……."

"아니다. 피어나는 꽃봉오리의 아름다움과 비견하여 만개해 시들기 시작하는 꽃송이를 보니 문득 비감한 감상이 들었을 뿐이다."

지병으로 인해 심신이 쇠약해진 공주가 요양을 위해 현성사로 떠나기 전 바람을 쏘이려 후원으로 거동한 것이었다.

저만큼에 향각을 향해 다가오는 사람이 있었다. 동지밀직사사로 승차한 대장군 용이었다.

"공주마마! 문후 드리옵니다."

공주가 반가움 가득한 표정으로 물었다.

"대장군이 이곳에는 어인 일이십니까?"

"공주마마께오서 요양을 떠나신다는 말씀을 듣고 인사차 들어온 길입니다."

공주가 눈앞의 사내를 감회 어린 시선으로 바라보았다.

"그대와 처음 만난 이후 참으로 많은 세월이 흘렀습니다. 그러나 내 마음에 자리 잡은 그대는 아직도 옛날의 모습 그대로입니다."

용이 빙긋 미소를 머금었다.

"그것은 저 역시도 마찬가지이옵니다. 서궁의 소녀였던 그때의 모습이 지금 눈앞에 계신 공주님 그대로 이십니다."

"뮬란, 설린, 삼가님, 모두 아련한 이름들입니다. 그리고 설연화의 꽃말까지도……. 영원한 행복을 지켜주려 고난의 길을 선택한 삼가님의 고마움을 가슴에 품고 살아왔습니다. 그리고 이 생명 다하는 날까지 잊지 않겠습니다."

공주의 야윈 볼 위로 눈물이 흘렀다.

"부디 건강을 회복하시고 돌아오시길 빌겠사옵니다. 공주마마!"

그것이 공주의 마지막 모습이었다. 얼마 지나지 않아 현성사에서 요양 중이던 공주가 소천하였다는 비보가 궁으로 날아들었다.

세자가 부왕의 총애를 받던 궁인 무비를 죽였다. 또한 그를 추종하던 환관 도성기 등과 중랑장 김근 역시 함께 죽이고 그 일당 사십여 명을 귀양 보냈다.

무비가 왕의 총애를 빙자하여 권세를 부리니 자연 아첨하는 무리가 모여들었다. 그들이 조정 안팎에서 세를 이루고 횡행하는 것을 못마땅하게 여긴 세자가 일당에게 철퇴를 가한 것이었다.

원성공주의 상중에 세자가 일으킨 이 사건의 전모를 알게 된 부왕은 격노했다.

세자가 부왕에게 먼저 아뢰었다.

"전하께서는 모후께서 병이 생기게 된 원인을 아십니까? 이는 필시 사랑을 받고 질투하는 이들 때문일 것이니 이들을 엄히 문초하소서."

"어찌 아비의 재가도 없이 세자 독단으로 일을 처리하였느냐. 아직 상중에 있으니 우선 상을 마칠 때까지 기다리도록 하라."

그러나 세자는 휘하에 거느린 장수들로 하여금 장군 윤길손 등 주모 자급을 모두 잡아 가두고 문초케 하였다.

"네놈들은 누구의 사주를 받고 무당과 중을 시켜 공주마마를 저주하였느냐."

발뺌하던 그들의 입에서 무비로부터 사주받은 사실이 모두 드러나고 말았다. 격노한 세자로부터 엄명이 떨어졌다.

"저놈들의 목을 모두 베어 무고하고 저주하는 자들에게 두려움을 알게 하라!"

상심한 왕이 며칠 뒤 전교를 내렸다.

"덕이 박한 사람이 대업을 이은 지 어언 25여 년에 이르렀다. 이제 늙고 마음에 병이 들어 정사를 돌보는 일에 싫증을 느끼게 되었다. 생각건대 세자는 재주가 뛰어나 사리에 밝고 지혜와 용맹을 갖춘 것을 만인이 아는 바이다. 마땅히 제후국의 직무를 계승하여 공경히 종사를 받들라. 나는 뒤편 궁궐에 물러나 여생을 편하게 보낼까 하노라."

세자가 울며 사양하였으나 부왕이 윤허하지 않았다.

원나라에 사신을 보내 이러한 사정을 알리고 양위의 윤허와 아울러 세자에게 왕위 책봉을 내려줄 것을 주청했다.

원나라의 윤허를 받은 세자가 강안전에서 즉위하여 군신의 하례를 받고 왕에 올랐으나 그것은 부자간의 불화로 인한 사단으로 아직 온전히 왕이라 칭하기는 이른 것이었다.

한편 찬성사로 승차한 장순룡의 집을 덕자궁으로 삼고 거처를 옮긴 부왕을 예방한 왕이 만조백관을 거느리고 존호를 올렸으니 그 명칭은 광문선덕태상왕이었다.

그로부터 얼마 지나지 않아 황제의 사신 발로올 편에 칙서가 당도했다.

'지난번 왕이 표고문을 올려 세자 원에게 작위를 물려 계승할 것을 주청하여 가납하였다. 그런데 이제 들으니 정치를 맡은 이후로 자못 독단을 행하고 처결하는 것이 정당치 못하여 여러 사람이 의심하며 두려워한다 하니 이 문제를 재고하지 않을 수 없다. 이는 아마도 나이가 장년에 이르지 못해 경험이 적은 까닭일 것이다. 사신을 보내는 것은 당신에게 전처럼 국정을 다스릴 것을 명하고 또 세자 원을 불러 황궁에 입시하게 하여 그로 하여금 세자의 도리를 명확히 배우도록 하겠노라.'

무비 사건을 계기로 촉발한 부자간의 갈등으로 인해 세자가 원으로 불려 들어가게 되었고, 충렬왕이 다시 복위하는 것으로 사건은 일단락되었다.

하루도 바람 잘 날 없는 어수선한 시국 속에서도 다시 봄이 찾아들었다.

만호 신철과 김혼, 밀직 원경 등이 국왕의 재가 없이 군사를 동원하여 만호 한희유를 체포하는 사건이 벌어졌다. 이 일은 신철이 한희유에게 품었던 감정이 발단이 되었다.

공개석상에서 자신이 저지른 비리를 들추어 망신 준 일로 인해 서로 반목하던 중 드디어 기회가 찾아왔다.

승려 일영이란 자가 평소 알고 지내던 낭장 이승휴에게 무고했다.

"한희유 등이 반역을 음모하고 있습니다."

이승휴는 만호 신철의 심복이었다. 그 말을 들은 이승휴가 신철에게 그 사실을 서둘러 알렸다. 이에 신철이 군사를 동원하여 한희유와 상장군 이영주, 장군 원충갑 등 십여 명을 체포하였다. 그러고는 좌승 합산에게 고하였다. 그는 원이 파견한 관리였다.

"한희유 등이 장차 신철 등을 죽이고 왕을 끼고 섬으로 달아나려 합니다. 일이 급박하여 먼저 처치하지 않으면 화가 장차 어찌될지 모르겠기에 부득이 그들을 체포하였으니 좌승께서 처리하시오."

역모란 매우 중대한 사건이었기에 화급하면서도 신중히 처리해야 할 사안이었다. 더욱이 거론된 자 중에는 지난날 원주에서 합단적을 맞아 공을 세우며 충신의 표상이 된 장군 원충갑이 포함되어 있었다.

"이 사실을 왕께서도 알고 계시느냐?"

신철이 낯빛 하나 변하지 않고 답변 했다.

"왕이 모르시면 누가 감히 이런 일을 감당하였겠소."

좌승 합산이 아무도 모르게 아들을 왕궁으로 보내 동정을 살피게 하며 일렀다.

"왕께서 만일 그들의 모의를 알았다면 반드시 경비를 삼엄하게 할 것이다. 그러나 상황이 그 반대라면 신철 등이 나를 기망한 것이니 왕을 뵙고 아뢰기를 '저의 아비가 변이 있음을 듣고 두려움 속에 대처하려 하나 군병이 없으므로 군사를 지원해달라는 주청을 올리라 하였습니다' 하여라."

날이 밝을 무렵 그의 아들이 왕궁에 가보니 궁중은 적적하고 호위병들은 모두 자리에 누워 일어나지도 않았다.

왕을 뵙고 사정을 아뢰니 놀란 왕이 활과 칼을 내주며 말했다.

"일의 전말은 알 수 없으나 과인의 뜻과는 하등 관계가 없으니 신철

등을 모두 추포하라 이르라!”

신철의 말이 모두 거짓이었음이 드러났으나 이미 한희유 등을 체포한 뒤였기 때문에 재추들은 국왕에게 이들을 신문할 것을 청하였다.

왕이 합산과 함께 한희유 등을 국문하였다. 왕이 죄인을 추궁했다.

“죄인 한희유는 들어라. 너는 왕의 신임을 받아 직위가 재상에 이르렀다. 그런데 무슨 연유로 지엄한 국왕의 의중을 기망하여 반역을 획책하는 대죄를 지었느냐!”

고개를 든 한희유가 왕을 올려다보았다.

“용렬한 소신 일찍이 출사하여 전하의 하해와 같은 은혜를 입었사옵니다. 죽음을 내리신다면 달게 받겠사오나, 없는 죄를 자복하라 하지는 마시오소서.”

피가 튀고 살점이 뜯겨나가는 가혹한 문초에도 그는 죄를 인정하지 않고 버티었다.

순마소에 가두고 닷새 동안 국문하였으나, 까무러치고 깨어나기를 되풀이하면서도 한희유는 끝내 자복하지 않았다. 결국 한희유와 이영주를 섬으로 귀양 보내고 나머지는 모두 장형을 실시하였다.

그러나 무고 사건의 핵심인물 중 일영이 도망하여 종적을 감춘 것을 기화로 한희유를 모함한 신철과 김혼은 방면되었다.

만호 신철이 왕께 상소를 올렸다.

“좌승 합산이 왕에게 잘못된 보고를 올려 황제께 불경죄를 지었으며 고려국의 국정을 어지럽힌 사실을 장차 소신 등이 원에 입조하여 황제께 호소하려 하오니 그 정상을 헤아려 주시오소서!”

그리고 신철은 왕의 하명을 기다리지 않은 채 원나라로 도피하고 말았다.

원에 돌아간 합산에게 황제가 물었다.

"한희유들과 관련한 사건의 진실은 무엇인가."

"소신이 판단하기로 한희유는 본래 딴 마음을 품지 않았습니다. 다만 신철이 익지보례화(충선왕의 몽골 명) 왕을 위해 꾸민 거짓일 뿐입니다."

얼마 뒤 신철과 원경 등이 삭탈관직되었다. 하지만 충선왕의 복위를 꾀한 공으로 신철은 뒷날 국정을 잡은 충선왕에 의해 자의도첨의사사, 평양군에 봉해지고 벼슬이 근보우공신에 오르는 영화를 누렸다.

백두산

초가을 햇살이 솜털같이 바스라지는 편안한 오후. 그윽한 향 피어오르는 찻잔을 사이에 둔 초로의 부부가 마주 앉았다.

어느새 머리에 흰 서리가 내리기 시작한 부인의 모습을 바라보던 남편이 아내의 손을 다정히 잡으며 말했다.

"어느새 세월이 이처럼 흘렀구려. 험한 세상 파도를 헤쳐 나오면서도 굳건할 수 있었던 것은 모두 당신의 헌신적인 내조 덕분이었소. 고맙습니다, 부인."

남편을 그윽한 시선으로 응시하는 처인 부인의 눈에 이슬이 맺혔다.

"하늘이 저에게 선택권을 주지는 않았다 해도 선택받게 해주시었음을 감사히 여깁니다. 이처럼 부부의 귀한 연을 맺어 자식을 낳고 일가를 이루게 해주신 하늘에 감사드릴 뿐입니다. 제게 있어 하늘은 오로지 당신입니다."

아내의 맑은 눈동자를 들여다보며 남편이 말했다.

"살아온 지난날에 아쉬움이 크지만 미흡한 부분은 후대가 이루어야 할 몫으로 두려 합니다. 남겨진 여백이야말로 무한한 가능성을 내포한 것이기 때문이지요."

"오래전 시아버님께서 내려주셨다는 말씀처럼 자자손손 이어 제향 받는 영예가 이루어지지 못한다 할지라도 한생을 당신과 함께한 것만으로도 더 이상 여한이 없습니다."

"생자필멸이라 하였으니, 생명이 있는 것은 반드시 멸함이 있음이요 또한 시작이 있으면 끝이 있는 것이 세상 이치입니다. 우리 또한 그 굴레에 든 인간으로 그날이 도래한다 해도 영속을 향한 믿음과 확신으로 기꺼이 맞이할 것입니다."

주고받는 서로의 시선 속으로 무한한 감회와 따스한 정이 교차하고 있었다.

잠시 후 앞에 앉은 아들 양을 향해 아비가 입을 열었다.

"너에게는 문인과 무인의 피가 흐르고 있음을 알아야 한다. 아비가 이 땅에 축성을 하였다면, 너의 역할은 성벽을 더욱 견고히 하고 나아가 수성을 해야 할 책임이 막중함을 항시 명심해야만 할 것이다."

"마음에 새겨 한시도 잊지 않겠습니다."

"장부가 세상을 사는 도리는 무엇이라 생각하느냐."

아들 양이 패기 넘치는 목소리로 답했다.

"인자에게는 반드시 용기가 있지만 용자는 반드시 인한 것이 아니라 하였습니다. 소자는 전자를 택한 소신으로 살고자 합니다."

아비가 대견한 눈으로 아들을 보았다.

“산은 토석을 마다하지 않기 때문에 높이 되고 바다는 물을 마다하지 않기 때문에 크게 된다는 말처럼, 부디 대하와 태산을 가슴에 품을 수 있는 진정한 사내로 살거라.”

아들을 바라보는 아비의 눈에 물결이 출렁거렸다.

그해 가을은 단풍이 유난히 붉고 아름다웠다.

장군 인표와 첨의참리 용이 백두산 어귀로 접어들었다.

하늘을 가리고 끝없이 펼쳐진 울창한 전나무와 아름드리 적송이 당당한 위용을 자랑하고 있었다.

“제가 대장군님을 처음 뵌 것이 벌써 20년이 훨씬 넘었습니다. 하지만 그때가 마치 엊그제만 같습니다.”

천천히 걸음을 옮기며 용이 말을 받았다.

“그러게 말일세. 돌이켜 보니 제국대장공주님을 모시고 고려로 오기 전 몽골에서 산 것보다 훨씬 긴 세월을 자네와 동고동락했네그려.”

숲의 적막을 깬 인기척에 화들짝 놀란 산 꿩이 날개를 털며 날아올랐다.

계곡을 휘돌아 지나는 바람이 휘파람 소리를 물고 장끼의 날갯짓을 따라 잠겨들었다.

“이 산이 고려에서 으뜸으로 치는 영산이라 했던가?”

“그렇습니다. 이 땅에 고조선을 세우신 단군왕검께서 탄강하신 성지일 뿐 아니라, 민족이 신성시하는 바로 백두산이옵니다.”

산 정상이 가까워오니 키 작은 들쭉나무 관목 군락들과 구름국화, 바위구절초 등이 지천으로 널려 하늘거리는 장관을 이루고 있었다.

조금 더 오르자 천지를 진동시킬 듯 굉음을 물고 하얀 물줄기를 쏟아내리는 장백폭포가 눈에 들어왔다.

여러 줄기를 이룬 폭포수가 까마득한 하늘에서 수직으로 떨어져 비

탈진 벼랑에 부딪혀 자욱한 물안개를 흩뿌렸다.

폭포에 걸친 찬란한 오색 무지개가 맞은편 언덕에 다리를 놓았다.

"대단하다. 과연 명성에 걸맞은 대단한 광경이로다."

인표가 설명을 덧붙였다.

"저 폭포에서 떨어진 물이 중국의 쑹화 강으로 흐른다 합니다."

청명하던 날씨가 꾸물거리는가 싶더니, 이내 강한 돌개바람과 함께 굵은 빗줄기가 쏟아지기 시작했다.

둥치가 굵은 고목 아래로 비를 피하며 인표가 말했다.

"백두의 날씨는 변화무쌍하여 하루에도 이처럼 몇 번씩 뒤바뀌곤 합니다."

"마치 고려의 정세에 비견하는 것만 같구나. 어려움에 대처하는 것은 개인이나 국가를 막론하고 기본을 튼튼히 다지는 데 있다 할 것이다. 항시 대비가 튼실하지 못할 때 큰 화를 자초하는 법이다."

"첨의참리께서는 앞으로 고려의 운명을 어찌 보고 계신지요."

"그것을 예측하기란 쉬운 일이 아니지만 가장 중요한 관건은 새로 황제에 오른 티무르(정종)가 어떤 인물인가 하는 점이다. 원의 간섭을 받으며 두 차례에 걸친 일본 정벌로 인해 국력이 고갈된 고려와 마찬가지로 원나라 역시 서서히 쇠퇴기에 접어들었다 보는 것이 나의 견해이다."

심각한 표정으로 인표가 다시 물었다.

"그렇다면 더불어 장차 고려의 사직을 맡게 될 세자저하의 역량이 고려의 운명을 결정짓게 될 것이군요."

빗줄기가 더욱 세차게 내렸다. 하지만 그들이 들어선 자리는 고목의 안쪽이 둥글게 파인 제법 너른 공간이었으므로 그런대로 비를 피할 수 있었다.

"세자저하를 추종하는 무리는 학자출신 관료들이거나 과거를 통해 관직에 등용된 향리의 자제들로 소위 말하는 신진사대부들이다. 과거 무신정권 때부터 지배층을 이룬 권문세족들과는 대비되는 이들을 중용한다면 개혁정치를 지향하는 군주가 될 것이다.”

근심 가득한 얼굴로 인표가 다시 물었다.

“엄청난 재력과 철옹성 같은 인맥으로 형성된 권신들을 척결하는 일이 그리 쉽겠습니까. 그 저항이 매우 거셀 것입니다.”

비가 내리는 하늘을 올려다본 첨의참리가 다시 말을 이었다.

“그것이 개혁군주가 첫 번째 겪어야 할 시련일 것이야. 다음에 착수해야 할 시급한 과제가 이반된 민심을 되돌리는 것이지. 조세를 줄이고 생활을 안정시키는 것만이 민심을 끌어안을 수 있는 방편일 터인데, 문제는 재원이 고갈된 중앙정부에서 무슨 수로 위민정책을 펼칠 것인가 하는 것일세.”

“무엇보다도 원의 간섭으로부터 벗어나는 것이 시급한 일입니다.”

“스스로를 지킬 힘이 없다는 것은 비참한 일일세. 평화를 원한다면 전쟁을 준비하라는 말이 있는 것처럼, 힘을 키워 자주적으로 방비를 굳건히 하고 백성의 안위를 지켜줄 수 있을 때 그 백성들이 나라를 위해 기꺼이 목숨을 바칠 것은 너무나도 자명한 일이다.”

대화를 나누는 사이 어느새 비가 그치고 투명한 햇살이 물기 머금은 초목 위로 가득 내렸다.

한참을 오른 그들 앞에 마침내 시야가 확 트이며 쪽빛으로 넘실거리는 천지가 모습을 드러냈다.

최고봉 장군봉을 비롯한 16개의 봉우리들이 천지 기슭을 따라 병풍 모양으로 천지를 둘러싸고 있었다. 봉우리마다 하얀 만년설을 머리에 얹고 도도한 위용을 자랑했다.

쪽빛으로 인해 은은히 비춘 봉우리 그림자가 또 다른 환상의 세계를 보여주었다.

그 엄청난 광경에 압도된 용의 입에서 탄성이 터져 나왔다.

"장엄하고 또 장엄하다. 천지의 위용이여! 하늘 아래 진산이 있다면 바로 백두산이로다."

눈앞에 펼쳐진 풍관에 취한 그들은 한동안 할 말을 잊었다.

한 쌍의 독수리가 날개를 펼치고 한가롭게 하늘을 선회하고 있었다.

침묵을 깨고 인표가 입을 열었다.

"한희유를 무고한 일로 파면 당한 판감찰사사 신철이 원으로 도피하였는데 첨의참리께서는 그 일을 어찌 보시는지요."

"그 일을 벌인 배후에는 여러 가지의 복선이 있네만, 권력의 향배에 민감하게 반응하여 무리수를 둔 게야. 신철이라면 능히 그리하고도 남을 인물이지."

"세자저하의 의중을 간파한 그가 이번 일을 도모하여 잃은 것이 있는 반면, 장차 도래할 세상에 커다란 포석을 둔 것 아니겠습니까?"

첨의참리가 인표를 보며 의미 있는 미소를 지었다.

"바로 보았구먼. 그런 것을 가리켜 저울에 가늠한 듯 형세를 따른다 하여 염량세태라 한다네."

용의 뇌리에 문득 신철의 눈빛이 떠올랐다. 그의 카랑카랑한 목소리가 들려오는 듯했다.

'저는 출신성분이 장군님과는 다릅니다. 지금 주어진 신분상승의 기회를 놓치지 않으렵니다. 출세의 길에 걸림돌이 된다면 그 누구라도 결코 용서치 않을 것이옵니다.'

덤덤한 표정의 첨의참리가 말했다.

"신철은 자신의 출세를 위해 현실적인 판단을 한 것일 뿐으로 그가 이제껏 살아온 궤적과 별반 다를 바 없는 선택을 한 것이겠지."

인표가 매우 궁금하다는 표정으로 물었다.

"원을 등에 업은 그가 장차 어떤 모습으로 돌아오게 될 것으로 예측하십니까?"

첨의참리가 껄껄 웃으며 대구했다.

"아마도 금의환향하게 될 것이야. 그리하여 그도 후대에 영욕의 역사를 쓰게 되겠지."

용의 기억 속에 묻혔던 아주 오래된 지난날의 일들이 차례로 떠올랐다.

서궁에서 뮬란과 함께 공주님을 모시고 자객을 만나 위기를 넘긴 일이 마치 엊그제 일처럼 생생하게 되살아났다. 자신을 바라보던 공주의 맑은 눈빛과 함께…….

그리고 훈장님을 분노케 한 사건으로 헛간에 갇혀 타오르는 갈증으로 인해 고통스럽던 순간이 손에 잡힐 듯 가까이 다가왔다. 어머니 손에 들려 있던 김이 몽실거리는 흰 쌀밥과 구수한 고깃국 내음과 함께 어머님이 못 견디게 보고 싶었다.

'당신의 아들 삼가가 이제 오래지 않아 당신을 뵈올 것입니다. 어머니.'

천불여이물(天不與二物), 그것이 던져준 의미를 용은 알고 있었다.

만남과 헤어짐, 기쁨과 슬픔. 그 모든 것이 마치 잠시 마주친 꿈속의 일인 듯싶었다.

언젠가 가슴을 울렸던 장자의 호접몽에 관한 일화가 되살아났다.

'장자가 어느 날 꿈을 꾸었다. 나비가 되어 꽃들 사이를 즐겁게 날아다녔다. 그러다가 문득 꿈에서 깨어보니 자기는 분명 장주가 되어 있었다. 과연 나는 누구인가. 대체 장주인 자기가 꿈속의 나비가 된 것인지 아니면 나비가 꿈에 장주가 된 것인지 알 수가 없었다.'

백두산 허리에 걸린 노을이 홍시 속살처럼 붉게 타오르고 있었다. ✻

국가가 존재하는 이유가 여러 가지일 것이나 백성을 하늘처럼 받드는 위민을 구현하는 치세로 태평성세를 누리게 하는 것이 으뜸일 것이다. 그러나 하늘의 섭리는 필연적으로 '흥망'과 '성쇠'라는 교차된 명암을 화두로 던진다.

원나라의 속국이 된 불행한 국가 명운 속에 무기력한 군주와 부패한 관리들의 가혹한 수탈과 학정으로 고통 받는 백성들의 신음소리가 이 땅에 가득했던 시기가 있었다. 그런 고난의 역사가 어찌 그 시대에 국한된 환란이었겠는가!

그러나 애석하게도 그 불행들을 타산지석(他山之石)으로 삼아 되풀이되는 순환의 고리를 끊어내지 못하고 수많은 전화의 비극을 맞이한 고통으로 점철된 역사를 되돌아본다.

한민족은 오랜 기간 순혈(純血)로 유지되어 내려온 민족이라는 자부심을 가지고 살아왔다. 그것은 대륙을 등지고 동북아시아 끝자락에 돌아앉은 반도라는 지리적 여건과도 무관하지 않다고 보아야 할 것이다. 하지만 역사의 고비마다 무수히 겪은 침략전쟁으로 인해 피지배국으로 전락한 치욕과 합병의 역사를 부정하지 않는다면 엄연하게 존재하는 혼혈(混血)의 개연성 또한 부인할 수 없는 사실이다.

오늘 우리는 세계 각처에 뿌리를 내린 재외 국민이 700만 명을 상회하는 시대를 살고 있다. 또한 다문화가정이라는 신조어가 낯설지 않을 만큼 결혼 이민자들이 빠른 속도로 증가하는 미증유의 사회적 변혁기에 직면해 있다. 되돌아보면 고금을 막론하고 '귀화'라는 명분으로 언어와 문화가 다른 타국에 정착하는 과정에서 대두되는 정체성에 관한 고뇌를 시공을 초월해 그 시대를 살아간 인물들을 통해 엿보았다.

역사가 과거에만 머무른다면 흥미를 제공해주는 소재거리나 박제로 남은 것일 뿐 그 이상의 의미를 부여할 수 없다. 또한 그대로 재현해내고 복원한다 해도 그것은 단순한 복제 행위에 지나지 않을 것이다.

역사라는 이름으로 낡은 서고(書庫)를 켜켜이 덮은 유구한 세월의 먼지를 털어내고, 과거 속에서 현실로 나와 상처를 드러내는 자아성찰로 현실을 조망하고, 나아가 미래에 대한 희망을 제시해주어야 하는 의미를 역사의 발자취 속에서 찾아야 한다고 믿기 때문이다.

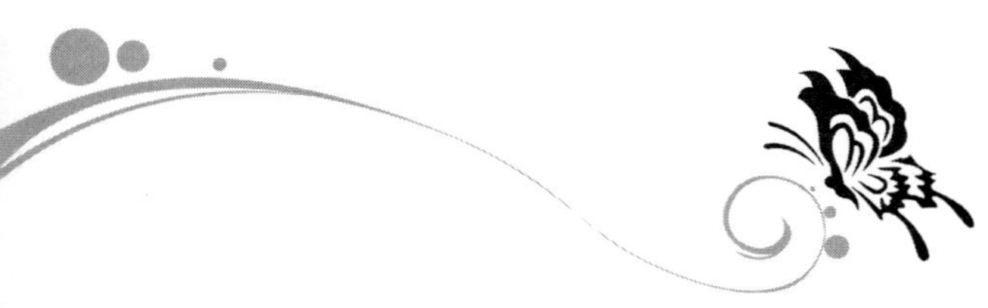

1. 이 글은 『고려사』 및 『고려사절요』를 근간으로 한 소설이다.

2. 내용전개에 필요한 시대배경이나 제도는 각종 문헌을 참고로 하였다.

3. 중국의 옛 지명과 풍속은 서울언론인클럽이 발행한 『실크로드』를 일부 인용하였다.

4. 작품에 등장하는 특정인물의 성격과 행적은 소설적 개연성을 위해 작가가 임의로 구성한 허구이다. 이 점 해당 후손 여러분의 해량을 구한다.